책벌레의 하극상

사서가 되기 위해서라면 뭐든지 할 수 있어

제 1 부 **병사의 딸 II**

카즈키 미야
miya kazuki

길찾기

신전

북문

길드장의 집

길베르타 상회

상업 길드

마석을 구입해 주는 가게

중앙광장

서문

시장

장인거리

에렌페스트

동문

가도

마인의 집

마인의 집
루츠의 집
마인공방

남문

채집하러 가는 숲

제1부 **병사의 딸 II**

프롤로그 ———————————————— 12

와시(和紙)로 향하는 길 —————————— 15

오토 집에 초대받다 ———————————— 29

벤노의 호출 ——————————————— 42

계약 마술 ———————————————— 58

루츠의 가장 중요한 임무 ————————— 74

재료&도구 주문 ————————————— 90

종이 만들기 시작 ————————————— 107

통한의 실수 ——————————————— 121

루츠의 마인 ——————————————— 134

종이 완성 ———————————————— 146

상업 길드 ———————————————— 162

길드장과 머리 장식 ———————————— 175

길드장의 손녀 —————————————— 191

프리다의 머리 장식 ———————— 206

머리 장식 납품 ———————— 221

겨울 수작업 ———————— 240

루츠의 교육 계획 ———————— 258

실패 원인과 개선책 ———————— 274

토론베가 나왔다 ———————— 289

당장 만들어 봤다 ———————— 306

마인, 쓰러지다 ———————— 325

에필로그 ———————— 343

코린나의 결혼 사정 ———————— 349

엄마들의 우물가 회담 ———————— 365

후기 ———————— 379

일러스트 시이나 유우   **지도제작** 후지시로 요   **번역** 김 봄   **디자인** 백진화

편집 정성학 김일철   **마케팅** 김정훈   **주간** 박관형

제 1 부

병사의 딸 II

프롤로그

"투리, 카르페 껍질 좀 벗겨 주렴."

"네~."

엄마인 에파의 부탁으로 투리는 의자에 앉아 갈을 써내 들었다. 점심 준비를 돕는 중이었다. 투리는 카르페 껍질을 술술 벗기면서 마인이 나간 현관문을 바라봤다.

마인이 아빠 동료에게 루츠를 소개한다고 세 점 종에 만나기로 한 약속 시각에 맞춘다며 꽤 일찍 집을 나섰지만, 투리는 이 소개가 성공할 거라고는 생각되지 않았다.

"엄청 의욕이 넘치던데. 어차피 안 될 거 말리지 그랬어. 엄마."

"루츠가 행상인이 될 리 없겠지만, 본인이 현실을 깨우치지 않으면 의미가 없어. 또 마인이 열심이니까 그걸로 충분하단다."

에파도 투리와 마찬가지로 카르페 껍질을 벗기면서 처음부터 마인이 해낼 리가 없다고 단언하며 어깨를 으쓱했다. 완전히 마인의 실패를 확신하는 표정이다.

루츠를 아빠 동료에게 소개하는 행동이 수습생이 되기 위한 소개라는 의미를 마인은 겨우 그저께가 돼서야 알아차렸다. 어제는 루츠의 차림새를 가지런히 하겠다며 허둥지둥 준비해 숲에 갔다. 루츠의 머리가 놀랄 만큼 반들반들한 금발이 되어 돌아왔지만, 수습생으로 고용되는 데 중요한 것은 소개하는 자의 신용이지, 겉모습이 아니었다.

투리는 마인의 신용으로 루츠를 고용해 줄 사람이 누가 있겠나 싶었다. 다만 최근에 분발하는 마인을 보고 있으면 왠지 이상한 기분이 들었다. 1년 전의 마인은 저렇게 노력파가 아니었다.

"어쩐지 요즘의 마인은 마인이 아닌 것 같아. 여전히 열만 나면 쓰러지지만, 비겁하다며 울지는 않아. 뭐, 지금도 못하겠다, 못하겠다고 칭얼대면서 그래도 혼자 하겠다며 울다 화냈다 하지만……."

투리만 건강하고 놀러 나갈 수 있다니 비겁하다며 원망 어린 울음만 터트리던 여동생의 모습을 최근엔 전혀 찾아볼 수 없었다. 여전히 열이 나기 쉬운 몸이었지만, 자신이 하고 싶은 일을 찾아 도전하고 실패하면 풀이 죽었다.

"원래 다 그렇게 크는 거란다. 생각대로 되지 않으면 싫다며 짜증을 부리거든. 너도 세 살이 되기 전에는 그랬지."

에파가 추억을 회상하듯 눈을 가늘게 뜨며 말했다. 옛날에 자신이 어땠는지 기억이 없었던 투리는 자기가 혼자 하려 하고, 안 되니까 짜증을 부렸다는 이야기를 들으니 조금 부끄러웠다.

하지만 에파의 이야기 속 자신과 지금의 마인을 비교해 보니 조금 의아해졌다.

"내가 세 살이 되기 전이라고 했지? 그러고 보면 마인은 성장이 느리지 않아?"

"느리지. 그래도 체격이 크는 걸 보면 보통이지 않을까? 이제야 겨우 건강해져서 성장할 여유가 생긴 거야. 너도 귀찮겠지만 생명에 위험이 없는 한에서 마인이 하고 싶은 걸 하게 도와주렴. 그러는 사이에 스스로 할 수 있는 일이 늘거나 가능한 범위를 깨우쳐서 엉뚱한 짓은 하지 않을 테니까."

"그러고 보면…… 세례식 후에 나 대신 집안일을 도와주게 되기 전까지 물 떠오기도 채집도 혼자서 하려고 했었어. 전혀 도움을 못 줬다며 풀이 죽었지만."

에파에게 지적을 받은 투리는 마인이 최근에 한 행동들을 돌이켜 생각해 보았다.

마인은 변함없이 의미를 알 수 없는 요구를 해 댔지만, 혼자 옷을 갈아입고 혼자 용변을 보고 지우는 일도 가능해졌다. 갑자기 짜증을 부리던 때를 생각하면 확실히 투리의 부담이 줄었다.

채집도 처음에 자기 발로 숲에 갔을 때는 루츠를 끌어들여 몰래 만든 점토판을 페이 일당이 부수자 눈동자를 무지개색으로 빛내며 노발대발했다. 하지만 그 이후부터는 숲에 가서도 특별히 문제를 일으키지 않았다. 체력도 팔심도 없어서 채집량은 적었지만, 막 숲에 가기 시작한 세 살짜리 아이라고 생각하면 대개 이러하리라는 생각도 들었다.

"정말 할 수 있는 일이 많이 늘었어. 이대로 건강해지면 좋을 텐데."

"오늘도 분명 우울해져서 돌아올 테니까 너도 달래 주렴. 마인이 나름대로 열심히 노력한 결과잖니."

에파는 그렇게 말하고 다 벗긴 카르페를 안으며 일어섰다. 투리도 벗겨낸 껍질을 모으고 점심 준비를 돕기 위해 자리에서 일어났다.

행상인이 되고 싶다는 루츠를 소개하러 간 마인이 조건부이기는 하지만 상인 수습생이 되는 길을 열어 오리라고는 이때의 투리는 눈곱만큼도 생각하지 않았다.

와시(和紙)로 향하는 길

와시[1]를 만든다. 와시를 만들 때가 왔다. 그것도 내가 아닌 루츠가 취직 활동의 일환으로 만들어 주게 되다니. 이 얼마나 대단한 일인가.

지금 스케이트를 탄다면 한 바퀴나 한 바퀴 반은 회전할 수 있지 않을까.

"우후훗. 후훗."

"마인. 기분 좋은 건 알겠는데……. 흥분은 하지 마. 또 열이 나면 어쩌려고?"

"종이를 만들게 됐는데 어떻게 흥분을 안 해? 종이가 만들어지면 책도 만들 수 있잖아. 신난다!"

책이 눈앞에 다가왔는데 어찌 흥분하지 않고 배겨? 폴짝폴짝 뛰면서 걷는 나를 향해 루츠가 머리를 감싸 쥐며 한숨을 쉬었다.

"마인……. 만들긴 하는데 어떻게 만들어야 해? 난 전혀 모르겠어. 도구가 필요하지 않아? 이대로 괜찮아?"

루츠가 지나치게 냉정한 의문을 한숨을 섞으며 내뱉자 한껏 들뜬 공기가 안개 걷히듯 흩어져 버렸다.

단숨에 현실로 돌아온 나는 자신이 처한 상황에 얼굴빛이 창백해졌다. 와시를 만드는 순서라면 알았다. 도구 이름은 대충 기억했다.

---

1 일본의 전통종이

'사라지는 장인과 도구'라는 책에서 읽은 적이 있었다. 하지만 와시를 만드는 데 쓰이는 도구를 만드는 방법까지는 세세히 기억나지 않았다. 당연히 도구가 없으면 종이를 만들 수 없다.

으아……. 우선은 도구부터구나……. 아아아, 여전히 쓸모없는 내 지식이여.

"어이, 마인. 갑자기 얌전해지기냐. 여기까지 와서 못한다는 말은 안 하겠지?"

루츠가 굉장히 불안한 표정을 짓자 나는 당황하며 고개를 저었다.

"그런 말 안 해. 종이 만드는 법은 알지. 계속 원했으니까. 하지만 나무를 자를 힘도 없고, 우물에서 물을 긷지도 못하고, 또 불을 쓸 수도, 섬유를 두드리지도 못하니까 만들 수 없었어. 종이를 만들어 달라고 고집부릴 수도 없고……."

"내가 도와준다고 했으니까, 나한테 부탁하지 그랬어……."

루츠가 분하다는 듯이 입술을 삐죽 내밀었다. 그런 루츠의 마음은 기뻤다. 하지만 종이 제작은 상당한 중노동이다. 채집하는 짬짬이 흙을 파고 나무 자르기를 도와주던 일과는 사정이 다르다.

"있잖아, 나 루츠에게 만드는 법을 가르쳐 줄 수밖에 없어. 이제까지 나 혼자서 하다가 루츠의 도움을 받았던 때랑은 달라. 처음부터 끝까지 거의 전부 루츠가 혼자서 종이를 만들어야 해. 그래도, 할래?"

"당연하지. 마인이 생각하고 내가 만들기로 약속했잖아?"

루츠는 바로 고개를 끄덕였지만 재차 확인이 필요하다. 어쩌면 그저 분위기에 말려 대답했을 뿐일 수도 있으니까.

"그리고, 루츠. 도구 만들기부터 시작해야 하는데 열심히 할 수 있겠어?"

"마인도…… 같이 할 거지?"

"물론이야. 할 수 있는 한 해야지."

그렇게 말하며 나는 생각에 빠졌다. 도구를 만들더라도 어떤 도구가 필요한지 파악해야 했다. 또 대용이 가능한 물건이 없을지 집안을 뒤질 필요가 있었다. 엄마에게 혼이 나더라도 필요한 물건이 없는 이상, 가능한 한 대용품을 찾아야 한다.

"난 필요한 도구를 뽑아서 대체 가능한 물건이 있을지 찾아볼게. 없으면 만들어야지……. 루츠는 종이 원료가 될 나무를 찾아 줬으면 좋겠는데."

"나무라면 숲에 가면 얼마든지 있잖아?"

"그렇긴 한데, 어느 나무가 종이에 맞을지 난 모르니까."

닥나무, 삼지닥나무, 안피나무 종류가 와시에 적합한 목재라는 지식은 있었지만 이 세계에서는 어느 나무가 적당할까.

"음, 종이를 만드는 데 쓰기 쉬운 나무는 섬유가 길고, 강해야 해. 섬유끼리 엮기 쉽게 끈기가 있어야 하고, 섬유를 많이 채취할 수 있는 나무…… 여야 하는데, 섬유가 길고 강한 나무일지 어떨지 어떻게 구분해야 좋을지 모르겠네."

그리고 닥나무는 1년생 묘목이 적당하다. 2년생이 지나면 섬유가 딱딱해지고 줄기에 마디가 생겨 사용하기 어려워진다는 내용을 책에서 본 적이 있었다. 하지만 그런 지식만 가지고 나무를 보고 1년생인지 2년생인지 구별하기 어렵다. 나, 정말 쓸모가 없네.

"그렇게 어려운 말 해도 나도 몰라."

"일단 부드러운 나무랑 단단한 나무가 있을 텐데, 그중에서도 부드러우면서 어린 나무가 필요해."

"그렇지. 세월이 지나면 딱딱해지니깐."

나에게는 어느 쪽도 딱딱해서 자르기 힘들지만, 채집에 익숙한 루츠는 어느 나무가 자르기 쉽고 어려운지, 단단한지 부드러운지의 차이를 아는 모양이다.

"어쨌든 대나무나 조릿대로 만든 종이도 있으니까 맞고 안 맞고는 있어도 일단 식물이면 종이로 만들 수 있어. 그래도 조금이라도 만들기 쉬운 쪽이 좋겠지? 게다가 상품화하려면 더 쓰기 편한 나무를 골라야 해."

종이를 상품화하려면 원료가 금방 떨어져 버리지 않게 나무 재배도 고려해 두어야 했다.

"되도록 재배가 가능하고 원료 입수도 간단하면 더 좋겠는데. 재배가 쉬울지 어떨지 잘 모르지?"

"아니, 쉽게 자라는 나무와 그렇지 않은 나무는 달라. 쉽게 자라는 나무는 있어."

"정말!?"

나는 그동안 외출하지 못한 자신의 낮은 경험치에 이를 갈았다. 숲에 나갈 수 있게 된 지 겨우 한 달째. 아직 나무를 자른 경험이 없는 내게 나무를 고를 능력이 있을 리 만무했다.

"나무 고르기는 루츠에게 맡길게. 여러 종류로 도전해 보고 맞는 나무와 그렇지 않은 나무를 조사해 나갈 생각이니까, 부드러운 나무를 여러 개 생각해 봐. 그리고 '점액'을 찾아 줘."

"그게 뭐야?"

"종이 제작에서 섬유를 엮는 접착제로 쓰이는 물건인데 이 주변에 있을지 모르겠네? 걸쭉하고 끈적끈적한 즙이 나오는 나무라든지…… 열매라도 괜찮은데, 짚이는 거 없어?"

루츠도 당장은 떠오르지 않는지 잠시 생각에 잠겼다.

"으~음……. 숲을 잘 아는 녀석한테 물어볼게."

"그럼, 난 순서를 생각해서 필요한 도구를 뽑아 볼게. 그리고 만드는 방법을 궁리해야지.."

지금부터 해야 할 일을 고민하는 사이에 어느새 집 앞에 도착했다.

"다 왔네. 그럼 이제부터 같이 힘내자."

루츠의 녹색 눈동자가 의욕에 가득 차 빛났다. 나도 고개를 크게 끄덕이며 집으로 들어갔다.

"어서 와. 실망하지 마, 마인. 너도 누군가에게 도움 될 날이 반드시 올 거야."

"응? 투리, 무슨 말이야?"

"다음에 또 분발하면 되지, 응?"

집에 들어오자마자 엄마와 투리에게 위로받았다.

"실패하지 않았어. 조건부지만 채용됐는걸?"

"뭐!?"

내가 오늘의 경위를 말하자 두 사람은 굉장히 놀라워했다. 축하 파티를 하자는 두 사람을 뒤로하고 나는 석판을 꺼냈다. 와시를 만드는 과정을 돌이켜 생각하면서 필요한 도구를 써야 했다.

"나, 다음 준비가 있어서 이만."

"수습생이 되기 위한 시험인걸. 열심히 해야지."

응원해 주는 투리에게 고개를 끄덕이고 석필을 집어 종이 제작 과정을 떠올렸다.

우선 제일 먼저 원료가 될 나무나 식물을 벨 도구가 필요하다. 손도끼는 루츠도 가지고 있고, 나무는 평소에도 자르니까 도구는 따로 필요하지 않겠지. 자, 다음.

닥나무의 경우 표피를 벗기려면 쪄야 했다. 찜통이 필요하군. 부엌에 있으면 빌리려고 즉시 부엌을 뒤졌지만 찜통은 없었다. 지금까지 우리 집에서 찜 요리가 나온 적이 없었으니 찜통이 없어도 이상하지 않았다. 석판에 찜통과 냄비라고 써 넣었다. 자, 다음.

찐 나무를 찬물에 씻어서 뜨거울 때 껍질을 벗겨야 한다. 삶기와 벗기는 과정도 강 근처에서 처리해야 하지만, 칼이 있으면 다른 건 특별히 필요 없겠지. 자, 다음.

잘 건조하는 작업과 하루 이상 강물에 담가 표피를 벗기는 작업에도 특별한 도구는 필요 없다. 자, 다음.

표피를 벗긴 백피를 잿물에 삶아 부드럽게 만들어서 불필요한 부분을 뗀다. 즉, 재와 냄비가 필요하다. 냄비는 찔 때 쓰니까 재사용이 가능하지만, 재는 준비하기가 어려웠다. 엄마가 줄 리도 없고 찌는 과정에서 생기는 재만으로 충분할지 몰랐다. 석판에 재라고 써 넣었다. 자, 다음.

삶은 백피를 강에서 하루 이상 담가 재를 씻어내고 햇볕을 쬐어 표백시킨 다음, 불순물을 제거한다. 이 과정은 거의 수작업이라 딱히 도구는 필요 없다. 자, 다음.

섬유가 솜처럼 될 때까지 마구 두드린다. 여기에서 섬유를 두드릴 방망이 같은 각목이 필요하다. 이건 나무나 장작으로 만들면 될까?

석판에 각목이라고 써 넣었다. 자, 다음.

두드린 섬유와 물과 점액을 잘 섞는다. 전부 넣고 섞으려면 통이나 대야 같은 용기가 필요하다. 그리고 초지틀로 종이를 뜬다. 발처럼 생긴 이 초지틀이 가장 골칫거리다. 석판에 대야와 초지틀이라고 써 넣었다. 자, 다음.

틀에서 깔개를 빼고 그 깔개에 포개진 종이를 지상으로 옮긴다. 지상은 걸러낸 종이를 올려놓는 넓은 판을 말한다. 그리고 하루 치 걸러낸 종이를 지상에 한 장씩 포개 놓고 하루 밤낮 정도 물이 빠지도록 그대로 둔다. 석판에 지상이라고 써 넣었다. 자, 다음.

그 후 천천히 누름돌로 압력을 줘서 거듭 물을 뺀다. 하루 동안 압착시킨 상태로 두면 점액질이 완전히 빠져나간다고 한다. 누름돌은 아무거나 상관없을까. 분명 기름을 짰을 때 썼던 압착용 돌이 집에 있는데 루츠가 쓸 수 있을지 모르겠지만, 일단 누름돌이라 써 뒀다.

압착한 종이를 지상에서 조심스레 떼어내 목판에 붙인다. 평평한 목판이라고 썼다. 그리고 햇빛에 말린 뒤 종이를 판에서 떼어내면 완성이다.

"흐~음. 이렇게 생각하니 도구가 꽤 많이 필요하네……."

필요한 도구는 찜통, 냄비, 각목, 재, 대야, 초지틀, 지상, 누름돌, 평평한 목판. 그리고 원료로 점액. 사진이나 그림으로 본 적은 있고, 과정은 대충 기억나는데 실제로 스스로 만든 적이 없으니 세세한 건 알 수 없었다. 가령, 나무 섬유와 점액과 물의 비율 같은 거 말이다.

하지만 언제였더라. 텔레비전에서 재료 만들기에 도전한 아이돌답지 않은 아이돌이 나와서 종이를 만드는 방송을 본 적이 있었다. 아이돌도 해냈는데 나라고 못할 소냐.

옛날에 본 방송을 생각해 내. 힘내라. 나의 기억력아! 잠깐, 그 아이돌은 도구도 빌렸었나? 도구까지는 안 만들었지? 게다가 가르쳐 주는 사람도 있었지 않았나? 어휴.

지식이 있어도 실제로 만든 종이라고는 가정 수업 시간에 우유팩으로 재생지 엽서를 만든 게 다였다. 아예 무경험보다야 낫다고 생각하고 싶지만 상당히 미덥지 못한 경험이다.

일단 엽서 크기부터 도전해 보자. 도구도 작은 쪽이 만들기 쉽고, 나무 종류를 확인하려면 큰 크기보다 작은 크기로 만드는 편이 좋겠지.

"그럼, 루츠. 우선 찜통을 만들어 볼까?"

중화요리에 쓰일 법한 동그란 찜통을 만들기는 어렵겠지만, 나무로 사각형 찜통을 만드는 정도라면 어렵지 않아 보였다. 나는 석판에 이런 모양이라며 찜통 그림을 그려 루츠에게 보였다.

"만드는 방법 자체는 간단하니까 할 수 있겠는데, 못은 있어?"

"응!? 나무에 칼집을 내서 조립하는 식으로는…… 못 만들어?"

"뭐야, 그게?"

도구를 만드는 데 생긴 골치 아픈 일 하나. 도구를 만들기 위한 도구가 없다는 것. 나무는 자르면 되지만, 못이 없다. 이곳에서는 못도 어린아이가 쓰고 싶다고 해서 쉽게 살 수 있는 가격이 아니었다.

그리고 나무를 자르기 위한 도구는 있어도 세밀한 작업이 가능한 도구가 없다는 점. 아빠의 도구를 빌려 에도시대의 조립식 전통 공예 기법을 내가 살짝만 쓸 수 있었으면 좋았겠지만, 그런 장인 기법을 지식만으로 쓸 수 있을 리가 없다. 게다가 설명만으로 루츠가 가능하다면 그건 장인 기법이라고 말할 수 없지.

못은 일상에서 쓰이니까 철물을 다루는 대장간에 가면 팔겠지만, 안타깝게도 돈이 없으니 속수무책이었다.

"어떻게 해? 마인."

"후, 오토 씨에게 상담해 볼게. 일을 도우면 못을 손에 넣을 수 있을지도 모르니까……."

일난은 내 노동력을 사 수는 곳에 가는 방법밖에 없겠지.

다음날. 나는 문으로 가서 오토에게 물어보았다.

"오토 씨, 질문이 있는데요. 못은 얼마 정도예요? 싸게 파는 업자라든지 알고 계시면 소개해 주세요."

"웬 못? 마인 짱은 못 쓰잖아?"

그렇다. 나에겐 쇠망치를 두드릴 근력이 없었다. 석필이나 잉크면 몰라도 내가 못을 갖고 싶어할 이유를 몰라 이상하단 듯이 고개를 갸웃거리는 오토에게 나는 한숨 섞인 대답을 했다.

"종이를 만드는 데 필요한 도구를 만들고 싶은데 도구를 만들 도구가 없어요.."

"아하하하하하……."

오토가 미친 듯이 책상을 두드리며 웃어 댔다. 물론 벤노에게 봄까지는 만들겠다며 큰소리 뻥뻥 쳐 놓고 도구를 못 만들어서야 비웃음거리밖에 안 되지만 이쪽은 절실하다고.

내가 발끈하며 노려보자 심하게 웃어 눈꼬리에 머금은 눈물을 닦으면서 오토가 피식 미소를 지었다.

상큼해 보이지만, 어딘지 상인 특유의 계산적인 시커먼 미소다.

엉겁결에 경계 태세를 갖춘 나를 눈치채고 오토가 빙그레 웃었다.

"머리를 윤기 내는 물건 제조법을 알려주면 못을 융통해 주지."

"못만으론 제조법을 밝힐 수는 없죠. 저번에 벤노 씨의 반응을 봐도 상당한 이익이 나올 상품이 될 물건 같으니까요."

"호오, 자세히도 봤구나."

"뭐, 대충은요."

약간은 감탄한 듯 중얼거리는 오토에게 애매모호하게 대답하면서 필사적으로 머리를 굴렸다. 오토라는 연줄을 잃으면 내겐 달리 의지할 사람이 없었다.

왜 오토 씨가 간편 한린샴을 필요로 하지?

오토는 벤노와 달리 상인이 아니다. 그렇다면 분명 상품으로 팔려는 생각은 아니다. 벤노에게 은혜를 베풀려는 가능성은 있겠지만.

오토 씨는 비교적 깔끔하지만, 자기가 간편 한린샴을 쓰고 싶을 정도로 겉모습에 신경 쓰는 타입은 아닌데. 대체로 필요로 하는 사람은 여성…… 부인!? 부인이었어!?

오토가 가장 사랑하는 부인이 정보를 알아 오길 원했다, 라면 어느 정도 설명이 되었다.

"오토 씨, 제조법은 어렵지만 물물교환이라면 좋아요."

오토의 눈썹이 살짝 올라갔다. 흥미를 보이는 걸 보니 정보에는 집착이 없는 모양이다. 나는 약간의 승리를 확신하고 다시 한 수를 꺼냈다.

"음, 그럼 코린나 씨에게 사용 방법을 알려주고 코린나 씨의 머리를 반들반들, 맨들맨들하게 만들어 보일게요. 물건만 받고 방법을 모르면 소용없으니까."

"좋아. 거래 성립이다."

생각하는 기색도 없이 오토가 고개를 끄덕였다. 오토한테는 코린나의 이름을 꺼내는 방법이 제일 효과가 있겠다고 생각은 했지만, 설마 이렇게까지 일이 수월하게 진행될 줄이야.

"그럼, 다음 휴일에 우리 집에 와. 그 때 교환하자."

"알겠어요."

다음 휴일에 오토 집에 간편 한린샴을 들고 가서 일일 미용사(샴푸 서비스만)가 되기로 결정했다. 어떻게든 못을 손에 넣을 수 있게 되어 안심했지만 이대로라면 내가 쓸 간편 한린샴이 줄어들겠지.

게다가 간편 한린샴은 소모품이라 더 만들어 놓아야 했다. 앞으로 오토가 다른 물건과 교환을 요구할 가능성이 높으니까.

"루츠, 못을 구할 희망이 생겼어."

"정말이야? 마인, 굉장하잖아."

"응. 대신에 '간편 한린샴'을 넘기게 됐는데…… 이제 양이 얼마 없거든. 오늘 만드는 거 도와줄래?"

"그래, 좋아."

이왕이면 간편 한린샴을 조금 넉넉하게 만들어서 앞으로 자금 조달원으로 활용하고 싶었다.

"이제 곧 메릴을 딸 수 있긴 시기이긴 한데 지금 계절이면 리오 열매가 쓰기엔 딱 맞을 거야."

숲에서 리오 열매를 따고 루츠에게 우리 집에서 으깨어 기름을 뽑도록 했다. 루츠도 아직 압착기를 쓰긴 힘들어서 망치로 두드렸다. 나는 짜낸 기름에 허브를 하나씩 넣었다.

"음, 꽤 간단하네."

"맞아. 기름 종류와 허브의 조합이 중요해. 그러니까 완성한 간편 한린샴을 자기가 원하는 재료와 교환하거나 자금을 조달하는 건 상관없지만, 제조법만큼은 절대로 알려주면 안 돼. 알겠지?"

"어째서?"

"간단하니까 한 번 만드는 방법을 알려주면 자기가 만들 수 있잖아. 그럼 두 번 다시 교환에 쓸 수 없겠지?"

"그렇구나. 알겠어."

내가 완성된 간편 한린샴을 작은 용기에 넣어 루츠에게 건네자 루츠가 고개를 갸웃거리며 의아하다는 표정을 지었다.

"난 딱히 필요 없는데? 물건이나 돈을 조달하는 네가 들고 있어."

"이건 루츠가 일한 몫이야. 칼라 아줌마한테 비위 맞출 때 쓰면 좋을 거야. 끈질기게 질문하시잖아?"

면접 전에 루츠의 머리를 깨끗이 했을 때 '엄마가 끈질기게 물어서 힘들었다'고 루츠가 말한 적이 있었다. 그 이후에 난 칼라 아줌마와 만난 적이 없었으니 질문이 루츠에게 향했던 모양이다.

"오오. 살았다. 고마워. 마인."

희색을 드러내는 루츠에게 나는 오토의 웃는 얼굴을 흉내 내며 씨익 웃었다.

"칼라 아주머니가 강하게 나오셔도 만드는 방법은 절대 누설하면 안 돼. 이건 물건은 건네되 정보는 건네지 않는 연습이야. 상인이 되려면 비밀로 지켜야 할 사항이 엄청 많거든."

"좀 간단한 연습부터 시켜 줘."

진저리치는 루츠를 보며 킥하고 웃었다.

그나저나 못 하나에 이렇게나 고민하게 될 줄은 몰랐네. 와시를
만드는 길은 참으로 멀도다…….

오토 집에 초대받다

며칠 뒤 오토를 통해 정식으로 코린나로부터 초대장이 도착했다.

"그래도 그렇지, 세례도 안 받은 어린애 앞으로 초대장을 보내는 건 이상하지 않나요? 보통은 부모님 편으로 보내지 않나요? 참석 여부는 부모가 결정해야 한다고 생각하는데요."

그런 내 말에 오토는 가볍게 눈썹을 올리며 고개를 저었다.

"제대로 글을 읽을 수 있는 사람이 집안에 너뿐이잖아. 거기다 이 초대는 거절 못 할 걸? 거절했다간 네 어머니랑 언니는 일거리를 받지 못할 가능성도 있으니까."

"네!? 그, 그게 무슨 소리예요?"

코린나네 친정은 유복한 상회로 코린나 본인도 유능하여 재봉사 조합에서 높은 사람이라고 했다. 이것저것 설명을 들은 결과, 재봉사 수습생인 투리가 평사원이나 아르바이트생, 염색 일을 하는 엄마가 계장이라고 치면 코린나는 임원쯤 되는 위치라는 사실을 알 수 있었다.

신분제 사회란…… 참 무섭구나. 윗사람한테 초대받으면 거절도 못 한다니. 응. 기억해 두자.

참고로 이것이 코린나의 초대가 아닌 오토의 초대라면 병사의 상하관계에 따라 아빠의 권한으로 거절할 수 있다고 한다. 생각보다 까다롭다.

"그리고 이 기회에 초대장에 대한 공부도 가르쳐 둘까 해서 말이지.”

“그렇군요. 잘 부탁합니다.”

오토와 함께 얇은 판으로 만든 초대장을 보면서 나는 답장 쓰는 방법을 공부했다.

“코린나 님한테 초대장이라고? 마인이!? 왜!?”

“오토 씨한테 듣고 '간편 한린샴'을 써 보고 싶대.”

“어머! 어쩜 이런 일이!?”

집으로 가져온 정식 초대장을 본 엄마가 호들갑을 떨었다.

“거절할 걸 그랬나?”

“거절이라니 말도 안 되지! 결례가 되지 않게 행동해야 해!”

지나치게 당황하는 엄마에게 물어봤다가 오히려 눈을 부릅뜨며 혼이 났다.

“네! 조심할게요.”

오토에게 들었던 대로 이것은 초대장이라기보다 소환 명령에 가까웠다.

엄마는 허둥지둥 내 앞치마를 새로 만들기 시작했다. 코린나네 집에 평상복으로 방문하는 건 실례인 모양이다. 엄마는 앞치마를 만들며 부잣집 초대에 결례가 있으면 안 된다며 내게 생각나는 대로 주의를 주었다. 코린나에게 간편 한린샴을 쓰는 방법을 가르치기만 하려던 일이 어쩐지 엄청 소란스러워졌다.

“좋겠다, 마인만 가고……. 만든 건 난데.”

“엄마, 투리도 같이 가도 괜찮아?”

“안 돼! 초대도 안 받았잖니.”

간편 한린샴을 고안한 건 나지만, 지금까지 만들어 온 사람은 투리였다. 투리도 갈 자격은 있다고 생각했지만, 초대받지 않은 사람을 멋대로 데리고 가는 행동은 이곳에서도 실례에 해당한단다. 아무리 부러워해도 투리는 집 지키는 신세여야 하는가 보다.

오토와는 저번 회합 때처럼 세 점 종에 중앙 광장에서 만나기로 했다. 나는 평상복 위에 엄마가 만들어 준 새 앞치마를 걸치고 아빠와 함께 중앙 광장으로 향했다. 항상 들고 다니는 토트백에는 작은 병에 든 간편 한린샴과 빗이 들어 있었다.

우리가 중앙 광장의 분수대 근처에 도착했을 땐 오토가 이미 기다리고 있었다.

"반장님, 걱정하지 않으셔도 제가 책임지고 맡겠습니다. 자, 갈까. 마인 쨩."

"네. 갔다 올게. 아빠."

걱정스럽게 계속 우리를 바라보는 아빠에게 손을 흔들며 헤어진 후, 오토와 성벽을 향해 걷기 시작했다. 성벽 근처에 오토네 집이 있는 모양이었다. 귀족이 사는 성벽에 가까울수록 집세가 월등히 비쌌다. 오토네 집은 말하자면 고급 주택지에 있는 셈이다.

"오토 씨는 병사면서 성벽 근처에 살아요?"

"내 급료로는 어림도 없지. 코린나 친정에서 친정집 위층에 신혼집을 마련해 주셨거든. 귀여운 여동생을 뺏기고 싶지 않았던 처남이 여기서 살라고 명령해서 말이야."

그리고 보니 오토는 데릴사위 비슷하게 들어갔다고 들었다. 분명 친정의 원조가 없었다면 말단 병사의 급료로는 이런 곳에 살진 못하겠지. 시민권을 따는 데 전 재산을 쏟아 부었다고 했으니 어쩌면 결혼 당시에 빈털터리인 오토 때문에 친정 관계자도 머리를 싸쥐고 고민하지 않았을까.

마을 북쪽으로 이동할수록 주위 사람들의 모습이 내 생활권과 조금씩 바뀌었다. 여기저기 이어 붙인 누더기가 보이지 않게 되면서 하늘하늘한 천을 많이 쓴 디자인으로 바뀌었다.

1층에 늘어선 상점들의 모습에도 변화가 있었다. 상점 자체의 규모가 커지고 종업원이 늘고 드나드는 손님도 많았다. 큰길을 왕래하는 마차가 많아진 반면 짐차를 끄는 당나귀 수는 줄어들었다.

내가 걸을 수 있는 범위와 같은 마을 안에서 이렇게나 확연한 계급 차가 있다는 사실이 충격적이었다. 계급 사회에 대해서도 책으로 읽어서 대략 알고는 있었지만, 실제로 눈앞에서 직접 보니 상상과 전혀 달랐다. 눈을 껌벅거리며 나는 주위를 관찰했다.

"여기 3층이야."

"3층!?"

오토의 집은 7층 건물의 3층이었다. 1층은 상점이고 그 위에 2층은 대개 점주의 가족이 산다. 3층에서 6층은 임대하고 7층은 대부분 더부살이 수습생이나 종업원들이 지내는 방이다. 거리에 가깝고 우물에 가까운 낮은 층일수록 집세가 높아지는 셈이다. 우리 집은 어느 쪽이냐 하면 남문에 가까운 5층 건물이니 부디 수입 상태가 어떤지 한번 헤아려 보기 바란다.

아내의 친정이 친정집 위층에 신혼집을 마련해 주었다는 말은 코린나가 이 커다란 가게의 주인 아가씨라는 말이었다.

참으로 용케도 결혼을 허락받았네. 행상인과 상회의 주인 아가씨라니 상당한 신분 차이가 느껴지는데 이 세계에서는 어떨까?

"다녀왔어, 코린나. 마인 짱을 데려왔어."

"어서 와요, 마인 짱. 여기까지 잘 왔어. 난 코린나라고 해. 오토의 아내야."

"처음 뵙겠습니다. 코린나 씨. 마인이에요. 오토 씨에게 항상 신세를 지고 있어요."

처음 만난 코린나는 놀랄 만큼 귀엽고 사랑스러운 여성이었다.

달빛을 모은 듯한 옅은 크림색에 풍성하게 정리된 머리가 호리호리한 목선을 강조했다. 눈동자도 은색에 가까운 회색이었고 전체적인 색채가 연해서인지 뽀얗게 보였다. 거기에 거유라니. 나올 곳이 딱 나오고 허리둘레는 쏙 들어가 잘록했다.

오토 씨……. 밝히기는!

응접실로 안내받은 나는 벽에 걸린 패치워크식 태피스트리나 걸려 있는 코린나의 작품에 감탄의 숨을 내뱉었다. 이곳에서 생활하게 된 이래 장식품이 있는 가정집을 처음 보았다.

수많은 옷과 천 자투리로 만들어진 장식품을 보면 이 방은 의뢰인과 일 이야기를 나누는 곳임을 알 수 있었다. 형형색색의 천으로 센스 있게 장식된 방이 왠지 아늑하게 느껴졌다.

다만 유복한 상인 저택치고는 나의 상상보다 훨씬 소박한 집이었다. 테이블도 의자도 화려하게 조각되거나 번쩍번쩍하게 손질된 가구가 아니라 나뭇결이 그대로 드러난 단순한 디자인이었다. 북유럽 가구가 단순한 이유도 질리지 않게 오래 쓰기 위해서니 겨울에 눈 때문에 폐쇄되는 이 주변도 그러한 의도로 가구를 만드는지도 몰랐다.

"마인 짱, 일부러 와 줘서 고마워. 머리를 윤기 나게 해 준다고 오 토한테 듣고 얼마나 기대했는지 몰라."

허브티를 따르면서 말하는 상냥한 목소리에서도 코린나가 교육을 잘 받고 자란 아가씨라는 분위기가 배어 나왔다.

"저도 코린나 씨 얘기를 듣고 만나길 기대했어요. 귀엽고 아름다 우신 데다 방을 꾸미는 센스도, 진열된 옷도 들은 바 이상이에요."

"징말 예절 교육을 잘 받은 아가씨네. 그리고 듣던 대로 예쁜 머 리카락이야. 나도 이렇게 될 수 있을까?"

코린나가 황홀한 얼굴로 내 머리를 어루만졌다. 상품가치를 보다 높이려고 어젯밤 간편 한린샴으로 머리를 감는데 엄마와 투리까지 합세해 광택을 냈거든.

오늘 내 머리카락은 평소보다 윤기가 반지르르하다.

"바로 감으시겠어요?"

토트백에서 병을 꺼내자 코린나의 얼굴이 환하게 펴졌다. 감정 표 현이 솔직한 귀여운 코린나에게 오토가 맹목적으로 사랑에 빠진 이 유가 알 만하다.

"머리를 감을 준비가 필요해요. 물을 넣은 통과 머리 닦을 천을 준비해 주시겠어요?"

힘쓰는 일은 남자의 일이라는 듯 오토에게 씻을 준비를 시켰다. 그동안 코린나는 젖어도 괜찮은 옷으로 갈아입게 했다. 나는 준비하 는 오토 옆에서 머리를 닦을 천과 작은 병을 늘어놓고 빗을 꺼냈다.

"호오, 이건가. 이걸 어떻게 한다고?"

오토가 흥미진진한 눈으로 병을 흔들다가, 안을 빤히 쳐다보고 냄 새도 킁킁 맡았다. 오토가 여기에 있으면 씻기 시작하고 나서도 이것저것 만지작거리거나 말참견을 하거나 코린나와 둘만의 세계에 빠지거나 해서 상당히 귀찮아질 예감이 바싹바싹 들었다.

"준비가 끝났으면 오토 씨는 다른 방에서 기다려 주세요. 여성이 멋을 내는 과정을 보는 그런 비신사적인 행동은 하지 않으시겠죠?"

"그래. 오토는 다른 방에서 기다려 줘."

나는 잔뜩 버티고 있으려는 오토를 코린나와 함께 침실에서 쫓아냈다. 방문 앞에서 어슬렁거리는 발소리가 들렸지만, 무시하고 병을 손에 들었다.

그리고 코린나 앞에서 잘 이해하도록 설명하면서 병 속에 든 액체를 통에 부어 넣었다.

"이건 '간편 한린샴'이라고 해요. 통에 물을 반쯤 붓고, 이 정도 넣어 주세요. 그리고 머리카락을 담가 씻어냅니다. 머리를 풀어도 될까요?"

코린나가 머리를 풀어 겁내듯이 쭈뼛쭈뼛 통에 담갔다. 목욕한 지 얼마 지나지 않아서일까. 코린나의 머리는 생각보다 지저분하지 않았다.

나는 두피가 깨끗해지도록 몇 번이고 액체를 부으면서 씻겨 갔다.

"이 주변은 특별히 신경 써서 씻어 주세요."

"다른 사람이 씻겨 주는 일이 이렇게 기분 좋은 느낌인 줄 처음 알았어."

"오토 씨라면 부탁하면 씻겨 주지 않을까요?"

오히려 부탁하지 않아도 해 주지 않겠냐고 중얼거리자 코린나가 작게 웃었다.

"어머, 멋 내는 과정을 보이면 비신사적인 행동 아니니?"

"제 눈앞에서 두 사람의 세계에 빠지면 곤란하다고 생각했을 뿐이에요."

"어머나! 후후. 이런 어린아이한테까지 그런 말을 듣다니, 대체 오토는 평소에 무슨 말을 하고 다니는 거람?"

평소에 서로 씻겨 주는 투리보다 커서 씻기기 힘들었지만, 코린나 씨의 만족도에 따라 오토에게 받을 몫의 수가 현저히 달라질 터였다. 나는 최대한 힘을 발휘해 정성스럽게 씻었다.

"저기, 마인 짱. 한 가지 물어도 될까?"

코린나의 목소리가 조금 경직되게 들리자 혹시나 간편 한린샴의 제조법을 묻는 걸까, 하고 무의식중에 경계했다.

"오토는 문에서 어때?"

"네?"

예상외의 질문에 고개를 갸우뚱하는 나에게 코린나가 근심스러운 표정으로 중얼거렸다.

"나 때문에 상인을 포기하게 된 게 걱정되거든……."

"아, 그렇게 걱정할 필요 없어요. 문에서 마음껏 상인 노릇을 하고 있으니까요."

바쁘다면서 결산기 작업을 몽땅 혼자 도맡아 하거나, 비품을 납품하러 오는 상인과 입씨름도 하고, 문지기 일을 최대한 살려 정보를 수집하는 오토의 행동은 뼛속부터 상인이었다.

"뭐……? 문에서 상인 노릇을 하고 있다니? 병사인데?"

"네. 특히 납품업자와 언쟁이 붙거나 주문할 때 값을 깎는 오토 씨는 정말 상인다운 시꺼먼 웃음을 하고 생기가 넘쳐 보여요."

"후후, 마인 짱은 오토가 상인으로 보이는구나? 그래, 그렇구나.

어쩐지 속이 뻥 뚫린 기분이야."

코린나의 머리는 천으로 닦으면 닦을수록 크림색 머릿결에 윤기가 흘렀고 정성 들여 빗으니 진주 같은 광택을 띠어 갔다. 루츠의 금발을 감길 때도 느꼈지만 아름답고 부러운 색이다.

"빗은 되도록 나무빗을 사용하세요. 사용할수록 나무가 액을 흡수해서 윤기를 내기 쉬워질 거예요."

"알았어. 정말 굉장히 예뻐지는구나?"

사르르 하고 자신의 머리카락을 만지면서 코린나가 감탄사를 뱉었다.

"코린나 씨는 원래 머리색이 예쁘고, 평소에 손질을 하시는 모양이니까 약간만 손질해도 몰라보게 윤기가 나네요. 닷새에서 이레에 한 번 정도 이걸로 씻으면 돼요."

조금 액이 남은 병을 가리키면서 빈도를 설명하자 코린나가 고개를 갸웃거렸다.

"이걸 받아 버려도 괜찮을까? 너무 미안해서. 그 대신 뭔가 다른 걸……."

"괜찮아요. 오토 씨에게 대가로 못을 받기로 했어요."

"못……? 정말? 너무 대가가 싸지 않을까? 괜찮겠니?"

조금은 싸게 치여도 제조법을 알리지도 않았고 원했던 못도 손에 넣었고 앞으로 코린나가 간편 한린샴을 원할 때마다 다른 물건을 요구할 계획이니 나로선 딱히 문제는 없었다.

"저기, 마인 짱. 옷이 조금 젖어 버려서 갈아입고 싶은데. 오토와 같이 기다려 줄래?"

코린나의 부탁에 내가 침실을 나가려고 문을 열자 오토가 방 앞에서 먹이가 나타나길 기다리는 굶주린 곰처럼 서성거리고 있었다.

"코린나!?"

"난 옷이 젖어서 갈아입어야 해. 오토, 마인 짱 접대를 부탁해."

문에서 살짝 얼굴을 내밀고 생긋 웃으며 코린나가 말했다. 아직 완전히 마르지 않은 촉촉히 젖은 머리카락이 젖은 옷 위를 사락거리며 미끄러졌고 부끄러운 듯한 언동이 묘하게 섹시했다.

"이런 모습을 보여서 미안해. 빨리 갈아입을게."

코린나는 나를 침실에서 내보내고 빠르게 문을 닫았다. 내가 오토의 얼굴을 힐끗 쳐다보니 오토는 얼빠진 듯한 표정으로 닫힌 문을 바라보고 있었다. 나 같은 건 전혀 눈에 들어오지 않는 오토의 모습에 마음속으로 승리를 외쳤다. 이번엔 틀림없이 나의 승리다.

"우후훗. 오토 씨. 코린나 씨 엄청 예뻐졌죠? 다시 반했죠? 크림색 머리가 보석처럼 빛나면서……."

"웃! 코린나!"

"잠깐, 코린나 씨 옷 갈아입는 중이라고요!"

한번 숨을 삼키고 움직이나 했더니 갑자기 방으로 돌진하려는 오토를 황급히 말렸다. 물론 내 힘으로 감당할 수 없었다.

"오토! 내가 옷 갈아입는 모습을 마인 짱에게 보일 셈이야?"

문 저편에서 들려오는 조용한 질문에 마치 전지가 나간 듯 오토의 움직임이 딱 멈췄다.

그리고 잠깐의 침묵 뒤, 몸을 빙글 돌린 오토가 무서울 만큼 상큼한 미소로 생긋 웃으며 내 어깨를 힘주어 잡았다.

"어이, 마인 짱. 급한 용무가 떠오르지 않아?"

다시금 홀딱 반한 아내와 러브러브하고 싶으니 당장 꺼지라는 말이군요. 잘 알겠습니다.

"못을 얼마나 받느냐에 따라서 생각날 수도 있겠네요."

나는 부엌 테이블 위에 놓인 못 주머니를 힐끗 보면서 생글 웃었다.

오토는 못 주머니와 나를 번갈아 바라보면서 심각한 고민에 빠졌다. 상인으로서의 계산과 아내의 사랑을 저울에 달아 저울질하는 모습이 눈에 보일 듯 선하다.

"전부 주면 아빠한테도 잘 변명할 수 있겠는데."

그렇게 말하자마자 아빠에게 나를 책임지고 맡겠다던 오토가 못을 전부 내게 밀어내면서 웃었다. 예상대로의 전개에 나는 얌전히 자리를 뜨기로 했다.

예상보다 훨씬 많은 못을 손에 넣었으니까 뭐 상관없죠. 이젠 좋을 대로 하세요.

못이 잔뜩 든 주머니를 안고 나는 혼자 낑낑대며 집으로 돌아가는 길을 걷기 시작했다. 무겁다. 못이 하나면 가벼울 텐데 양이 많아지니 무거웠다. 조금 걷기만 해도 팔이 부들부들 떨렸다.

안 되겠어. 휴식이 필요해. 팔 아파.

이대로라면 집까지 도착하지 못할 터였다. 나는 중앙 광장의 분수대 근처에 잠시 앉아 휴식을 취하기로 했다. 팔을 털털거리며 주물럭거리고 있으니 어딘가에서 귀가하는 듯한 루츠가 부리나케 내 눈앞을 지나갔다.

"어? 루츠? 어디 가?"

"마인!? 마인이야말로 이런 데서 뭐 해? 어? 혼자야?"

나의 행동 범위는 기본적으로 문과 숲이다. 최단거리밖에 걷지 못하므로 중앙 광장을 지나갈 일은 거의 없었다. 숲에 갈 때도 감시가 필요한 내가 혼자서 움직였다는 사실에 놀란 루츠가 눈을 크게 떴다.

"난 오토 씨 집에서 돌아가는 길이야. 못을 이렇게나 받았어. 근데 무겁고 집까지 꽤 멀어서 쉬는 중이야."

"들어 줄 테니까 이리 줘. 왜 데려다 달라고 안 했어?"

루츠는 투덜투덜 불만을 터트리며 못 주머니를 들어 주었다. 내 팔에 고통을 주던 주머니 무게도 루츠에게는 별거 아닌 듯하다.

루츠와 함께 집으로 걸어가면서 서로 오늘의 행동을 보고했다.

루츠는 숲을 잘 아는 사람이나 목재를 다루는 사람에게 종이로 만들기 쉬운 나무나 점액으로 쓸 만한 재료에 관한 정보를 들으러 갔다고 했다. 와시를 만들려면 닥풀을 사용하는데 이곳에서는 끈적끈적한 점액이라고 하면 에딜 열매, 아니면 슬라모 벌레의 체액이 가장 먼저 떠오른다고 했다.

으윽. 벌레 체액보다는 나무 열매가 좋겠어. 계절 내내 잡히는 건 벌레겠지만.

"못도 받았으니 이걸로 찜통을 만들 수 있겠어."

"응? 크기는 어떻게 할 거야? 냄비에 맞춘다고 하지 않았어? 아줌마 걸로 쓰겠다고 했었나?"

나무를 찔 찜통은 처음엔 그리 크지 않아도 되지만, 되도록 냄비 크기에 맞추고 싶었다. 하지만 냄비는 어느 가정에서도 요리에 쓰는 것만 있었다. 빌려 달라고 부탁해도 아마 엄마는 빌려주지 않겠지.

"아직 말 못 했어. 오히려 음식 아닌 건 넣지 말라고 혼난 적이라면 있어.”

　말린 생선을 넣기만 해도 펄쩍 뛰는 엄마가 나무를 찌거나 삶아 종이를 만드는 데에 냄비를 빌려줄 리가 없었다.

　“큰일이네. 그럼 어떻게 해? 나도 냄비는 못 만든다고.”

　냄비는 비싸다. 그것도 어마무시하게. 부서져도 고쳐 가면서 계속 쓰는 물건이었다. 우리가 갖고 싶다고 간단히 손에 넣을 수 있는 물건도 아니었고 금속 가공품이라 자체 제작도 어려웠다.

　“먼저 초지틀부터 만들까? 그거라면 크기는 거의 정해져 있으니까 만들 수 있어.”

　“하아. 만들 수 있는 도구부터 만들 수밖에 없겠네.”

벤노의 호출

숲에서 채집하면서 루츠와 함께 초지틀을 만들기 시작했다. 틀은 나무로 된 테두리라서 나무와 못으로 비교적 간단하게 만들 수 있었다. 나무를 같은 길이로 일식선으로 자르는 작업이 가장 어렵지만, 제작 방법 자체는 그렇게 어렵지 않았다. 특히 이번엔 커다란 와시가 아니라 엽서 크기로 만들 거라 깔개를 받칠 띳장[2]을 대지 않아도 괜찮으리라. 가정 수업에서 썼던 작은 틀을 참고로 만들어 볼까 했다.

나는 석판에 완성형을 그려 루츠에게 보여준 뒤, 필요한 부품을 써 내려갔다. 루츠는 그것을 보면서 나무를 자르기 시작했다.

"그러니까 이런 느낌으로 만들면 돼. 딱 맞아 떨어지게 일직선으로 잘라야 해. 마지막에 깎아서 맞춰도 되지만……. 가능하겠어?"

"생각보다 까다로워. 일직선은……."

가운데 면을 직사각형 엽서 크기로 나무를 자르고 직사각형 테두리 두 개를 만들었다. 위틀과 아래틀이 만들고 종이 뜨기를 할 때 위틀이 움직이지 않게 고정해 주는 고정판을 달았다. 그리고 위틀에는 손으로 들 수 있도록 손잡이도 달았다.

"완성했어! 루츠, 꽤 괜찮은데?"

"그 정도로 괜찮아?"

---

2 널빤지 내부에 버팀목으로 받쳐주는 띠 모양의 나무

"응! 이 상하 틀 사이에 깔개를 끼우고 이 손잡이를 이렇게 잡고 이렇게 흔들어 주면서 섬유를 균일하게 할 거니까 형태는 이 정도면 괜찮아."

"형태는?"

의아스럽다는 듯이 내 말을 되받아친 루츠에게 나는 겹친 틀을 옆으로 돌려 조금 덜커덩거리며 틈새가 보이는 부분을 가리켰다.

"가능하면 상하 틀을 겹쳤을 때 틈새가 생기지 않게 조금씩 손질하거나 깎아서 딱 맞추면 완성이야."

"딱 맞춘다고!? 그건 아빠나 형들한테 부탁하지 않으면 도구가 없어……."

"도구…… 빌릴 수 있어?"

"몰라……."

행상인은 포기했지만, 부모님이 희망하는 건축 관계나 목공 관계 일을 차 버리고 스스로 상인 수습 자리를 정해 버린 루츠에게 지금 가족으로부터 반발이 심하다고 했다. 도저히 도구나 힘을 빌려 달라는 부탁을 할 처지가 아니란다.

상인 놈들은 그저 돈밖에 머릿속에 없다, 냉혈한 짐승 같은 놈들이다, 내 아들이 그런 족속이 되고 싶어 하다니 용서할 수 없다는 게 아빠의 말. 엄마 칼라는 행상인을 포기하고 마을 안에서 직업을 찾았으니까 한 번 더 포기할 수 없냐고 설득하는 모양이었다.

아무리 가족의 비난이 거세도 모처럼 스스로 개척한 길을 포기하고 싶지 않다고 루츠 본인이 말하는 이상, 내가 할 수 있는 일은 루츠의 가족을 만났을 때 루츠의 노력을 슬며시 전하거나 요리로 가족들의 마음을 잡는 정도였다.

그다지 힘이 안 되네.

틀 형태는 만들었으니 최악의 경우에는 사용해 보고 안 되면 깎으면 된다. 문제는 깔개였다. 습자용 붓을 칭칭 감아 쓰던 깔개를 스스로 만들어야 했다. 크기가 가지런한 대오리[3]와 실이 필요하다. 그것도 튼실한 실이. 우리가 맘대로 쓸 수 있는 실은 없었고 대나무로 대오리를 만드는 작업도 어려워 보였다. 엽서 크기라곤 하지만 상당히 힘든 직업이 되리라는 예상이 늘었다.

"오늘은 틀을 만들었으니까 내일부터는 대나무를 깎아서 대오리부터 만들자. 그런데 동그스름한 대오리를 간단히 만들 수 있을까? 어느 정도 굵기와 크기가 비슷하면 사각이라도 괜찮으려나? 어떨까?"

"만들어서 써 보지 않으면 모른다고밖에 못 하겠는데……."

아직 칼 다루기가 능숙하지 않은 나는 큰 힘이 되지 않지만, 많은 수가 필요한 만큼 깨작깨작 만들 수밖에 없었다. 오늘의 목표였던 틀 만들기가 잘 마무리되었으니 그나마 다행이었다.

"마인 짱, 그리고 루츠. 잠시 이쪽으로 와 볼래?"

오토가 문에서 집으로 돌아가려는 나와 루츠를 불렀다. 나 혼자라면 문에서 조수를 하니까 이상할 거 없지만, 루츠를 호출하는 일은 지금까지 전혀 없었다.

"나도?"

"그래. 두 사람 다. 자. 초대장이다."

---

3 대를 가늘게 쪼갠 것

오토에게 코린나의 초대장과 비슷한 판을 건네 받았다. 나는 공부한 성과를 보이며 즉시 수신인과 발신인을 확인했다. 벤노가 나와 루츠 앞으로 보낸 초대장이었다.

종이가 완성되기 전까진 만날 일은 없다고 생각했는데, 아직 수습생도 아닌 우리에게 갑자기 초대장을 보내는 이유가 뭘까?

"내일이라니 꽤 급한 호출이네요. 뭐지⋯⋯? 혹시 종이를 만들기도 전에 불합격인 건?"

너희보다 의리를 우선시해야 하는 사람의 부탁으로 수습이 정해졌으니 이만 됐다는 최악의 사태만 머릿속을 빙글빙글 맴돌았다.

"아니, 아니야! 그건 아냐!"

당황하며 부정하는 오토를 나는 힐끗 노려보았다. 이 사람은 분명 뭔가 알고 있어.

"오토 씨, 대체 뭘 알고 있는 거죠?"

"아~, 벤노가 코린나 머리를 보고 시시콜콜 캐묻기에 내가 아는 사실을 살짝 말했어. 그 용건이야."

"그럼 오토 씨 때문이잖아요! 왜 살짝 말해 버린 거예요!?"

"코린나가 예뻐졌으니 남편으로서 당연히 자랑해야지."

자랑하러 일부러 벤노에게 가다니. 못을 전부 가져간 저에 대한 복수인가요?

오토에게 불만을 내비쳐도 초대장은 받아 버렸고 벤노의 가게에 수습생으로 취직하고 싶다면 이 초대장은 거절해서는 안 되는 소환 명령이었다.

"점심 초대가 명목이니까 호화로운 점심을 먹을 수 있을지도 몰라, 루츠."

"오오! 갈래! 꼭 갈래!"

루츠가 갑자기 갈 의욕에 불타올랐다. 언제나 배를 굶주리는 가난뱅이에게 화려한 밥을 미끼로 던지면 그것으로 승부는 끝이었다. 실은 나도 부자의 식사에 약간 흥미가 있었고.

초대장에는 '네 점 종이 울린 후 길베르타 상회' 라고 쓰여 있는데 길베르타 상회가 대체 어디지?

"길베르타 상회란 곳은 어니예요? 우린 잘 모르는데요?"

"길베르타 상회가 벤노네 상점이니까 우리 집 1층이야."

오토네 집은 아내인 코린나의 친정집 위층으로 분명 나이 차 나는 오빠가 귀여운 여동생을 걱정해서 마련해 준 곳이라고 했었다. 즉, 코린나가 벤노의 여동생이고, 오토와 벤노의 관계는……

"처남 매부 사이였어요?"

오토가 히죽 웃었다. 처남 매부 사이라면 오토에게 한 말들이 전부 벤노 귀에 새어 들어갔다고 해도 이상하지 않았다. 더는 아무 말도 오토에게 하고 싶지 않아졌다.

다음 날, 나와 루츠는 최대한 깨끗한 옷을 입고 벤노의 상점으로 향했다. 중앙 광장을 지나자 분위기가 점점 고급스럽게 바뀌었다. 루츠도 중앙 광장에서 성벽 쪽으로는 온 적이 없는 듯 주변을 두리번두리번 둘러봤다.

"뭔가 엄청나다……."

"응, 같은 마을인데도 전혀 달라. 나도 오토 씨네 집에 갔을 때 깜짝 놀랐거든."

"이렇게나 마을이 다르면 점심밥도 우리 집이랑 완전히 다르게 화려하겠지? 기대되네."

천진난만한 미소로 기대하는 루츠에게 나는 가볍게 한숨을 내쉬고 충고해 두었다.

"루츠, 먹을 때 신경 써서 먹도록 해. 식사 예절을 반드시 확인할 것 같으니까."

"뭐!? 신경 써서 먹으라니? 뭐야? 난 그런 거 몰라!?"

"자세에 주의하면서 허겁지겁 먹지 말고 벤노 씨를 본보기로 따라 먹으면 그렇게 틀리진 않을 거야."

"젠장, 긴장되잖아."

이 앞에 무슨 일이 기다리고 있을지 알 수 없는 불안감에 공연히 둘이서 손을 잡고 걸었다.

우리가 길베르타 상회에 도착한 건 아직 네 점 종이 울리기 전이었다. '네 점 종이 울린 후'라고 적혀 있었으니 상점 근처에서 시간을 보내야 할 듯싶다.

"이제 어떡할 거야?"

"이 근처에서라도 좋으니까 가게를 보고 싶어. 벤노 씨네 가게에서 어떤 물건을 파는지, 종업원은 몇 명인지, 수습생이 어떤 일을 하는지 전혀 모르잖아."

"하긴 그러네."

취직할 곳의 정보 수집은 내겐 상식이었지만, 이곳에는 인터넷도 정보지도 없다. 평판이나 소문을 뒤지든지, 아니면 자기 눈으로 직접 확인하든지 둘 중 한 가지 방법으로 정보를 얻어야 했다.

원래는 부모님의 일을 보고 업계 사정을 알고, 소개해 주는 사람의 이야기를 들어서 자신이 갈 직장의 정보를 얻는다. 하지만 벤노와 오토가 처남과 매부 사이라는 사실을 우리에게 숨겼던 이상, 정말로 오토가 정보를 줄 것인지는 미지수였다. 행상인의 이야기를 들으려고 갔을 때 오토는 벤노를 '행상인이었을 적 지인'이라고 소개했다. 처음부터 불합격시킬 생각이었는지 직업에 대한 내용은 전혀 설명해 주지 않았다. 그러니 내 눈으로 확인할 기회가 있다면 유효하게 활용하고 싶었다.

"진열된 상품 수가 적네."

"장과 비교해서 출입하는 손님도 적어. 정말 장사가 잘 되는 거 맞아?"

"잘 되는 건 맞을 거야. 가게가 굉장히 청결하고 종업원의 옷차림이나 움직임이 주변 사람들보다 세련됐어. 제대로 된 교육을 받고 겉모습도 깨끗하니까 부자나 귀족들을 상대로 하는 장사가 아닐까?"

상점 앞에 서 있는 경비원 같은 사람마저도 우리보다 훌륭한 옷을 걸치고 있다. 품위에 신경 쓰는 손님을 상대한다는 증거였다. 너무나도 다른 세계라 나와 루츠가 일하기엔 넘어서야 할 벽이 많아 보였다.

댕댕…….

점심시간을 알리는 네 점 종이 울리자 그와 동시에 상점이 문을 닫기 시작했다. 완전히 문을 닫아 버리면 앞으로 어떻게 해야 할지를 몰랐던 나는 가게 안으로 들어가려는 경비원 한 사람에게 다급히 초대장을 보이면서 말을 걸었다.

"저기요! 우린 벤노 씨에게 이런 초대를 받은 사람인데요, 어떻게 해야 좋을지 알려주실 수 있으세요?"

"그렇게 당황할 거 없어. 이미 얘기는 들었으니까. 상점 문을 닫을 때까지 조금만 기다려 주겠나?"

점심시간에는 문을 닫고 경비원 한 사람만 남긴 채 종업원 전원이 점심을 먹으러 외출한다고 했다. 그러니 문을 닫을 때 뛰어 들어오지 않아도 점심 경비 당번에게 말을 걸면 되었던 모양이다.

후딱 상점을 닫고 종업원들이 일제히 식사하러 산산이 흩어진 후 우리는 점심 경비 당번 오빠를 따라 상점 안으로 들어갔다.

"주인님, 손님입니다."

"아, 들여보내."

우리는 한눈에 상업상 거래에 쓰이는 곳으로 보이는 방으로 안내받았다. 응접용 테이블과 의자가 놓여 있고 안쪽 선반에는 처음 보는 물건들이 나열되어 있었다. 벤노가 앉은 집무용 책상 뒤에는 겹겹이 쌓인 나무판과 양피지를 진열한 선반이 있었다.

저거, 혹시 책장이야!?

책은 없으니까 선반이 올바른 명칭이겠지만, 글자가 적힌 물건이 가득 찬 선반이 있었다.

눈앞에서 벤노가 일어서자 나는 선반을 향해 흐느적흐느적 다가가려던 다리에 힘주어 버티어 섰다.

"갑자기 불러서 미안하다. 꼭 말해 둘 게 있어서 말이지."

"무엇을 말이죠?"

"우선은 식사부터 할까? 이야기는 그 후에 하지."

처음 본 책장 비슷한 물건에 시선을 빼앗긴 채 나는 벤노가 권하는 자리에 앉았다. 루츠도 조금 긴장한 얼굴로 내 옆에 앉았다.

"바로 준비하지."

벤노가 책상 위 벨을 세 번 울리자 방 안 쪽 문이 열리면서 식사 쟁반을 든 여성이 들어왔다. 아무래도 문 저편에 2층과 이어진 계단이 있는 모양이었다.

"잘 오셨습니다. 마인 씨와 루츠 씨. 맛있게 드세요."

순간 벤노의 아내인가 했지만 아무런 소개가 없으니 종업원, 아니면 가정부일지도 몰랐다. 나는 감사하다는 대답만 하고 나열된 식기를 보았다.

개인 접시와 포크와 숟가락이 있을 뿐, 우리 집에서 쓰는 식기 수와 큰 차가 없었고, 나이프는 벤노 앞에만 놓여 있다. 모든 식사를 주인인 벤노가 덜어 주는 규칙이 있는 모양인지 접시에 샐러드와 고기를 올리고 수프를 놓아 주었다.

"자. 들자."

루츠는 나름 노력하는 듯했지만, 일단 먹기 시작하자 내 충고 따윈 머리에서 완전히 사라진 듯했다. 음식을 잔뜩 집어 입안에 쓸어 넣듯이 허겁지겁 먹었다. 상인 수습생으로서 일하기 전에 예절을 익혀 둬야 할 것 같다.

나는 포크를 손에 들고 벤노를 보면서 식사를 했지만, 그다지 특별한 예절 풍습은 없는 듯했다. 그러는 와중에 어째서인지 벤노 쪽이 나를 주시하는 느낌인데?

'어디 틀린 데가 있나? 혹시 세세한 부분이 틀려서 신경이 쓰이나?'

나는 조마조마한 가운데 식사를 계속했다. 그렇게 품위 없게 먹진 않았을 텐데 어디가 마음에 걸린 걸까?

일단 오늘 식사에서 내가 깨달은 식사 예절은 배가 차면 음식을 조금 남겨야 한다는 점이었다. 남기면 실례라는 생각에 열심히 먹었다가 다시 음식을 덜어 받았을 땐 나도 모르게 입을 틀어막을 뻔했다.

나는 부자들이 먹는 음식에 조금 기대를 했지만, 양만 많을 뿐 조리법 자체는 똑같았다. 맛이 기대에 미치지 못했다. 솔직히 말하면 최근에 맛국물을 우려내게 된 우리 집 음식이 훨씬 맛있다. '양이 생명!'인 루츠는 정말 만족한 듯 보이지만.

"배도 찼으니, 이야기를 시작해 볼까?"

벤노는 향이 다른 커피 비슷한 짙은 색 음료를, 우리는 허브티를 마시면서 이야기를 시작했다.

"우선 대답을 들려줬으면 하는데, 왜 오토에게 부탁했지?"

벤노의 표정과 말투에 짜증과 분노가 보이자 루츠는 몸을 움츠렸고 나는 고개를 갸웃거렸다.

"죄송해요. 무슨 의미인지 잘 모르겠어요. 오토 씨에게는 항상 부탁해서. 언제, 무슨 부탁을 말이죠?"

"오토한테 못을 융통했다는 말을 들었다. 그것도 머리를 윤기 내는 액체와 교환했다지?"

"네. 그게 무슨 문제라도 되나요? 제 주변에 못을 융통해 줄 수 있는 사람이 오토 씨밖에 없었어요."

오토에게 부탁했다고 벤노가 화내는 이유를 알 수 없었다. 간편한린샴을 넘긴 사실이 마음에 들지 않았던 걸까? 전혀 이해를 못 하고 갸웃거리기만 하는 우리를 보고 벤노가 큰 한숨을 쉬었다.

"상인 업계의 상식으로 말하자면 넌 먼저 내게 상담해야 했어."

"벤노 씨한테요?"

"그래."

엄숙하게 고개를 끄덕이는 벤노를 보고 이곳 상인 상식으로는 그 순서가 올바르다는 사실은 알겠으나, 그다지 납득이 가지 않았다.

"하지만 우린 아직 수습생도 무엇도 아닌데요? 종이를 만드는 시험 단계니까 벤노 씨에게 상담할 수 없었어요."

"아니야. 종이가 완성되면 너희는 이곳 수습생이 되고 종이는 이 가게에서 취급하는 물품이 될 테니 네가 가장 먼저 상담해야 하는 상대는 나지, 오토가 아니다."

아직 수습생이 되지 않았다고는 하나 조건부 채용을 약속받았으니 벤노가 상사라고 보면 될 터였다. 종이 제작을 시험의 하나라고 여겼지만 일의 연장선이라고 가정해 보니, 이번 일은 수습 예정자가 직업과 관련된 일을 상사가 아닌 제삼자에게 상담하러 간 셈이니 상사의 체면이 완전히 구겨진 꼴이다.

"죄송합니다. 이해했어요. 고용주인 벤노 씨의 체면이랄까, 얼굴에 먹물을 끼얹은 격이었네요. 이제부터 조심할게요."

내가 이해와 반성을 보이자 벤노는 여러 번 고개를 끄덕인 후 자세를 고쳐 잡았다.

"그럼, 이제부터는 거래에 관한 이야기를 하지. 머리에 윤기를 내는 액체의 제조법을 넘겨주면 그 교환으로 종이 제작에 필요한 재료를 조달해 주지. 어때?"

"종이 제작은 수습 시험이지 않나요? 조달받아도 괜찮나요?"

전부 스스로 갖추어야만 하는 시험인 줄로만 알았다. 벤노가 재료를 조달해 준다면 상당히 편해지겠지만, 정말 그래도 될까?

"도구가 없어서 만들지 못해서야 실력을 가늠할 수도 없지. 그리고 선행 투자도 없이 어떻게 신규 사업을 시작하겠나. 하지만 표면상 아직 아무런 관련이 없는 녀석들에게 무료로 지원할 수는 없어. 대출엔 담보가 필요하지만, 너희에게는 담보가 될 만한 물건이 없잖아?"

당연한 말이지만, 가난한 집안의 자식인 나와 루츠에게 담보로 할 만한 가치 있는 물건은 전혀 없었다.

"정보는 나중에 돌려받지 못하니까 담보가 될 수 없지 않을까요?"

"그러니까 이 경우는 대출이 아니라 거래를 하지. 내가 그 제작법을 사겠다. 대신 종이 제작에 필요한 물건은 전부 준비해 주마. 나쁜 조건은 아니라고 생각하는데?"

"확실히 나쁜 조건은 아니네요."

도구 제작 의뢰나 원료 구매를 목록에 포함하면 종이 제작법이 새어 나갈 가능성은 있었지만, 냄비 하나 준비할 수 없는 내게는 무슨 짓을 해서든 잡고 싶은 조건이었다.

"루츠는 어떻게 생각해?"

옆에서 묵묵히 앉아만 있는 루츠에게 말을 걸었다. 종이 제작은 두 사람의 공동 작업이다. 내 판단만으로 결정해선 안 된다고 생각했지만, 루츠는 가볍게 시선을 깔고 고개를 좌우로 흔들었다.

"생각하는 건 마인의 일이야. 마인이 생각한 대로 하면 돼."

그렇게 말한다면 되도록 좋은 조건으로 이야기를 마무리하자. 도구부터 원료 조달까지 벤노가 맡아 준다면 우린 종이 제작에만 전념하면 되었다.

"필요한 물건이란 말은 도구만 해당하나요? 아니면 원료도 포함해도 되나요?"

"원료도 포함해도 상관없다. 이것저것 시험해 볼 생각이지? 루츠가 목재상에 이것저것 묻고 다닌다는 정보는 이미 입수했지."

과연 장사꾼들의 정보 교환은 무서워. 낯선 어린이가 서성거리며 정보를 모으면 금방 소식이 도는 모양이었다.

"이 원조는 언제까지 이어지나요?"

"세례식까지다. 그때까지는 표면상 수습으로 채용할 수 없거든. 너희가 가지고 오는 물건을 여기서 사는 형식이다. 원료비와 매매에 필요한 수수료를 뺀 나머지가 너희 몫이다. 세례식이 끝난 뒤에는 종이 판매는 이 가게에서 이루어지고, 순익 일부를 너희 급료에 추가해서 지급하지."

세례식까지라는 기간은 문제가 없었다. 그리고 완성한 종이를 가지고 가서 팔면 조금은 수수료가 빠지겠지만, 내 이익은 확보되니 문제는 없었다.

하지만 세례 후가 조금 불안했다. 급료에 이익금을 추가해 주는 건 괜찮지만, 만약 해고당했을 경우엔? 급료를 받지 못하면 이익금도 받지 못할 가능성이 있었다.

이곳 상식과 우리 생활권의 상식 사이에 세워진 두꺼운 벽을 분명하게 느꼈다. 종이 제작이 순조롭게 풀려 이익이 나게 된 이후의 보증이 전혀 없었다.

"급료에 얹기보다 종이를 만드는 권리는 제게, 종이를 파는 권리는 루츠에게 주세요."

"무슨 의미지?"

"종이를 완성해서 물건을 넘긴 뒤에 해고당하는 일이 생겨서는 곤란하거든요. 눈앞의 이익보다 쫓겨나지 않을 보증이 필요해요."

"흠."

턱을 어루만지는 벤노의 눈이 번뜩거리며 빛났다.

"뭐, 자기 몸을 지킨다는 생각은 나쁘지 않지. 어린애의 얕은 지식이라 빈틈투성이지만 말이야."

"으……. 공부할게요."

이곳 상식을 모르는 상태이니 아무리 지혜를 짜내도 어린애의 얕은 지식인 점에는 변함이 없었다.

"그런데 종이에 관한 권리만 가지면 되겠어? 머리에 윤기 내는 액체에 대한 권리는 주장하지 않나?"

"네. '간편 한린샴'은 주장하지 않을게요. 그건 벤노 씨에게 팔 테니까요."

팔아 버릴 물건에 권리를 주장할 생각은 없었다. 내겐 종이의 유통보다 더 좋은 상황은 없었고, 가족의 반대에도 분발하는 루츠에게 상인 수습생으로 일할 수 있는 보증을 확보해 주고 싶을 뿐이니까.

"뭐, 좋아. 종이는 너희 권리다. 단, 판매는 우리가 맡지. 가격이나 배당률을 결정하는 권리도 우리 쪽에 있어. 이익금을 급료에 추가하지도 않겠다. 그걸로 됐겠지?"

"좋아요. 그저 보험이니까요."

지금은 급료를 받으며 일할 곳을 확보하는 점이 제일 중요했다. 이익이야 나중에 천천히 벌면 되니까. 벤노가 찍어 둔 비녀부터 조리법, 미용 관련 상품도 원료만 있으면 이익이 될 만한 상품은 얼마든지 구상하면 된다.

"그럼, 이야기는 이걸로 끝이다. 난 점심부터 귀족들 저택을 돌아야 해. 저녁에는 돌아올 테니까 그때까지 너희는 여기서 주문서를 쓰도록. 종이 제작에 필요한 물건을 전부 쓰면 된다."

진행 속도가 빠른 건 기뻤지만, 주문서는 문에서도 아직 써 본 적이 없었다.

"쓰는 법을 모르는데요?"

"가르칠 사람을 붙여 두마. 저녁까지 다 쓴다면 상으로 좋은 정보를 가르쳐 주지."

"좋은 거?"

"진심으로 자신의 권리를 확보하고 싶을 때나 귀족을 상대하는 거래와 이익이 막대한 거액의 거래에만 쓰이는 계약 방법이 있다. 장에서 사고팔기만 한 너희는 본 적도 없는 방법이겠지. 구두 계약이 아니라 너희의 권리를 확보하는 계약으로 해 주지."

확실히 구두 계약보다 계약서로 남겨 두고 싶다고는 생각했지만, 벤노가 먼저 말을 꺼내리라곤 미처 생각지 못했다.

"벤노 씨 입장에는 구두 계약이 더 유리하지 않나요?"

벤노는 고개를 저은 후 싱긋 웃었다.

"정확히 계약을 맺는 건 간편 한린샴에 관한 내 이익을 지키기 위해서다. 구두 계약으로 너희가 이후에 생긴 이익에 권리를 주장해선 곤란하거든. 정확한 계약으로 간편 한린샴의 이익을 완전히 포기하는 대신 너희의 권리를 인정해 주지."

"감사합니다."

그 말은 아직 두 번밖에 안 만난 상대를 이쪽도 전부 신용할 수는 없다는 뜻이리라. 계약서를 남겨 준다면 서로 안심할 수 있었다.

점심을 마친 종업원들이 우르르 돌아오는 동안 벤노는 한 종업원을 교사 역할로 임명했다. 무심코 '세바스찬'이라고 부를 만큼 집사라는 단어가 어울리는 남성이었다.

"마르크. 마인과 루츠다. 주문서 쓰는 방법을 가르쳐 줘. 내가 돌아올 때까지 부탁하지."

"알겠습니다. 주인님."

다른 종업원들에게 이것저것 지시를 내리면서 벤노는 외출 준비를 했다. 그리고 방을 나가기 직전 빙글 몸을 돌려 마르크를 불렀다.

"아, 그렇지. 마르크. 내가 돌아오기 전까지 계약 마술을 준비해 두도록."

계약 마술? 방금 그렇게 들렸는데? 어라? 여기가 판타지 세계였나요?

계약 마술

　여성 종업원에게 식사 테이블을 정리하게 한 마르크가 여러 가지 물건을 올린 쟁반을 들고 왔다. 식판이라고 하는 편이 집사처럼 보이는 마르크에게 어울려 보이지만, 나무를 깎아 만든 평평한 원형은 쟁반이라고밖에 표현하기 힘들었다.

　마르크는 테이블 위에 가져온 물건을 나열했다. 몇 장씩 포갠 판자, 잉크병, 가는 대나무 붓처럼 식물로 만든 펜, 석판, 석필, 천. 전부를 흐트러짐 없이 깔끔하게 올려놓고 마르크가 고개를 들었다.

　"그럼, 주문서를 쓰는 방법을 가르쳐 드리겠습니다."

　마르크는 나와 루츠를 번갈아 본 후 루츠에게 말을 걸었다.

　"루츠, 글자는 쓸 수 있습니까?"

　"나, 내 이름밖에 못 써."

　점토판을 만들 때 내가 가르쳐 준 이름 쓰는 법을 루츠는 철저하게 기억하는 모양이다. 하지만 여기에서 쓰이는 글자가 자기 이름만은 아니리라 생각했는지 곤란한 듯 고개를 푹 숙였다.

　그 말을 들은 마르크는 흠 하고 고개를 한 번 끄덕이더니 석판을 꺼내 루츠 앞에 놓았다.

　"자기 이름은 쓸 수 있군요. 상인 출신은 아니라고 들었습니다만…… 놀랍네요. 계약에는 문제가 없습니다. 하지만 수습생들은 모두 글자를 익혀야 하죠. 마인이 주문서를 쓸 동안 기본 글자를 연습합시다."

상인 출신이 아닌 루츠가 자기 이름을 쓸 수 있으리라고 전혀 예상하지 않았는지 계약 직전까지 이름을 가르칠 예정이었던 모양이다. 마르크는 석판에 기본 문자를 다섯 개 정도 써서 루츠에게 연습하도록 했다. 수습생 교육 담당인가? 교육법과 진행이 상당히 익숙해 보였다.

　"마인, 당신은 쓸 수 있습니까?"

　"모르는 단어가 있긴 하지만 가르쳐 주시면 쓸 수 있어요."

　"그럼 주문서 쓰는 방법을 알려드리죠."

　마르크가 내 앞에 판자 두 개를 나열했다. 아무것도 쓰여 있지 않은 깨끗한 판자와 이미 글자가 적힌 판자였다. 본보기인 모양이다. 모르는 단어도 있었지만 70퍼센트는 읽을 수 있었다.

　"이것이 주문서라는 글자입니다."

　가장 위에 쓰인 글자를 가리키며 마르크가 말했다. 그리고 주문서의 서식을 가르쳐 주었다. 주문서, 주문품, 물품 수 등을 가르쳐 주었는데, 그다지 어려운 단어는 없었다.

　"마인, 주문할 도구나 재료는 알고 있습니까?"

　"네. 괜찮아요."

　크게 끄덕이고 주문서를 써 내려갔지만, 거칠거칠한 판자에 글을 쓰기가 생각보다 어려웠다. 익숙지 않은 펜이 글쓰기를 더 어렵게 만들자 짜증이 났다. 이 펜보다 내가 만든 검댕 연필이 훨씬 쓰기 편했다. 살짝 문지르면 글자가 뭉그러져 새까매지니 읽지 못하게 되지만……

　"으, 석필과 달리 쓰기 어렵네요."

　"처음치고는 잘 쓴 편입니다."

칭찬을 받고 우쭐해져서 노력했다. 쓱쓱 써 내려가는 주문서를 마르크가 보더니 약간 눈썹을 찡그렸다.

"마인, 냄비라고 적었는데, 크기가 어떻게 되죠?"

"음~ 그러니까……. 우리 집에서 두 번째로 큰 냄비가 좋은데……."

마르크의 눈썹이 더욱 찌푸려졌다. 그 설명으로는 모른다는 얼굴이다.

음……. 하긴 그렇지? 우리 집 냄비라고 해도 모르겠지? 하지만 냄비 크기를 나타내는 단위를 모르겠는걸. 센티미터는 아닐 테고. 뭐라고 설명해야 좋을까?

"저기, 루츠. 루츠가 물을 길어 나를 때 쓰는 냄비는 크기가 어느 정도야?"

"응? 흐~음. 이 정도야."

루츠가 자신의 팔로 동그라미를 만들었다. 이 세계 어린애에게 설명을 넘기길 잘했……다, 가 아니라 가장 많이 쓰게 될 루츠의 의견을 물은 게 정답이었는지 마르크가 즉각 줄자처럼 생긴 길이 재는 도구를 꺼내더니 잽싸게 루츠가 만든 동그라미의 크기를 쟀다.

"깊이는?"

"루츠, 어느 정도야?"

"이 정도."

또다시 마르크가 잽싸게 깊이를 쟀다. 주변에 줄자도 없다 보니 지금까지는 대체로 내 감으로 어떻게든 되었다. 정확한 길이를 알 필요가 없었다. 하지만 우리끼리 만들면 몰라도 애매한 치수로는 다른 곳에 주문할 수가 없다.

나는 머리를 싸매고 작게 신음한 후, 마르크를 향해 손을 들었다.

"마르크 씨, 주문서를 쓰기 전에 길이 단위를 가르쳐 주세요. 그리고 오늘 집에 가서 길이를 재지 않으면 주문할 수 없는 물건도 있으니까 그 길이 재는 도구를 빌려도 될까요?"

"줄자 말이군요. 물론입니다. 필요한 도구로 주문해 두죠."

이미 만들어 버린 틀의 길이를 재야 깔개를 만들 수 있었다.

엽서 정도 크기로 나무의 종류나 섞는 비율 등 여러 가지를 시제품을 만드는 단계에서 시험해 볼 생각이었다. 그리고 최선책이 정해지면 더 큰 종이를 만들어야 하니 당연히 큰 도구가 필요해질 터였다. 그러니 줄자는 필수였다.

마르크에게 줄자를 빌려 측정 방법을 배우면서 주문서를 써 내려갔다. 찜통, 냄비, 각목, 재, 대야, 초지틀, 누름돌, 평평한 목판. 그리고 원료로는 점액.

가능한 한 빨리 종이 제작에 들어가고 싶어서 전부 적어 버릴까 했지만, 냄비가 오지 않으면 찜통 크기를 알 수 없었다. 그러면 찜통을 만들 때 필요한 나무 크기도 알 수 없다. 각목은 이 정도에 이렇게 사용한다며 마르크에게 설명하고 크기와 무게를 정해 갔다. 재도 한 번 종이를 만들어 보지 않는 이상, 필요한 양을 알 수 없으니 일단은 작은 주머니 하나 정도를 주문해 보았다.

나는 무엇을 주문할 때마다 어떻게 설명해야 좋을지 몰라 머리를 싸맸다.

"으으, 깔개는 미리 만들어 놓은 틀을 가지고 가서 직접 장인과 이야기하고 싶어요."

"그러네요. 그 깔개라는 물건은 그렇게 하는 편이 좋을지도 모르겠군요. 석판에 그려진 그림을 봐도 이해하기 힘드니까요."

마르크도 포기한 깔개 외에는 어떻게든 주문서에 쓸 수 있었다.

내가 주문서와 씨름하는 동안 루츠도 열심히 글자 연습을 했다. 오랫동안 앉아서 쓰는 습관이 전혀 없을 텐데도 불구하고 루츠는 깜짝 놀랄 정도의 집중력을 보여주었다. 문에 오는 병사 수습생과는 확연히 달랐다. 역시 자신이 필요하다고 생각하는 일에 관해서는 집중력도 변하는 법이다. 하지만 너무 집중해서인지 어쩐지 점점 루츠의 얼굴이 무표정이 되어 갔다.

"그럼 시간도 남으니 계산도 익힙시다. 이곳에서는 계산기를 써서 계산한답니다."

짧게 휴식을 취한 뒤, 루츠는 계산기 쓰는 방법을 배우게 되었다. 이곳 계산기 쓰는 방법을 모르는 나도 옆에서 함께 들었다. 주판과 비슷하다고 생각하면서 계산기를 만지작거리니 마르크가 이상하다는 듯이 고개를 갸웃거렸다.

"마인은 계산이 가능하지 않습니까? 주인님께 그렇게 들었는데요?"

"저, 실은 계산기를 쓸 줄 몰라요."

"그럼 어떻게 계산합니까?"

"석판을 쓰면 돼요."

마르크가 낸 문제를 석필에 필산으로 풀어 갔다. 계산기도 없이 큰 수를 계산하다니 믿을 수 없다는 마르크에게 어째서인지 내가 계산 방식을 가르치는 셈이 되었다.

"계산기를 쓰면 '필산'을 익힐 필요는 없을 텐데요?"

"계산기가 없을 때 필요합니다. 그리고 계산기를 쓰는 방법은 알아도 왜 그런 숫자가 나오는지 몰랐는데. 참으로 흥미롭군요."

초등학생 수준의 산수 강좌에 마르크가 만족하는 모습을 보니 느낌이 이상했다. 내게는 당연한 일이 이곳에선 당연하지 않은 광경에 새삼 일본 의무 교육의 대단함을 깨달았다.

가만, 이런 거 섣불리 나서지 않는 편이 좋았나?

지식 공유는 하는 편이 좋다고 개인적으로는 생각하지만, 그 지식이 이곳 상식과 맞지 않을 수도 있으니 어쩌면 쓸데없는 짓을 해 버렸는지도 몰랐다.

"슬슬 주인님이 돌아오실 시각입니다. 계약 마술 준비를 하지요."

"계약 마술이 뭔가요?"

처음 들은 판타지스러운 단어에 설레는 가슴을 멈출 수가 없었다. 책에서나 나오는 불결하고 불편한 옛날 세계인 줄 알았더니, 설마 마술이 존재하는 판타지 세계였다니?

혹시 나도 마법을 쓸 수 있는 거 아냐?

내가 들뜬 가슴으로 마르크의 대답을 기다리자 마르크가 피식 웃었다.

"마력은 알다시피 귀족만이 가지는 힘입니다."

"귀족만……?"

"네, 그렇습니다. 평소에 볼 수 없으니 우리는 알 수 없는 힘이지만요."

마법이 존재하는 세계에 두근두근, 콩닥콩닥하던 내 기분이 순식간에 산산조각났다.

귀족만이 가지는 힘이라니, 그게 뭐야? 책도 그렇고 마력까지 귀족 놈들이 다 해먹네.

"계약 마술은 본래 횡포가 심한 귀족에 대한 구속력을 가지기 위한 계약입니다. 그렇기에 마력이 담긴 특수한 잉크와 종이가 필요하지요. 이것으로 계약하면 마력에 의한 구속력이 생깁니다. 계약자의 동의 없이는 해약할 수 없는 강력한 계약입니다."

"호오, 편리하네요."

마력으로 묶여 멋대로 파기하지 못하는 점은 자신보다 강한 상대를 상대할 때 굉장히 도움이 되는 계약이었다.

"편하긴 합니다만, 종이나 잉크가 마술 도구 중에서도 매우 고가에 드문 물건이라 상당한 이익이 기대되는 계약이 아닌 이상 사용하지 않는 게 일반적이지요."

아무래도 벤노는 간편 한린샴이 상당한 이익을 끌어 모으리라 예상하는 모양이다. 확실히 일상에 쓰이는 소모품은 강력하다. 다 떨어지면 또 필요하고, 한 번 반들반들하고 부드러운 머리카락을 알아버리면 없었던 시절로 돌아갈 여성은 적겠지. 특히 돈이 있고 품위에 신경 쓰는 여성이라면 더더욱.

간편 한린샴을 너무 싸게 팔았나 싶은 생각이 뇌리를 스쳤지만, 지나친 욕심은 오히려 일을 그르칠 수 있었다. 우리에게 필요했던 건 안심과 안정과 돈이다. 그걸로 만족하자.

"기다리게 해서 미안하군. 주문서는 다 썼나?"

벤노가 빠른 걸음으로 방에 들어왔다. 기다리게 한 우리를 신경 쓴 모양이었다.

"지금 쓸 수 있는 만큼은 썼어요."

"꽤 양이 많군."

내가 가리킨 겹겹이 쌓인 판자를 보고 벤노가 중얼거렸다.

아직 치수를 못 잰 물건도 있으니까 더 늘어날 텐데, 그땐 잘 부탁해.

"루츠는 어때?"

벤노의 질문에 마르크가 가슴에 손을 얹고 대답했다.

"처음부터 자기 이름을 쓸 수 있어서 다른 공부에 시간을 할애했습니다. 꽤 이해가 빠른 아이입니다."

마르크의 칭찬을 받아도 루츠는 무언가 생각하는 듯한 얼굴로 작게 끄덕일 뿐이었다.

한나절 내내 이어진 공부로 상당히 피곤했던 모양이다. 익숙지 않은 일은 사람을 피곤하게 하니까.

"마르크에게 설명을 들었겠지만, 이것이 계약 마술에 사용하는 계약 용지와 특수 잉크다. 귀족 같은 권력자에게 어용상인으로 인정받은 상인만이 쓸 수 있는 물건이지."

벤노가 특이한 디자인을 한 잉크병을 꺼내며 말했다. 병 속 액체는 언뜻 보기에 평범한 잉크로 보였지만, 전혀 다른 물건인가 보다. 흥미진진하게 바라보는 내 눈앞에서 벤노가 계약 용지를 펼쳤다.

"이런 비싸고 희소성 있는 물건을 써도 괜찮나요?"

"가치가 없는 계약에는 사용하지 않으니 신경 쓰지 마."

신경 쓰지 말라고 해도 신경이 쓰이는데요.

벤노는 펜에 잉크를 묻혀 계약 내용을 술술 써 내려갔다. 검은색이 아닌 파란색 잉크였다. 늘 써서 익숙한 듯 한눈에 봐도 유창하게 써 내려가는 글자를 가만히 지켜보았다.

《마인은 간편 한린샴에 관한 모든 권리를 벤노에게 양도한다. 대신 세례식까지 마인과 루츠가 만드는 종이 제작에 드는 모든 비용은 벤노가 지불한다. 종이를 만들 상대를 정하는 권리는 마인이, 종이를 팔 권리는 루츠가 가진다. 단, 가격이나 이익에 관한 권리는 벤노에게 있다.》

그런 내용이 적힌 계약서를 나는 끝에서 끝까지 자세히 읽었다. 뭔가 이상한 내용이 쓰이진 않았나 확인한다는 명목이었지만, 사실은 잉크 냄새를 가슴 속에 한가득 채워 넣었다.

아아, 빨리 종이를 만들어서 책 만들고 싶다.

"마인. 무슨 문제라도 있나?"

벤노의 의아스러운 목소리에 퍼뜩 제정신으로 돌아왔다. 벤노의 의심스러운 눈빛과 루츠의 어처구니없어하는 눈빛이 내게 쏠렸다. 루츠는 내가 잉크 냄새에 넋을 잃었다는 사실을 눈치챈 듯하다.

"으핫!? 괜찮아요! 서로 논의한 내용대로 쓰여 있으니 이걸로 문제는 없어요."

"나도 그걸로 괜찮아……."

루츠의 말에 벤노가 끄덕이고 펜에 잉크를 묻혔다. 그리고 계약서 끝부분에 자기 이름을 쓰곤 펜을 빙글 돌려 펜 손잡이를 우리 쪽으로 향하게 했다. 나는 루츠와 힐끗 시선을 주고받은 뒤 내가 먼저 펜을 잡았다.

내가 알던 종이보다 조금 부드러운 양피지를 손가락 끝으로 슬며시 쓰다듬어 감촉을 만끽하면서 펜을 들었다. 그리고 살짝 잉크병에 넣어 잉크를 묻히고 펜 끝으로 종이가 까슬하게 걸리는 느낌을 만끽하며 벤노 이름 아래에 내 이름을 썼다. 판자에 쓰는 주문서와 다르게 글쓰기가 매우 편했다.

하아, 역시 판자보다 종이에 쓰는 감각이 좋아.

"자, 루츠."

입술을 꽉 다문 루츠가 긴장하며 펜을 건네받고 잉크를 묻혀 이름을 썼다. 아직 글쓰기가 익숙하지 않아 서툴렀지만, 틀린 곳 없이 제대로 썼다.

"다 썼으면……."

그렇게 말한 벤노가 갑자기 칼을 꺼내 자신의 손가락에 상처를 냈다.

"히익!? 벤노 씨!?"

깜짝 놀란 나와 루츠 앞에서 벤노는 부풀어 오른 핏방울을 다른 손가락으로 문지르더니 자신의 이름에 겹치도록 손가락을 눌렀다. 꾹 눌린 새빨간 피가 종이에 스며든 순간, 파란 잉크가 검은색으로 변했다.

"자, 다음은……."

이런 무서운 마법은 싫어!

벤노가 내게 시선을 돌렸지만, 나는 무심코 고개를 도리도리 흔들었다. 벤노의 칼과 손가락에서 떨어지는 새빨간 핏방울에 겁먹은 나를 보고 루츠가 한숨을 내쉬며 칼을 집어 들었다.

"마인, 손 내밀어."

"으힉!"

나도 모르게 손을 등 뒤로 밀어 넣었다. 내 손으로 직접 손가락에 상처를 입히는 것도 무섭지만 다른 사람이 상처를 내 주는 것도 무서웠다. 아픈 건 정말이지 싫어.

"계약한다고 한 사람이 누구지? 어차피 네가 못하니까 해 준다고. 손 내."

"아, 알았어……."

각오하고 눈을 질끈 감은 채 쭈뼛쭈뼛 손을 앞으로 내밀자 루츠가 내 왼손 새끼손가락을 칼로 살짝 베었다. 찌릿, 하고 뜨겁고 아픈 감각과 함께 피가 스며 나오며 떨어졌다.

"그 피를 엄지손가락에 묻혀서 눌러."

"으으…… 에잇."

내가 울먹거리며 엄지손가락에 피를 묻혀 내 이름 부분에 꾹 누르자 벤노 때와 마찬가지로 잉크색이 변했다. 마르크가 내 새끼손가락을 눌러 피를 막고 천으로 감는 동안 루츠는 후다닥 자신의 손가락을 베어 똑같이 피 도장을 찍었다.

어떻게 아무 망설임도 없이 상처를 낼 수 있지!? 무섭지도 않아!?

루츠가 손을 뗌과 동시에 잉크 부분이 빛나면서 잉크 부분에서부터 타들어 가듯 구멍이 그 범위를 넓혀 가더니 결국 계약 용지 자체가 사라져 갔다. 마치 눈앞에서 영화에서 나올 법한 CG를 보고 있는 듯한 일이 벌어졌다.

와오, 판타지. 이곳이 이런 판타지스러운 세계였다니!

상식 밖의 계약 방법으로 계약서가 사라져 버리는 상황을 멍하니 지켜보다가 퍼뜩 정신을 차렸다. 계약서 사본은 어쩌고? 계약서는 불타 사라지고 말았는데.

"이걸로 계약 완료다. 계약을 위반한 정도에 따라서는 목숨이 왔다갔다하니까 위반은 하지 마."

"목숨!?"

섬뜩한 단어에 펄쩍 뛰었지만, 벤노는 겁먹은 나를 재미있다는 듯 히죽거리며 내려다볼 뿐이었다.

"위반하지 않으면 괜찮아. 하지만 이걸로 꼬마 아가씨가 원하던 보증은 손에 넣게 된 거지."

"감사합니다. 신세 많이 졌습니다."

결국 계약서 사본 따위는 없었다.

계약 마술이 끝나고 벤노의 상점을 나오니 날이 상당히 저물어 있었다. 붉은 황금빛 태양이 서서히 지고 있었다. 낮과는 또 다른 얼굴을 보여주는 해 질 녘 거리를 올 때와 마찬가지로 루츠와 둘이서 걷기 시작했다.

"생각보다 늦어졌네. 빨리 돌아가자."

주위 사람들도 바삐 귀가하려는지 잰걸음으로 걷는 듯했다. 그런 인파들 사이로 해 질 녘 거리를 나는 루츠와 나란히 걸었다.

"오늘은 피곤했다. 그치?"

"어……."

추가로 적어야 할 주문서가 몇 장이나 더 있지만, 오늘 열심히 쓴 주문서가 처리되고 재료가 도착하면 종이 제작에 전념할 수 있다. 게다가 계약 마술로 나와 루츠의 권리도 보증받았으니 종이만 완성한다면 상점에서 쫓겨날 일도 없어졌다. 힘들었지만, 소득이 많은 하루였다.

"이젠 종이만 만들면 안심이야. 루츠."

"응……."

시끄러운 소리에 묻혀 들리지 않을 정도로 옆에서 걷는 루츠의 입이 무거웠다. 평소에는 걸음이 느린 나를 달래기 위해 말을 걸어 주던 루츠의 반응이 느려지자 신경이 쓰였다.

숲에 갈 때보다 피곤한 걸까? 글자랑 계산 공부가 싫어졌나?

나는 옆에서 걷는 루츠를 바라보았다. 석양에 반사된 금발이 눈부실 정도로 빨갛게 물들어 보였지만, 살짝 올려다보는 위치에 있는 루츠의 얼굴은 그림자에 가려 보이지 않았다.

"저기, 루츠. 왜 그래?"

물어도 루츠는 아무 대답이 없었다. 뭔가 말하려고 살짝 벌린 입은 금방 다시 꽉 닫히고 말았다. 그대로 무언가 골똘히 생각하는 듯 묵묵히 걸음만 옮겼다.

항상 내 걸음 속도에 맞춰 주던 루츠의 본래 스피드가 나오는지 지금은 내가 종종걸음으로 걷지 않으면 루츠를 따라잡기 힘들었다. 평소와는 다른 루츠의 모습에 불길한 예감이 마음속에 소용돌이쳤다.

"기다려, 루츠."

중앙 광장에서 걸음을 멈춘 루츠가 고개를 휙 돌렸다. 입술을 굳게 다물고, 진지한 눈으로 나를 응시하는 루츠의 얼굴 반쪽이 석양에 반사되어 떠올랐다.

뭔가 각오한 듯 벌린 입에서 조금 탁한 소리가 새어 나왔다.

"너…… '마인' 맞지?"

목구멍 안쪽에서 소리가 울렸다. 순간 무언가가 심장을 거세게 움켜쥔 듯 몸속의 피가 멈춘 느낌이었다. 주위의 술렁거림이 귀에 울렸다가 사라졌고 두근두근하고 피가 흐르는 소리가 귓속에서 크게 울렸다.

"'마인'이라면…… 어째서 그런 이야기가 가능한 거지?"

"그런 이야기라니?"

"오늘 벤노 나리와의 이야기 말이야. 난 이야기의 반도 못 알아들었어. 내가 모르는 말을 마인은 어른과 대등하게 말할 수 있다니…… 이상해."

계속해서 귓속이 울렸다. 침을 꿀꺽 삼키며 루츠의 말을 들었다.

"너, 정말 '마인' 맞지?"

루츠의 확인하는 듯한 목소리에 따끔거리는 목구멍을 어떻게든 움직였다. 나는 애써 아무것도 모르는 척하며 고개를 갸웃거렸다.

"그 말은…… 루츠에겐 내가 '마인'이 아닌 다른 사람으로 보인다는 말이야?"

"미안……. 이상한 말 해서……. 마인이 어른과 대등하게 말하기에 좀 놀랐어."

루츠는 간신히 억지스러운 웃음을 지으며 걷기 시작했다. 여기서 멈춰 있어서는 이상하게 생각할지도 모른다. 조금씩 작아지는 루츠의 등을 보며 나도 발을 움직이기 시작했다.

실패다…….

지금까지는 접한 사람이 너무 적었다. 팔심도 체력도 없는 내가 도움되는 일은 거의 없었다. 문에서 오토의 일을 도우고 있지만, 그것도 기껏해야 다른 사람보다 조금 계산을 잘하는 어린애 정도로 취급받았고, 평소 그곳에서 나와 접하는 어린애도 없었다.

루츠와는 함께 흙을 파거나 나무를 깎는 정도가 다였다. 목적은 젖혀 두고, 하는 행동은 어린애라도 할 수 있는 일, 어린애라도 이상하지 않을 행동들뿐이었다.

하지만 오늘은 벤노의 의도대로 휘둘리지 않고 나와 루츠의 자리를 확보하기 위해 노력해 버렸다. 너무 열심히 했다. 분명 루츠에게 오늘의 나는 병약하고 지켜 주지 않으면 안 되는 여동생뻘 마인이 아니었음이 틀림없었다.

앞으로 종이를 만드는 과정에서 어른과 언쟁하게 될 일이 필연적으로 늘어날 터였다. 도구를 모을 때도, 제작을 맡길 때도 제안이나 지시가 필요한 상황이 반드시 찾아온다. 분명 어린애답지 않은 언동이 늘겠지만, 종이를 손에 넣기 위해서는 수단을 가릴 수 없었다.

앞으로 루츠가 알던 '마인'으로부터 점점 멀어지게 될 것이었다. 함께 행동하는 루츠가 내가 '마인'이 아니라는 사실에 확신을 품게 될 날은 분명 그리 멀지 않았다.

루츠가 알면 어떻게 될까? '마인'이 아닌 나를 어떻게 대할까?

루츠의 얼굴이 보이지 않는 해 질 녘 길을 나는 루츠와 나란히 서서 걸을 수가 없었다.

루츠의 가장 중요한 임무

집으로 돌아와서도 루츠의 말이 머릿속에 빙글빙글 맴돌았다. 말하기 곤란한 듯, 하지만 분명히 루츠가 말했던 그 표현은 상당히 나를 의심하고 있었다.

내가 '마인'이 아닌 사실이 밝혀지면 어떻게 되지?

분명 '마인'을 돌려달라느니, 너 때문에 '마인'이 사라졌다느니, 혼란과 증오와 공포가 섞인 온갖 욕설을 뒤집어쓰게 되겠지. 루츠가 그 사실을 가족에게 알린다면 내가 있을 장소는 사라지게 된다. 집에서 쫓겨나는 정도면 다행일까, 이곳이 마녀사냥을 하는 종교 세계라면 악마에 씐 마녀라며 끔찍한 고문 끝에 죽게 될지도 모른다. 책에서 읽은 마녀사냥의 고문에 관한 여러 묘사가 뇌리를 스치자 오싹거렸다.

아픈 건 싫어. 무서운 것도 싫어. 고문 따위 당할 바에 죽어 버리는 게 좋아.

쫓겨나는 일도 고문도 싫었지만 그 전에 내 안에 있는 열에 먹혀 버린다면 열에 휩쓸리는 고통만으로 죽을 수 있었다. 죽으려고 한다면 누구에게도 방해받지 않고 간단히 목숨을 던질 수 있는 재주가 있었다.

최악의 경우엔 고문당하기 전에 죽어 버리자.

단순하지만 고문보다 열에 휩쓸려 먹혀 버리는 쪽이 훨씬 편안하다. 그렇게 생각하자 숨쉬기가 조금 편해졌다. 그리고 잘 생각해 보면 열에 삼켜지지 않고 이 세계에 버티게 된 이유는 루츠에게 사과하기 위해서였다. 루츠와의 약속을 지켜야 한다는 생각에 열로부터 도망쳤다. 하지만 우선 루츠에게 사과했고, 오토를 소개한다는 약속도 지켰으니 딱히 미련은 없었다.

벤노와의 만남으로 종이 제작이 눈앞에 보이기 시작하니까 종이를 만들고 싶고 책을 만들고 싶어졌지만, 그다지 이 세계 자체에 집착은 없었다.

루츠가 '마인'이 아닌 나를 기분 나쁘다며 피해 버리면 그만이지만, 그럼 종이 제작은 실패다. 제대로 설명하면 종이 제작을 성공시키고 루츠도 상인 수습생이 확정되기 전까지 얌전히 있어 줄 확률이 높았다.

종이가 완성될 때까지는 어떻게든 될 것이고 죽으려고 하면 언제든지 죽을 수 있다. 그렇게 결의를 다지니 더욱더 기분이 편해졌다. 결론다운 결론은 아니지만 내 안에서 타협은 지어졌다.

내가 어떤 행동을 취하든 루츠가 어떻게 나올지 지켜볼 수밖에 없었다. 언제 죽는 날이 찾아와도 좋도록, 후회하지 않도록, 종이 제작에 전력을 다해야 한다.

결의를 다졌다는 둥 멋진 말을 늘어놨지만 루츠를 만나는 일에 저항이 전혀 없지는 않았다. 다음 날 아침, 나는 약간은 조마조마해 하며 루츠와 얼굴을 마주했다.

"나 오늘은 장작을 주워야 해서 숲에 갈 거야."

루츠의 말에 나의 눈이 빛났다. 나는 남은 주문서를 내고 간편 린샴 제조법을 알리러 벤노의 상점으로 가야 했다. 루츠가 없는 사이에 될 수 있는 한 의심 가는 행동을 끝내서 정체를 들키기까지 시간을 벌 수 있는 절호의 기회였다.

"알았어. 난 벤노 씨한테 갈게. 깔개 주문서도 내야 하고 짐을 옮길 장소도 상담해야 하거든."

"혼자…… 간다고?"

"응. 갈 수 있는데?"

루츠가 함께 갈 수 없다면 혼사서라도 가야 하고 오늘도 주로 어른과 응수를 두어야 하니 가까운 사람은 없는 편이 편했다.

"혼자서…… 갈 수 있어?"

"괜찮아."

주먹을 꽉 쥐어 보이자 루츠는 뭔가 말하고 싶은 표정이었다. 하지만 결국 아무 말 없이 "알았어." 라고 말하고는 숲으로 갔다.

벤노의 상점은 한 번 가 봤고, 오토 집도 포함하면 두 번째다. 혼자서 가는 정도는 별것 아니었다. 나도 석판과 석필과 주문서 세트를 넣은 토트백을 들고 벤노의 상점을 향해 걷기 시작했다.

좋아, 그럼 가능한 한 오늘 하루 동안 대부분 용건을 끝내 버리자.

"안녕하세요. 아, 마르크 씨. 벤노 씨 계세요? 주문서 가지고 왔어요."

업자들의 출입이 빈번한지 끊임없이 손님이 오가는 벤노의 가게에 들어가서 얼굴을 아는 마르크 쪽으로 다가갔다.

"주인님은 바쁘시니 제가 보관하겠습니다."

그렇게 말하며 손을 내미는 마르크에게 나는 가방에서 주문서 세트를 건넸다. 기입을 끝낸 주문서와 잉크, 그리고 줄자였다.

"어제도 말씀드렸지만, 이 주문서는 가능하면 제작하실 분과 직접 이야기를 나누고 싶은데요. 일정을 잡아 주실 수 있나요?"

"목재상은 오전에 여유가 있으니 지금 가겠습니까?"

"상점이 엄청 바빠 보이는데, 괜찮나요?"

줄줄이 들어오는 손님들을 상대하는 종업원을 마르크가 둘러보더니 오토와 마찬가지로 살짝 시꺼먼 오라를 내는 표정으로 딱 잘라 말했다.

"제가 자리를 벗어난다고 해서 우는 소리를 낼 만큼 안일하게 교육하지 않습니다."

저기, 눈물을 글썽이는 종업원이 보이는데요?

"게다가 주인님께서 말씀하신 대로 당신의 의뢰는 특수하니 다른 사람보다 제가 대응함이 적당하다고 판단합니다. 걱정하지 마십시오."

"음, 그럼 잘 부탁해요."

마르크와 함께 벤노의 가게를 나와 걷기 시작했다. 목적지인 목재상은 장이 열리는 서문 쪽에 있다고 했다. 커다란 물품은 강이 가까운 서문으로 운반되어 오므로 서문 가까이에 있는 편이 목재상 입장에선 편리하다고 했다.

"벤노 씨에게 부탁하고 싶은 게 있었는데, 바빠 보이니까 마르크 씨에게 전달 부탁드려도 될까요?"

중앙 광장을 향해 큰길을 터벅터벅 걸으며 가게에서 말하지 못한 용건을 털어놓았다.

"주문한 짐을 둘 창고라고 할까요, 작업장도 빌렸으면 해요."

필요한 물건을 전부 주문한 건 좋았지만, 놓을 장소가 없었다. 설마 작업장이 없으리라고 생각하지 못했는지 마르크가 깊은 녹색 눈을 끔벅였다.

"지금껏 어떻게 할 생각이셨습니까?"

"도구는 우리 집과 루츠네 집에 나눠서 보관하고, 숲 속 강 근처나 우물 주변에 각자 도구랑 재료를 가지고 와서 작업할 생각이었는데⋯⋯."

당시엔 집안이나 숲에 있는 물건으로 어떻게든 대용할 수 없을지 고안하려고 했다. 냄비도 재도 엄마에게 사정사정해서 빌릴 생각이었고 나무도 숲에서 잘라 곧바로 사용할 계획이었다.

주문해 버리면 대용품을 생각할 수고는 덜지만 한꺼번에 짐이 늘어 버리고 그날 써 버릴 물건만 있는 게 아니니 보관할 장소가 필요했다. 하지만 남은 방이 없는 우리 집이나 루츠네 집에서는 생활에 필요 없는 물건을 보관하게 두지 않을 터였다.

"나눠서 보관하는 데도 한계가 있고, 작업하기 힘들어요. 지붕이 있는 작업장을 빌릴 수 있으면 그보다 더 좋은 건 없으니 어려운 부탁인 걸 알면서도 물어봤어요. 이것도 초기 투자에 들어갈까요?"

내가 말하자 마르크가 미간을 누르며 믿기 힘들다는 투로 중얼거렸다.

"예상 이상으로 무리한 계획이었네요."

"지금까지 어른 협력자가 없었거든요."

어른의 협력 없이 어린애가 할 수 있는 범위는 정말 좁았다. 그러니 간편 한린샴 제조법과 교환으로 얻은 벤노라는 협력자를 최대한 이용해야 했다. 이 기회를 놓치면 두 번 다시는 종이를 만들 수 없으니 이쪽도 겸손 떨 여유가 없었다.

"흠, 창고는 제 쪽에서 협상해 보지요."

"고맙습니다. 마르크 씨가 도와주시면 반드시 창고를 빌릴 수 있을 것 같아요."

저번 대화를 봐서도 벤노에게 마르크는 벤노의 오른팔, 심복 같은 위치가 아닐까? 마르크가 협상해 준다면 틀림없이 창고를 빌릴 수 있을 것 같다.

"창고에 다른 조건이 있습니까?"

"음, 숲에서 작업하는 일이 많으니까 남문에 가까우면 좋겠어요. 그리고 주문한 물건을 보관할 지붕이 있는 곳이면 그걸로 충분해요."

"알겠습니다⋯⋯. 아, 슬슬 보이는군요. 저 목재상입니다."

마르크가 전방을 가리켰지만 내 키로는 보이지 않았다. 뿅뿅 제자리 뛰기를 해 봐도 마찬가지였다. 마르크의 손을 잡고 나는 걸음을 재촉했다.

"자, 빨리 가요."

그리고 의기양양하게 목재상을 향해 조금 종종걸음을 한 순간, 갑자기 다리에 힘이 풀리고 숨이 막혀 의식을 잃었다.

정신을 차린 곳은 전혀 모르는 장소였다. 침대가 두꺼운 천으로 둘러싸인 덕분에 짚을 채운 요에 닿는 까칠함이 거의 느껴지지 않아 잠자리에 좋았다. 단순하지만 천장까지 구석구석 청소가 된 이 방은 전혀 내 기억에 없는 곳이었다.

"여긴⋯⋯ 어디?"

일어나 주위를 둘러보니 같은 방에서 바느질을 하던 코린나의 모습이 있었다. 내 목소리를 들었는지 코린나가 손을 멈추고 달려왔다.

"마인 짱, 정신이 들었니? 갑자기 쓰러졌다며 벤노 오빠가 데려왔을 땐 얼마나 놀랐다고. 전에 오토에게 문까지 오면 점심까지는 못 움직인다는 얘기를 들어서 혹시나 피곤해서 열이 났나 싶어서 침대에 눕혔어."

"시, 실례가 많았습니다. 정말 죄송해요."

놀란 숨을 들이시며 나는 침대 위에 무릎을 꿇었다. 목재상으로 가는 도중에 갑자기 쓰러진 나를 벤노가 코린나의 집으로 데려왔다고 했다. 엄마나 투리가 알면 노발대발할 일이었다.

아아아아, 마르크 씨에게도 사과해야겠어. 아무렇지 않게 대화하다가 갑자기 쓰러졌으니 분명 심장이 멈출 정도로 놀랐겠지.

쓰러진 원인은 알 수 있었다. 우선 루츠의 말을 골똘히 생각하느라 잠이 부족했다. 그리고 루츠가 없는 사이에 협상을 끝내려고 너무 분발해 버렸다. 거기에 종이 제작이 순조롭게 진행되는 상황에 흥분하여 의욕에 불타오른 탓에 자신의 몸 상태를 생각할 마음의 여유가 전혀 없었다. 또 내 몸 상태를 알고 무리한 행동을 막아 줄 가까운 사람이 없었다.

의욕만 있고 몸이 전혀 따라가질 않은 셈이다. 정말이지, 고물같은 몸이다.

"마인 짱이 눈 떴다고 벤노 오빠에게 연락해 둬야겠네. 가족들에게도 연락하려고 했는데 연결이 안 됐나 봐……."

오늘 우리 집에는 아무도 없으므로 연락되지 않아도 어쩔 수 없었다. 가족들은 내가 루츠와 행동한다고 알고 있다. 설마 내가 혼자 벤노의 가게에 갔다가 쓰러졌다고는 생각지 못하겠지. 걱정한 나머지 노발대발할 아빠의 모습은 상상만으로도 무서웠고, 코린나에게 폐를 끼쳤다는 사실을 알 엄마의 노여움은 상상도 하기 싫었다.

"저기, 코린나 씨. 가, 가족들에게는 비밀로 해 주시면 안 될까요?"

"왜?"

"가족들은 제가 루츠와 행동한다고 생각하고 있어서 혹시라도 루츠가 혼나면⋯⋯."

루츠를 방패로 어떻게든 가족들의 노여움에서 벗어나려고 협상해 봤지만, 코린나는 싱긋, 하고 마치 여신 같은 아름다운 미소를 지으며 이렇게 말했다.

"안 돼요. 혼은 나야죠?"

"노오오오오⋯⋯."

내가 성대하게 혼이 날 예상에 충격받는 사이 연락을 받은 벤노가 터벅터벅하는 커다란 발소리와 함께 방에 들어왔다. 적갈색의 날카로운 눈동자로 나를 힐끗 쏘아보며 낮은 목소리로 말했다.

"꼬마 아가씨, 내 수명이 줄 뻔했어."

"네, 네!"

벤노의 사나운 목소리에 수명이 줄어 버린 나는 조건반사적으로 허리를 쫙 편 후, 침대 위에 무릎을 꿇고 또다시 이마를 이불에 붙였다.

"정말 죄송했습니다."

"뭐지? 그 자세는?"

"제가 가장 성의를 표하는 사죄 방법입니다."

벤노는 침대에 털썩 걸터앉아 밀크티색 머리를 마구 휘저으며 깊은 한숨을 내쉬었다.

"하아……. 오토에게 일단 몸이 약하다고는 들었지만 이 정도일 줄은 몰랐다."

"저도요."

루츠가 없는 동안 일을 해결하려고 너무 욕심을 부렸다. 무의식적으로 우라노를 기준으로 몸을 움직이고 말았다.

"의욕만으론 어떻게든 할 수 없는 문제였어요."

"됐다. 이젠 꼬마 녀석과 같이 오도록. 독자 행동은 인정 못 해."

벤노가 나를 보며 말했다.

"네……."

나의 페이스메이커인 루츠의 부재만으로 쓰러지다니 예상 밖이었다. 요즘은 숲까지 걸을 수 있어서 마을 안이라면 괜찮겠거니 하고 내 체력을 우습게 봐 버렸다.

"오늘은 이만 돌아가도록. 걱정되니 마르크를 붙이도록 하지."

"네엣!? 그건 너무 죄송스러워요. 마르크 씨에게 무릎 꿇고 사죄하고 혼자 돌아갈게요!"

벤노의 말에 눈을 희번덕대며 나는 손을 붕붕 흔들면서 사양했다. 이 이상 마르크에게 폐를 끼칠 수 없었다. 하지만 벤노는 볼 근육을 실룩이며 나를 노려보는 눈빛이 날카로워졌다.

"독자 행동은 인정 못 한다고 말했는데 못 알아들었나?"

"들었어요……. 알겠습니다. 마르크 씨에게 혼나면서 돌아갈게요. 음, 그래도 모처럼 벤노 씨를 만났으니 '**간편 한린샴**'의 제조법을……."

오늘 여기에 온 목적을 달성해 버리려고 입을 열자 무시무시한 표정을 한 벤노의 한 손에 머리를 확 잡혀 버렸다.

"너란 녀석은!"

"넷!?"

"오늘은 돌아가라고 말했지?"

"히익!"

머리를 잡혀 커다란 목소리로 호통을 듣자 몸이 움찔거리며 떨렸다. 반사적으로 눈물이 울컥 쏟아진 눈으로 벤노를 바라보면서 뇌의 한쪽 구석에서는 지금 상황과는 전혀 상관없는 감상이 떠올랐다.

이게 바로 '호통친다' 라는 거구나.

"앞으로 꼬마 녀석 없이는 출입 금지다! 기억력이란 게 있다면 재깍 머릿속에 새겨 넣어!"

"새겼어요! 새겨 넣었어요! 아야야야야!"

그 후, 걸어서 갈 것인지 마르크에게 안겨 갈 것인지 조금 말다툼이 있었지만, '내 심장을 멈추게 하고 싶지 않으면 얌전히 있어 주세요'라는 마르크의 상냥한 협박과 '조금 전 사죄는 말뿐입니까?' 라는 일침에 내가 이길 방도는 전혀 없었다.

나는 쓸데없는 저항을 포기하고 마르크에게 안긴 채 집까지 옮겨졌다. 그리고 마르크에게 안긴 나를 보고 마르크에게 오늘의 행동을 보고받은 가족들은 아니나 다를까 노발대발했다. 나는 장시간에 걸친 설교를 듣는 동안 본격적으로 열이 나서 이틀 동안 앓아 버렸다.

열이 내리면 무릎 꿇고 사죄해야 할지도 모른다고 투리에게 말했더니 '사과도 중요하지만, 마인은 얌전히 있는 편이 좋아' 라는 말을 들었다.

"그러니까 모두에게 폐를 끼치고 야단맞아서 그러니. 오늘은 같이 가 줘."

열이 내린 다음 날, 나는 루츠에게 사정을 설명하고 길베르타 상회에 동행해 주길 부탁했다. 루츠는 기가 막힌다는 얼굴로 나를 보고는 크나큰 한숨을 내쉬었다.

"그래서 내가 말했시? 마인 혼자 갈 수 있겠냐고. 전혀 괜찮지 않았잖아."

"그, 그 말이 그런 의미였어? 난 또 길은 이미 외웠으니까 괜찮다고 생각해서…… 루츠?"

"하하하하하하……. 어디를 어떻게 생각하면 그런 의미가 되는 거야? 내가 네 체력 말고 뭘 걱정하겠어!?"

몸을 웅크려 박장대소를 터트리는 루츠에게 내가 입술을 삐죽 내밀자, 루츠가 개운한 듯한 미소로 나를 올려다보았다.

"이렇게 자주 쓰러져서야 마인한텐 내가 붙어 있지 않으면 안 되겠네."

"응. 벤노 씨한테 루츠가 없으면 출입금지라는 말을 들었어."

"하하하……. 출입금지라니, 넌 정말."

나는 형편없는 스스로에게 풀이 죽어있는데 반해 루츠는 어째서인지 기분이 좋아 보였다. 기분이 안 좋은 것보다는 나았지만 석연치 않았다. 난 루츠의 말에 고민하는 바람에 수면부족에다 얼굴 맞대기도 힘들었는데 왜 루츠만 평소대로야!?

"자, 마인. 뾰로통한 얼굴 펴고 이만 가자."

기분 좋게 오빠 행세하는 루츠와 나란히 가게를 향해 걷기 시작했다.

"루츠는 그날 숲에서 뭘 채집했어?"

"장작이랑 대나무. 대나무를 깎아서 어떤 물건이 필요할지 장인에게 물어보겠다고 네가 말했잖아?"

"그러고 보니 그랬었네. 잊고 있었어."

입으로 설명하거나 석판에 그려도 모를 때를 대비해서 실제 물건을 준비할 생각이었는데 그걸 까맣게 잊고 있었다.

"어이어이, 정신 차려."

"나 대신 루츠가 정신 차리고 있으니까 괜찮아."

메모 용지도 없는 곳에서 전부를 기억할 리 만무했다. 우라노 시절의 나는 메모왕이었다. 뭐든 잊지 않으려고 수첩에 메모했다. 메모하면 까먹어도 안심이라 완전히 수첩에만 의지한 걸 보면 내게 대단한 기억력은 없는 모양이다.

둘이서 기억하면 잊는 일도 적다고 루츠에게 말하자 루츠는 마치 울 것처럼 얼굴을 일그러뜨렸다.

"나…… 네가 글자를 쓰고 계산도 하고 어른과 알 수 없는 대화도 할 수 있는 모습을 보고 사실 분했어."

"뭐?"

"나 같은 건 필요 없겠다. 저 상점에서 내가 도움 될 일은 없겠다고 생각했어."

세례 전인 어린애에게 바로 도움이 되는 행동을 하라고는 상점의 그 누구도 말하지 않겠지. 자기 이름을 쓰고 진지하게 공부에 전념한 일만으로도 루츠의 평가가 상당히 올랐다는 사실을 루츠는 눈치채지 못하고 나와 자신을 비교하며 침울해 있었던 셈이다.

비교할 필요는 없다고 달래려 했더니 루츠가 이번엔 작게 웃으며 얼굴을 들었다.

"근데 넌 금방 픽픽 쓰러지고, 머리는 좋아도 어딘가 모자라고, 팔심도 없고, 쪼그맣고. 잘 생각해 보면 못 하는 일이 더 많아. 나 없이는 출입금지라니……."

"너무해. 루츠! 나도 가끔은 도움이 돼!"

해도 니무한 평가에 항의하자 어째선지 루츠가 배를 감싸 안고 웃기 시작했다. 얼마간 웃었을까, 루츠가 툭 하고 내 머리 위에 손을 올려 마구 쓰다듬었다.

"전엔 마인이 마인이 아닌 것 같아서 심술부렸어. 미안."

"뭐야……. 심술부린 거였어?"

맥이 빠졌다. 나는 루츠의 말을 엄청 심각하게 받아들였는데, 루츠는 그냥 심술이 났을 뿐이었다. 미묘하게 긴장이 남았던 몸에서 힘이 쭉 빠졌다.

"루츠한테 미움받은 줄 알았는데 다행이야……."

"미워하지 않아. 자, 빨리 가자고."

루츠가 내민 손을 잡고 그대로 걸었다. 다시 일상이 돌아온 느낌이 들었다.

"안녕하세요."

상점에 들어가자 우리를 본 마르크가 안쪽 벤노의 방으로 안내해 주었다. 벤노가 미간을 누르면서 변함없이 날카로운 시선으로 나를 노려보았다.

"꼬마, 거기 그 저돌적인 아가씨를 지키는 일은 네가 가장 우선시

해야 하는 일이다. 너밖에 할 수 없는 가장 중요 임무라고 생각해. 알겠나? 거리를 걷다가 예고도 없이 갑자기 눈앞에서 쓰러지면 이쪽은 심장이 몇 개라도 부족해."

언짢아 보이는 벤노에게 명령을 받은 루츠는 눈을 반짝이며 자신을 가리켰다.

"마인을 지킬 사람이 나밖에 없다고?"

"너 아니면 이런 무모한 아가씨를 돌볼 사람이 누가 있나? 지금까지 있던가?"

"아니."

"이 상점에 있다고 생각하나?"

"아니."

벤노의 말에 루츠가 바로 고개를 저었다. 표정이 빛나면서 옅은 녹색 눈동자가 어쩐지 자랑스러움에 차 보이는 건 내 기분 탓일까.

으, 자랑스러워하는 루츠의 볼때기를 쭉 잡아 찢고 싶다.

"자, 꼬마에게 묻지. 오늘 이 아가씨는 남문까지 걸을 수 있겠나?"

"걷는 속도를 신경 쓰면 괜찮아. 남문이면 여기보다 집에서 가까우니까 속이 안 좋아져도 금방 돌아갈 수 있어."

언제나 그렇지만 내 몸 상태를 가족이나 루츠가 더 자세히 안다니 나 자신이 한심하다. 조금씩 단련했다고 생각했지만 아무리 해도 체력이 붙지 않았다.

어린애라면 금방 성장할 텐데 말이지.

단련해도 성장이 느린 내 몸을 내려다보고 있으니 벤노가 책상 위의 종을 한 번 흔들었다. 문이 끼익 하고 열리며 마르크가 들어왔다.

"부르셨습니까. 주인님?"

"걷는 속도를 신경 쓰면 갈 수 있다고 하니 안내해 줘."

"알겠습니다."

"네? 어디에 가는 거죠? 목재상은 서문이잖아요?"

남문에 꼭 가야 할 용건은 없었다. 내가 눈을 깜빡이자 벤노가 가볍게 어깨를 들썩였다.

"마르크한테 이야기는 들었다. 남문에 가까운 창고를 너희에게 빌려주지."

"정말이에요? 감사합니다."

내가 펄쩍 뛰며 감사의 말을 전하자 벤노가 가벼운 한숨을 내쉬었다.

"너 때문이 아니다. 꼬마를 위해서지. 널 돌보면서 도구까지 옮기는 건 꼬마에게 너무 힘든 일이니까."

"네엣!? 저도 옮길 수 있어요!? 제대로 팔심도 붙었다고요."

내가 팔을 두드리며 주장하자 세 사람이 이구동성으로 반론했다.

"쓸데없는 짓 말고 얌전히 있어."

"힘을 쓰는 일은 내가 할 테니까 마인은 쓰러지지만 마."

"옮기지 않아도 좋으니 체력 관리에 힘써 주십시오."

하지만 거절하겠어. 어떻게 얌전히 있어? 난 투리와 약속했다고. 할 수 있는 일부터 해 나가자고. 할 수 있는 일을 늘려 가자고. 내 일은 내가 할 거고 지금은 못 해도 할 수 있도록 노력할 거야.

"마인, 그 표정……. 제대로 들은 척하면서 전혀 들을 생각 없는 얼굴인데?"

들켰나!?

움찔하면서 뺨을 눌러 루츠를 올려다보는 나를 보고 벤노와 마르크가 서로 시선을 주고받으며 고개를 끄덕였다.

이날 이후, 루츠는 '마인 담당'으로서 벤노의 가게에서 중요한 존재로 여겨지게 되었다.

재료&도구 주문

벤노의 방을 나온 후, 나와 루츠는 마르크의 안내를 받으며 남문에 가까운 창고로 향했다. 남문 주변은 장인 거리라 비교적 창고가 많다고 했다. 장인은 물을 쓰는 일이 많아 주택가보다 우물이 많았다.

마르크가 안내한 곳도 바로 근처에 우물이 있는 창고였다. 약 3평 정도로 그리 크지 않은 넓이였다. 원래 장인이 재료 보관에 사용하던 창고였는지 벽면에 널빤지를 고정한 선반 몇 개가 남아 있었다. 창고 안은 약간 먼지가 드문드문 보이긴 했지만, 대강 청소를 한 모양인지 대청소를 할 필요까지는 없어 보였다. 싹 돌아보니 이미 냄비와 어떤 봉투가 구석에 놓여 있었다.

"주문한 물건이 가게에 도착하면 점원이 이곳에 옮기도록 했습니다. 어제는 냄비와 재를 옮겨 뒀지요. 저것입니다. 오늘은 큰 대야와 누름돌을 가져다 놓을 겁니다. 짐이 도착할 때까지는 여기에 있으세요."

마르크가 가리킨 방향에 있는 검은 냄비를 보고 벤노의 협력에 진심으로 감사했다. 나와 루츠만으로는 절대 손에 넣지 못했을 냄비가 이곳에 있었다.

"우와! 냄비다! 루츠, 이 냄비 옮길 수 있겠어?"

"응. 이 정도면 괜찮아. 지게에 매고 가도 되니까."

"그럼 빨리 치수를 재야지. 찜통 크기를 정해야 하니깐."

토트백에는 벤노의 상점에서 빌린 주문서 세트가 들어 있었다. 잽싸게 줄자를 꺼내 들자 루츠에게 휙 빼앗겨 버렸다.

"치수 재는 건 나중이고 우선 진정부터 해. 너무 흥분했다가 또 쓰러져."

"으……."

우리의 대화를 지켜보던 마르크가 쓴웃음을 지었다.

"이 창고로 문제가 없다면 전 이만 돌아가겠습니다. 내일 아침에 목재상에 갈 예정이니 치수를 재야 할 물건이나 주문할 물건 등 준비는 반드시 해 두십시오. 음……. 세 점 종에 상점을 나올 테니 중앙 광장에는 조금 뒤에 도착하겠군요."

"네. 알겠습니다. 이것저것 많은 폐를 끼쳤어요."

그리고 마르크는 목에 걸 수 있게 사슬에 달린 열쇠를 꺼냈다.

"두 분께 이 창고 열쇠를 맡기겠습니다. 문단속은 잊으시면 안 됩니다. 그리고 루츠 혼자라도 좋으니 문을 잠근 후에는 반드시 열쇠를 상점에 돌려주러 오세요. 괜찮겠지요?"

루츠가 찰랑거리는 소리가 나는 무거운 열쇠를 받아들자 마르크는 몸을 돌려 상점으로 돌아가 버렸다.

"루츠, 뭐부터 시작할까?"

지금껏 비어 있던 창고 안에는 의자도, 잠시 앉을 수 있는 상자도 없었다.

"짐을 옮기자. 미리 만들어 놓았던 틀이랑, 대나무랑, 못 같은 거랑……."

"그러네. 오늘 중으로 찜통 크기를 정해서 나무 크기를 기록해야겠지? 잊은 목재가 없는지 제출한 주문서로 확인하고…… 다음엔 대오리를 만드는 일인가?"

"대나무를 자르고 깎아야 하니까 도구도 필요해."

오늘 중에 해야 할 일을 석판에 적어 창고 벽면에 세워 놓았다. 이걸로 까먹진 않겠지.

루츠와 집까지 돌아가 짐을 창고로 옮기기로 했다. 주변 지리에 밝지 않은 나는 이곳이 어디인지 전혀 감이 오지 않았지만, 루츠는 성큼성큼 좁은 골목길을 섞어 들어갔다. 아무래도 남문과 우리 집 사이에 창고가 있는 모양이다. 여긴 어디? 나는 누구? 하며 머리에 물음표를 나열하는 동안 집에 도착했다. 체력 부족인 나에겐 다행스럽게도 상당히 가까웠다.

"그럼 바구니에 짐 넣어서 내려와."

"알았어."

우리 집에 둔 짐은 못뿐이었다. 루츠 가족이 건축이나 목공 관계 일을 하는 탓에 못을 집에 가져가면 집에서 쓰던 못으로 오인당하거나 가져가 버릴 가능성이 높다고 했다. 반대로 장작으로 착각하기 쉬운 틀이나 대나무를 우리 집에 두면 태워 버릴 가능성이 높아 루츠네 집에 두었다.

못이 든 주머니와 칼을 바구니에 넣고 우연히 눈에 들어온 걸레와 빗자루도 넣었다. 의자로 쓸 만한 물건이 없으니 적어도 깨끗이 청소해서 걸레라도 펼치고 앉을 장소를 확보해 두고 싶었다.

밑으로 내려가니 루츠는 이미 밖으로 나와 있었다. 루츠가 손에 든 바구니에는 여러 가지 나무 작품 같은 물건들이 삐져나와 있었다.

"루츠는 뭘 가지고 왔어?"

"요전번에 랄프가 만든 실패작. 의자 대신 쓸까 싶어서."

"후후. 나도 앉을 수 있게 청소 도구 가져왔어."

창고로 돌아와 선반 위에 못을 두고 모퉁이에 대나무를 세워 둔 후, 줄자를 꺼냈다. 둘이서 냄비 크기를 재고 찜통 크기를 정해 필요한 나무 길이를 석판에 기록해 갔다.

"이걸로 괜찮겠지?"

"응."

목재상에 주문할 나무는 매우 많았다. 찜통 재료, 섬유를 두드릴 각목, 종이를 받칠 평평하고 커다란 지상과 받침대, 종이를 붙여 말리는 용도로 쓸 비교적 얇은 목판, 대오리를 만들 대나무, 그리고 종이의 원료가 될 나무.

모든 주문서를 확인하면서 단단한 나무가 좋을지, 부드러운 나무가 좋을지, 잘 건조된 나무가 좋을지, 어린 나무가 좋을지, 각각의 재료에 맞는 나무의 특징도 생각해 두었다.

"다음은 대오리야?"

"맞아. 자를 수 있겠어? 죽간보다 얇고 작을 텐데."

"전엔 크게 잘랐었지? 작게 자르는 건 어떠려나."

루츠의 주도로 대나무에서 대오리를 만드는 작업을 시작했다. 대나무는 쩍, 하고 기세 좋고 시원스럽게 일직선으로 잘렸지만 가늘게 깎아내는 건 어려운지 고전하는 듯했다.

"나도 해 볼게. 세밀한 작업이면 할 수 있을 거야."

나는 칼을 꺼내 들고 약간 가늘게 잘린 대나무 깎기에 도전했지만 거의 대부분이 깎는 도중에 뚝 하고 부러져 버렸다. 어떻게든 부러지지 않고 완성했다 싶으면 심하게 울퉁불퉁해서 쓸 만한 물건이 아니었다.

"이거, 정말 어렵네."

매끄러운 대오리를 틀 크기에 맞춘 길이로 자르는 작업은 가능한 사람에게 맡겨 버리고 싶었다. 우리가 하기엔 시간도 기술도 전혀 없었다.

"짐 가져왔습니다!"

작업 도중에 벤노네 종업원이 커다란 대야와 루츠가 들 수 있을 만한 누름돌을 들고 와 주어서 냄비 옆에 놓아두도록 했다.

"마인, 짐도 왔으니 오늘은 여기서 끝내자."

종업원이 돌아가자 루츠가 도구를 정리하기 시작했다. 하지만 슬슬 점심시간이라서 아직 내 체력에는 전혀 문제가 없었다.

"아직 할 수 있는데?"

"내일이 더 힘드니까 오늘은 쉬는 게 좋아. 너 오늘 요리 당번이라고 하지 않았어?"

"아, 맞다."

내가 열로 드러누운 동안 투리가 나 대신 요리 당번을 맡아 준 덕에 오늘은 내 차례였다.

"나도 내일 목재상에 갈 수 있게 내일 해야 할 집안일을 끝내 둬야 해. 그러니까 넌 집으로 가. 널 보내고 내가 열쇠 돌려줄게."

스스로 방해물이란 자각이 있는 나는 고개를 끄덕이고 바로 짐을 정리하기 시작했다.

다음 날, 세 점 종이 울린 얼마 뒤 중앙 광장에서 마르크와 만나 목재상으로 향했다. 벤노의 상점은 개점하는 두 점 종이 울리기 전부터 손님들의 출입이 안정되는 세 점 종 사이가 가장 바쁜 모양이었다.

오늘은 루츠도 함께라서 도중에 쓰러지는 일 없이 무사히 목재상에 도착했다.

통나무가 쌓여 있거나 벽에 세워진 풍경은 일본에서도 본 적 있는 목재상과 조금 비슷했다. 다만 현대 일본에서라면 기계로 할 작업이 전부 수작업으로 이루어지는 이곳에서는 울퉁불퉁한 근육질 아저씨들이 어슬렁거렸고 우렁찬 목소리와 함께 여러 명이 나무를 이동시키거나 자르거나 했다. 상당히 활기가 넘쳤다. 아니, 활기가 너무 넘쳐서 무서울 정도다.

"아, 반장님. 오랜만입니다."

"오, 당신이군. 벤노 녀석은 잘 있겠지?"

"네. 잘 계십니다. 오늘 용건은 이 두 사람이 찾는 나무가 있어서⋯⋯."

흰털이 희끗희끗하게 보이는 덥수룩한 수염에 반해 머리는 매끈매끈한 반장에게 마르크가 인사하고 우리가 나무를 찾고 있다는 사실을 전했다.

"아가씨와 꼬마가? 무슨 나무를 찾는다고?"

나이를 가늠하기 힘든 근육질 반장이 부릅뜬 눈으로 내려다보자 나는 힉 하고 숨을 들이켰다.

"저, 찜통을 만들 나무가 필요한데요⋯⋯."

"뭐라? 무슨 나무가 필요하다고?"

의아스러운 되물음에 말문이 막혀 버렸다. 지금까지 루츠나 마르크에게 통한 찜통이라는 단어가 반장에게는 통하지 않는 걸까? 아니면 나무 종류를 들어야 하는 걸까?

"그러니까 찜기…… 아니, 수증기에 닿아도 모양이 변하지 않는 단단하고 건조한 나무가 필요해요. 가르쳐 주세요."

"흠, 단단하고 건조한 나무라. 어떤 나무가 필요한지는 아는 모양이군."

흠흠 하고 고개를 끄덕이며 반장이 세 종류의 나무 이름을 댔다.

"즈완, 아니면 두라카, 페디슬 같은 나무겠군. 어느 걸로 할 거지?"

"그렇게 물으셔도…… 루츠. 알겠어?"

후보를 대도 전혀 알 수 없었던 나는 몸을 빙글 돌려 루츠를 올려다보았다.

"음~ 다루기 쉬운 건 즈완이 아닐까?"

"그럼 즈완으로 합시다. 크기는 정했지요?"

"네."

마르크의 물음에 대답하고 나는 토트백에서 주문서를 꺼냈다. 그리고 마르크에게 작성에 빠짐이 없는지 한 번 확인받았다.

"문제는 없어 보이네요. 그럼 즈완을 이 주문서대로 잘라 가게로 옮겨 주세요."

"얘들아. 일이다."

주문서를 슥 훑어본 반장이 가까이 있던 근육질에게 주문서를 넘겼다.

"저, 그리고 마찬가지로 물에 젖어도 형태가 변하지 않는 두꺼운 지상 한 장이랑 지상을 올릴 받침대가 필요해요."

"재료는 팔 수 있지만, 받침대는 가구상에 부탁하든지, 스스로 만들어. 이것도 즈완이면 되나?"

"네."

내가 크게 끄덕이며 두꺼운 지상 주문서를 건네자 반장은 흥하고 콧방귀를 끼면서 주문서를 읽었다. 나는 그런 반장에게 또 주문서 하나를 건넸다.

"꽤 많군."

"아직 더 있어요. 이건 물에 젖어도 괜찮은 약간 얇은 목판 2장을……."

"어느 정도 두께로? 너무 얇으면 단단해도 금방 구부러질 텐데?"

입가를 끌어올리는 반장의 말에 나는 기억을 더듬었다. 종이를 붙이는 목판을 떠올리며 탁하고 주먹으로 손바닥을 때렸다. 그리고는 토트백에서 석판을 꺼내 쓱쓱 그림을 그렸다.

"음, 이런 식으로 뒤에 보강용 테두리를 붙여서 구부러지지 않는 두께로 부탁드릴게요. 저는 몰라도 루츠가 들 수 있어야 하거든요."

"하, 이 정도도 못 드는 놈은 남자 실격이다."

울근불근한 반장과 루츠를 어떻게 비교할 수 있나나 할까. 조금 불안해져서 루츠를 돌아보자 내가 입을 열기도 전에 루츠가 불쾌하다는 듯 얼굴을 찡그리며 말했다.

"난 남자니까 문제없어."

강한 체해서 나중에 루츠만 고생하게 되겠지만, 끼어들어서 남자의 자존심을 건드릴 수는 없었기에 잠자코 있기로 했다.

"또 곤봉이나 빨랫감을 두드릴 수 있는 단단한 각목이요. 이것도 루츠가 들고 내리칠 수 있는 크기랑 무게여야 해요."

"곤봉과 빨래봉은 전혀 다르잖아? 뭘 두드리는데?"

두드린다는 생각으로 내 머릿속에 떠오른 게 그 두 개였는데, 확실히 무기인 곤봉과 엄마가 쓰는 빨래봉은 소재가 전혀 달랐다.

"나무 섬유예요. 쪄서 부드러워진 섬유를 솜처럼 될 때까지 두드릴 거예요."

"그거로 뭘 하려고?"

"그건 알려드릴 수 없어요."

네기 입 앞에서 손가락을 교차시켜 엑스 자를 만들자 반장이 또다시 흥하고 콧방귀를 뀌었다.

"단단하고 꽤 무게가 나가면서 균형이 중요하겠군. 그거로 무슨 받침대 위에서 두드릴 거냐? 돌인지 나무인지에 따라서도 달라지니까."

핏기가 삭 하고 가셨다. 어디 위에서 두드릴지를 깜빡 잊고 있었다.

"그, 그건 생각 못 했어요. 그, 그러네. 두드릴 때 깔 받침도 필요했어! 그럼 그 받침과 봉을 세트로 부탁해도 될까요? 지금 주문서 쓸게요!"

"세트라면 여기에 추가로 쓰면 된다만…… 아가씨가 쓰나?"

"그런데요?"

생각지 못한 실수로 머리가 가득 찬 나는 어떻게든 실수를 만회하려고 곧바로 토트백에서 주문서 세트와 줄자, 잉크와 펜을 꺼냈다. 그리고 주문서에 받침 크기도 써넣었다.

"반장님, 이걸로 괜찮나요?"

"그래. 주문은 이걸로 끝인가?"

"아뇨, 다음은…… 섬유가 길고 강한 나무가 있을까요? 가능하면

찰기가 있어서 섬유끼리 얽기 쉽고, 섬유를 많이 채취할 수 있는 나무가 좋아요. 1년생 묘목이 적당하단 말을 들었어요. 2년생으로 넘어가면 섬유가 딱딱해져서 줄기에 마디가 생기니 쓰기가 어렵대요. 부드럽고 어린 나무가 필요해요."

종이로 쓰기 쉬운 나무의 특징을 나열해 봤지만, 반장의 반응은 시큰둥했다. 반장은 수염을 만지작거리면서 신음을 내쉼과 동시에 눈살을 찌푸렸다.

"그런 어린 놈은 그다지 쓸 일이 없으니 여기선 취급 안 해."

목재상에서는 특별 주문이 아닌 이상 1년생 같은 어린 나무는 취급하지 않는 모양이었다.

"방금 말한 특징에 맞는 나무가 있으면 종류만이라도 가르쳐주세요. 어떤 나무가 맞을지 몰라서 조금씩 채집해서 조사해 볼게요. 결정되면 주문해도 되나요?"

"양에 따른다는 말밖에 할 수 없군. 수가 적으면 이쪽에 이익이 너무 안 남아."

"알겠습니다……. 루츠. 나무 이름과 어디쯤에서 채집할 수 있는지 기억해 줄래? 난 구별해 낼 자신이 전혀 없거든."

처음엔 우리끼리 채집하는 방법밖엔 없겠다. 먼저 시제품을 만들고, 어떤 나무가 좋을지 결정해서 종이를 대량 생산하게 되면 그때 주문하기로 하자.

루츠가 젊은 근육질에게 나무 종류와 구별법을 배우는 동안 나는 반장에게 대오리를 보여주며 물었다.

"아, 그렇지. 이런 대오리가 필요한데요, 여기에 대나무는 있나요?"

"그리 많지는 않지만 있지."

반장은 그렇게 말하며 포개진 목재들이 있는 구석을 가리켰다. 그곳에 낯익은 대나무가 살짝 엿보였다.

"여기에서 대오리를 만들 수 있나요?"

"그 정도로 세밀한 작업은 세공사가 할 일이다. 세공사에게 맡겨."

"세공사 말이군요. 감사합니다. 저, 이걸로 주문할 물건은 끝이에요."

"그렇군. 준비가 다 되면 벤노네 가게로 옮기면 되나?"

주문서를 보며 반장이 말했다. 내가 건넨 주문서의 주문자는 전부 벤노 이름으로 되어 있었다. 간편 한린샴의 제조법과 교환으로 초기 투자를 받는 계약이 되어 있으니 주문자는 벤노가 되는 모양이었다. 그러니 일단 주문한 물건들은 벤노네로 옮긴 다음에 우리에게 넘기는 형식이 계약 마술에서 중요하다고 했다.

"네. 잘 부탁합니다."

다시 작업으로 돌아가는 반장을 바라보고 루츠가 돌아올 동안 나는 토트백에 손을 넣어 남은 주문서가 있는지 확인했다. 가구상에 맡기라는 받침대와 세공사에게 맡기라는 대오리를 쓸 주문서는 아직 남아 있었다.

음, 지상을 받칠 받침대는 어떻게 하지? 솔직히 두드릴 때 쓸 받침은 그렇다 치고 지상을 올릴 받침대는 일부러 가구상에 맡길 정도는 아닌데.

"마르크 씨. 상점에 받침대로 쓸 만한 나무 상자 없나요? 가구상에 맡기기엔 좀 아까워서요."

"알겠습니다. 나무 상자는 이쪽에서 준비하죠. 몇 개 필요합니까?"

"판을 올릴 받침대로 쓰고 싶으니까 같은 크기로 두 개요. 또 그거와 따로 크기가 달라도 좋으니 두세 개 더 있으면 좋아요."

가구상에 주문하는 것보다 싸게 먹히므로 문제없다며 마르크가 준비를 맡아 주었다.

"세공사에게도 내일모레 가도록 하죠. 오늘은 이걸로 해산해도 되겠습니까?"

"네. 고맙습니다."

다음 날은 숲에 가서 장작을 주웠다. 그 김에 종이 제작에 쓸 만한 나무는 없는지 탐색했다. 나무는 루츠 쪽이 밝으니 통째로 맡겼다. 나에겐 전부 똑같은 나무로밖에 보이지 않으니까. 껍질이나 촉감에 차이가 있다는 점은 알겠지만, 종류가 너무 많아서 다 기억하기 힘들었다.

채집한 물건을 창고로 옮기기 위해 창고 열쇠를 빌리러 갔을 때 마르크에게 세공사와 연락이 되었다는 말을 들었다.

우와. 마르크 씨. 정말 유능하네. 일 처리 속도가 정말 빨라.

목재상에 간 날로부터 닷새 후에 세공사에게 가게 되었다. 평소대로 중앙 광장에서 세 점 종 시각에 만나 목적지로 향했다. 세공사 공방은 장인 거리에 있어 남문에 가까웠다.

목재상의 반장과는 다르게 세공사는 어느 쪽이냐 하면 호리호리했다. 작업에 필요한 근육은 붙어 있었지만, 그 이외에는 전혀 필요 없다고 몸으로 표현하는 듯 마른 살집이었다. 등까지 긴 회색 머리는 작업에 방해만 안 되면 충분하다는 듯이 아무렇게나 묶여 있었다.

"어떤 일인가?"

신경질적으로 보이는 매서운 눈으로 위아래로 힐끗 나를 훑어보자 나도 모르게 마르크 씨의 옷깃을 잡았다.

"대오리가 필요해요. 목재상에 부탁했더니 세공사에게 맡기라고 해서……."

내가 토트백에서 꺼낸 대오리의 울퉁불퉁한 면을 손가락을 쓰다듬던 세공사가 입가를 씰룩거렸다.

"이 물결 모양이 필요한가?"

"되도록 일직선으로 깎고 싶었는데요……."

"이토록 서툰 솜씨라면 확실히 맡겨야겠군. 알았다. 재료는 이건가?"

세공사가 루츠의 바구니에서 보이는 대나무를 손가락으로 가리켰다. 어제 창고로 옮긴 대나무를 루츠가 바구니에서 꺼내 자리에 나열했다.

"용건은 이것뿐인가?"

"저! 가능하면 '깔개'를 만들어 줬으면 해요. 가능할까요?"

나는 석판에 그림을 그려 하나밖에 없는 대나무 꼬지를 써서 손짓 발짓으로 깔개 제작법을 설명했다. 세공사는 나의 서툰 설명으로도 대충 머릿속에 그림이 그려진 모양이었다.

"꽤 귀찮은 의뢰긴 하지만, 못할 건 없지."

"정말인가요? 대단해요!"

"다만, 튼튼한 실이 있어야 해. 주문하기 전에 튼튼한 실을 가져오도록."

그렇게 말하며 세공사는 휙휙 손을 흔들어 우리를 쫓아내려 했다. 하지만 여기에서 물러설 수 없다. 세공사가 요구하는 튼튼한 실이 어떤 실인지 전혀 감이 잡히지 않았기 때문이다.

"저, 죄송한데요. 뭐가 튼튼한 실인지 잘 모르겠어요. 같이 봐 주실 수 있나요?"

"곧바로 실 도매상에 갈 수 있다면 가도 좋다."

"지금 갈게요!"

심술궂게 보이는 세공사에게서 뜻밖에 협력적인 말이 나오자 기쁜 나머지 그 자리에서 손을 들고 대답해 버린 순간 루츠에게 가볍게 뒤통수를 맞아 버렸다. 내가 머리를 누르며 돌아보자 루츠의 녹색 눈동자가 짜증스럽게 실눈을 뜨며 나를 노려보았다.

"어이, 마인. 경솔하게 떠맡지 마. 가장 먼저 네가 쓰러져."

"아무래도 마인은 오늘도 안긴 상태로 가고 싶은 모양입니다."

"으힉!?"

요전번에 데려다주었을 때 기겁하며 싫어하던 일을 기억했으리라. 마르크가 압도적인 미소를 띠며 내게 다가왔다. 내가 슬금슬금 뒷걸음질 치자 세공사의 짜증 내는 목소리가 울렸다.

"가는 건가? 안 가는 건가? 어느 쪽인가?"

"물론 가겠습니다. 마인이 가겠다고 했으니. 그렇죠?"

나는 마르크에게 잡혀 안긴 상태로 실 도매상으로 연행되었다. 내 걸음걸이를 신경 쓸 필요도 없으니 속도가 현격하게 달랐다. 안겨 가는데도 흔들림이 적은 사실에 내심 놀라면서 마르크의 어깨 부근에서 살짝 한숨을 내쉬었다.

나름대로 열심히 한다고 생각하는데, 폐만 끼치네.

실 도매상은 장인 거리에 있어 멀지는 않았다. 그래도 마르크에게 안긴 채 옮겨지는 기분은 정신적 어른으로서 굉장히 참을 수 없는 답답함을 느꼈다. 실 도매상에 도착하자 겨우 마르크의 품에서 내려와 가게 안에 발을 디뎠다.

"와! 실이 엄청 많네!"

"실 도매상이니까 당연하지."

조용한 목소리로 세공사에게 지적받았지만, 실들로 가득한 풍경은 실로 압권이었다. 이곳 시장에는 개인이 취급할 수 있는 상품밖에 진열해 놓지 않은 노점상만 있었고, 거리의 1층에 이어진 상점에는 강도나 도둑의 피해를 조금이라도 줄이기 위해 견본 이외에는 전부 선반 속이나 창고에 보관했다. 이 정도의 많은 상품이 잔뜩 진열된 상태는 거의 본 적이 없었다.

"튼튼한 실이 어떤 거죠?"

일본이라면 깔개를 만들 때 질긴 명주실을 쓴다. 이곳에 명주가 있는지, 누에고치가 있는지 모르는 나는 강한 실을 고를 수 없었다.

"슈핀네 실이 가장 강하다. 특히 가을철 번식기에 뽑은 실이 최고다. 하지만 비싸지."

어떻게 하겠냐는 물음이 담긴 세공사의 시선을 받은 나는 마르크에게 시선을 옮겼다. 자금 출처는 내가 아니었다. 최종적인 결정은 벤노의 지갑을 맡은 마르크였다.

"슈핀네 실로 상관없습니다만, 꼭 가을 물건에 고집할 필요는 없겠죠."

"뭐, 그렇긴 하다만. 정말 슈핀네로 괜찮은가?"

슈핀네 실은 정말 비싼 모양이었다. 가장 품질이 좋고 비싼 물건부터 조금씩 품질을 내릴 생각이었는지 세공사가 흠칫 놀라며 마르크와 나를 번갈아 보았다.

"슈핀네로 합시다. 단, 실패나 푸념은 용서 못 합니다. 반드시 완성하세요."

마르크는 내가 토트백에서 꺼낸 대오리와 주문서를 확인한 후, 세공사에게 싱긋 웃으며 건넸다.

"그, 그래……."

틀에 맞춘 엽서 크기의 깔개 두 개. 도구 주문은 이걸로 전부 완료했다. 무사히 끝난 사실에 나는 안심의 한숨을 내쉬었다.

그다음 날부터 나는 창고를 지키며 옮겨지는 짐들을 지켜봤다. 그리고 도착한 재료로 루츠와 함께 도구를 만들었다. 가족의 비난을 받지 않도록 짬짬이 숲에서 채집하거나, 집안일을 하면서 재료를 모아 갔다. 점액에는 에딜 열매나 슬라모 벌레의 체액이 필요했지만, 이번엔 에딜 열매를 쓰기로 했다.

에딜 열매의 점액은 가을이 좀 더 깊어지고 겨울 준비를 할 계절이 되면 창틀에 묻히고 천을 끼워 새어 들어오는 바람을 막는데 쓰는 일이 많다고 했다. 그래서 얼마 후면 장에 나오는 수가 줄어 가격도 오른다고 했다. 에딜 열매를 구하지 못하게 되면 그땐 슬라모 벌레를 쓰는 데 합의했다.

에딜 열매의 구매에는 내가 열이 나 드러누운 동안에 마르크가 루츠만 데리고 가 버렸다. 마르크에게 모처럼 루츠에게도 경험을 쌓게 해 주고 싶다는 말을 듣고 너무 나 혼자 주제넘게 설쳤다고 가볍게 반성했다.

　재료가 전부 모이고 내 몸 상태도 좋아져서 겨우 종이를 만들게 되었을 땐 벤노와 처음 만나 종이를 만들겠다고 선언한 지 한 달 반이 지났을 때였다.

종이 만들기 시작

드디어 오늘부터 종이 제작에 들어간다. 나의 기합은 충분했다. 루츠에게 진정하라는 말을 들을 정도로 흥분했다.

오늘 작업은 목재상에서 배우거나 루츠가 여러 사람에게 물어서 어림잡은 나무를 자르는 일. 그리고 그것을 강변에서 쪄서 강물에 한 번 씻은 후 흑피를 벗기는 작업까지 숲에서 끝내고 싶었다. 벗겨 낸 흑피는 창고로 가져가 말려야 하기 때문이다.

시제품은 엽서 크기로 만들면 되니 재료도 그렇게 필요하지 않았다. 다만, 몇 시간을 땔 장작이 많이 필요했다. 숲에서 작업하면 장작을 모으기도 힘들지 않겠고, 없어지기 전에 주우러 가면 됐다. 냄비와 찜통을 들고 가야 하는 루츠는 힘들겠지만. 그래서 아침 일찍 창고 열쇠를 빌려서 냄비와 찜통을 들고 왔다. 숲에서 돌아온 후에도 창고에서 작업해야 해서 열쇠는 계속 보관하고 있겠다고 마르크에게 미리 전해 두었다.

사전 준비는 완벽했는데 예상외의 일이 벌어졌다.

"루츠, 괜찮아?"

"으…… 응."

루츠의 대답과 달리 지게에 냄비와 찜통을 동여맨 모습은 전혀 괜찮아 보이지 않았다. 당장에라도 찌부러질 것 같았다.

원인은 간단했다. 냄비도 찜통도 루츠가 옮길 수 있는 무게로 설정했다. 이 정도면 괜찮겠다고 루츠도 말했었다. 하지만 숲까지 두

가지 도구를 한 번에 옮기는 일을 예상하지 못했다.

"찜통이라도 들까?"

"마인은 못 들어."

루츠가 안 된다고 하는 이상 나에겐 무리였다. 나는 루츠를 응원하거나 무리 없이 숲에 가는 일밖에 할 수 없었다.

평소대로 아이들과 함께 숲을 향해 걸어갔다.

"루츠, 그게 뭐야?"

"숲에서 뭐 하는데?"

루츠가 등에 진 냄비와 낯선 찜통에 아이들은 흥미진진해 했다.

"냄비와 찜통으로 만들어야 할 물건이 있어."

등에 진 짐이 상당히 무거운 모양이다. 루츠의 말수가 적어지고 대답도 간결했다. 불쾌하게 들릴 수도 있었겠지만, 호기심에 물든 아이들은 전혀 개의치 않고 질문을 이어 갔다.

"응? 뭘 만들어? 재밌는 놀이 하는 거지?"

"아냐…… 이걸 만드느냐 못 만드느냐에 따라 수습 합격 결과가 정해지는 거야. 방해하지 말아 줘."

"그래? 알았어. 힘내. 루츠."

끝까지 이어질 줄 알았던 질문 공격이 루츠가 수습에 필요한 일이란 말을 꺼내자마자 사라졌다.

아이들이 쉽게 물러난 이유를 알 수가 없어 나중에 루츠에게 물어보았다. 대부분 부모의 소개로 직장이 정해진다고는 하지만 인기 있는 직장에는 희망자가 쇄도한다고 한다. 그렇게 되면 부모가 다른 직장을 소개하기도 하는데 선택 시험 같은 과정을 거치기도 하는 모양이었다.

선택 시험을 방해하는 일은 아이들 사이에선 금기였다. 자기가 시험을 칠 때 앙갚음으로 방해받을 수도 있고 방해했다는 소문이 퍼지면 자신이 직장을 구하기도 힘들어진다고 한다.

호오라, 인기 많은 직장에 사람이 모여 경쟁률이 높아지는 점은 어디든 똑같구나.

문에서 만난 오토에게 힘내라는 격려를 받았다. 냄비와 찜통을 등에 진 루츠를 보고 종이 제작을 시작했다고 알아챈 모양이다.

"응. 힘낼게. 아, 아빠. 갔다 올게요."

아빠는 최근에 내가 루츠하고만 다니자 조금 토라진 기색이었지만, 손을 흔들자 찌푸린 얼굴과 실실 웃는 얼굴의 중간쯤 되는 복잡한 표정으로 뒤돌아보았다. 루츠나 오토와 사이가 좋아 보이는 게 마음에 들지 않지만, 그래도 딸이 손을 흔들어 줘서 기쁘다는 마음이 그대로 드러나는 얼굴이었다.

"크아~ 힘들어~. 생각보다 훨씬 무거웠어."

강변에 냄비와 찜통을 내려두고 루츠가 어깨를 빙글빙글 돌렸다.

"수고했어, 루츠. 조금 쉴까?"

"아니, 찌기 시작하면 종이 한 번 울릴 때까지는 상태를 봐야 하지? 그때 쉴게."

그렇게 말하면서도 루츠의 손은 강가 근처에서 나무를 쌓아 올려 냄비를 올릴 수 있는 아궁이를 만들기 시작했다. 역시 루츠. 일이 빠르다. 야외 작업에 익숙한 루츠에 비해 전세의 기억까지 포함해도 히키코모리라 야외 작업엔 전혀 경험이 없는 나. 도움이 안 되는 점은 언제나 똑같았다. 근처에서 나뭇조각을 주워 루츠에게 넘기는 일이 내가 할 수 있는 전부였다.

루츠는 강물을 냄비에 넣어 아궁이에 올리고 재빨리 나무를 쌓아 불을 지폈다.

"난 나무를 잘라서 가져올 테니까 마인은 쉬면서 냄비를 잘 살펴봐 줘."

"휴식은 루츠가 필요하지 않아?"

"종이기 완성되기 진까지 네 몸 상태가 무너지면 내가 곤란해. 이 주변에서 나뭇조각을 줍는 일 정도는 괜찮지만 너무 움직이진 마. 그리고 무슨 일이 생기면 큰 소리를 내. 알겠지?"

"알았어……."

루츠가 말한 대로였기에 나는 얌전하게 냄비를 지켜보고 있기로 했다. 그렇다 해도 물이 끓기까지는 꽤 시간이 걸렸고 너무 심심했다. 주위의 나뭇조각을 주워서는 냄비가 있는 곳까지 들고 와 불을 지펴 갔다.

근처에서 나뭇조각이 슬슬 줄어들자 조금씩 냄비에서 멀어지며 나무를 모으는데 흙에 반쯤 파묻힌 석류처럼 생긴 빨간 나무 열매가 눈에 들어왔다.

"어? 저게 뭐지? 먹을 수 있나? 아니면 기름을 짤 수 있지 않을까?"

숲에 있는 재료들은 대체로 생활에 쓸 수 있었다. 역시 약 1년 정도 이 세계에서 지내다 보니 나의 사고도 꽤 이쪽에 물든 모양이다. 뭔가 발견하면 일단은 주워 보자는 생각은 일본에서는 하지 않았다.

"이게 뭔지 루츠에게 물어봐야지."

나는 들고 있던 나뭇조각으로 빨간 나무 열매 주위를 쓱쓱 파서 열매를 파내고 손으로 번쩍 들었다. 그런데 갑자기 나무 열매가 뜨거워지기 시작했다.

'큰일이다! 이상한 계열 나무 열매였나 봐!'

아무래도 이 빨간 나무 열매는 요리에도 가끔 등장하는 이상한 식재료 종류인 모양이었다. 솔직히 무슨 일이 벌어질지, 대처 방법도 모르는 나는 허둥대며 그 나무 열매를 힘껏, 온 힘을 짜내 멀리 던졌다. 하지만 5m도 안 가 풀썩 하고 떨어졌다.

펑! 퍼퍼퍼펑! 하고 터지는 소리와 함께 빨간 열매가 사방팔방으로 튀었다. 그러자 주변에서 갑자기 몇 그루의 싹들이 쑥쑥 자라는 게 아닌가. 내가 멍하게 서 있는 사이에 그 싹들은 어느새 내 발목 높이까지 자랐다.

'뭐!? 뭐야!? 이 쑥쑥이 나무는!'

명백한 비상사태에 허둥지둥 그 자리에서 도망치며 소리쳤다.

"루츠! 루츠! 루츠! 여기 이상한 게 있어!"

"무슨 일이야, 마인!?"

가까이 있었는지 루츠가 풀을 헤치는 소리를 내며 곁으로 달려왔다. 그리고 내가 가리키는 방향을 보자 순식간에 얼굴색이 바뀌더니 삐익~! 하고 손가락으로 큰 소리로 휘파람을 불었다.

"토론베다!"

"그게 뭐야?"

"설명은 나중에!"

그렇게 말한 루츠가 손도끼를 휘두르며 식물들을 베어내기 시작했다. 순식간에 무릎 높이를 넘어 우리의 허벅지까지 뻗어 올라오는 식물은 어딜 봐도 위험한 놈이었다.

"마인은 강을 건너가 있어! 알았지?"

"아, 알았어."

비상사태에 이야기할 여유는 없었다. 나는 루츠의 지시대로 강 쪽을 향해 뛰었다. 그런 나와 반대로 루츠의 휘파람 소리를 들은 아이들이 모여들었다.

"무슨 일이…… 토론베!?"

"어서 잘라!"

여전히 이해하지 못하는 사람은 나뿐이었다. 모여든 아이들은 이 쑥쑥이 나무의 정체를 아는지 루츠와 마찬가지로 도끼나 칼을 들고 맞서기 시작했다.

아이들이 떼를 지어 모여들어 쑥쑥이 나무를 베어내는 장면을 나는 냄비 근처에 주저앉아 보고 있었다. 상대는 식물이니 불이 있으면 태워 버릴 수 있다고 생각해서였다. 하지만 그건 명분이고 사실은 조금 뛰었을 뿐인데 숨이 차 루츠의 지시대로 강 건너까지는 갈수 없었다.

"이제 자라는 건 없냐?"

내가 강변에서 헤롱거리며 맥이 빠져 있는 동안 쑥쑥이 나무를 잘라내는 작업이 끝났는지 아이들이 주위를 둘러보며 남은 식물이 있는지를 확인했다.

"괜찮아 보이기는 한데, 혹시나 또 토론베가 나올지도 모르니까 조심해서 채집하자. 무슨 일 있으면 휘파람으로 불러."

아이들이 또다시 채집하러 흩어지자 루츠가 내 곁으로 다가왔다.

"강 건너에 가라니까……. 무리였어?"

"무리였어……."

베는 작업을 한 루츠보다 내 쪽이 쌕쌕거리며 볼썽사나운 거친 숨을 반복했다. 이 상황을 전혀 모르는 누가 보면 내가 최전선에서 싸운 사람처럼 보이지 않을까.

"루츠, 저거 뭐야?"

"토론베야."

토론베는 굉장히 성장이 빠른 나무로 자라기 시작했을 때 베지 않으면 주변의 영양분을 전부 빨아들인다고 했다. 그리고 거대해져 버리면 잘라 쓰러뜨리기도 힘들어서 기사단에게 의뢰하지 않은 이상 방법이 없다고 했다.

'호오, 기사단이란 게 있구나. 역시 별세계야.'

"근데 참 이상하네. 토론베가 나오기엔 아직 시기가 일러. 원래라면 좀 더 가을이 되어야 하는데."

"그래……?"

루츠가 강가에 박힌 돌 위에 앉아 숨을 고르며 머리를 갸웃거렸다.

"성장도 엄청 빨랐어. 그런데도 토론베가 자란 주위의 흙들도 크게 메마르지 않았고……."

"흐음."

"왜 그래? 넌 이상하지 않아?"

루츠는 내 반응에 불만스러운 표정으로 나를 째려보았다. 하지만 이상하지 않냐고 물어도 어쩔 수 없었다. 처음 보는 식물이니 이상하다기보다 그 쑥쑥이 나무의 존재 자체가 이상하니까.

"저런 거, 처음 봤어. 평소와 다르다고 해도 난 잘 몰라."

"그러네. 마인이 숲에 오게 된 건 봄부터였지?"

이해했다는 듯 루츠가 고개를 끄덕임과 동시에 부글부글하고 냄비에서 끓는 소리가 나기 시작했다.

"루츠, 나무는?"

"저 주변에 흩어져 있겠지……."

루츠는 토론베가 나온 주변을 가리키며 고개를 툭 떨구었다. 이물이 끓기 전까지 재료로 쓸 나무를 잘라 올 계획이었는데 토론베가 나온 탓에 모처럼 자른 나무를 내팽개치고 온 모양이었다.

"저기, 루츠. 모처럼이니까 이 토론베로 종이를 만들어 보지 않을래? 모두 버려 두고 갔으니까 엄청 많고, 막 자란 묘목을 벤 거니까 섬유도 부드러울 테고……."

"하긴. 다시 주우러 가기엔 너무 힘들어."

찜통에 토론베를 넣고 루츠에게 냄비 위에 올리도록 했다. 잠깐은 불이 꺼지지 않게 장작을 보충하기만 하면 됐다. 나는 모아 둔 나뭇조각을 한둘씩 던져 넣고, 루츠가 불의 강약을 쟀다.

"마인, 미안한데 불 좀 보고 있을래? 던져 놓고 온 나무 좀 주워 올게."

"응. 알았어."

조금 휴식을 취한 덕분에 회복했는지 루츠가 토론베 때문에 놀라 내던지고 온 나무를 주우러 갔다.

불을 맡은 나는 나뭇조각을 쥐고 불을 바라보았다. 약간은 불 조절이 가능할 수 있게 되었지만, 잠깐 눈을 돌려도 상태가 바뀌어 꺼져 버리는 일이 잦았다.

'하아……. 가스레인지. 참 편했는데. 전기 압력 밥솥과 전자레인지는 정말이지 하늘나라 얘기구나.'

토론베를 찌는 동안 루츠는 채집을 시작했다. 여름이 끝나 가을에 접어들어가는 숲은 먹을 수 있는 식재료들로 가득했다. 교대로 냄비를 보면서 나도 눈에 들어오는 재료를 찾아보았다.

"루츠. 엄청 따 왔어. 어때?"

"어디 보자……. 마인! 따 온 거 전부 꺼내! 가져갈 수 있는지 확인해야겠어!"

내가 채집한 재료를 보고 얼굴색이 싹 변한 루츠에게 확인받은 결과, 그중에 30퍼센트는 독이 든 물건이었다.

"이것도 안 돼. 먹으면 손발에 마비되어서 나흘은 못 움직이게 돼. 이것도 안 돼. 먹으면 거품 물고 죽어. 이것도 안 돼. 복통으로 이틀은 고생할 거야……. 마인. 너 제대로 기억하지 않으면 병이 아니라 독 먹고 죽겠다."

'응……. 확실히 제대로 기억하지 않았다가는 죽겠네. 우리 가족들도.'

이곳에서 생활하는 이상, 독이 든 재료 구별법은 즉각 외워 두어야 할 항목에 분류시켰다. 도감이든 뭐든 아무것도 없으니 실물을 보고 기억하는 방법밖에 없었다.

"열심히 기억할 테니까 가르쳐 줘."

"응."

마을 쪽에서 희미하게 종소리가 들려오자 찜통을 열어 보았다. 수증기로 얼굴이 뜨거웠지만 찌는 시간이 이 정도로 괜찮을지 어떨지 보기만 해서는 알 수가 없었다.

"다 된 거야?"

"잘 모르겠어. 일단 강에 넣고 껍질을 벗겨 보자."

가볍게 강물로 씻어내 식기 전에 껍질을 벗겨 보았다. 단번에 시원스레 껍질이 벗겨졌다. 생각보다 쉬웠다. 좋은 소재를 찾았는지도 모르겠다.

"이 토론베는 종이 소재에 맞을지도 모르겠어."

"언제 자랄지도 모르고 성장하기 전에 채집할 수 있을지도 모르는데?"

"으이……. 그럼 안 되겠네."

오늘 있었던 일을 상기하며 한숨을 내쉬었다. 재배가 가능하면 정말 좋은 소재가 될 수 있을 텐데 아쉬웠다.

"저기, 마인. 오늘 작업은 여기까지야?"

"응. 다음은 이 껍질을 말려야 해."

"흠. 그럼 나 냄비를 정리할 테니까, 나머진 맡겨도 되지?"

루츠는 껍질 벗기기를 내게 맡기고 냄비와 찜통을 물에서 씻어내며 정리하게 시작했다. 바닥에 앉아 껍질을 벗기는 작업은 생각보다 즐거웠다. 나는 기분 좋게 작업을 이어 갔다.

마을로 돌아갈 시간이 되어 바구니 속에 흑피와 몇 가지 수확물을 넣고 루츠는 기합을 넣고 냄비와 찜통을 등에 졌다. 채집한 양도 있어 올 때보다 더 무거워졌다. 루츠도 나도 휘청거리며 다른 아이들과 헤어져 창고로 향했다. 루츠가 문을 열고 창고 안에 짐을 내렸다.

"으아. 무거웠다!"

"오는 길은 수확물도 늘어서 그래. 내가 좀 더 들 수 있었으면 좋았을 텐데……."

내가 채집한 물건을 옮기기만으로 벅찼던 나는 루츠를 도울 여유가 전혀 없었다.

창고에서 주저앉아 있자 루츠가 냄비 속에 넣어둔 흑피를 쑥 꺼내 흔들어 보였다.

"마인. 이걸 어디에서 어떻게 말리려고?"

"응? 음....... 어떡하지?"

이미지로는 볏짚을 말리는 느낌이지만, 남은 막대가 없었다[4]. 주변을 돌아보며 쓸 만한 물건을 찾다가 나는 루츠의 어깨를 탁하고 쳤다.

"루츠. 피곤한데 미안하지만, 이 선반 널에 일정한 간격으로 못을 박아 주지 않을래? 나는 그 자리에 이걸 널게."

"어쩔 수 없지......."

콩, 콩 하고 루츠가 박은 못에 흑피를 걸어 갔다. 양이 많지 않아 가능했지만, 대량 생산을 하게 되면 말릴 장소도 필요할 듯했다.

'대량 생산을 하게 되면 벤노 씨에게 또 물어봐야지. 지금은 아직 필요 없겠어.'

"이걸로 흑피를 완전히 말려야 해. 안 그럼 곰팡이가 피어 버리거든. 내일은 숲에 가져가서 햇빛에 말려야겠지?"

"그럼 내일은 껍질 말고 다른 작업은 안 하지? 그렇다면 평소대로 채집하면 되겠다. 지금 주워 두지 않으면 안 되는 재료도 많았는데 다행이다."

"응. 나도 버섯을 많이 주워서 말린 버섯을 만들고 싶어. 맛국물을 내고 싶거든."

"마인은 우선 독버섯 구별법부터 배워."

---

4 일본은 목재나 대나무로 기둥을 만들어 땅에서 떨어진 높이에 볏짚을 올려 말린다

다음날은 숲으로 흑피를 가져가 바구니 테두리에 걸치도록 널어 햇빛에 말리면서 버섯을 잔뜩 땄다. 20퍼센트가 독버섯이었다.

'이상하다……. 왜 따는 버섯마다 독버섯이지……?'

며칠 후, 햇빛에 널어 둔 흑피가 완전히 말랐다. '완전한 건조'가 어느 정도인지 몰랐으므로 너무 말렸나 생각이 들 정도로 빠짝 말렸다. 말라서 딱딱해진 흑피를 들고 숲으로 향했다. 이젠 강물에 하루 정도 담가 두는 과정이라 날씨가 가장 중요 요소였다.

강에서도 눈에 띄지 않고 사람이 가까이 가지 않는 주변에 흑피가 흘러가 버리지 않게 돌을 둥글게 쌓고 그 안에 껍질을 넣었다.

"이걸로 괜찮아?"

"아마도. 돌아가는 길에 한 번 상태를 봐 보자."

경험이 없으니 확신할 순 없지만, 이걸로 틀리진 않겠다고 생각하면서 강물에 담긴 내 발을 쳐다보았다. 오늘은 아직 더워서 강에 발을 담가도 괜찮지만, 이제부터는 강에 들어가는 일이 생사에 관련되는 계절이 다가왔다.

'당연한 말이지만, 여긴 고무로 된 장화도 장갑도 없었지.'

"루츠, 추워지기 전에 토론베 말고도 다른 나무도 이 과정까지 해 둬야 할 것 같아. 강에 못 넣게 될지도 모르니까."

"하긴……. 지금도 꽤 차갑네."

루츠도 추워진 계절에 작업하는 상상을 했는지 얼굴을 찡그리며 찬성했다.

"오늘 중으로 나무를 잘라서 점토 만들 때처럼 어딘가에 숨겨 두자. 내일 냄비랑 찜통을 가져오려면 나무 재료까지 들 수 없잖아?"

"그러네."

그날은 종이 재료가 될 만한 나무를 찾아 자르고 종류별로 모아 키 작은 나무 아래에 숨겨 두었다. 그리고 채집하면서 짬짬이 흑피의 상태를 보러 갔다. 돌에 둘러싸여 물속에서 둥둥 떠 있는 흑피는 강물에 떠내려가는 일 없이 물기를 머금어 조금 불어 있었다.

"이것만 두고 숲을 내려가기 좀 불안한데. 괜찮겠지?"

"응……."

억지 발걸음으로 집에 돌아와서도 내버려 두고 온 흑피 상태가 신경 쓰여 참을 수 없었다.

상류 쪽에 갑자기 집중 호우라도 쏟아져 물이 불어 흘러가 버리면 어떡하지. 산적이 나타나 보물을 발견했다고 훔쳐가 버리면 어떡하지. 멍하게 있으니 이상한 걱정들이 계속 머릿속을 떠다녔다.

다음 날 불안한 마음으로 숲으로 갔지만, 집중 호우가 내리는 일도 산적에게 발견되는 일도 없이 흑피는 무사히 그 자리에 있었다.

"다행이야. 없어지지 않았네."

"그런데…… 이제 어떻게 할 거야?"

흐늘흐늘하게 물먹은 흑피를 꺼내며 루츠가 고개를 갸웃거렸다.

"이 외피를 칼로 벗겨서 안 쪽의 백피 부분만 남겨야 해. 일단 먼저 어제 잘라 놓은 나무를 찌는 일부터 시작하자."

먼젓번에 만들어 놓은 돌 아궁이에 약간 보충을 한 다음 냄비와 찜통을 준비했다.

그리고 냄비가 시야에 보이는 강변 쪽의 커다랗고 평평한 돌 위에서 나와 루츠는 외피를 칼로 벗겨내기 시작했다.

"이걸로 말려 둔 나무껍질은 얼마간 그대로 두면 돼. 날씨가 따뜻할 때 백피 만들기를 끝내자."

"좋아."

쓱쓱쓱……. 끼릭끼릭끼릭끼릭…….

돌 위에 흑피를 올려 백피만 남도록 표면의 검은 껍질을 벗겨 갔다. 마치 닭 가슴살의 힘줄을 제거하는 느낌이었다. 그 정도까지 껍질이 단단하지 않아서 계속해서 중간마다 껍질이 끊어졌다. 좀 더 효율적인 방법이나 도구가 있있으면 좋겠나만 지금 우리에게는 이 방법이 한계였다.

쓱쓱쓱……. 끼릭끼릭끼릭끼릭…….

"저기, 마인. 이거 벗겨지기는 하는데……."

"응. 받침대가 필요할 것 같지?"

칼과 나무가 스치는 소리가 몸속에 울리는 느낌이 소름끼쳤다. 껍질을 벗기는 작업을 하려면 도마 같은 판이 절실하게 필요했다.

머릿속 기억으로 필요한 도구를 기록해 보아도 실제로 작업을 해 보면 부족한 물건들이 꽤 있었다. 알면서도 모르는 점들이 너무 많았지만, 작업하면서 부족한 부분을 조금씩 보충해 나가는 방법밖에 없어 보였다.

나는 눈물을 머금은 채 껍질을 벗기면서 멈추지 않는 닭살과 함께 경험의 중요성을 통감했다.

통한의 실수

오늘은 토론베 외의 재료에서 뽑은 흑피를 햇빛에 말림과 동시에 냄비와 재를 가지고 가서 종이로 만들 만큼의 백피를 종이 하나 울릴 때까지 삶는 작업을 해야 한다. 냄비와 오늘 사용할 만큼의 재 정도는 그렇게 무겁지 않은지 루츠의 발걸음이 가벼웠다.

강변까지 걸은 후 나는 등에 메던 바구니 테두리에 흑피를 걸쳐 말렸고 그동안 루츠는 냄비를 준비했다. 나무를 쌓은 아궁이에 물을 넣은 냄비를 놓고 나서 장작을 주우러 갔다.

"잘 들어, 마인. 절대로 냄비 옆을 벗어나지 마."

"알았다니까!"

냄비도 재도 이곳에서는 금방 손에 넣을 수 없고 금전 가치가 있는 중요한 물건이었다. 게다가 여기까지 고생해서 만든 백피도 누군가가 훔치면 곤란하니 나처럼 쓸모없는 어린애를 세워서라도 짐 지키는 역할은 꼭 필요했다.

최근엔 조금 채집에 힘을 쏟기 시작해서 서성거리게 된 나는 루츠에게 몇 번이나 다짐을 받아야 하는 처지가 되어 있었다.

"알았다고 말해 놓고 흥미 있는 물건을 발견하면 금방 어슬렁어슬렁 가 버리니까 못 믿겠는데."

"반드시 루츠가 돌아올 때까지 여기에 있을 테니까 빨리 다녀와."

내가 숲에 들어가기 시작했을 무렵, 무거운 바구니를 놓고 숲 안쪽으로 들어가려 했다가 투리와 루츠에게 굉장히 혼이 났다. 일본과 달리 자기 짐을 내팽개치고 눈에 닿지 않는 곳에 가는 일은 절대 있어서는 안 된다고 했다. 그래서 숲에 가는 어린이들은 모두 자기가 짊어진 바구니나 지게를 들고 나가 스스로가 들 수 있는 양만 채집했다.

루츠는 재빠르게 모아 온 나무로 불을 지피고는 다시 장작을 주우러 갔다. 나는 흑피가 햇볕을 쬐도록 그림자 이동에 맞추어 바구니 위치를 조금씩 조절해 가면서 냄비 상태를 지켜보았다.

"끓기 시작했어?"

"응. 이제 슬슬 괜찮겠어."

보글보글 끓기 시작한 물에 재와 백피를 넣고 나니 저을 막대기가 필요해졌다. 하지만 그런 물건은 준비해 오지 못했다.

'안 돼에에에, 또 부족한 물건을 찾아 버렸어.'

자신의 부족한 상상력에 침울해하며 다른 건 없을지 주위를 둘러보았다.

"루츠, 냄비를 저을 수 있게 비슷한 길이의 막대기를 두 개 만들어 줘. 나무는 껍질이 벗겨져서 섞일 수 있으니까, 가능하면 대나무가 좋겠다. 이 근처에 있었지?"

"대나무로 막대기를 만드는 거지? 알았어."

루츠가 대나무를 꺾고 깎아서 즉석에서 만들어 준 긴 젓가락으로 나는 냄비 안을 휘휘 저었다.

대오리 만들기에 고생한 경험 덕분인지 세밀한 대나무 작업에 실력이 좋아진 루츠에게 감탄하고 있는데, 루츠의 조그마한 중얼거림이 들려왔다.

"마인……. 너, 막대기로 어떻게 그렇게 잘 저어?"

"헛!? 아, 아아, 응. 대단하지?"

헤헤 웃으며 얼버무리면서도 등에 식은땀이 멈추지 않고 줄줄 흘러내렸다. 예전 세계와 식생활이 전혀 다른 세계에서는 당연히 젓가락도 존재하지 않았다. 젓가락을 가진 사람도 전혀 없었다. 냄비를 젓기 위해 당연하다는 듯이 긴 젓가락을 주문한 데다가 서툴게 쥔 것도 아니라 능숙하게 젓가락질을 할 줄 아는 어린애가 있을 리 만무했다.

'으아……. 루츠의 미묘한 얼굴 좀 봐. 에이, 기분 탓이야. 기분 탓. 정말 기분 탓이겠지?'

나 자신을 타이르며 냄비를 저었다. 지적대로 갑자기 주먹으로 젓가락을 쥐는 쪽이 더 수상해 보일 터였다. 이대로 밀고 가는 수밖에 없었다. 심장이 벌렁벌렁 소리를 질렀다.

'아, 나 정말 바보야! 내 입으로 의심해 달라고 말한 거랑 뭐가 달라!'

되도록 아무렇지도 않다는 표정을 유지하며 백피를 삶자 얼마 지나지 않아 희미하게 종소리가 들렸다. 슬슬 시간상 괜찮아 보였다. 삶은 백피를 강물에 흘려 재를 씻어냈다. 그와 동시에 햇볕을 쬐게 두었다. 햇볕을 쬐면 껍질이 새하얗게 된다고 한다. 이 세계 식물에도 해당하는 방법일지는 모르겠지만, 일단 기억에 의지할 수밖에 없었다.

"이대로 또 하루 동안 물에 담가 두면 돼."

"응. 알겠어."

새하얗게 예쁜 종이를 만들기 위해 또다시 백피를 물속에 하루 동안 내버려 두기로 했다. 루츠는 냄비를 씻은 후 나와 교대로 채집을 했다.

나도 아주 살짝 독성이 있는 것을 채집하는 비율이 내려갔다. 지금처럼 외워 가자.

오늘은 종이를 만드는 데 가장 중요한 작업인 백피를 거두는 날이다. 기본적으로는 숲에서 채집하다가 돌아갈 시간이 가까워지면 백피를 강에서 끌어 올린다. 냄비 대신 백피를 가져갈 통을 집에서 들고 왔지만, 오늘 작업은 이게 다였다.

"내일부터는 창고에서 작업하면 돼."

"그렇구나. 그럼 오늘은 채집을 많이 해 둬야겠네."

루츠가 골라 준 먹을 수 있는 버섯과 루츠가 따 준 메릴 열매 몇 개, 그리고 바싹 조려 잼으로 만들 쿠란을 넉넉히 채집했다.

쿠란은 채집 도중에 몇 번인가 맛을 봤다. 일본 과일과 비교하자면 신 맛이 엄청 강했지만 주위에 달콤한 먹거리가 없어서인지 맛있게 느껴졌다.

그리고 날이 바뀐 오늘은 숲에 가지 않고 창고 앞 우물 앞에서 작업했다. 예정대로라면 몇 장 분량이라 불순물 제거와 종이 뜨기 작업까지 한 번에 해치우고 싶었다.

불순물 제거는 백피 섬유 속에 생긴 딱지나 마디를 떼는 작업으로 종이의 품질을 결정짓는 일이었다. 자리에 주저앉아 할 수 있는 작업이기에 내가 맡기로 했다. 내가 깨작거리며 섬유의 딱지를 떼는 동안 루츠는 에딜 열매의 껍질을 벗기고 으깬 후 물에 담가 점액을 만들었다.

"저기, 마인. 점액이란 거 이 정도면 돼?"

"음……. 아마 그럴 걸? 끈기는 나오니까 괜찮아 보이는데, 솔직히 말하면 잘 모르겠어. 섬유를 섞을 때 얼마나 끈끈하면 좋을지 생각해 볼게."

불순물 제거가 끝나면 섬유를 소리 나게 두드린다. 떡갈나무 같은 단단한 각목으로 백피 섬유가 다 풀어질 때까지 마구 두드린다. 목재상에서 산 각목에 손잡이 부분만 깎았다. 그리고 손에 상처가 생기지 않게 집에서 가져온 천을 손잡이 부분에 둘둘 감싸 쥐고 루츠가 팡, 팡 소리 나게 두드렸다.

이것은 루츠의 일이었다. 힘이 없는 내가 했다간 방해밖에 되지 않았다. 오늘은 섬유 양이 적어서 시간이 걸리지 않았지만, 대량 생산을 하게 되면 힘든 작업이 될 것 같았다.

두들겨 편 섬유를 대야 안에 넣고 그 속에 점액을 추가한 후 물을 조금씩 넣어 가면서 끈적임을 조절해 갔다. 본래라면 써레라고 불리는 빗처럼 생긴 도구로 잘 섞어야 하지만, 이번엔 양이 적어 루츠에게 긴 젓가락을 두 짝을 더 만들게 한 후 얇은 젓가락 6개로 푸딩을 만들 때처럼 빙글빙글 휘저었다.

'그러고 보니 우유팩으로 재생 종이를 만들 때 풀을 넣은 다음은 이런 느낌이었는데.'

장인도 아닌 내가 감각으로 조절할 수 있을 리 없겠지만, 간신히 기억을 되살려 종이를 뜨기 위한 종이물을 완성했다.

이젠 드디어 초지틀로 종이를 뜨는 일만 남았다.

"하아, 겨우 아는 데까지 왔어."

우라노 때 가정 시간에 한 재생지 만들기는 우유팩을 삶고 매끈매끈해진 코팅지 부분을 벗긴 다음 믹서기로 갈아서 세탁풀을 넣고 종이 뜨기를 한 후 말리는 간단한 순서였다. 내가 경험도 해 보고 와시와 공통되는 부분이 바로 이 종이 뜨기 작업부터였다.

'드디어 내 차례가 왔어! 끓어올라라! 나의 경험치여!'

"진짜 어떻게 해야 하는지 아는 거야?"

초지틀을 들고 자세를 잡은 내게 루츠가 약간 고개를 기울이며 아주 의심스럽다는 표정으로 바라보았다.

'그거야 분명 애매한 부분도 많았고 실제로 해 봤더니 부족한 도구도 많았지만, 이건 경험이 없었던 탓도 있는걸.'

루츠가 나를 전혀 신용하지 않는다는 사실에 조금 욱했지만, 나는 살짝 볼록한 배를 힘껏 내밀며 말했다.

"해 본 적 있으니까 맡겨줘!"

"언제…… 어디서?"

미간을 좁히고 던지는 루츠의 예민해진 목소리에 순간 심장이 얼어붙었다.

"앗!? 수, 수, 수, 숙녀의 비밀이야! 알려고 하지 마세요!"

'으아아아아아아아아아아! 이 바보, 바보! 대체 무슨 말을!? 루츠 시선이 움직이질 않잖아. 나를 보고 있다고. 아아아아아아! 일생일대의 자폭이야!!'

그런 마음속 절규를 억지웃음으로 얼버무리며 초지틀을 종잇물에 넣었다. 손가락이 살짝 떨렸지만 못 본 척했다. 초지틀 앞쪽에서부터 종잇물을 퍼 올리고 초지틀을 움직이면서 종이를 떴다.

"왜 그렇게 움직이는 건데?"

"이렇게 움직이면 종이가 균등한 두께로 만들어져. 종이 두께나 종류에 따라서 이 작업을 여러 번 반복하면 돼."

"흐음. 해본 적 있어서 아는 거야?"

가만히 살펴보며 표정 변화를 놓치지 않겠다는 듯 루츠의 시선이 내 얼굴에 꽂혔다. 이럴 때 어떻게 대답해야 무사히 넘어갈 수 있을지 알 수가 없었다. 묵묵히 손을 움직일지, 아니면 화제를 억지로 돌리는 수밖에.

"이, 있잖아, 루츠. 오늘 이 작업 횟수를 바꿔서 종이 두께가 어떻게 변하는지 시험해 보고 싶은데 괜찮을까?"

뜬금없는 화제 전환에 무슨 생각이 들었는지 내 손과 얼굴을 번갈아가며 몇 번이나 쳐다보던 루츠의 시선이 더욱 매서워짐을 느끼며 나는 계속해서 종이를 떴다.

'아아아아아아, 어쩐지 자폭에 자폭을 겹친 느낌이야…….'

종이 뜨기를 끝내고 틀에서 깔개를 떼어내 걸러낸 종이를 지상에 옮겼다.

"지상에 옮길 땐 먼저 겹쳐놓은 종이 사이에 공기가 들어가지 않도록 주의해. 이렇게 끄트머리에서 신중하게 겹쳐야 해."

"해 볼게."

루츠가 다른 깔개를 틀에 끼워 준비한 후 종이를 뜨기 시작했다. 작은 엽서 크기라 몇 번만 깔개를 움직여 주니 균일하게 떠졌다.

거의 아무 말 없이 루츠와 교대로 종이를 떴다. 종이 몇 장을 만들 수 있는 분량으로 백피를 준비했지만, 견적이 완전히 실패했는지 최종적으로는 딱 종이 열 장을 뜰 수 있었다.

"이번엔 적지만, 하루 분량을 지상에 겹쳐두고 꼬박 하루 정도 놔둔 뒤에 물을 빼면 돼."

"그 뒤엔 어떻게 하는데?"

"누름돌로 천천히 압력을 가해서 남은 물기를 빼. 하루 동안 누름 돌을 올린 상태로 그대로 두면 되거든. 그러면 점액에서 나오는 끈적거림도 완전히 없어진대."

"호오……. 자세히 아네. 해 본 적 있다고 했었지?"

'으아, 루츠의 시선이 따가워. 진짜 완전히 들킨 거지? 내가 자폭해 버린 거지? 난 정말 바보야.'

하지만 루츠는 가늘게 뜬 눈으로 나를 노려보거나 뭔가를 골똘히 생각하기만 할 뿐, 결정적인 말을 던지지는 않았다. 이 이상 자폭을 하고 싶지 않았던 나도 쓸데없이 입을 열지 않도록 묵묵히 종이 만드는 일을 계속했다.

얼버무리기는 이미 실패였다. 그렇다고 사실대로 전부 털어놓고 타이르는 방법은 너무 위험했다. 분명 종이가 완성되면 무슨 말을 할 거라는 예측은 했지만, 루츠가 어디까지 눈치챘는지, 무슨 말을 할지 알 수가 없었다.

기본적으로 전에 생각해 둔 대처 방법대로만 한다면 문제가 없었다. 아픈 건 싫고 무서운 것도 싫었다. 그런 전개로 이어질 기미가 보이면 몸속의 열을 해방해 재빨리 빨려 들어가 사라져 버리면 그만이었다. 요즘 들어 몸속에서 열의 힘이 강해져 가는 느낌도 있으니 열이 퍼지면서 나를 집어삼키기까지 그리 긴 시간은 걸리지 않을 것 같았다.

하지만 안타깝게도 그때와 달리 강렬한 미련이 생겨 버렸다. 이젠 건조 작업만 남아 실패할 요소도 없고, 사라지기 전에 겨우 완성한 종이로 책을 만들고 싶었다.

'책을 만들 때까지 어떻게든 시간을 벌 수 없을까?'

시간을 벌고 싶다. 일단은 책을 만들 때까지 어떻게든 유예 기간을 벌고 싶다. 그런 생각을 하면서 어색한 공기 속에서 작업을 계속했다.

다음 날은 거의 대화 없이 숲까지 가서 흑피를 강물에 씻거나 채집하거나 했다. 돌아가는 길에 창고에 들러 누름돌을 올렸지만, 딱히 할 일이 많이 않아 온종일 루츠의 움직임에 신경이 곤두섰다. 루츠도 힐끗거리며 이쪽 상태를 엿보는 시선이 느껴졌다.

"저기……."

"응? 왜 그래?"

루츠의 부름에 나도 모르게 몸을 움찔 떨었다. 그러고는 다시 냉정하게 아무 일도 없었다는 듯 행동하려 했지만 생각대로 몸이 움직이질 않았다. 내가 흠칫흠칫하며 루츠의 말을 기다리자 루츠는 자신의 금발을 난폭하게 퍽퍽 긁은 후, 입을 여는가 싶더니 다시 닫았다.

"아무것도 아니야……."

"그, 그래?"

내가 뿌린 씨라서 어쩔 방법도 없지만, 이 상태가 계속 이어지는 게 솔직히 거북했다.

또 그다음 날, 이번엔 잊지 않고 판자를 가지고 가서 백피 껍질을 벗겼다.

토론베 껍질과 달리 굉장히 벗겨내기 힘들었다. 섬유가 너덜너덜해졌다. 이건 내가 서툰 게 아니라 루츠도 마찬가지였다. 토론베 섬유는 느낌이 좋았는데 이 소재로는 정말 종이를 만들 수 있을지 의문이었다.

"소재가 달라서 그런지 어렵네……."

"응. 그러네."

너덜너덜해진 섬유가 마치 지금 우리의 관계로 보여 한숨을 숨길 수 없었다.

"음. 어이……. 아니, 지금 말고. 종이가 완성되면 말할게."

그 말만 하고 입을 다문 루츠에게 나도 조그맣게 고개를 끄덕였다. 각오를 해 두어야 할 때가 왔나 보다.

루츠는 내가 마인이 아니라는 사실을 눈치채고 사실을 잡아내려고 했다. 왜냐면 루츠는 그 자폭 이후로 나를 '마인'이라고 부르지 않게 되었다.

종이가 완성되면 대체 나를 어떤 식으로 궁지로 몰아넣을까. 뭐라고 욕을 퍼부을까. 나의 너무 왕성한 상상력 덕분에 상상 속 루츠에게 온갖 욕설을 가차 없이 들었다. 나는 자신의 상상에 마음이 에이는 듯한 아픔을 느끼며 고개를 푹 숙였다.

'아무리 그래도 그렇지. 거기까지 말하다니. 루츠, 너무해! 망상이라도 눈물이 나잖아! 울 것 같다고!'

다음 날은 창고 작업이었다.

우선, 전날 만든 백피를 나와 루츠 가방에 걸쳐 밖으로 나왔다. 다음으로 압축이 끝난 종이를 지상에서 한 장씩 정성스럽게 떼어내고 목판에 붙여 나갔다.

"원래라면 솔을 써서 정성스럽게 공기를 빼야 하는데 이것도 주문을 깜빡했어. 실패야, 실패. 엽서 크기니까 조심스럽게 다루면 어떻게든 될 거야."

"너⋯⋯, 까먹는 게 너무 많아."

루츠가 힐끗 나를 노려봤지만 최근 상상 속 루츠에게 온갖 욕설을 들어 왔던 나는 이 정도로는 눈 하나 까딱하지 않았다. 가볍게 어깨를 들썩이고 받아넘겼다.

"다음에 만들 땐 루츠가 잊지 말고 준비해 줘. 그것보다 이걸 햇볕에 말리면 완성이야. 햇볕에 쬐면 더 하얗게 된대."

루츠가 밖으로 목판을 들고 햇빛이 잘 드는 장소로 가서 벽에 세워 놓았다. 그 후 우물에서 지상을 씻고 종이를 붙인 목판 옆에 세워 말렸다. 맑게 갠 파란 하늘과 그 아래 새하얀 종이가 나란히 붙은 광경이 아름다운 대조를 이루었고 이것이 책이 되리라는 생각만으로 만족스러운 호흡이 터져 나왔다.

"후아, 종이다. 제대로 종이가 만들어졌어. 진짜 해냈어."

"어이⋯⋯."

"저녁 전까지는 마를 거야. 마르면 찢어지지 않게 조심스럽게 벗겨내면 완성이야."

종이의 완성을 눈앞에 두고 아주 조금이라도 루츠와 마주할 시간을 미루고 싶은 나의 심경을 감지했는지, 루츠가 짜증을 얼굴에 드러냈다.

"이제, 완성인 거나 마찬가지지?"

"응⋯⋯, 그렇긴 한데⋯⋯."

"내가 종이가 완성되면 할 얘기가 있다고 전에 말했었지?"

드디어 규탄의 때가 온 모양이다. 분노를 드러내듯 루츠의 녹색 눈동자가 강렬한 빛을 띠었다. 나는 입술을 질끈 깨물고 무슨 말을 듣더라도 쓰러지지 않게 온몸에 힘을 주고 루츠와 마주했다.

루츠의 마인

"여기서 얘기할 거니? 창고로 들어갈래?"

"여기라도 상관없어."

신지한 이야기이니 사람 눈을 피하는 편이 좋다고 생각했지만 루츠는 고개를 저었다.

"그래서, 무슨 이야기인데?"

루츠의 녹색 눈동자가 분노로 활활 타오르는 데 비해 안정된 태도를 보였다.

버럭 격분하지도 않고 루츠는 가슴속에 끓어오른 분노를 숨기고 있는 듯한 낮은 목소리로 첫 말을 뱉었다.

"너…… 누구야?"

갑자기 어려운 질문을 받았다. 누구라고 물어도 대답하기 어려웠다. 나 스스로는 모토스 우라노라고 지금도 그렇게 생각하지만, 어디를 어떻게 보아도 지금의 나는 마인이었다. 그리고 이 몸과 약 1년간 함께 하면서 이 세계에서 생활해온 나는 더는 모토스 우라노가 아니었다.

우라노는 독서 이외에 스스로 무언가를 하는 일은 거의 없었다. 대학도 집에서 다녔기에 부모 곁을 벗어나지 않았다. 기본적으로 집안일은 따로 부탁하지 않는 이상 전부 전업주부인 엄마에게 맡겼고, 하려고 하면 할 수 있는 일도 적극적으로 한 적은 없었다.

이런 식으로 매일같이 숲에 나가 채집하거나, 조금이라도 식생활을 풍족하게 하려고 음식에 간을 내는 데 열중해 보거나, 책을 읽기 위해 종이를 만들거나 할 필요가 전혀 없었다. 기분 내키는 대로 주변 책을 읽으면 그걸로 만족했던 우라노와 지금의 나는 전혀 달랐다.

뭐라 대답해야 좋을지 고민하는 내 모습을 루츠는 내가 대답할 마음이 없다고 판단했는지 힐끗 노려보는 눈빛에 더욱 힘을 주며 입을 열었다.

"이런 종이 제작법을 알고, 만들어 본 적도 있다고 말했었지?"

"전에 만든 건…… 전혀 다른 방법이었어."

"그건 '마인'이 아니야."

얼버무리기 실패로 이미 루츠가 확신을 가진 이상, 거짓말을 되풀이해도 소용없었다. 나는 솔직히 수긍했다.

"'마인'이 알 리가 없어. 그 녀석은 집에서 나오는 일도 거의 없었으니까."

'마인'이 거의 집에서 나오지 않았다는 사실은 나도 '마인'의 기억을 보아서 알고 있었다. 덕분에 정보가 전혀 없어 얼마나 힘들었는지. 집 안밖에 모르는 '마인'의 기억에서는 이 세계의 상식을 살짝 엿보지도 못해서 내 상식과 이쪽의 상식을 맞춰 가는 일이 여간 힘든 게 아니었다. 요즘도 실패했다고 스스로 생각하는 일이 많이 있었다.

"그래. '마인'은 정말 아무것도 모르는 아이였어."

"그럼 넌 대체 누구야!? 진짜 '마인'은 어디로 갔어? 진짜 '마인'을 돌려줘!"

벌컥 화를 내며 루츠가 고함쳤다. 하지만 루츠가 뱉은 말보다도 내 상상속에서 들었던 말이 훨씬 심했던 탓인지, 아니면 종이가 완성되면 이렇게 나오리라고 미리 각오했던 탓인지 나 자신이 훨씬 차분해졌음을 느꼈다. 자폭한 직후에 허둥대던 때와는 딴판이었다.

"진짜 '마인'을 돌려줘도 상관없지만…… 여기가 아니라, 집에 돌아가서 하는 편이 좋을 거야."

내가 순순히 응하리라고는 예상하질 않았는지 루츠의 눈이 놀라움에 크게 떠지더니 수상쩍다는 표정으로 바뀌었다.

"왜?"

"그야 시체를 업고 돌아가기 힘들잖아? 내가 사라지면 아마 시체밖에 남지 않을 거야. 루츠가 죽였다는 의심을 사면 곤란하잖아."

이 창고를 사용하는 사람은 나와 루츠인데 오늘도 내가 루츠와 외출했다는 사실을 가족도, 벤노네 사람들도 알고 있었다. 내가 창고에서 의식을 잃고 그대로 죽어 버린다면 모든 비난이 루츠에게 향하게 될 가능성이 높았다. 비난받지 않더라도 루츠 스스로가 죄의식을 가지게 되지 않을까? 나는 루츠를 배려해서 '집에 돌아가서 하는 편이 좋다'라고 제안했지만, 루츠에게는 마른하늘에 날벼락 같은 소리였던 모양이다.

"너, 너너, 무, 무무무, 무슨 소리야!?"

내 말에 깜짝 놀란 루츠가 굳은 얼굴로 당황하기 시작했다. 내가 사라져도 '마인'이 돌아오지 않는다는 말은 루츠에게 예상외의 발언이었던 듯하다.

"그건 '마인'은 이제 없다는 말이야!? 못 돌아온다는 말이냐고!?"

"응, 아마도……."

아마도, 라는 말밖에 할 수 없었다. 내겐 '마인'의 기억을 더듬는 방법밖에 없었다. 마인과 대화를 나눈 적도, 몸을 돌려달라고 주장해 오지도 않았다.

"이거라도 대답해!"

루츠가 험악하게 나를 노려보았다. 마치 악을 증오하는 정의의 사자처럼 보였다. 그렇게 생각하자 조그맣게 웃음이 나와 버렸다. 루츠 스스로는 무슨 방법을 써서라도 '마인'을 구해내려는 정의의 사자임이 틀림없었다.

"오토 씨나 벤노 나리에게 열에 대해 얘기했었지? 네가 열이지? 네가 마인을 먹어 버렸지!?"

내가 몸속에 잠식한 열이고, '마인'을 먹어 버렸다는 루츠의 가정에 나는 조금 감탄했다. '마인'이 열에 먹혀 버렸다는 부분은 아마 틀리지 않았다.

"반은 맞고 반은 틀렸어. 나도 진짜 '마인'은 열에게 먹혀 버렸다고 생각해. 마지막 기억이 '뜨거워, 살려줘, 괴로워, 이제 싫어'라는 목소리뿐이었으니까. 하지만 나는 열이 아니야. 그 열은 나까지 집어삼키려고 해."

"무슨 말이야! 네가 나쁜 거잖아!? 너 때문에 '마인'이 사라졌잖아!? 그렇다고 말해!"

루츠가 내 어깨를 꽉 잡으며 흔들어댔다. 자기 생각이 뒤집히자 흥분했겠지만, '내가 나쁘다' '나 때문에 마인이 사라졌다'라는 말을 몇 번이나 반복해서 들으니 화가 벌컥 났다.

"나도 좋아서 여기에서 '마인'으로 사는 게 아니야! 분명 죽었는데 눈을 떴더니 이런 꼬맹이가 되어 있었어. 만약 내가 선택할 수 있는 처지였다면 책을 왕창 읽을 수 있는 세계를 골랐겠지. 이 세계에서도 책을 읽을 수 있는 귀족 계급이 되었겠지. 이렇게 허약하고 약해 빠진 몸이 아니라 건강한 몸을 골랐어. 갑자기 열이 휩싸여 먹혀 버릴 난치병을 가진 몸 따위 안 골랐다고!"

'마인'이 되고 싶어 된 게 아니라고 내가 전부 털어낸 순간, 루츠가 허를 찔린 표정을 지으며 내 어깨를 잡은 손을 풀었다.

"너, '마인'이 되고 싶지 않았어?"

"너라면 되고 싶었겠어? 처음노 봐. 집에서 나가기만 해도 숨이 차서 다음 날 드러눕는 몸이야. 겨우 숲에 갈 수 있게 됐지만, 성장은 느리지, 지금도 조금만 방심하면 열이 나고, 스스로 할 수 있는 일은 거의 없고…….."

잠시 생각에 잠긴 루츠가 천천히 고개를 흔들었다. 내게 맹렬하게 덤벼들던 기세가 사라지고 곤란해 보이는 시선이 방황하기 시작했다.

"너도…… '마인'처럼 열에 먹혀 버려?"

"응. 그렇게 되겠지. 억제하는 힘을 조금이라도 풀면 단숨에 열이 퍼져서 먹혀 버리는 느낌이 들어. 열에 먹혀 버린다고 할까, 녹아서 사라져 가는 느낌이라 할까……. 설명하기 어려워."

내 설명에 상상하기도 어려웠는지 루츠가 눈살을 찌푸리며 생각에 잠겼다.

"그러니까 내가 '마인'의 몸을 써서 싫으면, 사라졌으면 좋겠다면 말해. 당장 사라져 줄 테니까."

진짜 '마인'을 돌려달라고 했던 루츠가 어째서인지 아연실색한 표정으로 나를 바라보았다. 무슨 말이 하고 싶으냐고 묻는 듯한 루츠의 얼굴에 오히려 내 쪽이 당황했다.

"나…… 사라지는 편이 좋은 거지?"

"나한테 묻지 마! 왜 나한테 물어!? 내가 사라지라고 하면 사라지다니 이상하잖아!"

확인하듯 물어본 내게 루츠가 벌컥 성을 내며 갑자기 화가 난다는 듯이 소리쳤다.

"이상할지 모르겠지만, 루츠가 없었다면…… 난 훨씬 전에 사라졌을 거야."

무슨 말인지 알 수 없다는 표정을 짓는 루츠에게 나는 사건의 발단을 떠올리며 예전에 사라질 뻔했던 일을 말했다.

"루츠, 기억해? 엄마가 목간을 태워 버렸을 때 나 쓰러졌었잖아."

"어, 그러고 보니 그런 일이 있었지."

루츠에겐 단지 '그런 일'이 내게는 크나큰 분기점이었다.

"그때 난 열에 먹혀 버려도 괜찮다고 생각했어. 정말 사라지려고 했어. 책이 없는 세계에 딱히 미련도 없었고, 아무리 노력해도 책을 완성하지 못해서 전부 던져 버리려고 했어."

루츠가 꿀꺽하고 침을 삼키는 소리가 들렸다.

시선으로 다음 내용을 재촉하자, 나는 가볍게 눈을 감고 기억을 떠올렸다. 뜨거운 무언가에 먹혀 가면서 희미하게 떠오른 가족들 얼굴 속에 갑자기 루츠의 얼굴이 떠올랐던 때의 일을.

"열에 먹혀 가는 도중에 가족들 얼굴 사이로 갑자기 네 얼굴이 보이더라고. 왜일까 싶어서 널 자세히 보려고 몸에 힘을 주었더니 열이 사그라들며 의식이 돌아왔어. 정말 루츠가 곁에 있어서 조금 놀랐지."

"그건…… 가족도 아닌 얼굴이라서 깜짝 놀랐을 뿐이지 딱히 내가 있어서 의식이 돌아온 건 아니잖아."

눈살을 찌푸리며 한숨을 내쉰 루츠에게 나는 가볍게 고개를 저었다.

"루츠를 보고 깜짝 놀라 의식이 돌아오긴 했어. 하지만 그때 루츠가 불에 타지 않는 대나무를 가져다주겠다고 약속했었지? 그 약속 덕분에 조금 더 노력해서 열에 저항해 보려는 의지가 생겼어."

"대나무도 아줌마가 태워 버렸지."

루츠의 말에 나는 고개를 끄덕였다. 분노와 억울함을 뛰어넘은 그 무기력함은 지금도 선명하게 기억났다. 기억만으로 아직 내 속의 힘을 가진 열의 감각이 느껴질 정도였다.

"정말 전부가 다 싫어졌고, 다 포기하고 싶어지면 열이 확 하고 덮쳐 와. 더는 저항할 힘도 없었으니까, 그대로 죽어도 상관없었는데…… 루츠와의 약속이 생각나 버렸어."

"약속?"

루츠는 '약속한 기억이 없다'고 중얼거렸다. 정말 기억나지 않는 듯 고개를 들어 기억을 더듬고 있었다.

역시, 하고 나는 조그맣게 웃었다. 루츠에게는 빨리 건강해지라는 안부의 말이었겠지만, 내게는 나를 이곳에 붙들어 매어 준 소중한 말이었다.

"오토 씨를 소개한다는 약속 말이야. 대나무는 선불이니까 건강해져야 한다고 루츠가 말했잖아?"

내 말에 루츠 스스로는 기억하고 싶지 않은 일이라도 생각해냈는지 마치 흑역사라도 지적당한 듯한 부끄러운 신음을 내며 머리를 감싸 안았다.

"그, 그건! 딱히 너한테 은혜를 베풀려고 한 말이 아니라…… 으아아, 젠장."

"그럼, 무슨 생각으로 그런 말 했어?"

"묻지 마! 그냥 넘겨! 잊어버려!"

루츠의 생각지 못한 반응에 좀 더 파고들어 놀려주고 싶었지만, 지금의 나는 규탄당하는 입장이었다. 루츠의 요청대로 참으며 보고도 못 본 체했다.

"음, 그런 느낌으로 약속이 떠올랐어. 루츠에게 도움을 많이 받았는데, 한 번도 은혜를 갚지 못한 채 사라져 버리면 안 되겠다고 생각했어. 열심히 열을 막아서 오토 씨와 벤노 씨와 만나는 약속도 지켰고, 종이도 만들었지. 가능하면 책을 만들고 싶지만, 루츠가 사라져주길 원한다면 사라져도 괜찮아."

루츠는 벌레라도 씹은 듯한 표정으로 나를 바라보았다. 아주 작은 거짓말도 놓치지 않겠다는 눈이 나를 위에서 아래까지 내려다본 후, 고개를 푹 숙였다.

"언제부터……."

"응, 뭐라고?"

고개를 숙인 채 흘러나온 말을 제대로 듣지 못한 나는 고개를 갸웃거리며 다시 물었다.

루츠는 홱 하고 고개를 들고 가만히 나를 바라보았다.

"언제부터 네가 마인이 됐지?"

"언제부터일 것 같아? 언제부터 루츠가 알던 '마인'이 아니었다고 생각해?"

질문을 질문으로 받아쳤지만, 루츠는 화내지 않고 진지한 얼굴로 허공을 노려보며 생각했다. 나를 보고 작게 뭐라고 중얼거린 후, 다시 아래를 보고 발 주변의 흙을 툭툭 쳤다.

잠시 고민하던 루츠가 문득 생각난 듯이 고개를 들어 내 비녀를 가리켰다.

"이걸 꽂게 되었을 때쯤이려나?"

설마 정확히 맞추리라 생각도 못했지만, 확실히 비녀를 꽂은 사람은 나 외에는 없었다. 아무리 세게 묶어도 금방 풀려 버리는 찰랑거리는 스트레이트 머리가 아니었다면 평범하게 끈으로 묶었을 터였다.

"정답……."

"거의 1년이잖아!"

눈을 확 치켜뜬 루츠가 침이 튈 듯한 기세로 소리쳤다. 그러고 보니 마인이 된 건 가을 끝 무렵이었다. 지금이 한가을이니까 곧 있으면 계절을 한 바퀴 돈 셈이었다.

"그러네. 열 때문에 쓰러진 기억뿐이지만 벌써 1년이네."

이곳에서 생활한 기억의 반 이상은 열이 나 쓰러진 상태였지만, 이것도 날마다 누워서 지내던 마인과 비교하면 상당히 활동적인 편이었다.

"'마인'의 가족은…… 눈치챘어?"

"글쎄? 이상하다고는 느꼈겠지만 '마인'이 아니라는 생각은 못 하지 않았을까?"

특히 집에 갇힌 '마인'을 줄곧 돌보아 온 투리와 엄마가 전혀 눈치채지 않았을 리가 없었다. 하지만 아무 말이 없으니 이쪽도 말하지 않았다. 이 상태로 생활이 계속되고 있으니 딱히 상관없다고 생각했다.

"그리고 아빠는 건강해진 것만으로도 기쁘다고 했어."

"그래……. 하아……."

한숨을 내쉰 루츠가 이야기는 끝났다고 말하듯 내게 등을 돌렸다. 목판에 붙인 종이를 손가락으로 만지며 마른 정도를 확인하기 시작했다.

사라질 각오까지 했는데 결론이 나오지 않은 채 대화가 끝나 버려서는 앞으로의 처신을 어찌 해야 할지 곤란했다.

"저기, 루츠……."

"내가 아니라…… '마인'의 가족이 결정해야 할 일이라고 봐."

내 말이 끝나기 전에 루츠에게 가로막혔다. 내가 사라질지 말지를 결정하는 건 가족이라고 말했다. 하지만 그 말만으로는 나에겐 아무런 의미가 없었다.

"그럼, 얼마간은 이대로?"

"그래."

이쪽을 보지 않는 루츠의 진의를 알 수 없었다. '마인'이 아닌 내가 이대로 생활해도 루츠는 상관없다는 말일까?

"루츠, 그래도 괜찮아?"

"그러니까 내가 결정할 일이 아니라고……."

나는 끝까지 이쪽을 쳐다보지 않으려는 루츠의 팔을 잡았다. 내가 듣고 싶은 말은 '마인이 아닌 나를 루츠가 어떻게 생각하는지'였다. 그렇게나 화내며 진실을 꺼내게 한 결과가 현재 상황을 그대로 유지한다니. 루츠는 전혀 불만이 없을까?

"루츠는 내가 사라지지 않아도 괜찮아? 진짜 '마인'이 아닌데도?"

움찔하고 루츠의 팔이 움직였다. 내가 잡은 루츠의 팔이 작게 떨리는 줄 알았는데 사실 떨고 있는 쪽은 내 팔이었다.

"괜찮아……."

"어째서?"

이어서 질문하자 겨우 루츠가 나를 바라보았다. 곤란한 듯, 기가 막힌 듯한 얼굴을 하고 손가락으로 내 이마를 탁하고 튕겼다.

"네가 사라져도 '마인은' 돌아오시 못하잖아. 그리고 1년 전부터 쭉 너였다면 내가 아는 마인은 거의 너야."

그런 말을 하며 루츠는 자신의 금발을 벅벅 긁었다. 그리고 나와 정확하게 시선을 맞추었다. 나를 바라보는 옅은 녹색 눈동자는 처음의 분노도, 사나움도 사라지고 잔잔해져 있었다. 내가 아는 평소의 루츠 눈이었다.

예전의 루츠는 체력을 단련시킬 생각도 못 했고 허약했었다. 루츠나 랄프와 얼굴을 마주 보는 일도 사실 손에 꼽을 만큼밖에 없었다.

"그러니까…… 나의 '마인'은 너면 돼."

루츠의 말에 내 마음속 깊은 곳에서 무언가가 딸각 소리 내며 맞아 떨어졌다. 둥실둥실 떠다니던 무언가가 쿵 하고 자리 잡았다.

그것은 눈에는 보이지 않는 조그마한 변화였지만 내게는 엄청나게 큰 변화였다.

종이 완성

"아아아아아, 너덜너덜해졌어……."

"이쪽도야."

토론베로 만드는 시제품은 괜찮게 완성됐지만, 다른 소재로 만든 종이는 상태가 썩 좋지 않았다.

섬유 자체에 끈기가 없어서인지 아니면 섬유가 생각보다 짧아서인지 섬유끼리 쉽게 엉키면서 들러붙지 않아서 말리는 도중에 너덜너덜해져 버렸다.

"점액을 많이 넣으면 좋아질까? 어떨까?"

"생각난 방법은 전부 다 시험해 보는 수밖에."

섬유가 서로 엉키기 쉽게 점액을 많이 넣고 잘 찢어지지 않도록 이번엔 조금 두껍게 종이를 떠봤다.

"이건 어때?"

"말려봐야 알겠지만, 잘 됐으면 좋겠어."

점액을 듬뿍 넣어 두껍게 뜬 종이는 퍼석퍼석하게 굳어서 목판에서 벗겨낼 때 파삭거리며 갈라져 버렸다. 사방으로 뚝뚝 떨어지는 조각을 멍하니 바라보았다.

"실패지?"

"응. 찢어진 게 아니라 갈라졌어. 전혀 종이가 아니야."

섬유와 점액과 물의 비율이 맞지 않았는지 아니면 소재 자체가 종이에 맞지 않았는지 알 수 없었다. 식물이라면 얼추 종이처럼 만들 수 있다는 내용을 책에서 읽었었는데 이곳에서는 나의 상식이 별로 통하지 않았다. 어이가 없어 소리치고 싶을 정도로 원인을 알 수 없는 실패가 이어졌다.

"차라리 토론베를 대량 생산할 수 있으면 좋겠는데."

"못 해!"

"토론베의 씨가 있으면 어떻게 되지 않을까?"

그때 주운 빨간 열매가 있으면 토론베를 베는 일은 그렇게 어렵지 않겠다고 생각했지만, 루츠는 고개를 마구 저었다.

"토론베 찾지 마! 숲을 망칠 셈이야!?"

"씨가 있으면 저번처럼 막 자랐을 때 다 같이 베어버리면 되잖아?"

언제 자랄지 모르는 점이 난처하지만, 씨를 발견하고 몇 명이 태세를 잡고 기다리면 대처할 수 있을 것 같았다. 하지만 루츠는 미간을 누르며 딱 잘라 말했다.

"토론베는 언제 자랄지 모르는 녀석이야! 너무 위험해!"

"그렇구나."

아무래도 그날은 자라기 직전의 토론베 씨를 우연히 내가 주웠을 뿐, 씨를 줍는다고 금방 자라지는 않는 모양이었다. 루츠가 지나치게 화를 내니 이상한 쑥쑥이 나무는 포기하기로 했다.

"빨리 이쪽 상식 좀 외워 줘."

"이래 봬도 노력하는 중이야."

태어난 이래 거의 집을 나간 적이 없는 '마인'의 기억보다 모토스 우라노의 기억이 길고 짙은 탓에 모든 판단 기준을 우라노의 기억에 맞춰 버렸다.

하지만 마인 안에 다른 기억이 있다는 사실을 루츠에게 말한 이후, 최근에는 내가 조금 빗나간 생각을 하면 루츠가 고쳐주게 되었다.

"어쨌든 토론베는 위험해. 자랄 때 주변 흙의 힘을 송두리째 빼앗아버리거든. 그래서 토론베가 자란 곳은 얼마간 아무 생명도 자라지 못하는 땅이 되어버려. 대량 생산은 무리야."

"뭐어!? 그렇게 위험한 녀석이었어!? 저번엔 그런 일 없었는데?"

"그러니까 이상하다고 말했잖아. 안 듣고 있었어?"

"평범한 토론베가 어떤 녀석이고 어디가 이상한지 전혀 몰랐으니까."

토론베가 가장 품질이 좋았지만, 가을밖에 싹이 나지 않은 데다 너무 위험한 나무였기에 대량 생산은 무리였다. 없는 물건을 바라기보다 있는 물건으로 방법을 짜보는 편이 옳다. 시행착오를 거듭하는 수밖에.

우리는 그 주변에서 평범하게 채취할 수 있는 나무로 대량생산이 가능하게끔 비율을 바꿔보기도 하고, 섬유를 더 두들겨보기도 하고, 에딜 열매가 아닌 슬라모 벌레의 점액을 써보기도 하면서 조금씩 개량해갔다.

"이 중에서는 포린이 가장 맞아."

"응. 포린에 슬라모 곤충의 점액을 조금 많이 섞은 물건은 상품화 가능성이 있어."

목재상에서 배운 부드러운 나무 세 종류로 도전해본 결과, 포린이라는 나무가 가장 얇은 종이를 만들 수 있었다. 포린은 다른 두 나무에 비해 섬유가 조금 단단해서 두드리는 작업은 힘들지만, 두드리면 두드릴수록 섬유에서 끈기가 나왔다. 그 지식을 얻은 뒤부터 철저하게 두드렸더니 비교적 좋은 종이를 만들 수 있었다.

그리고 종잇물을 만들 때의 혼합 비율을 조금씩 바꾼 결과 가장 알맞은 비율을 발견했다. 나는 발견한 비율을 석판에 쓰고 손가락에 묻은 재를 탁탁 털었다.

"이걸로 괜찮아 보이는데?"

"응, 이대로만 만들면 대량 생산도 가능하겠어."

겨우 발견한 최적의 비율에 루츠의 표정도 밝았다. 루츠는 완성된 종이를 몇 번이고 손가락으로 어루만졌다.

"하지만 지금은 나무 채집도 힘들고 겨울이 되면 껍질도 점점 두꺼워지고 강물도 차가워지니까 대량 생산은 봄이 되고 나서야."

부드러운 나무나 가지를 채취해서 좋은 종이를 만들려면 봄의 숨결이 느껴지는 계절이 오고 난 후가 좋아 보였다. 그리고 이미 강물에 껍질을 씻기 괴로운 계절이었다. 루츠를 위해서도 따뜻할 때 진행하고 싶었다.

"그럼, 빨리 완성된 종이를 벤노 씨에게 가져가자. 겨울에는 오토 씨를 도우러 문에 가야 하거든."

"그래, 이제 곧 겨울 준비도 본격적으로 시작되기도 하고 빨리 끝내버리자."

"응. 나 내일은 오토 씨한테 감사장 쓰는 법을 배워오려고 해. 모처럼 종이도 만들었으니 감사장을 전하고 싶어."

나의 제안에 루츠가 끄덕이면서 오늘의 실패작을 쌓아 올리며 정리했다.

"감사장에 쓸 글은 마인에게 맡길게. 그리고 이 실패작은 네가 가져갈 거지?"

"응. 성공한 종이는 벤노 씨한테 가져가고 구멍이 나거나 벗기기에 실패한 종이로는 책을 만들어야지."

대량으로 남은 실패작은 집으로 가져가도 좋다고 마르크에게도 미리 확인받았다. 이걸로 첫 책 만들기가 갖추어졌다.

다음 날, 나는 오랜만에 문에 갔다. 겨울 결산 시기에 맞춰 계산 처리가 필요한 서류가 점점 늘어났는지 오토는 환한 얼굴로 나를 환영해 주었다.

"여어, 마인 짱. 기다렸어."

오토가 옆에 쌓아 올린 목패를 탁탁 두드리며 멋진 미소로 손짓했다. 한창 목패에 쓰인 품명과 개수를 집계해서 서류에 기록하던 중인 모양이었다.

나는 그 작업을 도우면서 오토에게 감사장 쓰는 방법에 관해 물어보기로 했다.

"오토 씨. 감사장 쓰는 법을 가르쳐 주세요."

"감사장? 귀족들이 주고받는 거?"

아니, 딱히 귀족들이 쓰는 게 아니라도 좋은데요, 라고 말하려다 말았다. 어쩌면 귀족들 사이에서만 이루어지는 습관일지도 모르니까.

"그 초대장이 존재한다면 소개받았다는 감사장도 있지 않을까 해서요……. 혹시 없어요?"

"귀족끼리 주고받는 감사장이라면 존재한다고 알고 있지만, 상인이 쓸 일은 없어. 계약도 아닌 일에 쓰기엔 종이가 너무 아깝잖아."

확실히 종이는 고가의 물건이니 그리 가볍게 쓸 수는 없겠지.

"그럼 어떻게 감사의 말을 전하나요?"

"상인이라면 보통 자기가 취급하는 물건 중에서 상대방이 원하는 물건을 선물해. 종자를 시키나 본인이 가는가는 둘째 치고 감사장이 아닌 물건을 보내."

소개장처럼 감사장에 따른 서식대로 완성한 종이로 감사장을 만들 계획이었는데, 감사장은 쓰지도 않고 물건을 선물하는 게 일반적일 줄은 꿈에도 생각 못 했다.

"예상외네요. 저기, 오토 씨. 벤노 씨에게는 어떤 물건을 보내면 좋을까요? 저나 루츠가 보내서 벤노 씨가 기뻐할 만한 물건이 전혀 안 떠올라서요."

내가 가진 물건 중에 벤노 씨가 갖고 싶어 하는 물건이 무엇일지 도저히 짐작하기 어려웠다. 그리고 벤노면 뭐든 소유하고 있을 것 같았다. 오토는 가볍게 어깨를 까딱이면서 조언해 주었다.

"둘이서 만든 종이면 되지 않나? 둘이 가진 물건이라면 그것뿐이잖아. 그리고 상품 가치가 있다면 초기 투자 값어치는 한 셈이니까 벤노 입장에선 제일 좋지 않을까? 또…… 뭔가 새로운 상품 정보라든지. 어때?"

"알겠습니다. 고마워요. 오토 씨."

종이의 상품가치를 높이는 물건이랑 새로운 상품에 대한 정보라……. 그거라면 어떻게든 되겠다.

나는 다음 날 즉시 루츠에게 감사의 마음을 담은 종이 만들기를 제안했다.

"상인은 감사장이 아니라 상대방이 좋아할 만한 물건을 보내는 방식을 쓴대. 그러니까 토론베로 조금 특별한 종이를 만들면 어떨까? 토론베 백피, 아직 남아있지?"

"응. 나리에게 보낼 물건이라면 최고로 좋은 종이가 좋겠지? 그런데, 마인……. 대체 뭘 들고 있는 거야?"

나는 손에 든 빨간 잎을 내려다보았다.

"우물 주변에 나 있기에 어제 따서 누름꽃[5]처럼 만들어 봤어."

"레그레이스 따위를 어디에 쓸 건데?"

"당연히 종이를 만들 때 써야지."

레그레이스는 빨간 클로버처럼 생긴 식물이다. 단풍잎을 넣어 뜬 와시처럼 종이에 레그레이스를 넣어서 뜨면 좋겠다는 생각이 문득 들었다. 가장자리에 레그레이스를 나열한 메시지 카드와 레그레이스 이파리를 줄기부터 잘라내서 종이 위에 하트 모양처럼 전체적으로 뿌려 치요가미[6] 같은 종이를 만들었다.

완성된 메시지 카드에는 '벤노 씨 덕분에 이 종이를 완성했습니다. 감사합니다' 하고 나와 루츠의 이름을 나열해 썼다.

"이 종이 엄청 예뻐."

"레그레이스를 끼우니까 그림을 그린 것처럼 산뜻해졌지?"

"응. 이쪽은 어떻게 할 거야?"

"'종이접기'를 하려고."

"종이접기?"

색 무늬가 있는 수공용 종이는 칼로 정사각형으로 잘라 종이학

---

5 꽃과 잎을 눌러서 말린 그림
6 일본 전통 문양이 들어간 수공예 종이

을 접는다. 옛날 기억으로는 해외에 갈 때 수리검 모양을 선물로 주면 제일 기뻐한다고 했지만, 이곳에서 수리검 같은 모양은 봐도 모르겠고, 쿠스다마[7] 같은 큰 물건을 만들기에는 종이가 부족했다. 종이 한 장으로 간단하고 멋져 보이기에는 종이학이 최고였다. 평범한 학보다 호화롭게 하려고 공작처럼 꼬리 부위를 넓게 펼치도록 만들었다.

"어때? 멋있어 보이지?"

"괴…… 굉장하다. 종이가 어떻게 이렇게 바뀌지? 네가 뭘 어떻게 했는지 보고도 몰랐어."

흠칫거리며 루츠가 손가락으로 가볍게 학을 찔렀다.

잠깐, 그럼 이 종이학은 원가가 얼마지?

"루츠, 잘 생각해보면 종이 장식은 정말 사치스러운 물건이지 않아?"

"아~ 음, 뭐 벤노 나리에게 줄 선물이니까 괜찮겠지?"

종이접기라면 간단하면서 희귀한 물건이니까 좋겠다 싶었는데, 이곳의 종이 가격을 생각해보면 너무 아까운 짓을 해버렸는지도 몰랐다.

바르게 펼치면 접은 자국이 있어도 쓸 수는 있다고 벤노 씨에게 알리는 편이 좋을까?

"그 외에는 새로운 상품 정보라고 들었는데……."

"그건 마인 쪽이 잘 알겠지?"

루츠가 가벼운 어조로 내게 통째로 맡겼다. 전혀 생각이 없지는

---

7   종이를 공처럼 엮어 접은 장식물

않지만, 정말 팔릴지 모르는 상태라 루츠의 의견을 듣고 싶었다.

"처음 만났을 때 벤노 씨가 흥미를 보인 비녀가 괜찮겠다 싶었는데 이건 그냥 나무 막대기잖아."

내가 내 머리를 가리키자 루츠도 크게 끄덕였다.

"그러네. 그냥 막대기야."

"이게 상품이 될까?"

"스스로 만들 수 있으니까 일부러 살 사람은 없지 않을까?"

희귀하긴 해도 상품이 되긴 힘들겠다는 내 생각도 루츠의 예상과 똑같았다.

"상품이 될 만한 비녀라면 그건 어때? 투리가 세례식 때 꽂은 비녀 말이야."

"루츠, 천재야! 확실히 그건 주변 반응도 좋았어! 올해 겨울 준비에 만들면 될지도 몰라!"

이걸로 벤노에게 보낼 물건도 준비가 끝났다. 이젠 벤노의 일정을 물어서 만날 시간을 만들어야 했다.

"루츠, 열쇠 반납할 때 마르크 씨에게 벤노 씨의 예정을 물어봐 줄래?"

"그래, 좋아."

마르크에게 지정받은 날, 나는 루츠와 둘이서 완성한 종이를 가지고 갔다.

완성품은 토론베와 포린 두 종류에 각각 두께 차이가 있는 3가지씩 총 6가지의 종이를 준비했다. 그리고 벤노에게 보낼 레그레이스로 꾸민 메시지 카드와 종이학, 마지막으로 상담할 투리의 비녀를 토트백에 넣어왔다.

"벤노 씨. 안녕하세요. 종이 시제품이 완성되어서 가져왔어요. 벤노 씨가 초기 투자를 해주신 덕분에 정말 괜찮게 만들어졌어요."

"오토한테 듣긴 했는데 벌써 완성한 건가?"

"네. 이거예요."

토트백 안에서 종이를 꺼내 벤노의 책상 위에 나열했다. 종이를 본 벤노가 가볍게 눈을 크게 뜨더니 종이 하나에 손을 뻗었다.

"어디 보자. 확인해주지."

벤노는 햇빛에 비춰보거나, 감촉을 확인한 후, 잉크를 꺼냈다. 그리고 종이 윗부분을 잘라 펜을 움직였다.

"써지는군……. 양피지보다 걸림이 적어서 적기 편하지만, 조금은 번져버리는 점이 있어. 그렇게 신경 쓰이진 않지만…… 흠."

"합격인가요? 루츠는 수습생이 될 수 있나요?"

벤노가 턱 주위를 어루만지며 싱긋 웃더니 다음 종이로 손을 뻗었다.

"그래, 그러기로 약속했으니까. 이건 어느 정도 만들 수 있지?"

"음, 실험용이어서 본격적으로 만들려면 도구가 커야 해요. 이건 너무 작거든요. 가장 잘 쓰이는 종이 크기는 어느 정도인가요?"

문에서 본 소개장은 그 크기가 제각기 달라 제작해야 할 종이의 기준을 알 수 없었다. 그리고 진짜 와시를 만들 때 쓰는 초지틀은 너무 커서 종이 뜨기를 할 때 굉장한 힘이 필요하다. 루츠나 내 힘으로 깨끗한 종이를 만들지 못하면 의미가 없으니 가장 잘 사용하는 크기의 종이를 대량 생산하고 싶었다.

"소개장이나 계약서로 사용하는 크기는 대체로 이 정도다. 정확한 기준은 없어."

벤노가 선반에서 꺼내어 보여준 양피지의 크기는 A4에서 B4 정도의 크기였다. 초지틀을 움직이기에도 딱 알맞은 크기다.

"그럼 이 정도 크기로 초지틀을 새로 만들고 싶어요. 다만 봄이 되어야만 실제로 종이를 만들 수 있어요. 지금부터는 재료를 채취하지 못하거든요."

"봄까지 도구를 준비하면 되겠군. 마르크에게 말해 둬. 이거면 충분히 상품이 되겠어."

벤노에게 종이를 인정받았다. 노력의 결실이 맺어진 사실에 기쁜 나머지 루츠와 얼굴을 마주 보며 헤벌쭉 웃었다.

"품질은 이쪽이 좋군."

벤노가 손으로 만지며 토론베로 만든 종이를 가리켰다. 새하얀 색상과 매끈매끈한 촉감으로 한눈에 품질의 차이를 알 수 있었다.

"이건 토론베로 만들었어요."

"토론베라고!?"

깜짝 놀란 듯이 벤노가 얼굴을 들어 나와 루츠를 교대로 쳐다보았다. 역시 토론베는 상당히 위험한 식물로 유명한 모양이었다. 이상한 말을 입 밖에 내지 않게 나는 설명을 루츠에게 맡기고 한 발짝 뒤로 물러섰다. 그 의도를 눈치챈 루츠가 한 발짝 앞으로 나가 입을 열었다.

"숲에서 채집할 때 자라기 시작한 녀석을 마인이 발견해서 우연히 손에 넣었어. 입수하기도 힘들고 불안정하니까 만들어내기는 쉽지 않을 거야."

"음, 하긴 그렇겠군……. 하지만 토론베라니."

벤노가 어떻게든 대량 생산할 방법을 머릿속에서 필사적으로 짜내는 모습이 훤히 들여다보였다. 상인답게 계산에 골몰하는 표정을 지었다. 하지만 토론베는 희소해서 쉽게 손에 넣을 수 있는 물건이 아니었다.

"몇 가지 실험한 결과로는 토론베가 가장 품질이 좋았어요. 하지만 재료를 구하기 힘들어서는 상품화하기 어렵겠지요. 그리고 이건 포린을 쓴 종이에요. 상품화하려면 재료로서 이쪽이 대량 생산에 알맞아요."

"과연. 포린이라면 확실히 대량 생산에 맞겠군."

벤노가 여러 번 고개를 끄덕이며 종이에 납득한 모습을 보이자 이번엔 사례의 물건을 꺼냈다.

"그리고 이거…… 벤노 씨에게 드리는 감사장이에요. 종이에 상품 가치를 더하면 좋아하실 거라고 오토 씨한테 들어서 특별한 종이를 만들어 봤어요."

"감사장? 상급 귀족에게 보낸 적은 있어도 내가 받아본 적은 없는데. 뭐라 할까. 신분이 높아진 기분이 드는군."

기쁜 듯 입가에 웃음을 지으며 메시지 카드를 연 벤노가 카드를 보더니 가볍게 눈을 크게 뜨고 굳어버렸다.

"저, 만드는 도중에 레그레이스를 넣었어요. 어때요……?"

"뭐? 레그레이스라면 이 시기에 아무 곳에나 자라는 잡초 말인가? 이렇게 보니 아름답군. 이런 상품은 귀족 부인이나 영애들에게 반응이 좋겠어."

즉시 구매 대상층을 떠올리며 상품으로서 고민해 주는 벤노가 너무나 믿음직스러웠다. 이 상인의 눈에 귀족에게 팔리겠다는 판단을 얻었으니 종이의 상품 가치를 높이는 데 성공했다고 보아도 틀리지 않았다.

"그리고 이쪽은 선행 투자를 해 주신 답례품이라고 할까, 선물이라고 할까……. 종이로 만든 장식이에요. '종이학'이라고 해요."

"호오! 이것이 종이라고?"

접혀있던 종이학을 책상 위에 펼쳐 보이자 벤노가 눈을 반짝이며 손으로 집었다. 여러 삭노에서 관찰해도 장식 이외엔 딱히 용도가 없는 물건이다.

"만든 뒤에 엄청 사치스럽게 써 버렸다고 깨달았어요. 장식으로밖에 못 쓰거든요. 하지만 접기만 했으니 펼치면 자국은 남아도 평범하게 종이로 쓸 수 있어요."

"아니, 장식으로 괜찮겠어. 우리 상점의 종이 판매에 좋은 선전이 되겠군."

벤노는 종이를 팔게 되면 저 선반에도 장식해 두겠다고 중얼거리며 자신의 선반에 종이학을 옮겼다. 얼마간은 선반 위가 종이학의 자리를 될 듯싶다. 솔직히 종이접기로 이렇게까지 기뻐할 줄은 몰랐다. 선물로 만들어서 다행이라고 진심으로 생각했다.

"솔직히 말해서 나무로 종이가 만들어지리라곤 생각 못 했어. 품질도 예상보다 훨씬 좋아. 이거라면 상품으로서 충분히 통하겠어. 잘해냈다. 대량 생산을 하게 될 봄이 기대되는군."

벤노의 높은 평가에 나와 루츠는 손을 마주 잡으며 기뻐했다. 품질을 개선하느라 고생했던 기억이 떠올라 나도 모르게 울먹거렸다.

"해냈어, 마인."

"루츠가 열심히 해줘서야."

기뻐하는 우리를 향해 쓴웃음을 지으면서 벤노가 책상 위의 종이를 전부 겹쳐 모았다.

"이 종이는 내가 사도록 하지. 돌아가는 길에 금액을 지급할 테니 마르크에게 말해."

"정말이에요!?"

그러고 보니 세례 전까지는 원료비와 판매에 드는 수수료를 뺀 나머지가 우리 몫이 될 거라는 이야기를 나누었었다.

와우! 첫 현금이다!

남은 백피를 전부 종이로 만들어서 팔아도 좋겠다고 생각하던 찰나, 문득 생각이 떠올랐다. 상품으로 가능할지 어떨지 상담하려던 투리의 비녀를 가지고 왔다는 사실을.

"또, 벤노 씨에게 상담할 게 있어요. 이거, 팔 수 있을까요?"

나는 투리의 머리 장식으로 썼던 비녀를 벤노의 책상에 꺼내 놓았다. 짧은 비녀에는 파랑과 노란색의 작은 꽃을 모아 만든 부케가 달려 있었다. 그런데 비녀를 본 벤노가 움찔하더니 얼굴이 굳어졌다.

"꼬마 아가씨. 이건 뭐지?"

"머리 장식이에요. 평범하게 머리를 끈으로 묶은 뒤에 장식으로 꽂아요. 이런 식으로……."

나는 투리의 머리 장식을 내 머리에 꽂힌 비녀 옆에 꽂아 벤노에게 보였다.

"이건 언니 세례식 때 만든 물건이라 팔수는 없지만, 겨울 동안에 수작업으로 이런 느낌의 장식을 만들어볼까 해요. 팔 수 있을까요?"

내 물음에 강렬한 눈빛으로 머리 장식을 노려보던 벤노가 신음하듯 낮은 목소리를 냈다.

"되겠어……."

"그럼 만들게요. 그래서 말인데요. 벤노 씨에게 팔 테니 이것도 선행 투자 부탁해도 될까요?"

벤노는 하아 하고 한숨을 내쉬고 이쪽을 쳐다보았다. 굉장히 피곤해 보이는 건 내 착각일까?

"대체 뭐가 필요하지?"

"실이요. 높은 품질이 아니어도 괜찮아요. 하지만 가능하면 여러 색깔이 필요해요."

전부 같은 색이면 지루하고 누구나 자신과 어울리는 색을 원할 터였다. 그러니 색깔이나 디자인이 많을수록 좋았다.

"실뿐인가? 그 외에는?"

"나무가 조금 있으면 좋겠지만 장작으로 쓸 나무도 캐고 있으니 딱히 필요 없어요."

"이건 꼬마 아가씨 혼자 만드는가?"

힐끗 벤노가 노려보았다. 그러고 보니 '마인이 생각하고 루츠가 만든다'라고 했으니 루츠의 손을 빌리는 편이 좋을지도 몰랐다.

"나무 부분은 루츠가, 이 장식 부분은 제가 만들 예정이에요. 물론 같이 만들어야죠. 그렇지. 루츠?"

"응. 나무 부분은 내가 만들 거야."

내가 척하고 주먹을 쥐며 그렇게 말하자 루츠도 당황해하며 고개를 끄덕였다. 벤노는 뭔가 하고 싶은 말이 있는지 우리를 지긋이 바라보았지만, 나는 싱긋하고 웃음으로 얼버무렸다.

"뭐, 괜찮겠지. 그런데 너희들 지금부터 움직일 시간과 체력은 있나?"

"괜찮아요."

"그래. 그럼 상업 길드에 데려가지."

"상업 길드!?"

'으아…… 또 새로운 단어가 나타났어. 대체 어떤 곳이야?'

상업 길드

나는 벤노에게 안겨 상업 길드로 향했다. 처음엔 스스로 걸었지만, 내 걸음 속도에 짜증이 난 벤노가 '느려! 시간이 아깝다' 라며 소리치고는 나를 확 하고 안아 올렸다. 가는 길 내내 시간의 소중함에 대해 장황하게 설교 당하니 반항을 할 수도 없었다.

"참, 벤노 씨. 상업 길드는 어떤 곳이에요?"

내가 아는 곳과 차이가 있을지도 모르니 자세히 물어두는 방법이 제일이었다.

"뭐야, 모르나?"

"가본 적이 없어요. 루츠는 알아?"

"장사하는 사람이 가는 곳이지?"

이 마을에 사는 아이라면 누구나 알겠지 싶어 루츠에게 질문을 돌렸지만, 돌아온 대답은 나도 알 만한 이야기였다. 벤노가 가볍게 한숨을 내쉬며 설명을 해주었다.

"뭐, 그렇지. 이 마을에서 상점을 열 때 필요한 허가증을 발급하거나 악질적으로 장사하는 곳에 벌을 내리는 일을 주 업무로 하는 곳이다. 상업 길드의 허가 없이 상점을 열 수도 없고 장에서 노점을 낼 수도 없지. 그리고 장사에 관련된 녀석은 모두 등록이 필요한데 등록 없이 장사하면 엄벌을 받게 돼."

장사에 관련된 시청 같은 곳이겠거니 하고 추측했다. 허가를 받지 못하면 가게를 열 수 없고 수습생 등록도 하는 곳이니 크게 다르지는 않겠지.

"상당한 권력을 가진 조직인가 보네요."

"그래. 권력도 있고 돈에 억척스러워. 수습을 들이는 데 등록료, 새로운 장사를 시작하면 확장 수수료, 뭘 하든 수수료가 들지."

무엇을 하든 돈이 드는 점은 어느 세계에서나 똑같나 보다. 가난한 사람에겐 끔찍한 세상이다.

"어쨌든 세례식이 끝나고 상인 수습생이 되면 등록해야 해. 상점에서 일하는 녀석은 모두 판매하는 입장이니까 말이야. 너희들 경우에는 세례 전까지는 임시 등록을 하면 되지만, 등록해두지 않으면 종이도 머리 장식도…… 상품으로 판매할 수 없어."

"그건 오늘 벤노 씨가 종이를 사들이기 위해서 등록이 필요하다는 말인가요?"

"그래."

그렇군. 벤노가 급하게 등록하려는 이유는 시제품을 매입하기 위해서였다. 내가 혼자 고개를 끄덕이며 납득하는 사이 벤노의 눈살이 험하게 구겨졌다.

"순조롭게 등록이 끝나면 좋겠으나 어차피 그 망할 영감탱이가 또 턱도 않는 말을 꺼내겠지."

어쩐지 점잖지 않은 단어가 튀어나왔다. 벤노가 상업 길드에서 꽤 높은 사람이겠다고 생각했는데 아니었던 걸까? 아니면 파벌 싸움 같은 걸까?

"지금 우리 상점이 계속해서 사업을 확대해서 기세가 좋거든. 길드장은 조금이라도 빼앗고 싶어서 안달이 나 있지. 너희들, 쓸데없는 말은 마라."

"네."

루츠와 둘이서 한목소리로 대답했다. 장사에 도가 튼 두 사람이 펼치게 될 서로를 속이는 대결에서 입을 놀리는 짓은 할 생각도 없었다.

"그래, 마인. 네가 가져온 머리 장식 말이다."

"이거요?"

내가 토트백을 살짝 열어 머리 장식을 보이자 벤노가 조그맣게 끄덕이고 날카로운 적갈색 눈으로 나를 보았다.

"며칠 정도면 만들 수 있지?"

"재료가 전부 준비되고 루츠가 나무 부분을 만들어 준 상태에 제 몸 상태가 좋으면요…… 음, 이 꽃 부분만이라면 열심히 하면 하루면 어떻게든 되지 않을까요……."

꽃의 양에 따라 다르겠지만, 내 속도라면 꼬박 하루가 걸리는 일이었다. 바느질이 능숙한 엄마라면 종 두 번 정도면 만들 수 있겠지만.

"루츠는 어때?"

"나무를 깎아서 문지르기만 하면 되니까 종 한 번 정도면 만들 수 있을지도?"

"흠. 좋아."

벤노는 기분 좋은 음성으로 그렇게 말했지만, 눈만은 부글부글하고 날카로운 빛을 발하고 있었다.

"뭐가 좋은데요?"

"그건 나중을 기대해."

벤노가 표적을 정한 육식 동물 같은 웃음을 띠며 노려보는 곳에 상업 길드 건물이 있었다.

상업 길드는 중앙 광장에 접한 모퉁이에 거대하게 세워진 건물이었다. 그것만으로도 상당한 금전을 가진 조직임을 알 수 있었는데, 위에서부터 아래까지 누구에게도 임대하지 않아 전부 길드 건물이라고 했다.

문 앞에는 무기를 든 경비원이 우리를 의심스럽게 보더니 용건을 물었다.

"어떤 용건입니까?"

"이 녀석들의 임시 등록이다."

경비원이 문을 열어 안으로 들어가 보니 뜬금없이 계단이 나오자 당황스러웠다. 조금 넓은 계단이었는데 1층이 전혀 눈에 띄지 않았다.

"벤노 씨, 1층은 어떻게 되어 있어요?"

"아, 1층은 행상인이 마차나 짐수레를 주차하기 위한 곳이다. 큰길에 줄줄이 세워두면 민폐거든. 뒤쪽으로 돌아가면 세워진 마차를 볼 수 있을 거다."

2층으로 올라가자 넓은 홀이 나왔다. 그 안을 수많은 사람이 거닐고 있었다. 이 마을에 이렇게나 사람이 많았는지 감탄을 하게 될 정도로 부산스러웠다.

"이곳엔 볼일이 없어. 안 쪽 계단에서 3층으로 가지."

벤노에게 안긴 채 안 쪽 계단으로 이동하는 나는 안전했지만, 벤노를 뒤따르며 걷는 루츠는 사람들에게 이리 치이고 저리 치여 시달렸다.

"루츠. 괜찮아?"

"괜찮긴 한데…… 꼭 축제 같아."

"장의 노점 신청이나 이 마을에 도착한 행상인이 이곳에서 장사 하기 위한 허가를 받는 곳이지. 장이 열리면 이렇게 시끄러워지지만 장이 끝나면 당분간은 조용해질 거다."

"호오."

안 쪽 계단에는 튼튼한 금속 울타리가 쳐져 있었는데 그 앞에 또 경비원이 서 있었다.

"등록증을 보여 주십시오."

"셋이서 위로 올라가겠네."

"알겠습니다."

벤노가 금속으로 된 카드처럼 생긴 물건을 건네자 경비원이 그것 을 무언가로 비추었다. 그러자 새하얀 빛이 울타리를 타고 흐르더니 울타리가 녹아내리듯 사라졌다.

"앗!? 뭐, 뭐야!?"

"마술 도구다. 루츠, 내 손을 꼭 잡지 않으면 튕겨 나간다."

"으, 응."

벤노가 한 손으로 나를 안고 다른 한 손으로 루츠의 손을 끌며 계 단을 오르기 시작했다.

"마법은 귀족들만 쓸 수 있는 거 아니었어요?"

"이런 조직의 상층부는 대부분 귀족과 연결되어 있어. 이익이 보이면 마술 도구를 빌려주는 일쯤이야 주저하지 않는 귀족들도 많아."

"처음 봤어요."

계약 마술 때도 그랬지만 아무래도 예상 이상으로 판타지적인 세계인 모양이다.

계단을 전부 오르자 벤노는 루츠에게서 손을 떼고 나를 내려주었다. 계단 끝에 도착하고부터는 새하얀 벽이 이어졌고 안 쪽에 카운터로 보이는 곳이 보였다. 2층은 장의 노점에 관한 업무를 보는 곳, 3층이 상점을 소지한 점주에 대응하는 곳이라 2층의 소란스러움에 비해 3층은 조용했고 사람도 뜸했다.

2층은 나무 바닥에다가 구석에 먼지가 쌓여있을 것 같은 지저분한 장소였던 반면, 3층은 카펫이 깔려 구석구석이 청소되어 있었다. 가구에도 유지비가 훨씬 많이 들어 보이는 분위기다. 신분 사회가 확연히 드러난 곳이었다.

"이 벽 너머는 회의실이다. 너희가 쓸 일은 거의 없어."

하얀 벽을 가리켜 벤노가 설명하면서 카운터 쪽을 향해 걸어갔다. 나도 루츠와 손을 잡고 그 뒤를 따랐다. 평소에는 볼 수 없는 고급스러움에 조금 주눅이 들어버렸다.

회의실을 지나자 벽에서 벽까지 카운터가 세워져 있었고 그 안에는 상업 길드를 출입하는 수습생으로 보이는 아이들이 안쪽에서 목패를 읽거나 계산기를 두드리며 계산하는 모습이 보였다.

"루츠, 우리도 겨울 동안에 글자랑 계산을 외우자."

"그래야지……."

복도를 사이에 두고 카운터 반대편에는 소파로 보이는 가구가 설치된 대기실보다 응접실에 가까운 안락한 곳이 있었다.

"저건 혹시, 책장!?"

주위를 둘러보다가 벽면에 목패와 양피지가 진열된 책장이 하나 보였다. 갑자기 들뜬 나를 벤노가 이상하게 쳐다보며 고개를 갸웃거렸다.

"아, 저건 상점을 낼 때의 규칙이나 이 주변의 간단한 지도, 귀족 연감 같은 책들이 나열된 서가다……. 흥미 있나?"

"엄청 있어요!"

금방이라도 서가를 향해 돌진하고 싶었지만, 루츠가 잡은 손에 힘을 꼭 주고 풀어주지 않았다. 안절부절못하는 나를 보고 벤노가 쓴 웃음을 지었다.

"신청이 끝나면 봐도 좋다. 어차피 대기 시간은 기니까."

"정말요!? 신난다!"

"마인. 진정해. 너무 흥분했어."

읽을 수 있는 책 비슷한 물건을 발견하고 어떻게 흥분 안 할 수 있겠어. 아니, 안 하고는 못 배겨. 루츠의 제지를 듣고도 이 설레는 마음을 멈출 수가 없었다.

하지만 루츠의 단 한 마디에 나는 얌전해지지 않을 수 없었다.

"너무 흥분하면 읽기 전에 쓰러진다.."

'그건 안 돼!'

우리 대화를 흥미 있게 보던 벤노가 일단락 지어진 걸 보고 "이리 와." 하고 불렀다. 카운터까지 걸어가자 벤노를 본 직원이 붙임성 있는 웃음을 지었다.

"아니, 벤노님. 오늘은 어떤 용건이십니까?"

"이 두 사람의 임시 등록이다. 마인과 루츠. 두 사람분 부탁하지."

"임시 등록……? 벤노님의 자녀분은 아니시겠지요?"

"아니다. 하지만 등록이 필요해. 빨리 처리해 줘."

임시 등록은 원래 상인이 등록도, 일도 할 수 없는 세례 전 자식에게 가업을 돕게 하려고 법을 교묘하게 피해 고안해낸 방법인 모양이었다. 세례 전 아이를 고용할 수도 없고, 그런 아이가 부모 없이 등록을 해야 할 정도로 판매에 관계될 일은 평소에 없으므로 혈족도 아닌 아이를 임시 등록하는 경우는 거의 없었다.

직원이 의심스럽게 눈을 가늘게 뜨며 나와 루츠에게 질문을 여러 차례 하더니 카운터 너머에서 무언가 쓰기 시작했다. 물어온 건 시청 업무라고 보면 평범한 질문들이었다. 자기 이름, 아버지의 직업과 이름, 사는 곳, 나이 등.

"목수 아들과 병사 딸이 임시 등록이라고요?"

질문을 끝낸 직원이 더욱 의심스러운 얼굴로 나와 루츠를 번갈아 쳐다보았다. 상인 출신도 아닌 아이에게 임시 등록을 해야 하는 이유를 살펴려는 듯한 그 시선은 그다지 기분 좋은 느낌이 아니었다.

"질문이 끝났으면 등록을 끝내 줘. 이쪽은 그렇게 한가하지 않아."

"네에, 금방 끝납니다. 잠시 저쪽에서 기다려 주십시오."

직원이 휴식 공간을 손으로 가리켰다. 나는 달려가고 싶은 마음을 억누르며 벤노를 보았다.

"벤노 씨. 기다리는 동안 서가 좀 봐도 되나요?"

"그래. 궁금한 게 있다면 가르쳐 주지. 가져와. 루츠, 마인한테서 눈 떼지 마."

"알았어."

손을 풀어주지 않는 루츠와 함께 서가가 있는 곳으로 갔다. 진열된 양피지를 펼쳐 보고 목패를 꺼내 보기도 하면서 어떤 책들이 있는지 확인했다. 지도나 도감이나 귀족 연감, 상업법의 해설서, 주위의 정보를 모은 기와판[8] 같은 물건 등 실용적인 책뿐이었다.

"와아, 이거 지도다!"

상당히 조잡한 지도였지만, 나에게는 이 세계에서 처음으로 본 지도였다. 현재 장소조차 알 수 없는 지도를 안고 나는 벤노가 앉은 소파로 향했다.

소파라고 생각하고 앉았는데 예쁜 천을 덮은 판자 의자였다. 예상했던 탄력성이 없는 의자에 나는 엉덩이를 찍어버렸다.

"아야……."

"아무리 흥분해도 그렇지, 그렇게 힘차게 앉다니. 바보냐?"

이상하게 사치스러운 소파를 가장한 의자에 속았다고요. 나뭇결이 보이는 벤치였다면 이렇게 안 앉을 거라고.

벤노의 어이없는 시선을 받으며 나는 작게 신음했다. 마음속으로나마 변명하면서 판자 위에 천만 깐 긴 의자 위에 지도를 펼쳤다.

"벤노 씨, 이 마을은 어디에요?"

"여기다. 에렌페스트. 영주의 가문명을 그대로 마을 이름으로 쓰고 있지."

처음으로 마을 이름을 알았다. 덤으로 영주 이름도 알았다. 밖에 나갈 필요가 없다면 마을 이름을 몰라도 상관없었고, 영주도 '영주님'이라고만 부르면 끝날 일이기 때문이다.

지도를 보자 에렌페스트 남쪽은 농촌과 숲이 펼쳐져 있고 더 깊이 들어가면 작은 마을이 있었다. 서쪽은 커다란 강이 있었는데, 옆 영

---

8 마른 진흙 판에 글자나 그림을 새겨 구운 판

지와 비교적 가깝고 영주끼리 우애가 돈독해 왕래가 활발하다고 했다. 북쪽은 영주가 있는 귀족 마을이라서 커다란 공백이 펼쳐져 있었다. 동쪽은 가도가 있어 여행객들이 가장 많은 곳이라 했다.

"어차피 너희가 매입을 나간다 해도 이 지도 밖으로 나갈 일은 거의 없을 거다."

몇 가지 근처 마을 이름을 배운 후 지도를 원위치로 되돌리고 다시 서가를 끝에서부터 읽어갔다. 가장 아랫단에는 수습생이 글자나 숫자를 연습하는 책도 있었다. 루츠와 함께 공부하기 위해 대충 훑었다. 글자는 내가 기억하는 글자에 더해 판매에 관련된 단어가 많이 나와 있었다. 이건 기억해 둬야지.

"벤노 씨. 루츠가 공부에 쓸 석판과 계산기가 하나 필요한데요……."

"그래, 오늘 지급할 금액에서 대금을 빼두지. 제대로 공부해 둬."

"덤으로 상인 출신 수습생들은 어느 정도 읽고 쓸 수 있나요?"

세례식 후에는 상인 출신 아이들과 함께 수습 일을 하게 된다. 그때까지는 다른 아이들이 할 수 있는 만큼 배워둬야 했다.

"간단한 읽고 쓰기와 계산이다. 읽기는 상품명이 대부분이니 그 집에서 취급하는 물건이나 규모에 따라 다르다. 동화에서 은화 정도의 계산이면 다들 하겠지."

큰일이다. 난 화폐에 대해서는 무지였다. 대, 소의 동화와 소은화가 있다는 지식만 있을 뿐, 환전이나 시세를 전혀 몰랐다.

왜냐면 집에서 쓰는 건 동화뿐이니까.

동화 외의 화폐를 본 적조차 거의 없었다. 게다가 문에서는 숫자 계산만 하지 오토가 실제로 돈을 쓰는 장면을 목격한 적도 없었다.

"내가 봤을 때 너희에겐 손님 대응이 가장 부족하다. 다른 아이들은 매일같이 부모가 하는 일을 옆에서 보며 피부로 느끼거든."

그건 우리에겐 무리였다. 옛날부터 나는 서비스를 받는 입장이었지 제공하는 입장이 된 적이 없었다. 루츠도 아마 장사꾼의 마음가짐을 모를 테지.

어떡하지?

사고의 미로에서 헤매기 직전에 카운터에서 직원의 목소리가 울렸다.

"벤노님. 길드장님이 뵙고 싶으시답니다."

"망할 영감탱이, 예상대로군."

우리밖에 들리지 않는 작고 낮은 목소리로 신음하듯 벤노가 중얼거리며 일어섰다. 활활 타오르는 눈이나 단단하게 쥔 양 주먹으로 벤노가 온몸으로 전투태세에 들어갔다는 걸 알았다.

"가자. 둘 다."

벤노가 카운터로 향하자 가장 끝 카운터의 판자가 덜컹 떨어지며 안쪽으로 통하는 길이 나왔다. 카운터 안 쪽에서 나온 또 다른 계단을 오르자 방문이 자동으로 열렸다. 그다지 넓지는 않지만 마음이 편안해지는 방이 보였다. 이미 붉게 타오르는 난로 앞에는 따뜻해 보이는 카펫이 깔려 있고 그 카펫 위에 집무용 책상이 놓여 있었다.

그곳에 약간 풍채 좋은 50대 정도의 상냥해 보이는 남성이 앉아 있었다. 길드장이라는 보직에 영감님을 상상했는데 아직 한창 일할 나이를 조금 넘긴 정도로밖에 보이지 않았다.

길드장이 싱긋 웃으며 일어섰다.

"자, 벤노. 본론부터 말하지. 혈족도 아닌 이런 어린애를 임시 등록하려는 이유가 뭐지? 노점 주인이 자기 자식에게 가게를 맡기려고 하는 등록과는 사정이 다르겠지?"

세례식을 기다릴 새 없이 등록하고 싶다는 말은 즉, 나와 루츠가 등록할 만큼의 가치 있는 상품을 가지고 있다는 뜻이었다.

"뚜렷한 목적이 없는 한 등록은 허가할 수 없네. 혈족도 아닌 아이를 임시 등록하다니, 이 에렌페스트에서는 전례가 없어."

길드장이 온화한 웃음을 띤 채 이렇게 말했다. 무슨 생각을 하는지 전혀 읽을 수 없는 웃음으로 나와 루츠를 뚫어지게 쳐다봤다.

웃음과 분위기로 언뜻 보기에 상냥해 보였지만, 전혀 상냥하지 않은 사람이었다. 질문에 똑바로 대답하지 않으면 등록을 해 주지 않겠다고 협박한 셈이다. 멋대로 말하는 길드장의 모습에 나는 불안해져서 벤노의 얼굴을 살폈다.

벤노는 승리를 확신하는 듯한 시커먼 미소로 싱긋 웃으며 길드장을 바라보았다.

"이 아이들이 가진 물건이 무엇인지 알고 싶다, 그 말인가?"

"뭐, 그렇네. 물건에 따라서는 다른 상점에서 취급하는 편이 좋을지도 모르지. 자네의 상점은 규모를 너무 확장했으니 말일세."

돈이 된다면 자기가 가로채고 싶다는 말이군요. 본심이 너무 드러나는데요?

"이 녀석들은 우리 상점에서 팔고 싶다고 주장하고 있어. 그러니 우리 쪽에서 팔아야지. 마인, 루츠. 그렇지?"

벤노에게 '쓸데없는 말은 마라'라고 눈으로 위협받은 나와 루츠는 끄덕끄덕 고개를 움직였다. 그러자 기분이 좋아진 벤노가 더욱 깊은 미소를 띠며 나를 내려다 보았다.

"마인, 곧 팔게 될 머리 장식을 길드장에서 보여 주렴."

"알겠습니다……."

아무래도 종이 판매에 관해서는 아직 숨겨둘 생각인 모양이었다. 벤노가 어떤 생각일지 모르는 나는 쓸데없는 말을 꺼내지 않게 입을 꼭 다문 채 토트백에 손을 넣었다. 그리고 머리 장식을 꺼내 길드장 앞에 꺼내 놓았다.

그 순간 어째서인지 길드장의 얼굴색이 싹 변했다.

길드장과 머리 장식

"이건……."

그렇게 중얼거리며 길드장이 그대로 굳었다.

투리는 이 머리 장식을 세례식 때에만 썼다. 그때 무슨 일이 있었나? 지금까지 초연하던 길드장의 미소가 순식간에 사라지자 덜컥 겁이 난 나는 벤노에게 도움을 구하며 뒤돌아보았다.

길드장이 굳어버렸는데 괜찮은지 걱정이 된 나와는 다르게 벤노는 육식 동물이 입맛을 다시기라도 하는 듯한 표정을 순간 보이고는 다시 시커먼 웃음을 띠었다.

"당신이 찾던 머리 장식이 이런 물건 아니었나?"

"이걸 파는 건가!?"

길드장이 눈을 번쩍 크게 뜨고 벤노와 나를 번갈아 보았다. 웃음기 없는, 달려들 것 같은 길드장의 얼굴이 무서워 나는 힉 하고 숨을 삼켰다.

루츠, 너무해! 혼자 벤노 씨 뒤에 숨다니!

나도 벤노 뒤로 숨으려 했지만, 벤노에게 어깨를 잡혀 앞으로 질질 끌려 나와 버렸다.

"그럼. 이 아이들이 겨울 수작업으로 만들 예정이지."

"겨울 수작업……. 그럼 지금 당장 이걸 팔지 않겠나?"

길드장이 내 손에 든 투리의 머리 장식을 잡으려고 했다. 뺏으면 절대 돌려주지 않을 것처럼 형형하게 빛나는 눈에 오싹한 나는 허둥지둥 머리 장식을 가방에 넣었다.

"안 돼요. 이건 내가 투리에게 만들어 준 물건이에요. 못 팔아요."

"이만큼 내겠다."

길드장이 손가락 세 개를 척하고 내밀었다. 아마 가격을 표시하는 사인이겠지만, 의미를 알 수가 없었다. 쭈뼛거리며 벤노를 보자 시커먼 웃음기가 더욱 짙어져 있었다.

"흠, 어쩔까나⋯⋯. 좀 더 얹어주면 제일 먼저 만들 수도 있긴 한데. 마인, 어떻게 생각해?"

"베, 벤노 씨가 말한 대로예요."

반론 따위 생각할 수 없었다. 나는 딱딱하게 굳은 미소로 벤노의 비위를 맞추었다.

"지금부터 만든다면 손녀딸의 겨울 세례식에는 충분히 맞출 수 있겠지. 그렇지, 마인?"

아아. 그랬구나. 여름 세례식 때 투리의 머리 장식을 본 손녀딸이 똑같은 물건을 갖고 싶다고 졸랐구나.

벤노의 말에 겨우 사정을 이해했다. 상업 길드장이라면 이 마을에서 유통되는 물건에 관해 가장 많은 정보를 가지는 입장인데도 머리 장식을 찾을 수 없었던 셈이다.

우리 가족이 투리를 위해 만든 물건이라 파는 상품도 아니고, 비슷한 장식도 없는데, 겨울 세례식은 점점 다가오니 난감한 상황이었던 셈이다.

"앞으로 한 달밖에 없는데 만들 수 있겠는가?"

그러고 보니 작은 꽃을 만드는 데 생각보다 많은 시간과 실이 필요했다. 눈에 갇혀 할 일이 없는 겨울이면 몰라도 지금 계절은 바빠

서 만들 여유가 없다고 엄마가 말했던 적이 있었다. 하지만 돈을 받는 일이라면 이 일에 몰두해도 문제없지 않을까.

실도 사야하고 손녀딸의 희망도 들어야 하니 조금은 시간이 걸리겠지만, 그래도 겨울 세례식까지라면 충분히 가능한 기간이었다.

"네. 이건 파는 물건이 아니지만 새로 만들면 문제 없어요. 그렇지, 루츠?"

"응. 가능해."

나와 루츠가 크게 끄덕이며 수락하자 내 옆에서 고개를 끄덕이며 이야기를 듣던 벤노가 싱긋 웃음을 띠며 덧붙였다.

"다만, 두 사람이 등록을 못 하면 모처럼 만들어도 팔수가 없으니 참으로 안타깝군."

"크……. 그럼 임시 등록 후에 주문하도록 하겠네……."

벤노와 길드장의 승패는 쉽게 결정이 났다. 턱도 없는 말을 꺼내지 않고, 종이 정보를 밝히지 않고도 임시 등록에 성공한 사실에 기분이 좋아진 벤노가 길드장의 방을 나가려고 했다.

"기다리게. 아이들은 길드 카드가 작성될 때까지 여기서 기다리면 되네. 주문도 해두고 싶으니까 말이지."

길드장의 말에 벤노가 가볍게 혀를 차더니 웃으면서 뒤돌았다.

"아이들끼리면 어떤 실수를 할지 모르니까 나도 여기서 기다리지."

"아닐세. 가정교육을 잘 받은 아이들 같으니 자네가 없어도 문제는 없겠지. 그렇지?"

길드장의 웃음은 상냥해 보이면서도 뭔가를 꾀하는 듯해서 무서웠다. 어느 샌가 교묘하게 설득당하고 있는 듯한 기분이 들어서 나는 무심코 벤노의 손을 잡았다.

"처, 처음 온 곳이니까 벤노 씨도 같이 있었으면 좋겠어요."

"홋. 그렇다는데?"

벤노는 의기양양한 미소로 길드장 방에 있는 소파 모양을 한 딱딱한 의자에 앉았다. 그리고 나를 번쩍 안아 올려 자신의 다리 위에 앉히고는 '잘 했어' 하고 조용히 속삭이며 머리를 쓰다듬었다. 상당히 기분이 좋아 보인다.

그 후 나는 벤노 옆자리로 이동했고, 그 옆에 루츠가 앉았다. 정면에 길드장이 앉아 머리 장식에 대한 협상이 시작되었다.

"그럼 머리 장식을 하나. 겨울 세례 전까지 부탁하네."

"음, 무슨 색 꽃으로 할까요? 손녀분이 좋아하는 색이나 머리에 어울리는 색은……."

"나는 그다지 자세히 모르니 그것과 똑같은 거로 괜찮아."

내 토트백을 가리키며 길드장이 말했다. 하지만 그렇게 당당하게 '자세히 모른다'라고 잘라 말하면 이쪽이 곤란했다. 벤노가 요금을 엄청 올리기도 했으니 적어도 손녀가 기뻐할 만한 머리 장식을 만들고 싶었다. 손녀를 위해 정보를 모았을 이 할아버지에게 손녀의 미소야말로 최고의 값어치임이 틀림없을 테니까.

"저기, 혹시 손녀분과 얘기가 가능하다면 본인의 희망을 들어도 될까요? 그편이 기뻐하지 않을까요?"

"몰래 만들어서 놀라게 해 주고 싶은 걸세."

으아, 나왔다! 마음이 최고라는 생각은 제발 말아주세요.

몰래 선물해서 상대방이 기쁜 경우는 평소에 그 사람의 취향이나 희망을 잘 알고 필요하다고 느끼는 타이밍에 딱 맞게 선물했을 때뿐이다. 손녀가 좋아하는 색조차 자세히 모른다고 딱 잘라 말하는 할아버지에게는 상당히 높은 난이도였다.

"저기……. 그래도 머리 장식은 옷이랑 맞출 필요도 있고 또 머리색과 안 맞거나 이미 다른 장식을 준비해둔 상태면 선물 받아도 곤란하지 않을까요?"

겨울 세례식이라면 의상은 이미 준비되어있을 터였다. 어쩌면 머리 장식도 손녀딸과 그녀의 엄마가 이미 준비했는지도 몰랐다.

"모처럼 처음부터 만드는데, 취향에 안 맞는 장식보다 본인이 희망하는 물건을 보내는 편이 훨씬 좋아할지도 몰라요. 놀란 얼굴보다 기뻐하는 얼굴이 멋지다는 생각 안 드세요?"

"흠, 하긴 그렇군……."

길드장이 수염을 어루만지며 무언가를 생각하듯 위를 바라보았다.

"마인이라 했나? 너 우리 상점에 오지 않겠나?"

"기각한다!"

내 반응보다도 빠르게 벤노가 즉시 거절했다.

"벤노 상점보다도 크고 훨씬 오래전부터 장사했으니 조건이 좋을 텐데? 아직 세례식도 안 했고, 정식 수습생도 아니니 우리 쪽으로 바꿀 수도 있지. 어떤가?"

'어떤가'라고 물어도 나는 이렇게나 많은 원조를 받고 갑자기 가게를 바꾸는 의리 없는 짓은 할 생각이 없었다. 그리고 덧붙이자면, 길드장은 조금 무서웠다.

"벤노 씨에게 갚아야 할 빚이 있어요."

"흠. 그건 내가 대신 갚아 주겠네."

"네? 아, 그게……."

거절의 말이었는데, 상대방은 거절로 받아들이지 않았다. 억지가 센 길드장에게 내가 어쩔 줄 몰라 하자 벤노의 심기가 급속도로 사나워졌다. 미간에 선명한 주름을 새기고 관자놀이를 가볍게 손가락으로 툭툭 두드리면서 벤노가 나를 찌릿 노려보았다.

"마인, 길드장에게 분명하게 대답해. 거절한다고."

"거, 거거, 거절합니다!"

"안타깝지만 이번은 포기하지. 무서운 감시꾼이 있어서야 본심을 털어낼 수도 없을 테니까 말이야."

'이번이라뇨!? 본심은 털어났거든요!'

"내일 손녀딸 프리다의 이야기를 들어 줄 수 있겠나? 되도록 빨리 결정하는 편이 좋겠지?"

"저기 벤노 씨도 함께해도 괜찮나요!?"

오늘은 '혼자서 길드장과 만나지 마라'라는 교훈을 마음에 깊이 새겼다. 길드장을 대응할 수 있는 사람도 없이 만나기는 위험했다. 하지만 길드장은 고개를 저었다.

"미안하다만 내일은 벤노도 나도 회의가 있는 날이네. 같은 연령대 여자아이끼리 만나는 자리에 재미없는 할아버지가 동석할 필요는 없지 않겠나?"

"그러네요……. 애들끼리라면."

벤노와 길드장의 대결 속에서 손녀딸 프리다의 희망을 듣는 그림을 상상하며 피로감을 느껴버린 나는 같은 연령대 여자아이끼리 만난다는 말에 무심코 수락했다.

그러자 길드장의 의견에 동의해버린 내 옆에서 벤노가 혀를 찼다.

엥!? 나 뭔가 잘못했어!?

미간에 주름을 부활시킨 벤노와 미소가 부활한 길드장을 번갈아 보며 스스로 경솔하게 대답해버렸다는 사실을 깨달았다. '어린애끼리'에 동의해버린 이상 마르크를 데리고 갈 수도 없는 노릇이었다. 혼자 머리를 필사적으로 풀 회전시키며 양쪽을 둘러보다가 퍼뜩 생각이 들었다.

"가, 같이 만든 루츠는 함께해도 괜찮죠? 어, 어린애니까!"

혼자 이 곤란을 넘기엔 너무 두려웠다. 루츠를 끌어들이는 제안을 하자 벤노의 표정이 살짝 부드러워졌다. 반대로 길드장은 재밌다는 듯 한쪽 눈썹을 치켜 올렸다.

"괜찮겠지. 그럼 내일 중앙 광장에서 세 점 종에 어떤가? 프리다를 그리로 보내지."

"알겠습니다."

이야기가 끝나길 기다렸다는 듯이 임시 회원 카드를 든 직원이 들어왔다. 아무래도 무사히 등록이 끝난 모양이다.

"이것이 상업 길드의 임시 회원 카드라네. 이것도 마술 도구 중 하나로 협상에 꼭 필요한 물건이다. 자세한 건 벤노에게 물으렴. 두 사람의 카드는 상점 수습생에 따른 자격이니 위층에도 올라갈 수 있어."

얇은 금속 카드는 빛에 대면 무지개색으로 반사하는 신기한 카드였다. 평소 만지는 물건과는 차원이 달랐다. 요리조리 봐도 판타지한 카드라 설명을 들을수록 흥미가 생겨 마술 도구의 대단함에 눈을 반짝이지 않을 수 없었다.

"그럼 마지막으로 자신의 피를 각자의 카드에 눌러 인식해라. 그럼 다른 사람이 멋대로 사용하지 못 하게 된다."

"으엑!? 피!?"

마술에는 피가 필수인가. 얼마 전 계약 마술에서도 피로 도장을 찍은 기억이 선명한데.

"포기해, 마인."

"루츠~……."

"괜찮으니까 손 내밀어. 어차피 네가 못하잖아."

"우으……."

할 수 없이 손을 내밀자 루츠가 바늘로 내 손가락 끝을 찔렀다. 몽글하게 올라온 피를 카드에 눌러 배어들게 했다.

그 순간 카드가 빛났다.

"으햐아앗!?"

순간적인 번쩍거림 이외에 조금 전과 달라진 부분이 전혀 없었다. 혈흔도 지문도 남지 않은 이상한 부분만 빼면 평범하게 아름다운 물건이었다.

마술 도구가 편리할진 몰라도…… 왠지 무서워.

내가 피를 무서워하고 카드에서 나타난 빛으로 당황하는 모습을 봐서인지 루츠는 담담하게 작업을 끝냈다.

"이걸로 등록은 끝났다."

"신세 졌습니다."

이젠 용무가 없다는 듯이 방을 나가는 벤노를 쫓아 우리도 상업 길드를 뒤로 했다. 등록만 했을 뿐인데 녹초가 될 만큼 피곤해졌다.

"어서 오세요. 무사히 등록이 끝난 모양이군요."

벤노의 상점으로 돌아가자 마르크가 우리를 기다리고 있었다. 가끔 상인다운 시커먼 웃음을 지을 때도 있지만, 우리 편인 마르크의 미소에 편안함을 느꼈다.

"그럼. 오늘은 마인 덕에 완벽한 승리였어."

"호오, 그것참 드문 일이네요."

"그 망할 영감탱이 눈에 띄고 말았지만 말이야."

"일이 귀찮게 되겠군요……."

마르크의 길드장에 대한 인상도 귀찮은 존재인 모양이다. 나는 진심으로 그 마음에 동의하고 싶었다.

"이쪽으로 오시죠. 시제품 정산 준비가 끝났습니다."

"자, 후다닥 끝내볼까."

마르크가 벤노의 방문을 열고 우리를 들어가게 했다. 시제품 정산이란 말에 나는 손을 번쩍 들어 올렸다.

"저기! 부탁이 있어요. 돈에 대해서 가르쳐 주실 수 있으세요?"

"뭐?"

벤노는 의미를 모르겠다는 듯 눈을 가늘게 떴다. 마르크도 마찬가지로 고개를 갸웃거렸다.

"그러니까 저 지금까지 돈을 만져본 적이 없어서요……. 숫자는 읽을 수 있는데 숫자와 돈이 잘 연결되지 않아요. 예를 들어 5640리온을 어느 화폐로 얼마나 내야 하는지를 모르겠어요."

"뭐라!?"

벤노뿐 아니라 마르크와 루츠도 얼빠진 소리를 냈다.

"돈을 만져본 적이 없다니……. 뭐 상인도 아니고 그 나이라면 그렇게 이상할 일도 아닌가? 아니, 이상하지 않나?"

"아, 그렇구나. 마인은 자주 쓰러지니까 심부름 간 적이 없구나?"

루츠의 말에 모두의 입에서 납득의 한숨이 새어 나왔다.

"문에서 계산은 해도 실제로 상인과 금전 거래하는 모습을 본 적도 없고, 마르크 씨와 주문하러 갈 때도 주문서만 낼 뿐이지 실제로 돈을 주고받지 않았고, 또 엄마와 장에 갔을 때 조그만 화폐를 내긴 했는데, 그게 뭔지 잘 몰라요."

내 말에 종이봉투를 든 마르크가 벤노 앞으로 걸어 나왔다. 그리고 책상 위에 짤랑하고 동전을 펼쳤다.

"그럼 우선은 돈의 종류에 대해 알려드리죠."

구리 같은 갈색 동전 3종류와 크고 작은 은화와 금화가 있었다. 루츠가 꿀꺽 목에서 소리 내며 책상 위의 금화에 넋을 잃은 모습이 보였다.

"이 소동화 한 닢이 10리온. 구멍이 뚫린 중동화가 100리온, 대동화가 1000리온, 소은화 1만리온. 그렇게 대은화, 소금화, 대금화로 이어집니다."

10닢에 큰 동전과 교환한다고 외우면 이해가 쉬웠다. 고개를 끄덕이고 납득하면서 듣는 내 옆에서 루츠가 조그맣게 신음을 흘렸다. 아무래도 자릿수가 커질수록 완전히 이해하기 힘든 모양이었다. 겨울에 열심히 공부해야겠지만, 어차피 스스로 돈을 쥐게 되면 돈 계산은 싫어도 외우게 되니까 크게 신경 쓸 필요는 없다.

벤노는 시제품 종이 6장을 가지고 와서 책상 위에 나열했다.

"양피지 한 장이 소은화 1닢. 평소 사용하는 계약서 크기가 대은화 1닢. 이 정도 크기면 소은화 2닢이 되겠군."

'엽서 크기가 소은화 2닢이라니……'

종이가 비싸다는 사실은 알았지만, 눈앞에서 돈과 함께 나열해보니 쉽게 이해가 갔다. 그러고 보니 계약서 크기가 아빠의 한 달 치 월급이라고 했었다.

"이번엔 일단 양피지를 기준으로 가격을 정했다. 포린지는 소은화 2닢이고, 품질이 좋은 토론베지가 소은화 4닢이다. 그리고 수수료로 30퍼센트를 빼지. 그리고 시제품을 만들기까지의 선행 투자로 나중에 필요한 초지틀 금액은 별도다. 초지틀은 할부로 빼도록 하지. 원가는 50퍼센트다."

시제품은 만들어졌으니 앞으로는 도구나 원료를 주문할 때 확실하게 원가에 포함하게 된다. 내가 수긍하자 벤노가 싱긋하고 웃었다.

"이번 너희들 몫은 20퍼센트로 어떤가? 원료가 될 나무를 목재상에서 매입거나, 종이가 유통되어 가격이 내려가거나 하면 다시 조정이 필요하겠지만……."

"그걸로 괜찮아요."

내가 끄덕이고 루츠에게 시선을 돌리자 잘 모르겠다는 얼굴로 루츠도 끄덕였다.

벤노가 책상 위에 계산기를 올려놓고 루츠 앞에 내밀었다.

"루츠, 포린 3장과 토론베 3장이 얼마가 될지 알겠나?"

루츠가 계산기를 움직여 포린 3장 치 숫자를 넣었다. 하지만 그 뒤 손가락을 뻗었다 접었다 하다가 고개를 푹 숙이고 흔들었다. 1 자릿수 계산은 가능해도 수가 많아지거나 종류가 늘어나면 속수무책인 모양이었다.

"마인은?"

"음, '삼이는 육, 삼사가 십이'니까 소은화 18장이에요. 원가가 50

퍼센트에 수수료가 30퍼센트니까 우리 몫은 20퍼센트. 즉 소은화 3 닢과 대동화 6닢이 나와 루츠의 몫이고, 한 사람당 소은화 1닢과 대동화 8닢이 되요."

살짝 눈을 깜빡이며 나를 응시하는 벤노의 뒤에서 기다리던 마르크 씨가 쓴웃음을 지었다.

"정답입니다. 계산기도 쓰지 않고 바로 계산할 수 있다니 대단하네요."

내 경우는 계산기를 쓸 수 없어 겨울 동안 루츠와 연습해야 했다. 되도록 주변 아이들과 비슷하게끔 보여야 한다.

"다음은…… 루츠의 석판과 석필 비용인데, 이건 개인 징수이니 루츠 몫에서 대동화 2닢을 빼지."

루츠는 대동화 2닢을 빼는 대신 석판과 석필 여러 개를 받았다.

"현금으로 받아도 되고 보관하기 곤란하다면 상업 길드에 맡겨 두어도 되는데 어쩔래?"

아무래도 상업 길드는 은행 같은 기능도 있는 모양이다. 많은 현금을 보관하기 무섭기도 했고, 언젠가 책을 사려면 저금을 해 두고 싶었다.

"대동화는 주세요. 엄마한테 줄 거예요. 소은화는 맡길게요."

첫 임금으로 가족에게 효도하는 우라노 시절의 꿈을 이곳에서 이루어도 괜찮겠지.

"알겠다. 루츠는 어떻게 할 거지?"

"나도 마인이랑 같아."

"그래."

내가 대동화 8닢을 받자 벤노가 자신의 카드와 내 카드를 맞대었다. 팅하고 현을 튕기는 듯한 소리가 난 후 카드를 돌려받았지만, 아무것도 달라지지 않았다.

"이걸로 네 돈은 길드의 3층에서 찾을 수 있다. 조만간 연습하러 가지 않으면 안 되겠군."

카드를 이리저리 돌리며 관찰하는 나를 보며 벤노가 쓴웃음을 짓고 마르크도 이에 동의했다.

루츠도 마찬가지로 카드를 맞댄 후 대동화 6닢을 받았다. 손안에 느껴지는 차가운 무게감에 들뜨는 마음을 참기가 힘들었다.

"나, 돈 가져본 거 처음이야."

"정말 우리가 번 돈이지?"

자신도 납득할 수 있는 종이를 만들기까지 수많은 실패를 떠올리고 돈을 바라보니 감동으로 마음이 벅찼다.

"있잖아, 루츠. 봄이 되면 종이를 엄청 만들어서 엄청 팔자."

"좋아!"

처음으로 손에 쥔 돈에 도취한 나는 해냈다는 만족감에 찬 눈으로 벤노를 올려다보았다.

"이걸로 전부 끝났죠?"

하지만 벤노는 내 말에 마구 얼굴을 찌푸리고 손가락으로 내 이마를 쳤다.

"어이, 바보 같은 소리 마. 네 싸움은 내일이다. 어른이 없는 곳에서 그 망할 영감탱이의 손녀와 싸워야 한다고. 얼빠진 얼굴로 있을 상황인가!?"

"네? 하지만 어린애이고 여자끼리잖아요?"

싸움이 일어나리라고는 생각지 않았다. 나는 프리다의 희망을 들으러 갈 뿐이고 길드장도 회의로 없는데 싸울 일이 있을까?

"망할 영감탱이의 사랑을 독차지 하는 손녀에다 여러 손자 중에서도 가장 영감탱이랑 닮았다고 소문이 자자하지."

"기, 길드장이랑 닮았다구요?"

길드장 얼굴을 한 여자아이를 떠올려봤지만 전혀 상상하기 힘들었다.

"어쨌든 루츠를 데리고 가니 그나마 다행이다. 휩쓸리지 마. 그리고 루츠, 넌 억지로 대화에 끼지 않아도 되니까 마인이 오늘처럼 스카우트 당할 것 같으면 반드시 막아내라. 영감이 어디에 함정을 숨겨둘지 모르니까. 알겠나?"

"알았어."

루츠가 진지한 표정으로 크게 끄덕였지만, 거기까지 심각하게 생각할 필요가 있을까? 세례 전인 여자아이를 상대로?

내가 고개를 갸웃거리자 손안에서 동전이 부딪쳐 소리가 났다.

"그나저나 프리다의 머리 장식을 얼마에 맡은 거죠? 길드장이 내민 손가락 사인을 이해 못 했어요."

"영감이 보낸 사인은 소은화 3닢. 내가 거기에 더 불러서 소은화 4닢이다."

벤노의 말에 흠칫했다. 실 가격을 고려해도 머리 장식 하나에 그건 심하게 바가지를 씌운 가격이었다.

"네? 네!? 너무 바가지잖아요!"

"제대로 만들어 놔. 겨울 수작업 선전도 되고 판매에도 관계되니까."

"저기, 가격 정정은.……."

나의 실낱같은 희망은 벤노의 눈초리 한 번에 사라져버리고 말았다.

"내가 그 영감을 상대로 할 거라 생각하나?"

"아, 아뇨. 전혀요."

나는 대답한 후 고개를 푹 떨구었다. 소은화 4닢에 맞는 장식을 만들어야 하는 나의 부담이 어마어마했다.

"내 소개료와 수수료, 원가를 따져도 너희 몫은 50퍼센트에서 60퍼센트 정도는 되겠군. 정신 똑바로 차려. 잘 풀릴 거다. 영감이 겨우 찾아낸 머리 장식을 네가 팔지 않았으니 더 손에 넣기 힘든 물건이라는 인상을 받았겠지? 게다가 겨우내 할 수작업을 앞당겨서 가장 바쁜 겨울 준비 기간에 억지로 일을 시켜야 한다는 죄책감과 판매 전에 누구도 달지 않은 물건을 겨울 세례식 때 쓸 수 있게끔 배려한 특별대우 금액이다. 그러니 신경 쓰지 마."

아무리 이유를 붙여도 바가지는 바가지예요. 제발 참아 주세요.

길드장의 손녀

　다음 날 세 점 종이 울리기 전에 중앙 광장에 도착하여 루츠와 함께 프리다를 기다렸다. 그러고 보니 프리다의 머리색이나 분위기 같은 보면 알만한 특징을 전혀 듣지 못했다.

　"어떡하지, 루츠?"

　"그쪽이 부르러 오겠지? 마인의 비녀는 특이하고 바로 저기에 할아버지가 있으니까 물어보면 금방 알지 않겠어?"

　중앙 광장에 접한 상업 길드 건물을 가리키며 루츠가 어깨를 으쓱댔다. 확실히 문제는 없어 보였다.

　"루츠, 어제 어땠어? 우리 집은……."

　어제 나와 루츠는 종이를 벤노에게 팔아 처음으로 돈을 가지고 돌아갔다. 우리 집에서는 다들 눈을 동그랗게 떴지만, 루츠와 함께 종이를 만든 이야기를 하자 '굉장하다' '열심히 했구나' 하며 칭찬해 주었다. 그리고 내가 건넨 첫 급료는 생활비로 포함해 겨울 준비 사치품인 꿀을 조금 많이 사기로 했다.

　"루츠는? 상인 수습을 인정받을 수 있겠어?"

　루츠는 나와 종이를 완성한 점을 높이 사 벤노네 상점에서 수습생으로 인정받았다. 하지만 가족은 어땠을까? 루츠의 열의를 인정해 주었을까?

　루츠는 씁쓸한 표정을 지으며 어깨를 으쓱했다.

　"애매해……. 돈을 벌어서 기뻐했지만, 상인은 아직. 마인이랑 같이 종이를 만들어서 팔았다고 했더니 아빠는 종이를 만드는 장인이 되래. 장인이면 괜찮대."

"너희 아빠는 무슨 일이 있어도 너를 장인으로 키우고 싶어 하시는구나."

자신들의 장인 직업을 자랑스러워하는 부모지만, 루츠는 장인을 희망하지 않으니 해결책을 찾기 힘들어 보였다.

"난 장인이 아니라 벤노 나리처럼 이 마을을 나가 장사해 보고 싶어. 마인도 종이만 만들고 싶지는 않지?"

"응. 난 종이를 대량 생산하게 되면 종이 제작은 다른 사람에게 맡기고 책을 만들고 싶어. 책이 늘어나지 않으면 서점도 차릴 수 없고, 도서관은 꿈도 못 꾸겠지."

책을 늘리려면 종이를 대량 생산하는 방법만으로는 부족하다. 반드시 인쇄 기술이 필요하다. 메모 용지 몇 장을 덧대어 책을 만들고 기뻐하고 있을 수만은 없었다.

아직 갈 길이 멀구나.

"나, 마인이랑 같이 서점을 해도 좋아. 어제 상업 길드에 있는 책장을 보고 느꼈는데, 책을 원하는 사람은 글을 읽을 수 있는 부자들이잖아?"

"응. 그런 셈이지."

문맹이 당연한 이 마을 평민에게 책이 필요할 리가 없다. 다들 '책? 그게 뭐야? 맛있어?' 라고 말하지 않을까.

"서점이라면 여러 마을 귀족에게 책을 팔러 나갈 수 있지 않을까? 지도에 나온 이웃 영주네 말이야."

책을 사는 고객층을 고려하면 확실히 그 사람들이 타겟이 될 수 있었다.

　어제 길드 회관에서 지도를 조용히 내려다보면서 스스로 앞날의 찬찬히 생각한 루츠에게 감탄할 때 작은 발소리가 내 앞에서 멈췄다.

　"당신이 마인 씨?"

　"웅!? 아, 네! 제가 마인이에요. 그쪽은 프리다 씨인가요?"

　"그래. 오늘 잘 부탁해."

　싱긋 웃는 프리다는 풍만한 분홍색 양 갈래머리에 부드러운 미소를 띤 갈색 눈동자가 사랑스럽고 귀여운 꼬마 숙녀였다. 자란 환경이 좋거나 엄격한 예절교육을 받았는지 행동이나 말투가 너무나 어른스러운 데에 비해 나이보다 키가 작아 어려 보였다. 내가 이런 말할 처지는 아니지만, 뭔가 어울리지 않는 인상이다.

　하지만 어디를 보아도 길드장과 닮지 않았다. 길드장과 닮았다는 소리는 그저 소문이었던 모양이다. 벤노의 노파심이라 다행이다.

　"당신이 마인의 일행? 여자끼리가 좋았는데……."

　루츠를 보고 살짝 볼을 부풀리며 프리다가 말했다. 확실히 여자끼리의 대화도 매력적이지만 그건 사이좋은 허물없는 사람끼리나 가능한 소리다. 오늘 갈 곳은 길드장의 집. 절대로 혼자서 가고 싶지 않은 곳이다. 나는 프리다의 말투에 울컥 화가 치민 얼굴을 한 루츠의 손을 잡고 싱긋 웃었다.

　"전 체력이 없어서 자주 쓰러지거든요. 루츠가 없으면 외출도 못해요. 벤노 씨 상점에도 루츠와 같이 가지 않으면 출입금지예요. 루츠가 싫다면……."

　돌아가겠습니다, 라고 말하기 전에 프리다가 말을 겹쳤다.

"누가 보지 않으면 위험할 정도로 자주 쓰러지다니…… 당신 혹시 신식(身食)?"

"네? 신식……?"

처음 듣는 단어에 나도 모르게 고개를 갸웃거리자 프리다도 자신의 뺨에 살짝 손을 얹고 나와 반대 방향으로 고개를 갸웃거렸다.

"어머, 무슨 말인지 모르겠니? 그래, 몸속에 어떤 뜨거운 존재가 자신의 의지와 관계없이 움직인 적 없니?"

"있어요! 이 병을 아나요!?"

아무도 몰랐던 질병에 대한 정보가 생각지도 못한 곳에서 나왔다. 나와 루츠가 몸을 내밀며 대답을 기다리자 프리다가 조금 곤란한 듯이 웃었다.

"나도 그랬거든. 그래서 아직 몸이 작아."

내가 작은 몸집에 성장하지 않는 점도, 방심하면 툭 하고 쓰러지는 점도 그 신식이라는 질병 탓인 모양이었다. 조금 아담한 프리다와 두세 살이나 어려 보이는 자신의 몸을 비교해보고 깜짝 놀랐다.

"어떻게 하면 나을 수 있나요?"

조금 전 프리다는 과거형으로 말했다. 즉, 나았다는 뜻이다. 루츠와 얼굴을 마주 본 후 달려들 것처럼 프리다에게 물었다. 프리다는 미안한 듯 눈썹 끝을 내리며 한숨 섞인 목소리로 작게 중얼거렸다.

"돈이 들어, 엄청나게."

"으아, 그럴 수가……."

상업 길드에서 길드장을 맡은 부잣집 아가씨가 '엄청나게 돈이 든다'고 했다. 우리 집 경제력으로는 절망적이었다. 털썩 떨군 내 어깨를 프리다가 다정하게 톡톡 두드렸다.

"하지만 당신은 정말 건강해 보여. 목표를 향해 전력을 다하는 동안은 괜찮아. 대신 마음이 약해지거나 목표를 잃었을 때 그 반동으로 나타나니까 조심해."

'그렇군. 숲에 가겠다는 목표를 정하거나, 종이를 만든다고 움직이니까 요즘 건강했구나. 목간을 포기했을 때는 죽다 살아났지. 잠깐. 그건 마치 헤엄치지 않으면 죽어버리는 다랑어 같잖아?'

나는 신음하며 처음 알아낸 정보를 머릿속에서 정리했다. 내 병명은 신식. 건강하려면 목표를 향해 전진하는 방법밖에 없는 모양이다.

"이해했으면 우리 집으로 갈까?"

프리다에게 안내받은 길드장 집도 상가였다. 1층에 있는 상점은 상당히 컸고 벤노의 상점보다 성벽에 가까웠다. 아니, 성벽에 가깝다는 말은 어울리지 않았다. 성벽 바로 옆이란 느낌으로 신전이 아주 가까이서 보이는 최고급 자리였다.

"난 세례식 행진을 너무 좋아해서 항상 보거든. 여름 세례식에서 당신이 만든 머리 장식이 눈에 확 튀었어."

집이 여기라면 일부러 밖에 나가지 않아도 신전에 들어가는 행렬이 잘 보였을 터였다.

"처음 보는 장식이라 할아버지에게도 물어봤는데 정보는 없고, 가을 세례식에 쓴 사람도 없어서 이상했는데……."

"조금 시간이 걸리는 작업이라 겨울 준비 기간이 아니면 만들기 힘들어요."

우리 엄마가 그렇게 말했어요, 라고 마음속으로 덧붙였다.

"그랬구나……."

"내년 봄부터는 세례식 여자아이들도 이 장식을 꽂을 수 있을 거예요."

"어머! 그럼 겨울 세례식에는 나만 쓸 수 있어? 너무 기대된다."

나는 표정을 반짝이는 프리다를 보며 벤노가 말한 '판매 전에 누구도 달지 않은 물건을 겨울 세례식 때 쓸 수 있게끔 배려한 특별대우'에 상당히 고급스러움이 포함되었다는 사실을 깨달았다.

고급스러움이 붙으면 바가지가 아니려나? 아니었으면 좋겠는데.

프리다네 집과 상점이 있는 건물은 전부 종업원에게 세를 주고 관계자 이외에는 살지 않는다고 했다. 그 2층으로 안내받은 나는 깜짝 놀랐다.

천이 어마어마하게 많았다. 오토 집에 갔을 때도 그랬지만, 오토 집에서는 응접실에만 천이 많은 느낌이었다. 하지만 프리다네 집은 구석구석에 태피스트리와 쿠션이 있었고, 형형색색의 색깔들이 범람해서 화려했다. 선반에는 동물 석조 장식물이나 금속 상들이 장식되어 있었다. 상당한 부자이며 귀족에 가까운 권력을 쥐고 있는 집안임을 알 수 있었다.

"아가씨, 드십시오."

응접실로 안내받은 뒤 허드렛일을 하는 여성이 음료를 내어 주었다. 그 여성은 익숙한 목제가 아닌 금속 컵에 붉은 액체를 따랐다.

"고마워. 이건 콜데 과즙에 꿀을 넣고 조린 뒤에 물을 탄 음료야. 달고 맛있어."

콜데라는 열매는 산딸기와 비슷하게 생겨서 산딸기 주스 같겠거니 하며 한 모금 마셨는데 예상 이상으로 달콤했다. 좀처럼 단맛을 입에 댈 수 없었던 내 얼굴에 미소가 번졌다.

"달다~ 맛있어, 루츠."

"진짜네. 달콤하니 맛있다!"

"마음에 들어 하니 다행이야…… 그건 그렇고 어떻게 우리 집에 오게 되었니?"

프리다가 고개를 갸우뚱했다. 길드장이 뭐라고 설명했는지는 잘 모르겠지만, 내 쪽에서도 설명해 두는 편이 좋겠지.

"어제 프리다 씨의 세례식에 이 장식을 만들어 달라고 길드장님에게 의뢰받았어요."

내가 샘플로 챙겨 온 투리의 머리 장식을 토트백에서 꺼내자 프리다가 고개를 살짝 끄덕였다.

"그건 알고 있어. 하지만 할아버님이라면 멋대로 골라서 만들어 버릴 텐데."

역시 손녀야. 정확해. 당신 할아버지는 멋대로 주문해서 깜짝 선물을 할 생각이었답니다.

"음, 그런 말도 나왔어요. 하지만 역시 본인 취향의 색이나 당일 의상에 맞춰 만드는 쪽이 더 기뻐하지 않을까 해서 프리다 씨의 희망을 듣고 싶다고 부탁드렸어요."

프리다의 머리색은 분홍색. 즉, 연한 핑크였다. 투리의 청록색 머리에 맞춘 장식은 프리다의 머리색과 어울리지 않았다. 붉은 계열 꽃이나 차라리 하얀 꽃과 초록색 이파리 같은 이미지로 청초한 장식이 어울렸다.

"그렇구나. 웬일로 할아버님이 눈치가 빠르시다 했는데 당신이 막아줬구나."

"괜찮다면 당일에 입을 의상을 보여주세요. 자수에 쓰인 색도 보고 싶어요."

나는 대답을 피해 화제를 자연스럽게 길드장에서 비껴갈 생각이었지만, 프리다는 다 알고 있다는 듯 키득키득 웃었다. 행동이나 말투가 나보다 어른스러웠다. 적어도 함께 숲에 가는 아이들과는 전혀 다른 존재였다.

상납의 교육을 받은 아이는 전부 이렇게 어른스러우려나?

"조금만 기다려. 의상을 가지고 올게."

프리다가 자리를 비우자마자 루츠가 과장되게 큰 한숨을 내쉬었다. 가만히 있기 힘들었는지 어깨를 빙빙 돌리거나 고개를 흔들며 몸을 움직였다.

"루츠, 괜찮아?"

"난 대화에 끼지 못하니깐 뭐. 어떤 옷에 어떤 색이 어울리는지 전혀 모르겠고, 저렇게 고상한 체 얘기 못 하겠어."

나도 프리다와 말할 때는 무의식적으로 공손한 어투가 되었고 실수하지 않을까 긴장되었으므로 루츠의 말에 크게 공감했다.

"일하게 되면 고상한 말투도 외우는 편이 좋겠지만, 오늘 내게 맡겨. 아무 말 안 하고 가만히 있기 힘들겠지만 나 혼자서는 불안하니까 같이 있어 줘."

"응."

내 편이 있기만 해도 든든했다. 내가 안도의 한숨을 내쉬자 프리다가 돌아왔다.

"많이 기다렸지? 이게 의상이야."

"와, 멋져요!"

프리다가 세례식에 입을 의상을 가져와 주었다. 흰색이 기본인 점은 여름에 투리가 입은 의상과 다르지 않지만, 옷감의 두께가 달랐다. 구체적으로 말하자면 프리다의 의상에는 복슬복슬한 모피 부분이 달려있어 보기에도 따뜻해 보였다.

얇은 옷을 몇 장이나 겹쳐 입어야 포근해지는 자신의 겨울옷을 떠올리며 나는 끄응 신음했다. 여름 세례식은 옷감이 얇아서 경제적 상황보다 바느질 솜씨가 중요했지만, 겨울 세례식에서는 경제력 차이가 현저하게 나타날 듯하다.

"프리다 씨. 이 색을 좋아하세요?"

"응. 그래서 그 색으로 자수를 넣었어."

하얀색 바탕에 붉은 계열 자수를 발견하고 프리다의 머리색과 비교해 보았다. 옷과 머리에도 잘 어울리는 색이었다.

"이 자수에 쓴 실은 아직 남아 있나요? 같은 색 꽃이면 전체적으로 보기 좋겠네요. 혹시 남아있다면 조금 얻을 수 있을까요? 같은 색실을 찾아볼게요."

"남아 있었지, 아마. 지금 가져올게."

꽃장식에 쓸 실을 조금 얻어서 벤노에게 같은 색감 실을 찾아봐 달라고 부탁해야겠다. 프리다에게 줄 머리 장식은 벤노가 상당히 바가지 씌운 가격으로 설정했으니 실이 비싸도 괜찮지 않을까?

"이 정도면 충분하니?"

프리다가 또 옷 한 벌에 자수를 놓을 수 있을 정도의 실타래를 들고 나타났다.

"충분하긴 한데……."

"그럼 이걸로 부탁할게."

짙은 붉은색 실 덩어리를 툭 건네받은 나는 당혹스러웠다.

여기서 재료까지 챙겨버리면 바가지에 바가지를 덧씌운 꼴이잖아. 어떡하지!?

그렇다고 '벤노 씨가 가격을 엄청 불렀으니까 원료비는 빼 드릴게요'라고는 절대 말할 수 없었다. 벤노와 바가지 쓴 길드장의 관계가 이보다 더 까다로워지게 하기는 싫었다. 게다가 벤노에게 '돈은 받을 수 있을 때, 받을 수 있는 곳에서, 받을 수 있는 만큼, 받아둬야 하는 법이다'라고 들었던 말이 머릿속에서 호통처럼 들리는 듯했다.

나는 끙 신음하며 바가지가 아닌 방법을 고민하다가 프리다의 머리 모양에 주목했다. 오늘 프리다는 양 갈래머리였다.

"프리다 씨. 세례식 머리는 어떻게 할 예정이에요?"

"오늘처럼 할 생각인데?"

양 갈래에 머리 장식 하나로는 부족하다. 같은 장식이 두 개는 필요하다.

'으아, 확인하길 잘했어. 그리고 길드장 말대로 안 하길 잘했다. 안 그랬으면 어울리지도 않은 한쪽밖에 없는 장식을 받은 프리다만 난처해졌겠어.'

"오늘과 같은 머리라면 장식이 두 개는 필요하겠죠?"

"그러네……."

프리다도 이제야 깨달았다는 듯 깜짝 놀란 얼굴을 했다. 두 개라면 바가지도 어느 정도 완화할 수 있었다. 내가 안도의 한숨을 내쉬자 프리다가 손가락을 턱에 대고 조금 진지한 얼굴을 했다.

"금액을 두 배로 내야겠네."

"아뇨. 실도 얻었으니 이 가격이면 충분해요."

원가가 거의 들지 않은 상태에서 바가지 가격을 두 개씩이나 받는 짓은 할 수 없었다.

갑자기 위가 아프다.

"그럴 순 없어. 그 금액으로 만들겠다고 약속했잖아? 제대로 두 개 치 가격을 내겠어."

"아니요! 재료도 받았는데 두 개 치 가격은……."

돈을 내겠다, 받지 않겠다며 나와 프리다가 끝없는 말다툼으로 번져가려고 하자 지금까지 줄곧 잠자코 있던 루츠가 머리를 긁적이며 제안했다.

"그럼 두 개째는 반값으로 하면 되잖아?"

"뭐?"

"마인은 재료를 받았으니까 값을 깎아주겠다. 프리다는 나중에 길드장과 벤노 나리 사이에 문제가 안 생기게 두 개 치를 지불하고 싶다. 그럼 서로 양보해서 두 개째는 반값으로 쳐."

"루츠, 넌 천재야! 그걸로 괜찮나요, 프리다 씨?"

루츠가 제안한 해결책에 나는 두말없이 달려들었다. 내가 휙 돌아보자 프리다는 뭔가 석연치 않은지 이해하기 힘들다는 얼굴을 했다.

"나야 상관은 없지만……. 돈은 받을 수 있을 때, 받을 수 있는 곳에서, 받을 수 있는 만큼, 받아둬야 하는 법이야."

사랑스럽고 귀여운 겉모습과 어울리지 않은 말이 튀어나왔다. 프리다는 틀림없는 상인의 딸에 길드장의 손녀였다.

"저기, 그 말은 상인의 마음가짐인가요? 벤노 씨도 똑같은 소릴 했는데……."

"어머? 장사란 건 다 이런 거야."

고개를 갸우뚱하며 당연하단 듯 말하는 프리다에게 나는 무심코 고개를 저었다.

"한도라고 할까요. 물건에는 적정 가격이란 게 있는데……. 어쨌든 해결책을 찾아서 다행이에요."

"당신들 좀 이상한 사람들이네."

프리다가 킥하고 웃었다. 하지만 그것은 비웃음이 아니라 매우 우호적이고 자연스러운 웃음으로 보였다. 싸움 끝에 우정이 싹텄다고까지는 아니지만 조금 벽이 허물어진 진 듯 묘한 연대감이 생긴 듯한, 그런 느낌이었다.

자신 있게 협상했다고 말하긴 부끄럽지만, 머리 장식에 대해서는 얼추 정해졌다.

슬슬 자리에서 일어서려고 할 때 콜데 음료가 한 잔씩 더 나오자 돌아갈 생각에 가득했던 루츠의 시선이 콜데 음료에 박혔다. 나도 단맛에 유혹당한 채 어느새 대화는 잡담 타임으로 흘러갔다.

"숲에서 나무 열매를 줍거나 장작을 줍는구나. 왠지 매일같이 소풍 가는 기분이겠네."

장작 줍기는 생활이 달려있으니 그런 천하 태평한 일이 아닌데. 오히려 장작을 주우러 갈 필요도 없는 프리다의 생활이 더 궁금하다.

"프리다 씨는 어떻게 지내요? 상인 출신 아이들은 숲에 가지 않죠?"

"내가 좋아하는 건…… 후훗."

한 박자 두고 프리다가 싱긋 웃더니 입을 열었다.

"돈을 세는 일이야."

네? 내가 잘못 들었나? 아니면 기분 탓인가? 내 귀가 이상한가? 사랑스럽고 귀여운 숙녀 입에서 이상한 취미가 튀어나오지 않았나?

"어머, 잘못 말했어. 미안해."

뜻밖의 대답에 당황해하는 나를 향해 프리다가 사랑스럽게 머리를 도리도리 흔들며 자신의 발언을 고쳤다. 그러나 그녀의 말에 내가 가슴을 쓸어내린 건 아주 잠깐이었다.

"돈 모으기도 좋아해. 봉투 안에 묵직한 무게를 느끼면 얼마나 행복한데. 동전들이 스치면서 찰랑거리는 소리는 정말 멋지지 않니?"

"하……. 하아. 그럴 수도 있겠네요. 저도 저금통이 무거워지면 기뻤죠."

나는 억지로 그 말을 짜낸 뒤 가볍게 눈을 감았다.

환청이 아니었다. 취미 얘기를 대체 누가 꺼냈어? 나야? 이 바보, 바보! 과자 만들기나 자수가 어울리는 아가씨의 취미가 돈이라니……. 알고 싶지 않았다.

"어머! 내 취미를 알아주는 거니!?"

내가 긍정했다는 사실에 기분이 좋아졌는지 프리다는 자신이 돈을 얼마나 좋아하는지 털어놓기 시작했다.

"난 어릴 적부터 반짝이는 금화를 너무 좋아했어. 할아버님이 한 달에 한 번 수입을 계산할 때 함께 금화를 셌는데 그 날이 얼마나 기다려지던지."

동화도, 은화도 넘어서 금화라고요? 대체 얼마나 부자야?

내가 삐져있는 동안에도 프리다는 열띤 이야기를 이었다. 넋을 잃은 듯 눈을 글썽이고 볼은 상기된 채 너무나 즐거운 듯이 돈 계산과 장사 확대에 대해 열변을 토해내기 시작했다.

"최근에는 어떻게 하면 돈을 불릴지 고민하거나 팔리는 상품을 찾기만 해도 마음이 들떠."

'어떡하지. 이 아이 진짜 이상해. 귀여운데 안타까워.'

"저기, 마인."

"네, 뭐죠?"

반쯤 의식이 날아간 채 듣고 있던 내가 깜짝 놀라 자세를 바로잡음과 동시에 프리다가 초롱초롱한 눈으로 내 손을 잡고 꼭 쥐었다.

"나 당신이 굉장히 마음에 들어."

"감사합니다?"

어미가 부자연스럽게 올라가 버렸지만, 못 들은 척해 주길. 나의 어디가 마음에 들었는지 전혀 모르겠다. 내가 고개를 갸우뚱거리자 프리다가 바짝 다가오며 사랑스러운 미소로 얼굴을 붉혔다.

"나와 같이 일하지 않을래?"

"안 돼!"

내 반응보다도 빠르게 루츠가 그 자리에서 거절했다.

"어머, 벤노 씨 상점보다 우리 상점이 크고 훨씬 오래전부터 장사했으니 조건은 좋잖니? 아직 세례식이 아니라 정식 수습생도 아니니까 우리 수습생이 될 수도 있지. 게다가 나는 마인에게 물었어. 당신에게 묻지 않았다고."

'어……? 이 전개, 분명 어제도……?'

"권유는 감사하지만, 벤노 씨에게 갚아야 할 빚이 있어서……."

거절하겠습니다, 라고 말을 잇기 전에 프리다가 싱긋 웃으며 대사를 겹쳤다.

"어머, 그건 내가 대신 갚아 줄게."

"네? 아, 그게⋯⋯."

거절의 말이었는데 상대방은 거절로 받아들이지 않았다. 소문은 거짓이 아니었고, 벤노의 노파심도 아니었다.

확실히 길드장이랑 판박이다! 말투만 다르지 말하는 건 완전 똑같아!

미소를 유지한 채 잇따라 상점을 바꿔야 하는 장점을 늘어놓는 프리다에게 내가 어쩔 줄 몰라 하자 루츠의 심기가 급속도로 사나워졌다.

"마인, 어제처럼 분명하게 대답해."

"거, 거거, 거절하겠습니다!"

너무 딱 잘라 거절하면 프리다를 울릴 것 같아 무서웠지만, 프리다는 눈을 동그랗게 뜨기만 했다. 오히려 투지에 불이 붙은 듯 눈동자가 이글거렸다.

"어머나, 유감이네. 하지만 아직 마인의 세례식까지 시간이 충분하고 상업 길드에 임시 등록했으니 얼굴을 마주칠 기회는 몇 번이고 있으니까. 후훗. 기대돼."

뭘까. 뱀에게 찍힌 개구리가 된 심정이랄까. 도망갈 길이 막힌 기분이랄까. 갑자기 식은땀이 흘러내렸다.

얼마든 바가지를 써도 좋아요. 벤노 씨, 도와줘요!

프리다의 머리 장식

프리다의 집을 나온 나와 루츠는 집으로 돌아가고 있었다.

상냥한 미소로 배웅 받았는데도 왜 간신히 도망쳐온 기분이 드는 걸까? 달콤한 음식을 먹고 이야기만 나눴을 뿐인데 왜 숲에 간 날보다 더 피곤할까?

"이제 협상이 끝났습니까?"

"마르크 씨?"

벤노 상점 앞을 스쳐 지나갈 때 마르크가 우리를 불러 세웠다.

내일 오후에 오늘 일을 보고하기로 해서 오늘은 그대로 돌아갈 생각이었는데 마르크가 빙긋 웃으며 상점으로 들어오라 손짓했다.

"주인님이 애간장을 태우고 계십니다. 지금 보고를 받아도 되겠습니까?"

"네……."

멋대로 두 개째를 반값에 내려버린 사실로 얼마나 시달릴지 생각만으로 위가 쑤셨다. 빨리빨리 보고를 끝내버리고 싶다.

"주인님, 마인과 루츠를 들여보내도 되겠습니까?"

"오오, 들여보내."

열린 문 너머에는 빨리 오라는 듯이 책상을 두드리는 벤노의 모습이 있었다.

"마인……. 어땠나? 그 영감네 손녀는."

"굉장히 사랑스럽고 소문대로의 아가씨였어요."

"입바른 보고는 그쯤하고. 어떻게 생각했나?"

내가 애써 에둘러 말한 표현에 벤노는 손을 휙휙 저으며 본심을 말하라고 했다. 나는 한숨을 한 번 내쉬고 본심을 입에 담았다.

"솔직히 겉과 속이 지나치게 달라서 깜짝 놀랐어요. 하지만 단순히 돈을 좋아한다기보다 세례 전부터 가까운 길드장을 자세히 관찰하면서 돈을 불리는 일이나, 사업 확장까지 노리더라고요. 장사꾼으로서는 굉장한 재능을 가졌다고 생각해요."

"네가 굉장하다고 느낄 정도인가……."

벤노가 머리를 긁으며 한숨을 내쉬었다.

"음, 귀엽지만 이상한 아이였지, 루츠?"

만감을 담아 말하자 루츠는 가볍게 눈썹을 올렸다. 그리고 '네가 할 말은 아니다'라고 말하고 싶은 얼굴로 나를 내려다보았다. 벤노가 흥미로운 듯 히죽 웃으며 루츠를 보았다.

"루츠, 넌 어땠지?"

"어제 길드장처럼 마인을 끌어들이려 했어. 방심할 수 없는 녀석이야. 그리고 난…… 마인이랑 닮았다고 느꼈어."

"뭐!? 어디가!?"

'갑자기 무슨 소리야!'

충격적인 말에 내가 물고 늘어지며 설명을 요구하자 루츠가 가볍게 어깨를 으쓱하더니 대답했다.

"그녀석이 돈 얘기할 때랑 마인이 책 얘기할 때랑 표정이 똑같았어. 둘 다 자기가 좋아하는 일밖에 머릿속에 없는 점이나 조금 전 마인 말처럼 귀여운 얼굴인데 속이 이상한 점까지 판박이야."

아, 그렇구나. 나 지금은 꽤 귀여운 외모구나.

집안에 거울이 없어서 통에 든 물에 비친 일그러진 내 얼굴밖에 본 적이 없었다. 면전에서는 첫 대면하는 사람과 딸 바보인 아버지만 귀엽다고 칭찬해서 그저 아부나 빈말이라고 생각했었다.

옛날부터 단순한 책벌레가 아니라 오히려 괴짜라는 말을 지겹도록 들어서 자신도 자각하고 있었다. 그리고 딱히 신경 쓰지 않았지만, 예전에는 그다지 귀엽지 않았다. 보기에도 도서실에 박혀있을 오타쿠 같은 외모여서 겉과 속이 다르다는 말을 들어본 적이 없었다.

나와 자매니까 얼굴이 비슷하다고 가정하고 만약 투리 같은 외모의 숙녀가 이 주변에는 존재하지 않는 책을 찾으려고 기묘한 짓을 하며 고군분투하는 모습을 상상해봤다. 그리고 그 안타까움에 고개를 떨궜다.

"미안합니다……. 조금 반성할게."

"엄청 많이 반성해야 해."

"으으……."

상처받은 내 앞에서 히죽거리며 대화를 듣던 벤노가 손가락으로 책상을 톡톡 쳤다.

"그래서? 협상은 잘 정리됐고?"

"프리다 씨는 양 갈래로 머리를 묶고 있어서 장식도 두 개를 만들기로 했어요."

"흠. 그럼 이익은 두 배겠군."

당연한 듯이 말하는 벤노의 말에 심장이 바싹 오그라들었다. 보고해야 하는데 그랬다간 혼이 날 터였다.

"아뇨, 저, 그게……."

"뭐지?"

벤노의 적갈색 눈이 번득이며 나를 보았다. 나는 힉 하고 숨을 마시며 어떻게 설명할지 당황해하자 벤노의 시선이 내게서 루츠에게로 옮겨갔다.

벤노가 턱을 휙 하고 올린 순간 루츠의 입이 열렸다.

"그 녀석에게 재료로 실을 받고 마인이 한 개 가격 그대로 두 개를 만들어 주겠다고 해서……."

"루츠!?"

"뭐라고!?"

"그 녀석은 금액은 정해졌으니까 두 개 치를 내겠다고 우겨서 계속 결말이 안 나기에 내가 중간에서 두 개째를 반값에 하기로 합의 봤어."

루츠는 나와 벤노의 반응을 완전히 무시하며 이어 말했다. 간결하고 명확한 루츠의 보고에 벤노는 눈썹을 치켜세우며 나를 보았다.

"마인, 너 바보냐? 못 들었나? 기억도 못 해?"

"웃. 기억하고 있으니까 재료를 얻어도 한 개째는 깎지 않았어요. 그런데 반액으로 합의 볼 때 프리다 씨에게도 돈은 받을 수 있을 때, 받을 수 있는 곳에서, 받을 수 있는 만큼, 받아둬야 한다는 말을 들었어요."

"고객에게 그런 말을 들어서 어쩌자는 건가?"

벤노가 어이없다는 듯이 한숨을 내쉬고는 이마에 손을 얹고 머리를 저었다. 고객 상대로 지적받은 일은 내가 생각해도 한심했다. 하지만 바가지는 내 위장에 해로웠다.

"하지만 이익을 불리는 데는 한계가 있잖아요. 적정 가격에 어긋

난 것 같고. 배가 아프니까 이젠 좀 봐 주세요."

"상인이 돈을 받는데 배가 아파서 어쩔 건가? 정말이지……. 어
쨌든 네 이익만 줄 뿐이다. 두 개째 요금을 제대로 받아왔다면 그걸
로 됐어. 혹시나 이곳에서 사면 두 개째는 공짜라는 이상한 소문을
듣고 생떼를 부리는 손님도 있으니 깎아도 되는 상대인지 잘 판단
해라."

그런 손님의 존재까지는 전혀 생각지 못했다. 이곳에서 장사의 장
도 모르는 네 상식으로 움직이지 말라는 지적을 받은 느낌에 고개가
푹 숙여졌다.

"으, 거기까지는 생각하지 못했어요. 죄송합니다. 그래서 이게 프
리다 씨에게 받은 실인데요. 이에 걸맞은 흰색 실이 필요해요. 길이
는 음……."

나는 토트백 안에서 줄자를 꺼내 손가락 끝에서 손가락 끝까지 쭉
늘렸다.

"이 정도…… 100 페리 정도 길이로 부탁할게요."

"알았다. 내일 마르크와 함께 실 도매상에 갔다 와. 가는 김에 겨
울 수작업용 실도 구해 오도록."

이제 돌아가도 좋다는 벤노의 말에 나는 루츠와 함께 벤노의 상점
을 나와 집으로 돌아갔다. 피곤에 절은 회사원의 기분을 이제야 충
분히 이해했다. 집에 돌아가 쉬고 싶어.

"다녀왔습니다."

"어서 와, 마인. 오늘 만난 여자애는 어떤 애였어? 친해졌어?"

요리 당번인 투리가 냄비를 저으면서 생긋 웃었다. 귀여운 얼굴에

동생을 잘 챙기고 착하고 최근에는 요리 실력도 부쩍 늘어 요리 실력자(예정)에 재봉 수습생에 바느질 미인(예정)인 투리를 보자 가슴에 감동이 벅차 올라왔다.

"투리~!"

내가 투리를 꼭 껴안자 투리가 살짝 미간을 찡그리며 내 얼굴을 들여다보았다.

"왜 그래, 마인? 싫은 일이라도 있었어?"

"투리는 천사야. 나의 치유약이야. 투리는 최고의 언니인데 난 환자에 쓸모없기만 한 애가 아니었어. 오늘 루츠한테 내가 겉만 귀엽지 이상한 애란 소리를 듣고서야 깨달았어. 미안해, 투리."

"하아…… 이제야 안 거야? 마인. 요리에 방해돼. 짐 두고 도와줘."

투리는 한숨을 내쉬며 내 머리를 몇 번 어루만진 후 침실 쪽을 가리켰다.

"응."

나는 토트백을 놓고 투리를 도왔다. 작다는 말을 수없이 들었지만, 조금은 키가 자라서 받침대에 올라가서 냄비를 저어도 위험하지 않았다.

음식이 타지 않게 냄비를 저으면서 오늘 있었던 일을 투리에게 보고했다.

"그래서 그 애는 프리다라고 하는데 정말 귀여운 애인데도 취미가 돈이래. 금화 세기를 가장 좋아한대."

"금화!? 난 본 적도 없어. 셀 만큼이나 있다니 엄청난 부자네."

투리는 프리다의 이상한 취미보다 금화에 관심이 쏠렸다. 이 주변에서는 금화란 평생 걸려도 못 보는 물건이니 충격이 클 법했다.

"집도 어마어마했어. 장식이나 천도 엄청 많고 매우 아름다웠어. 아, 그리고 프리다가 가르쳐줬는데, 내 병명을 신식이라고 부른대."

"처음 듣는데……?"

투리에게는 모르는 병명인 듯 고개를 갸웃거렸다. 아는 사람이 거의 없으니 어쩔 수 없었다.

"정말 희귀한 병인가 봐. 오토 씨나 벤노 씨도 모른다고 했거든. 프리다는 자기도 신식을 앓아 봐서 안대. 그런데 고치는 데 엄청난 돈이 든다고 했어. 그런 부자가 엄청난 돈이 든다고 하니까……."

"우리 집은 어렵겠네."

투리는 단박에 나와 같은 결론에 닿았다. 생각할 필요도 없었다. 열로 쓰러져도 의사를 부르지 못하는 경제력으론 어찌할 방도도 없는 셈이다.

"응……. 하지만 악화하지 않게 할 방법을 가르쳐 줬어."

"그래?"

"목적이나 목표를 가지고 전력을 다할 때는 괜찮대."

"그렇구나. 마인은 최근엔 하고 싶은 일을 마음껏 하고 있으니까 건강하구나. 전엔 투리만 하고 싶은 대로 한다며 울었는데……."

그러고 보니 열이 날 때마다 울어서 투리를 곤란하게 했던 마인의 기억이 많았다. 투리의 입에서 예전과 비교하는 발언이 슬쩍 나왔다. 혹시 투리도 내가 바뀐 사실을 눈치챘을까? 내가 골똘히 생각하자 투리가 당황하며 내 머리를 쓰다듬어 주었다.

"침울해하지 마. 건강해져서 다행이라고 생각해. 그래서 머리 장식은 어떻게 됐어?"

"프리다가 좋아하는 색도 알았고 의상 자수에 쓴 실도 받아왔어. 그걸로 만들려고. 프리다는 양 갈래머리라서 장식이 두 개가 필요해."

"흐음, 그렇구나."

둘이서 음식을 준비하는 동안 엄마가 돌아오고, 한동안 새벽 근무가 이어져 얼굴을 보기 힘들었던 아빠가 오랜만에 오후 근무를 마치고 돌아왔다.

오랜만에 가족 전원이 모여 저녁을 먹으면서 길드장 집에 대해 이야기했다. 그런 부잣집에 드나들 수 있는 일은 흔하지 않아서 다들 흥미진진하게 내 말에 귀를 기울였다.

엄마는 태피스트리 장식이나 쿠션에 가장 흥미를 보였고, 아빠는 응접실 선반에 진열된 술 브랜드에 관심을 나타냈다. 투리는 프리다가 입은 옷이나 소지품이 신경이 쓰이는지 하나같이 프리다의 소지품에 대한 질문이었다.

생각보다 고조된 분위기에서 저녁 식사를 끝낸 후 나는 엄마를 잡고 실용 코바늘을 돌려달라고 부탁했다.

"뭐하려고?"

"머리 장식을 만들 거야. 어제 말했잖아? 프리다가 갖고 싶어 한다고. 오늘 주문받아왔어. 의상 자수에 쓴 실로 만들어 달라고 해서 실도 받아왔어."

"그 실, 내게 보여주렴."

바느질이 능숙하고 염색 일을 하는 엄마는 내가 가져온 프리다의 실에 흥미진진한 표정을 감추려고도 하지 않았다. 바느질 상자에서 코바늘을 꺼내고는 빨리 가져오라며 나를 재촉했다.

내가 토트백에서 실을 꺼내 부엌 테이블 위에 올리자마자 엄마가 손으로 집어 물끄러미 바라보았다. 재봉사 수습 중인 투리도 부잣집 아가씨의 의상에 쓴 실에는 흥미가 있는지 부리나케 구경하러 왔다.

"이렇게 깊은 빨강으로 물들이려면 품이 굉장히 많이 들어."

"역시 좋은 실을 쓰는구나."

넋이 나간 모습으로 실을 만지는 두 사람 앞에서 나는 바로 코바늘을 들었다.

"머리 장식은 흔하지 않으니까 꽤 비싼 가격에 사겠대. 그러니까 열심히 만들어야지."

"내 머리 장식이랑 똑같이?"

투리 때는 실을 아끼는 걸 제일로 생각하고 여러 색깔 자투리 실로 작은 꽃을 만들 수 있는 만큼 만들었지만, 프리다의 경우는 얻어 온 빨간 실이 충분했다. 그리고 그렇게나 바가지를 씌웠으니 투리의 머리 장식보다도 더 정교하게 만들 계획이었다. 내 나름의 성의다.

"꽃을 좀 더 크게 만들어야지. 실도 충분히 있으니까."

붉은색 작은 장미 여러 송이와 안개꽃 부케를 연상했다. 부잣집 아가씨라면 제일 먼저 장미가 떠오르다니. 나의 빈곤한 상상력에 스스로가 애처롭다.

'하지만 장미라면 화려하고 품위 보이겠지?'

코바느질의 가장 마지막 순서에 빙글빙글 말아서 꽃잎처럼 보이게끔 나는 레이스를 들쭉날쭉하게 뜨기 시작했다. 적당한 길이가 되면 빙글빙글 말아 바닥 부분을 실로 꿰맨 후 꽃잎 부분을 살짝 펼치면 조그마한 장미 모양이 완성되었다.

"와아, 귀여워."

투리에게 칭찬받아 신이 나 또 하나를 뜨기 시작했다. 술을 마시며 지켜보던 아빠가 내 손끝을 보며 근질근질해 하는 엄마에게 물었다.

"어이, 에파. 그렇게 해보고 싶으면 코바늘을 하나 더 만들어 줄까?"

"아빠, 내 것까지 두 개 만들어 줘!"

감격한 엄마의 포옹과 귀여운 투리의 성화까지 가세해 기분이 좋아진 아빠가 나무를 깎기 시작했다. 내 코바늘을 한 번 만든 적이 있어서인지 비교적 단시간에 가느다란 코바늘을 완성해갔다.

먼저 완성된 코바늘을 투리가 쥐고 나와 함께 뜨기 시작했다. 재봉사 수습생이 된 이후 손재주가 부쩍 좋아진 투리는 조금만 가르쳐도 술술 뜰 수 있었다. 솔직히 말해서 나보다 빠르다.

엄마는 뚫어지게 내 손끝을 관찰해서인지 아빠가 만들어 준 코바늘을 만면에 웃음을 띠고 꼭 쥐더니 내가 가르치지도 않았는데 맹렬한 기세로 뜨기 시작했다.

"마인, 아빠가 비녀 부분 만들어 줄까?"

코바늘 만들기가 끝나고 심심해진 아빠가 의욕이 넘치는 얼굴로 말했다. 함께 작업하고 싶어 하는 아빠에게는 미안하지만, 그건 루츠가 해야 할 일이다. 이 일을 빼앗기면 나와의 공동 작업으로 프리다네 집에 루츠가 함께 방문할 큰 명분이 사라지는 셈이었다.

그리고 자기가 만들지 않았는데 돈만 받을 루츠가 아니었다. 줄곧 함께 행동해 주는데 루츠만 무보수로 할 순 없었다.

"마음만 받을게. 그건 루츠의 일이니까 빼앗지 말아 줘."

"매일 같이 루츠, 루츠. 마인은 최근에 아빠한테 차갑지 않냐?"

아빠가 대놓고 삐쳤다. 가족에 대한 애정이 과한 아빠는 내가 오토나 루츠랑 있으면 은근히 질투한다. 가끔 귀찮을 정도다. 나는 한숨을 내쉬고 고개를 저었다.

"어차피 비녀를 만든다면 아빠는 다른 애 비녀 말고 내 비녀를 만들어 줄래? 나도 세례식에는 머리 장식을 꽂을 생각이니까 미리 구멍 뚫은 비녀를 만들어 줬으면 싶은데……."

"마인, 넌 아빠가 다른 애 걸 만드는 게 싫구나? 질투하는 거냐?"

아닌데요. 어떻게 하면 그런 감상이 나오는지 전혀 이해하기 힘드네요.

뇌 속에 대체 어떤 망상을 하는지 아빠는 헤죽헤죽 기쁜 듯 웃으며 내 비녀를 만들기 시작했다. 기분이 단숨에 좋아진 아빠를 보고 나는 다시 코바늘로 시선을 돌렸다. 아빠와 말하는 동안 투리와 엄마에게 엄청 뒤지고 말았다.

"빨간 꽃은 이만큼 있으면 됐어. 지금 만드는 꽃을 마지막으로 하자."

비슷한 장미를 세 명이 만드니 순식간에 완성되었다. 특히 엄마의 속도가 엄청나게 빨랐다. 가장 느린 사람은 주문을 받은 나였다.

"뭐? 벌써 끝이야?"

상당히 즐겁게 떴는지 투리가 불만스럽게 입술을 삐죽이 내밀었지만, 나는 장미 형태를 만들면서 가볍게 어깨를 으쓱했다.

처음엔 양쪽 장식에 작은 장미를 세 개씩 만들 예정이었는데 정신을 차리고 보니 그 수가 무려 네 개씩이나 늘어나 버렸다. 장식 크기를 고려해 봐도 더는 필요 없었다.

"고객에게 받은 실을 헛되이 쓸 순 없잖아?"

"아, 그렇지. 이렇게 예쁜 실을 낭비하면 안 되겠네."

풀이 죽어 납득한 투리가 코바늘을 정리하기 시작했다.

"이젠 벤노 씨에게 부탁한 흰 실로 작은 꽃을 많이 만들면 돼. 흰 실도 이 빨간색에 어울리는 좋은 실이겠지? 내일 가져올 테니까 흰 꽃도 부탁할게."

"기대하고 있을게."

투리가 바느질 상자를 안고 기쁜 듯이 웃었다.

음. 투리의 속도라면 겨울 수작업은 바구니 만들기가 아니라 머리 장식을 같이 만들어도 되겠다.

다음 날 마르크와 루츠와 나 셋이서 실 도매상에 실을 사러 나섰다. 얼마 전에 깔개를 만들 때 장인과 함께 방문한 곳이다. 최고급 실이라는 슈핀네 실을 산 우리가 상당히 인상 깊었는지 점주가 우리 얼굴을 보고 벌떡 자리에서 일어섰다.

"이야. 전에 슈핀네 실을 사 간 손님 아니신가? 또 필요한가?"

"아. 그건 나중에 장인과 같이 와서 다시 주문하겠습니다. 오늘은 다른 실이 필요해서 왔지요."

마르크의 말로 봄까지 장인에게 깔개를 만들게 하겠다던 벤노의 말이 떠올랐다. 머릿속에 프리다의 머리 장식과 겨울 수작업으로 가득했지만, 봄에 해야 할 종이 제작 준비도 잊지 말고 준비해 둬야 했다.

메모장이 필요해. 문지르면 글자가 지워져 버리는 석판이 아니라 메모장이 필요해.

"오늘은 뭐가 필요하나?"

"이것과 비슷한 느낌의 흰색 실이 필요해요."

내가 토트백에서 꺼낸 실을 점주가 뚫어지게 보고 작은 탄성을 흘렸다.

"상당한 고급품이구려. 이놈과 맞춰 써도 괜찮은 실은 이 정도겠네."

점주가 실 두 개를 꺼내 내 앞에 올려주었다. 가져온 프리다의 빨간 실을 나란히 놓아 여러 번 비교한 뒤 붉은색이 아름답게 돋보이는 쪽을 골라 점주에게 건넸다.

"이걸 100 페리와 저쪽 녹색도 100 페리 주세요. 그리고 여러 색 실이 필요한데 가장 싼 실로 200 페리씩 부탁할게요."

프리다를 위한 실과 겨울 수작업에 쓸 실은 주문서가 따로 필요했다. 나는 토트백에 미리 넣어둔 주문서 세트—주문서용 목패, 줄자, 잉크, 나무를 깎아 만든 펜—를 꺼냈다. 그리고 그 자리에서 주문서를 쓱쓱 써 내려갔다.

싼 실은 그다지 발색이 좋지 않은 물건도 많았지만 동화 2닢까지 가격을 내리려면 비싼 실을 고집할 수 없었다.

머리 장식은 평소에 쓸 일이 거의 없어 특별한 날에만 쓸 물건이었다. 겨우 머리 장식 두 개에 소은화 6닢이나 낼 수 있는 길드장을 기준으로 가격을 설정해서는 안 된다.

"수작업용 실은 준비에 시간이 걸리니 준비가 끝나면 가게에 배달해 주겠네. 괜찮겠지?"

"네. 잘 부탁드려요."

나는 프리다의 머리 장식에 쓸 고급 실만 가방에 넣어 도매상을 나왔다. 실 도매상에서는 우리 집이 가까워서 마르크와는 도매상 앞에서 헤어져서 집에 돌아오게 되었다.

돌아오는 길에 어젯밤 사이에 빨간 실로 만들 부분을 완성했다고 루츠에게 보고하자 루츠가 눈을 동그랗게 떴다.

"뭐? 벌써 완성했다고? 아직 시간 있으니까 천천히 만든다고 했잖아."

"내일이나 내일모레면 끝날 것 같아. 엄마랑 투리까지 하고 싶어 했는데 나보다 능숙하고 빨라서 금방 완성해 버렸어. 나 혼자였다면 시간이 훨씬 걸렸겠지."

처음엔 숲에 가거나 가게에 가야 하는 낮 이후의 저녁시간부터 잠자리에 들기 전까지의 시간을 써서 이레에서 열흘 사이에 만들 계획이었다. 설마 단 하루 만에 일이 없어지리라고는 생각지도 못했다.

"알았어. 나도 빨리 비녀 부분을 만들게."

"응. 부탁해. 아빠가 우리랑 같이 끼어서 비녀를 만들고 싶어 하거든……."

"진짜야……?"

일을 빼앗길 위험에 처한 루츠가 한숨과 함께 고개를 떨궜다.

"그런데 잘 생각해 보면 일을 가족한테 빼앗겨도 사실은 크게 신경 쓰지 않아도 되는 일이었어. 왜냐면 다른 사람에게 작업을 맡기고 물건을 판매하는 사람이 상인이니까. 벤노 씨도 아무것도 안 만들면서 우리가 만든 물건으로 수수료를 버는 셈이잖아?"

"하긴 그러네."

루츠도 깨달았다는 듯이 나를 쳐다보았다. 상품을 만들어야만 돈을 벌 수 있는 것이 아니었다. 상인은 물건을 움직여 돈을 창출해 내면 되었다. 아직 우리의 의식은 장인에 가까웠다.

"이번에는 나와 루츠의 공동 작업이라고 길드장이랑 벤노 씨에게 말해 버린 상황이고, 갑자기 생각을 바꾸기는 어렵지만 함께 상인에 대해서 더 공부하자."

"좋아."

집에 실을 들고 돌아가자 예상대로 내가 해야 할 일을 엄마와 투리에게 빼앗겨 버렸다. 내가 작은 꽃을 하나 만드는 동안 투리는 두 개, 엄마는 네 개나 만들었다. 작업이 순식간에 끝나 버렸다. 녹색 실로 나뭇잎 장식도 만들려고 했지만, 그것도 거의 두 사람이 만들어 버렸다. 난 이번에도 큰 도움이 되지 못했다.

결론. 난 역시 바느질 미인이 되기 힘들어. 상인 수습생이 되는 길을 열어 두길 잘했다.

머리 장식 납품

루츠가 만든 비녀 부분과 꽃 부분을 엮어 완성한 머리 장식에 자화자찬 섞인 한숨을 토했다. 프리다를 위해 만든 머리 장식은 내 예상보다 훨씬 화려하게 완성되었다.

짙은 빨강색 작은 장미가 네 개씩 배치되어 그 주위를 하얀 안개꽃을 연상하게 하는 작은 꽃들이 이어져 장미를 더욱 돋보이게 했다. 그리고 하얀 안개꽃 주변 곳곳에 녹색 나뭇잎 모양이 악센트를 주고 있었다.

"저기, 마인. 투리의 머리 장식과 상당히 다르지 않아? 엄청 화려하네."

완성한 머리 장식을 본 루츠가 얼굴을 굳힐 정도로 멋진 작품이었다.

이유는 간단했다. 우선 사용한 실의 질이 달랐다. 가늘고 윤기 나는 실을 쓰니 완성된 꽃도 곱고 우아했다. 그리고 기술력이 달랐다. 거의 내가 만들었던 투리의 머리 장식과 다르게 이건 엄마와 투리의 솜씨라 꼼꼼하고 세밀했다.

"의상에 사용된 소재나 분위기를 봐도 프리다는 투리의 머리 장식보다 확실히 이쪽이 어울릴 것 같지 않아?"

"어울리나 안 어울리느냐는 나 잘 몰라."

머리를 흔들며 대답하는 루츠에게 나는 팔짱을 끼고 생각했다.

"음. 그것도 공부해야겠네. 벤노 씨는 의류 관련 상품을 취급하고, 점점 귀족을 대상으로 파는 물건이 늘어날 모양이니까."

서툰 일은 역시 외면하고 싶은지 루츠의 시선이 이리저리 허공을 헤맸다.

"아~ 마인. 완성한 머리 장식은 어떻게 할 거야?"

"일단 벤노 씨에게 보이고 나서 길드장에게 납품하는 편이 좋겠지? 지금부터 벤노 씨 상점에 가자."

완성한 머리 장식을 작은 바구니에 넣고 그 위에 우리 집에서 비교적 깨끗한 손수건을 덮어 다른 사람들에게 보이지 않도록 했다.

"마인이 바구니 들어. 나는 그 가방을 들어 줄게."

석판, 석필에 주문서 세트가 든 가방은 내겐 상당히 무거웠으므로 루츠의 말이 고마웠다. 순순히 루츠에게 고마워하며 토트백을 건넨 후 나는 작은 바구니를 손에 들었다.

"오늘은 무슨 일이시죠?"

마르크가 우리를 발견하고 말을 걸어 주었다.

"머리 장식을 완성했어요. 길드장에게 납품하기 전에 벤노 씨가 먼저 보는 편이 좋겠다 싶어서요……."

"어디, 보여 봐."

갑자기 등 뒤에서 벤노의 목소리가 들리자 놀란 나머지 폴짝 뛰었다. 뒤돌아보니 귀족들에게 갔다 왔는지 호화로운 옷으로 빈틈없이 몸을 감싼 벤노가 서 있었다.

"어서 오십시오. 주인님."

"아아……. 둘 다 오거라."

벤노는 마르크에게 가볍게 끄덕이고 안쪽 방으로 향하자 우리도 그 뒤를 따랐다.

"그래서 완성한 머리 장식은 어디에 있지?"

테이블을 마주 보고 앉자마자 벤노가 말했다. 나는 작은 바구니 위에 걸친 손수건을 치우고 벤노 앞에 조심스레 내밀었다.

"이런 느낌인데 어때요?"

머리 장식 하나를 꺼내 바라보던 벤노가 다시 장식을 바구니에 돌려 넣은 후 큰 한숨을 내쉬었다.

"마인……. 너 두 개째를 깎아 줄 필요는 전혀 없었어."

"네? 그것도 상당히 바가지라고 생각하는데요……. 재료비가 실 뿐이니까 소은화 3닢 정도는 이익이 나오잖아요?"

"상품 가치를 충분히 공부해 둬라. 네가 들여온 물건은 전부 사치품이다. 고급 사치품이 어느 정도의 금액으로 취급되는지 모르면 시장에 혼란을 야기하게 돼."

"죄송합니다……."

자신의 감각과 이 세계의 물가가 일치하지 않는다는 점은 잘 알고 있었고, 벤노가 시장의 혼란을 막기 위해 방파제가 되어 주고 있다는 사실도 이해되었다. 의류나 장식품이 고가품에 해당하는 점도 잘 알았다. 하지만 어느 정도의 물건이 어느 정도 가격으로 팔리는지 마을 상점을 자유롭게 돌아볼 체력이 없는 나로서는 알 수가 없었다. 특히 고급품을 취급하는 상점은 옷차림이나 나이로 출입을 거절하기 때문에 더욱 그러했다.

'그나저나 이곳에선 사치품에 해당하는구나. 간편 한린샴도 그렇고, 종이도 머리 장식도 주위에 당연하듯 있는 물건들이었는데.'

이곳에서는 거의 존재하지 않는 물건이라는 점은 머리로는 알고 있지만, 감각이 따라가질 못했다. 손에 없다면 아무래도 자연스럽게 다른 대용품이 없을지, 스스로 만들 수 없을지 생각하게 되었다.

"벤노 씨. 이걸 길드장에게 납품하려면 어떻게 해야 하나요? 길드장과 약속을 잡고 싶어요."

"그렇군. 이왕이면 가르쳐 둘까."

벤노가 주문서 세트를 꺼내 '길드장과 면담 예약'이라고 쓰고 이름과 용건을 써 넣었다.

"이걸 길드 3층 접수처에 건네면 된다. 면담 시간이 정해지면 길드 직원이 여기에 면담 시간을 적어 돌려줄 거다."

"그럼 돌아가는 길에 내고 올까?"

"아~ 기다려. 둘만 가는 건 호랑이 굴에 제 발로 들어가는 셈이지. 내가 같이 가지."

접수처에 예약표를 들고 가기만 하면 되는데 야단스럽기도 하지.

벤노가 옷을 갈아입은 후 우리는 상업 길드로 갔다. 이번엔 자신의 길드 카드를 꺼내 상층으로 향했다. 제대로 3층까지 통과할 수 있었다. 왠지 조금 높은 사람이 된 느낌이었다.

그리고 벤노가 알려준 대로 접수처에서 면담 예약 목패를 제출했다. 일 하나를 끝낸 감동에 루츠와 웃으며 돌아가려 하자 접수처 사람이 우리를 불렀다.

"잠시만 기다려 주십시오. 마인과 루츠라는 분이 오시면 들여보내라는 지시가 있었습니다."

"네!?"

"그것 보라고."

길드장의 방으로 향하라는 말에 우왕좌왕하는 우리에게 벤노가 중얼거렸다. 우리 둘만 왔다면 정말 잡아먹혔을지도 몰랐다.

'와우, 벤노 씨. 정답이었네요! 벤노 씨가 따라와 줘서 살았어.'

방에 들어가자 길드장이 조금 싫은 기색을 보이면서도 벤노도 함께 맞아 주었다.

"오늘은 무슨 일이지?"

"프리다 씨의 머리 장식이 완성되어서 가져왔어요."

"그럼 봐 볼까?"

나는 들고 온 작은 바구니를 꺼내 손수건을 치운 후 그대로 길드장 앞으로 쑥 내밀었다. 벤노에게 합격을 받았으니 괜찮겠지만, 두근거리는 심장은 멈출 줄 몰랐다.

길드장은 바구니 안을 들여다보고 머리 장식을 하나 꺼내더니 진지한 눈빛으로 관찰했다. 그리곤 눈썹 끝을 씰룩 올려 나를 보았다.

"이건…… 전에 보여준 장식과 상당히 달라 보이는데?"

"일단 가격에 맞춘 특별한 상품이에요. 혹시 전에 보여드린 물건이 괜찮았나요? 프리다 씨와도 얘기해서 머리 형태나 의상에 맞춘 건데……."

마음에 들지 않았을까 하는 걱정에 새파랗게 질린 내게 길드장은 당황한 듯이 고개를 저었다.

"아니, 이정도로 훌륭한 물건이 되리라곤 예상 못 해서 놀랐을 뿐이다. 확실히 프리다에게 잘 어울리겠군."

"그런가요? 다행이에요."

거절당하지 않았다는 안도감에 가슴을 쓸어내리는 나를 향해 길드장이 눈을 번뜩였다.

"마인, 역시 우리……."

"마인, 용건은 끝났으니 돌아가자."

길드장의 마지막 말을 끊으며 벤노가 나와 루츠의 팔을 잡고 일어섰다. 용건이 끝났으니 이대로 가도 되겠지 하고 내가 얌전히 벤노를 따라가려고 하자 길드장이 필사적으로 만류했다.

"아니, 잠깐만. 모처럼이니 직접 프리다에게 전달해 주었으면 하네. 여자 친구가 생겼다고 프리다가 아주 기뻐하더군. 프리다에게 처음으로 또래 친구가 생기다니, 감동했단다."

'호오. 프리다에게 첫 번째 친구가 생겼구나. 그것 참 축하할 일이네.'

남의 일이라고 태평하게 생각하면서 내가 길드장의 감동을 흘리며 듣자 벤노가 몸을 구부리고 내 귀에 대고 속삭였다.

"너……. 저 영감네 손녀와 친구가 됐냐?"

"네!? 저요!? 어, 어떨까요?"

일방적으로 나를 마음에 들어 한 사람을 친구라고 부를 수 있을까? 하지만 손녀에게 친구가 생긴 사실을 이토록 기뻐하는 길드장 앞에서 확실하게 딱 잘라 부정하기 어려웠다.

"언제 놀러 와도 좋게 과자를 만들어 놓고 기다리고 있을 게다."

"과…… 자……?"

무심코 반응해 버린 내 볼을 벤노가 손가락으로 쭉 잡아 찢었다. 빈틈을 보이지 말라는 의미겠지만, 달콤한 유혹에 반응해 버리는 본능을 멈출 수가 없었다.

"좋아, 내가 프리다에게 데리고 가 주지."

프리다를 안아 올린 적도 있었는지 길드장이 가볍게 나를 안아 올려 방을 나섰다.

"어이, 잠깐. 나도 같이 가겠어."

"마인이 가면 나도 갈 거야."

눈앞에서 나를 낚아채 가는 길드장에게 번뜩 눈을 부라리며 벤노와 루츠가 허둥지둥 뒤를 쫓았다.

어쩌다가 프리다에게 가게 되었지만, 길드장의 집은 성벽 바로 근처라 벤노의 상점보다도 우리 집에서 더 멀어지게 되는 셈이었다. 솔직히 가게 되면 집에 돌아올 체력이 남아 있지 않을 터였다.

"길드장님……. 전 체력이 없어서 오늘은 이 이상 못 걸어요."

"마차를 타니 걸을 필요는 없단다."

"마차!?"

마차를 타고 간다는 발상은 전혀 하지 못했다. 큰길을 오고가는 행상인이나 농민은 짐마차, 아니면 짐수레를 끌었지만 우리 생활권에서는 짐수레마저 없는 집이 많았다. 그리고 어른만 사용이 가능했다. 당연한 말이지만 고무 타이어 같은 물건이 없다보니 어른이 끄는 데에도 상당한 힘이 드는 짐수레를 어린애가 쓸 수 있을 리가 없었다. 그것보다 한 집에 하나 있을까 말까 한 소중한 짐수레를 어린애가 쓰도록 놔둘 집이 어디 있으랴. 어린애들의 이동수단은 자기 발이어야 했다.

하지만 말은 비쌌다. 당나귀는 뭐든 가리지 않고 먹는 편이지만 말은 사료로 쓰는 곡물이 비싼 탓에 유지비가 어마어마하다고 들었다.

'크으……. 부자 놈들.'

내가 길드장의 어마어마한 재산을 비뚤어지게 생각하는 동안 상업 길드의 1층에 도착해 어느새 길드장의 마차에 타고 있었다. 퍼뜩 정신을 차렸을 땐 벤노도 루츠도 마차에 올라타 전원이 프리다에게 가게 되었다.

작년 겨울 준비 때 짐수레에 탄 적이 있지만 동물이 끄는 마차는 처음 탔다. 루츠와 둘이서 두리번거리자 길드장이 쓴웃음을 지었다.

"호오. 마인은 마차가 처음인가?"

"문이나 큰길에 지나다니는 마차는 본 적은 있는데. 저나 루츠 주변에는 마차를 가진 사람이 없거든요."

원래 어른 두 사람이 타는 마차라서 그런지 상당히 좁았다. 제대로 된 좌석에 어른 두 명이 앉았고 나와 루츠는 짐을 놓는 받침대 같은 곳에 궁둥이를 붙이고 있을 뿐이었다. 나와 루츠가 어린애라서 어떻게든 타고 있지만, 상당히 비좁았다.

"갑갑하군. 벤노. 자넨 내리게."

"그러면 마인도 데리고 돌아가지."

얼마간 벤노와 길드장이 서로를 노려봤지만 결국 비좁은 상태로 마차가 천천히 움직이기 시작했다. 덜컹덜컹 흔들려 가만히 앉아 있을 수가 없었다. 루츠는 타고 내릴 때 쓰는 손잡이에 매달려 무사했지만 나는 잡을 곳도 없어 마차가 흔들릴 때마다 의자에서 펄떡펄떡 뛰었다.

"으아아아악!"

"마인, 이쪽으로 와."

보다 못한 벤노가 나를 자신의 다리 위에 앉히며 내 배에 자신의 팔을 돌리고 내가 튀지 않게 잡아 주었다. 그래도 흔들리면 엉덩이가 떠서 방심하다간 내 머리로 벤노 턱을 들이받을 뻔했다. 마차에 서스펜션이 없다고 이렇게까지 심하게 흔들릴 줄이야.

'으으…… 마차 따위 하나도 우아하지 않잖아.'

"프리다, 마인이 머리 장식을 가져와 주었단다."

"어머, 마인. 어서 와."

분홍색 머리를 흔들며 프리다가 부드럽고 점잖은 미소를 띠며 다가왔다.

"실례하겠습니다."

"프리다 님, 처음 뵙겠습니다. 벤노입니다. 마인에게 이야기를 들었습니다."

"어머, 어떤 식으로 말했을지 궁금하군요."

'온화하고 상냥한 인사에서 한기가 느껴져요.'

벤노와 프리다의 인사에 등골에 오싹함을 느끼자 루츠가 내 손을 꼭 잡아 주었다. 힐끗 루츠를 보니 어째선지 새파랗게 질린 듯 보였다. 나도 루츠도 눈에 보이지 않는 상인의 기 싸움에는 아직 끼어들 수 없었다. 언제쯤 저런 식으로 미소 지으며 눈에서 불꽃을 튀는 흉내가 가능할까?

"프리다. 난 벤노와 할 말이 있으니 넌 마인에게 머리 장식을 받고 금액을 지불해 두렴."

"알겠어요. 할아버님."

길드장은 그렇게 말하곤 벤노를 데리고 길드장 방으로 향했고. 나와 루츠는 저번과 마찬가지로 응접실로 안내받았다. 그와 동시에 단 음료와 달콤한 과자가 나와 테이블 위가 황홀감에 젖을 만큼 단내로 가득해졌다.

"여자아이는 단 음식을 좋아하니까 언제 놀러 와도 좋도록 준비해 두고 있어. 마인. 시간 나면 놀러 와."

"네!"

내가 최고의 미소로 대답하자 루츠가 테이블 아래에서 내 손을 꼬집었다.

'달콤한 유혹에 지면 안 돼. 지면 안 돼. 지면…… 쿵쿵. 아, 행복해~.'

프리다는 얇은 반죽 위에 꿀에 절인 견과류를 올려 구운 과자를 잘라 주었다.

"자, 마인도 루츠도 어서 먹어."

"잘 먹겠습니다."

우걱우걱. 꿀을 듬뿍 발라서 달콤하고 맛있어. 이렇게 사치스러운 과자를 먹게 되다니. 이곳은 천국입니까?

일본에서 먹었던 견과 타르트를 떠올리며 한참을 만족스럽게 먹었다. 역시 단 음식을 먹으면 행복한 기분이 들었다.

"잘 먹었습니다. 아주 맛있었어요."

"이렇게 기뻐해 주니 나도 기뻐. 요리사에게도 전해 둘게."

와우. 요리사라뇨, 사모님. 과자를 만들어 기다린다는 말이 요리사가 과자를 만들고 프리다는 기다리기만 한다는 뜻이었구나. 뭐니, 이 불평등한 사회는.

"이제 머리 장식을 봐도 될까?"

"네. 아, 그 전에 남은 실은 돌려 드릴게요."

"어머……. 안 돌려줘도 괜찮은데."

"아뇨아뇨. 이런 비싼 실은 받을 수 없어요."

길드장이나 프리다와 이야기를 하다보면 공짜보다 무서운 건 없다고 진심으로 생각하게 됐다. 안이하게 물건을 받을 수 없었다. 유혹에 빠져서는 안 되었다.

"이것이 프리다 씨의……."

"마인, 이제 우린 친구이니까 프리다라고 불러."

사랑스럽고 귀여운 숙녀가 생글거리는 미소로 그렇게 말하면 '우리가 친구라고?' 라는 말을 어찌 꺼낼 수 있을까? 나는 얼버무리면서 빠져나갈 길을 찾았다.

"네? 하지만 고객을……."

"어머. 그럼 이걸로 고객은 끝이야."

활짝 웃은 프리다가 머리 장식이 든 바구니를 자신의 손 앞에 끌어당겼다. 대신 나와 루츠 사이에 소은화 6닢을 올려놓았다.

"상품도 받았고, 돈도 냈어. 이걸로 격의 없이 친구가 된 거지?"

완전히 빠져나갈 구멍이 막혀 아니라고 말할 수 없는 분위기였다. 나는 포기하고 고개를 끄덕였다.

어찌 보면 서로가 외모로 사기를 치는 격인데다 어딘가 이상한 친구인 셈이니 내가 조금은 이상해도 문제가 없을지도 몰랐다. 긍정적으로 생각하자.

이름은 프리다라고 부르고 말투는 살짝 놓아도 되겠지?

"음. 그럼 프리다. 머리 장식을 봐 줄래?"

"물론이야."

프리다가 살짝 손가락으로 손수건을 집어서 치웠다. 그리고 바구니 안에서 머리 장식을 하나 꺼내고는 눈을 동그랗게 떴다. 기쁜 듯이 볼을 빨갛게 물들이고 입가에 미소가 번져갔다.

"어머! 너무 예뻐! 겨울 세례식에는 눈이 내리기 시작해서 머리 장식에 쓸 꽃이나 나무 열매도 없잖니? 그래서 여름이나 가을에 세례식이 있는 아이들이 부러웠어. 식물이 시드는 겨울에 화사한 꽃이나 나뭇잎을 머리에 꽂을 수 있다니, 정말 기뻐."

"기뻐하니 다행이야."

그러고 보니 투리도 처음에 머리 장식을 집 주변에 핀 꽃을 쓰겠다고 말한 적이 있었다. 어쩌면 겨울에 머리 장식이 더 잘 팔리지 않을까?

"달아 봐. 프리다 머리에 어떻게 어울리는지 보고 싶어."

"어떻게 달면 되는지 모르겠어. 마인이 해 줄래?"

"좋아. 이리 줘."

양 갈래로 묶은 끈 쪽에 머리 장식을 꽂았다. 옅은 분홍색 머리에 붉은 조그마한 장미가 빛이 나며 프리다의 어른스러운 분위기를 한층 더 돋보이게 했다.

응. 응. 역시 장미로 하길 잘했어.

"귀여워, 프리다. 마치 꽃의 요정 같아."

"칭찬이 과해. 꼭 할아버님 같아."

프리다는 킥하고 웃으며 농담으로 받아들였지만, 절대 과한 칭찬이 아니었다. 취미마저 몰랐다면 언제 납치당해도 이상하지 않을 정도로 프리다의 외모는 귀여웠다.

"과한 칭찬이 아니야. 정말 귀엽고 잘 어울려. 루츠도 그렇게 생각하지?"

"아아. 장식만 봤을 땐 그렇게까지 어울릴 거라 생각 못했는데. 마인이 프리다에게 어울리도록 만든 보람이 있겠어. 엄청 귀여워."

살짝 볼을 붉히며 볼을 부풀리는 프리다는 칭찬에 익숙지 않아

보였다. 형제나 친구가 없다는 사실을 분명하게 알 수 있는 반응이었다.

이곳에서는 가족이나 친구 사이에서 칭찬의 말이 상당히 빈번하게 오가는 편이었다. 처음엔 나도 깜짝 놀랐지만, 최근엔 빈말로 흘려 넘길 만큼 적응하게 되었다. 그리고 나 자신도 투리를 칭찬하기도 하고, 투리도 나를 칭찬해 주었다. 루츠도 자주 칭찬해 주고, 나도 칭찬의 말을 입에 올릴 수 있게 되었다. 그래서 프리다의 반응이 조금 이상하게 느껴졌다.

"그나저나 실로 이렇게 입체적인 꽃을 만들다니……."

살짝 머리 장식을 뺀 프리다는 벤노나 길드장과 마찬가지로 눈을 말똥말똥하게 뜬 채 관찰하기 시작했다. 완벽한 상인의 눈이다.

"그렇게 어렵지 않아. 나도 할 수 있는걸?"

"만드는 방법을 찾아냈다는 점이 굉장히 중요한 거야. 마인."

하아 하고 가벼운 한숨을 내쉰 프리다가 예상외로 진지한 얼굴을 하고 나를 바라보았다.

"상류 귀족의 사모님이나 귀족 아가씨는 자수를 빼곡하게 넣은 화사한 베일을 걸치기도 하고, 마술로 시간을 멈춘 생화를 장식으로 쓸 때도 있어. 하지만 이처럼 입체적으로 만든 장식을 단 적은 없어."

사치품을 쓰는 귀족이 마술을 쓸 수 있으니까 이런 장식이 발달하지 않았나?

짧게 신음하는 내게 프리다는 이 장식의 어디가 훌륭한지를 설명했다.

"자수로 꾸민 천은 어느 집에나 있지만, 입체적으로 만든 천은 없어. 실로만 이 빨간 꽃을 만들다니. 굉장히 획기적이야."

여기까지 듣자 처음으로 깨달았다. 벤노가 반액으로 깎을 필요가 없었다고 말한 의미를. 이건 다시 말해 신기술이나 다름없었다. 완전히 눈에 띄는 짓을 해 버린 셈이었다.

혹시 나 상당히 큰일 날 짓을 저질렀나?

삭 하고 핏기가 사라져 가는 내 손을 프리다가 꼭 쥐었다.

"마인은 뜻밖에 모르는 게 많네? 그럼 내가 이것저것 가르쳐 줄게. 그러니까 이번엔 일 말고, 수다를 나누러 왔으면 좋겠어. 맛있는 과자도 많이 준비해 놓을게. 여자끼리 수다를 즐기자."

"아, 그것⋯⋯."

참 재밌겠네요, 라고 대답하기 전에 누군가가 뒷머리를 잡아당겼다. 홱 뒤돌아보니 루츠가 험악한 얼굴로 고개를 가로젓고 있었다.

윽, 위험했다. 무심코 여자끼리의 수다에 동의할 뻔했어.

깜박하고 동의해 버리면 루츠도 벤노도 배제될 위험이 있었다. 뭐라고 대답해야 할지 몰라 말문이 막힌 나를 대신해 루츠가 입을 열었다.

"이제부터는 바빠. 아쉽지만 놀러 올 여유가 없어."

"어머, 루츠에게 묻지 않았거든?"

프리다가 싱긋 웃으며 그렇게 말했지만 내가 외출할 수 있을지 어떨지는 기본적으로 루츠에게 달렸다.

"마인은 내가 없으면 가족들도 외출 못하게 막는다고. 나 없이 마인이 여기 올 수 없어."

"아아⋯⋯. 그랬구나. 그럼 어쩔 수 없지. 루츠도 같이 오도록 해."

신식이라는 병을 가졌던 적이 있었기 때문일까. 프리다는 금방 내 상황을 이해했다는 듯이 끄덕였다. 하지만 루츠는 수긍하지 않았다. 거절하는 태도를 무너뜨리지 않았다.

"그러니까 바쁘다니깐. 이제 슬슬 겨울 준비가 본격적으로 시작돼. 겨울을 나려면 가족이 총출동해서 준비해야 하니까 수다나 하려고 외출할 여유 따윈 눈곱만큼도 없어. 그리고 눈이 내리기 시작하면 마인은 밖에 나가지 못해. 무슨 말인지 알아듣겠어?"

그렇다. 돈으로 모든 장작을 장만할 수 있는 프리다네 집과 다르게 장작과 초를 잔뜩 준비해야 하는 겨울 준비는 우리에게 힘든 작업이었다. 프리다도 겨울 준비가 얼마나 힘든지 모르지는 않는지 그 이상은 권하지 않고 어깨를 축 늘어뜨렸다.

"봄까지 어렵다는 말이니?"

"봄이 되면 프리다가 수습생이 되어 있을 텐데, 괜찮겠어?"

"그건 괜찮아. 수습 일을 매일 하지는 않으니까. 봄이 되면 과자를 많이 준비해 둘 테니까 놀러 와."

봄이 되면 우리가 종이 제작에 바빠질지도 모르지만 벤노가 길드장에게 이 사실을 숨기는 이상 함부로 입을 놀릴 수는 없었다.

나는 고개를 끄덕이면서 루츠를 바라보았다.

"그러고 보니 루츠는 단 음식에 크게 반응이 없었네. 평소라면 금방이라도 음식에 뛰어들더니. 왜 그래?"

"벤노 나리한테 잘 감시하라는 지시도 있었고 난 마인이 만든 파루 케이크나 요리가 맛있어. 다른 과자보다 평소 먹는 요리 말이야. 그러니까 마인을 빼앗기면 내가 곤란해."

항상 공복인 루츠에게는 가끔 먹는 달콤한 과자보다 평소의 식생활에 충실한 쪽이 중요한 모양이었다. 고마움의 뜻으로 또 새로운 요리법을 들고 루츠네 집에 가야 되겠다.

"파루 케이크는 처음 듣는데? 마인이 만든 과자라면 나도 먹어 보고 싶어."

"뭐? 그건 좀……."

아무래도 이런 부잣집 아가씨에게 새 모이로 쓰이는 파루 찌꺼기 과자 따위를 낼 순 없었다. 손녀 사랑이 넘치는 할아버지가 핏대를 세워 화를 내며 영양 관리를 맡은 요리사들을 싹 바꾸어 버리면 어떡해?

"루츠는 먹어도 되고 나는 안 된다는 말이니?"

슬픈 듯이 시선을 떨구니 마치 내가 프리다를 괴롭히는 느낌이 들어 당황스러웠다. 그래도 파루 케이크는 프라다에게 먹일 만한 음식이 아니었다.

"재료가 좀 그래서……. 프리다 같은 귀한 아가씨가 먹을 음식이 아니야."

"루츠만 치사해."

프리다가 삐졌다. 입술을 삐죽이 내밀었다. 그렇게 귀엽게 삐져도 어쩔 수 없었다. 우리에겐 프리다에게 먹일 만한 식재료 따위는 없었다. 게다가 과자를 만드는 데에는 일손이 필요했다. 내가 할 수 있는 작업은 사실 거의 없었다.

루츠의 집에서 신작 요리법을 자주 보이는 이유는 먹기 위해서라면 노동도 마다 하지 않는 남자아이가 넷이나 있기 때문이었다. 재료와 일손이 없으면 과자를 만들 수 없었다. 지금 신식을 앓는 나는 물론, 신식을 앓았던 프리다에게 팔심이나 체력을 기대하는 점부터가 이상했다.

"음……. 그럼 이번에 봄이 오면 프리다네 재료를 써서 같이 과자를 만들까? 여기 요리사한테도 도움을 받고. 그럼 재료 걱정도 필요 없고, 만들 사람도 있으니까 가족들도 안심할 거야. 어때?"

"와, 좋아! 약속이야."

함께 과자를 만들기로 이야기가 매듭지어졌을 때 문을 노크하며 길드장과 벤노가 들어왔다.

"어이, 다 끝났나? 돌아가지."

"네. 저, 벤노 씨. 이 돈……."

프리다에게 받은 보수는 소은화 6닢, 큰 금액이었다. 솔직히 내가 들고 있기 무서웠다. 벤노에게 맡기려고 돈을 내밀자 벤노가 길드장에게 말을 걸었다.

"미안하지만 잠깐 응접실을 빌려도 될까? 돌아가기 전에 정산을 끝내 버리고 싶은데."

"그러게. 이쪽이 억지로 데리고 왔으니 좋을대로 사용하게."

응접실에서 길드장과 프리다가 나가길 기다렸다가 벤노가 소은화를 받고 테이블 위에 나열하기 시작했다.

"재료비와 수수료를 뺀 소은화 3닢이 너희 몫이다. 두 개째를 반값으로 내리지만 않았다면 소은화 2닢은 더 챙겼겠지만."

"아뇨……. 이걸로 충분해요. 머리 장식 하나로 이 이상 벌었다간 다음에 싼값에 팔 머리 장식은 만들기 싫어질지도 몰라요."

내 말에 벤노가 흥하고 콧방귀를 뀌며 지갑을 꺼냈다.

"돈은 어떻게 할 거지? 전부 들고 가나?"

"소은화 1닢은 상업 길드에 맡기고 대동화 5닢을 들고 갈게요."

"나도."

그렇게 말할 줄 알았다는 듯이 벤노가 길드 카드와 대동화를 꺼냈다.

카드를 맞춰 정산을 끝낸 후 나는 대동화 5닢을 손수건에 감싸 토트백에 넣었다.

"벤노 씨는 어떻게 하실 셈이에요?"

"상점까지 걸어가야지. 저 마차는 좁으니까. 내일 오후 상점으로 와. 실이 도착할 예정이다. 가격도 정해야지."

길드장과 무슨 대화를 나누었을까? 벤노의 경계심이 조금 전까지와 달리 상당히 옅어진 듯했다.

겨울 수작업

"저기, 마인. 왜 매일 소은화 1닢을 길드에 맡겨? 전부 집에 가져 가지 않아?"

마차에서 내린 상업 길드에서 돌아가는 길목에 평소처럼 둘이서 터벅터벅 걸어가자 루츠가 갑자기 이런 질문을 해왔다.

"난 마인이 하는 일이니까 뭔가 의미가 있겠다 싶어서 따라 하는데…… . 번 돈은 전부 집에 가져가야 하지 않아? 가족들한테 좀 미안한데…… ."

돈이 여유롭지 않은 빠듯한 생활을 보내야 하는 평민은 저축 의식이 낮았다. 저금이라 해봤자 초가을에 겨울 준비를 위해 장롱에 모아 두는 게 다였고, 상업 길드에 등록해서 맡기거나 하지 않았다. 당연히 부모의 행동이 자식에게 상식이 되므로 자식도 급료는 전부 집으로 가져가서 쓰는 생활이 당연했다.

"내가 돈을 모으는 이유는 다음 초기 투자비를 위해서야."

"다음 초기 투자비?"

루츠가 이상하단 듯이 고개를 갸웃거리자 나는 알기 쉽게 우리의 체험을 예로 들어 설명했다.

"종이를 만들려고 해도 도구도 없고 돈도 없고 원조해 줄 어른도 없었을 때 못 하나 구하기조차 어려워서 엄청 힘들었잖아."

"아아."

오토에게 원조를 부탁했다가 벤노에게 혼난 일은 그리 오래전 일이 아니었다. 루츠도 생각이 났는지 씁쓸한 얼굴로 끄덕였다.

"우연히 벤노 씨가 '간편 한린샴' 제조법을 사 줘서 초기 투자비를 전부 부담해 주었지만, 도구를 모으는데 엄청 돈이 드는 점 루츠도 잘 알았지? 무슨 일을 시작하든 돈이 필요해."

"냄비에 목재, 재, 실, 세공…… 생각해 보면 엄청 비싸네."

요새 재료 구매로 여러 상점을 돌아다니게 되어 노점이 아닌 상점에서 판매되는 물건의 품질과 물가를 이해하기 시작한 루츠는 종이를 만들기 위한 초기 비용의 가격에 얼굴이 새파래졌다.

"그러니까 지금은 다음을 위해서야. 벤노 씨도 시제품이 완성되면 초기 투자는 끝이라고 했잖아? 이제부터는 종이를 만들 때 도구를 늘리거나, 뭔가 새로운 일을 시작하려고 하면 전부 돈이 들어가. 종이를 엄청 만들어서 책을 만들 수 있게 되어도 새로운 도구가 필요하니까."

"그러니까 다음을 위해서구나……."

나는 납득한 듯, 못 한 듯한 루츠의 얼굴을 가만히 살펴보았다. 나보다도 루츠 쪽이 돈을 모아 두지 않으면 안 되는 절박한 이유가 있다는 사실을 루츠는 알까? 과연 거기까지 생각이 미쳤을까? 나는 조금 고민하다가 천천히 입을 열었다.

"이런 말은 하고 싶지도, 생각하고 싶지도 않지만…… 혹시 너희 부모님이 세례식이 끝나서도 상인을 하도록 허락하지 않는다면 루츠는 어떻게 할래? 앞일 생각해 본 적 있어?"

내 질문을 듣고 괴로운 듯 얼굴을 찌푸린 후 루츠가 축 처진 목소리로 조그맣게 중얼거렸다.

"벤노 나리를 졸라서 더부살이 수습생이 될까 해."

"상인이 되려면 그러는 방법밖엔 없겠네. 포기하겠다고 하지 않아서 다행이야."

내가 웃어 보이자 조금 안심한 듯 루츠가 숨을 내쉬었다. 이 나이에 자립은 상당한 각오가 필요하니 아직 망설여질 터였다. 하지만 루츠는 자신의 목표를 향해 전진하려고 애쓰고 있었고, 그러려면 역시 돈이 필요했다.

"하지만 루츠. 잘 생각해 봐. 집을 나와서 더부살이를 하게 됐을 때도 첫 급료가 나오기 전까지 생활비나 수습 기간 동안 입을 옷을 살 돈이 필요해. 집을 나온 네게 자유롭게 쓸 수 있는 돈이 얼마나 있는지에 따라 상황이 완전히 달라져."

내 말에 깨우쳤는지 루츠가 번뜩 고개를 들었다. 나와 시선을 맞추며 고개를 끄덕였다.

"자기가 번 돈을 자신을 위해 모으는 일은 나쁘지 않아. 모두가 돈을 모아서 생활하니까 죄책감이 느껴질진 몰라도 사실 루츠는 일할 나이도 아닌데 닷새도 안 되서 대동화 13닢이나 벌었잖아? 랄프의 수습 급료보다 많은 돈을 집에 보태주는 셈이야. 그러니까 걱정하지 마."

"그렇구나……. 나 랄프보다 더 버는구나."

루츠가 자랑스럽게 웃었다. 수습을 시작하고 아마도 한 달에 대동화 8닢~10닢 정도 벌어오는 랄프보다 우리가 훨씬 많은 돈을 버는 셈이었다.

"마인, 고마워. 기분이 엄청 가벼워졌어."

"다행이야."

내가 히죽 웃자 어째서인지 갑자기 루츠가 등을 돌려 그 자리에 주저앉았다.

"왜 그래, 루츠?"

"업어 줄게. 오늘 여기저기 돌아다녔으니까 많이 피곤하지? 얼굴색이 안 좋아."

루츠의 말에 나는 무심코 내 얼굴을 여기저기 만져 보았다. 아직 뜨겁지 않으니 열이 나오지는 않은 듯했다.

"얼굴색이 나빠 보여?"

"아직 심하진 않은데 내일 오후에도 상점에 가야 하니까 무리하지 않는 편이 좋아. 마인의 몸 상태는 내가 가장 신경 써야 하는 일이니까 내 말 들어."

"알았어…… 부탁할게."

사실 하루에 여기저기 돌아다녀서 피곤하긴 했다. 루츠가 무리하지 말라고 하니 상당히 위험한 상태라고 생각해도 틀리지 않았다.

루츠는 나를 업고 집까지 바래다주었다. 역시 계단은 스스로 올랐지만 도중에 주저앉을 뻔한 내 손을 다행히도 루츠가 끌면서 함께 올라가 주었다. 솔직히 집 앞 계단이 가장 힘들었다.

"엄마, 다녀왔습니다."

"어머, 루츠. 여기까지 오다니 별일이네? 마인 몸이 안 좋니?"

"오늘은 벤노 나리한테 머리 장식만 보여줄 예정이었는데, 길드장을 만나서 그 집까지 가게 되었어. 직접 머리 장식을 전달해 달라고 해서. 그래서 아마 조금 피곤할 거야."

"그래, 항상 고마워. 든든하구나."

그렇게 말하며 엄마는 중동화 1닢을 루츠에게 쥐여 주었다. 그 돈을 보니 갑자기 생각났다.

"아, 맞다. 엄마. 이거 잊기 전에 미리 줄게."

"마인, 너 대체 뭘 한 거니?"

내가 건넨 대동화 5닢을 보고 엄마의 얼굴이 창백해졌다. 설마 머리 장식이 그렇게나 가치가 있으리라곤 생각하지 못했는지 눈을 크게 뜬 채 굳어져 버렸다.

"프리다의 머리 장식을 만든 돈이야. 드문 물건이라서 비싸게 사주기로 했다고 말했는데?"

"듣긴 했지만 설마 이렇게 비쌀 줄은……."

미안, 엄마. 사실 소개료 겸 수수료로 내가 쓸 소은화 1닢을 몰래 가지고 있다는 말은 절대 못 하겠어.

"루츠, 마인 말이 정말이니?"

"거짓말이 아니야, 에파 아줌마. 나도 똑같이 받았어. 마인과 반반씩 나눴거든."

그렇게 말하며 루츠도 자신이 받은 대동화를 엄마에게 보였다. 그러자 그제야 엄마가 믿었는지 가슴을 쓸어내렸다.

엄마, 혹시 딸을 전혀 신용 못 하는 거야?

"사실은 내일 오후도 벤노 나리한테 불려서 상점에 가야 해. 그러니까 되도록 푹 쉬게 해 줘."

"여기까지 고마워. 루츠."

루츠를 보내고 탁하고 문을 닫은 엄마는 조금 화난 듯이 눈썹을 치켜세우며 나를 침대로 옮겼다.

"무리하지 말라니깐. 그나저나 상당히 비싸게 팔았네?"

"응. 프리다는 부자니까. 실도 고급이고, 보통은 하난데 두 개나 만들었잖아? 게다가 겨울 준비로 바쁜 시기라서 돈을 더 쳐 줬어.

그러니까 다른 사람에게 만들어도 이렇게는 못 받아."

"그래. 바쁜 시기라고 배려해 줬구나."

엄마 안에서 길드장과 프리다가 가난뱅이에게도 배려할 줄 아는 매우 친절하고 신사적인 부자라는 인식이 생긴 모양이다. 앞으로 엄마가 그 두 사람과 만날 일은 아마 없을 테니 망상이 무너질 일도 없겠지.

내가 큰돈을 들고 돌아온 이유를 알고 안심한 엄마는 저녁 준비를 위해 침실을 나갔다. 침실에 남은 나는 역시 무리를 했는지 침대에 눕자마자 꾸벅꾸벅 졸기 시작하다가 결국 저녁을 먹지도 않고 깊은 잠에 빠졌다.

일어나니 아침이었다.

오후부터 벤노의 상점에 가야 했던 나는 오전 내내 반강제적으로 휴식을 취해야 했다. 최근 조금 외출이 잦은 탓인지 잘 잤는데도 몸이 나른했다. 조금씩 열이 날 전조가 나오자 겨울 준비를 시작한 가족들이 나를 침대에 눕힌 것이다.

"마인은 얌전히 있어. 최근에 지나치게 노력했으니까. 아빠보다 더 벌 셈이냐?"

판자문을 점검하며 도는 아빠에게 그런 말을 듣고, 겨울용 이불과 카펫을 펼쳐 말리는 투리와 엄마에게는 "오늘도 벤노 씨 가게에 가지? 아침에 얌전히 있지 않으면 쓰러진다?" "마인은 겨울 준비에 도움이 안 되니까 도움이 되는 곳에서 열심히 하면 돼"라는 말로 침대에서 움직이질 못 하게 했다.

어쩔 수 없이 이불 속에 꿈틀꿈틀 기어들어 가족들이 바삐 움직이는 모습을 바라보았다.

'쳇. 올해는 작년이랑 다르게 겨울 준비도 대충 아니까 조금은 도울 수 있겠다 생각했는데⋯⋯.'

가족들이 이렇게 과보호하는 이유는 어제 대동화 5닢을 들고 엄마에게 건넨 후 단 한 번도 깨지 않고 잠에 빠져서다. 집안에서는 심부름 하나 만족스럽게 할 수 없는 내가 닷새도 되기 전에 대동화 13닢을 벌어 와서는 저녁도 못 먹고 잠에 빠졌으니, 가족들 입장에서는 엄청난 중노동을 하고 왔다고 느꼈던 모양이다.

하지만 요 며칠은 여기저기 돌아다녔으니 나한테는 확실히 중노동이긴 하지.

점심을 알리는 네 점 종이 울리자 나는 춥지 않게 옷을 껴입고 평소의 토트백을 들고 집을 나섰다. 아래까지 내려가서 루츠와 얼굴을 마주하자 루츠가 살짝 얼굴을 찡그렸다.

"마인, 몸 상태 별로 안 좋지? 나만 갔다 오는 편이 좋지 않을까?"

"최근엔 바빴으니까 뭐. 하지만 벤노 씨가 겨울 수작업 금액을 정하겠다고 했으니까 오늘은 가야 해. 옮길 실은 루츠에게 맡겨도 가격 결정은 내가 해야지."

아직 숫자를 잘 모르는 루츠에게 가격을 결정하는 일은 아직 맡길 수 없었다. 오늘만은 내가 가서 벤노가 머리 장식에 매길 값을 어느 정도 협상하고 싶었다.

"그럼 업어 줄게."

"뭐? 아냐. 어제도 업어 줬잖아⋯⋯."

"오늘은 돌아올 때 실을 들고 와야 하니까 업어 줄 수가 없어. 지금은 체력 쓰지 마."

"으으. 오전 내내 자서 괜찮은데."

"이럴 때 마인이 괜찮다는 건 못 믿겠어."

이럴 때의 루츠는 단호한 똥고집이라고 마음속으로 중얼거리며 루츠의 등에 몸을 기댔다. 나는 정말 조금밖에 자라지 않은 데 반해 루츠는 더 성장한 듯했다. 병 탓이라고 해도 같은 나이에 이렇게나 차이가 벌어지니 조금 분했다.

"루츠? 마인은 몸이 안 좋습니까?"

루츠에게 업힌 나를 발견한 마르크가 깜짝 놀란 듯 눈을 크게 뜨고 빠른 발걸음으로 다가왔다. 마르크는 내 몸에 과잉 반응을 보였다. 내가 눈앞에서 의식을 잃은 일로 그에게 상당한 트라우마가 생긴 것 같아 미안했다.

"최근에 매일 밖에서 여기저기 돌아다녔더니 피곤했나 봐. 아마 오늘 밤부터 앓아누울지도. 그러니까 빨리빨리 용건을 끝냈으면 좋겠어."

"알겠습니다."

마르크는 고개를 한 번 끄덕이고 안쪽 방으로 안내해 주었다.

"주인님, 마인과 루츠가 도착했습니다."

"들여보내."

끽하고 문을 열어 우리를 안으로 들여보내고 마르크도 함께 방으로 들어왔다.

"마인의 몸 상태가 그다지 좋지 않다고 루츠의 보고가 있었습니다. 용건을 빠르게 끝낼 수 있도록 배려해 주십시오."

"알았다. 둘 다 앉아."

벤노의 말에 테이블에 앉자 곧바로 겨울 수작업 이야기가 시작되었다. 벤노가 구매한 실 가격을 제시하고 이 양으로 만들 수 있는 머리 장식 수량을 내가 예측하여 요금을 정했다.

"벤노 씨. 이 머리 장식은 가격을 그렇게 높게 책정하고 싶지 않아요. 실도 싼 물건으로 샀으니까 되도록 많은 사람이 살 수 있는 가격으로 정해 주시면 안 될까요?"

"네 기분은 잘 알겠다만 처음부터 지나치게 싸게 팔 수는 없다. 물품을 대량으로 공급하게 되면 점차 판매 가격이 낮아지거든. 초반엔 대동화 3닢 정도가 적당해."

우리 집이라도 조금은 부담은 되지만, 특별한 날을 위해 살 수는 있는 금액이었다. 자매끼리 공유하거나 하면 어떻게든 될 법한 가격이었다. 이제부터 조금씩 가격이 내려갈 점을 고려하면 적절한 금액인 듯하다.

"그 정도면 적당하겠네요. 알겠습니다."

내가 수긍하자 다음은 우리의 몫에 대한 이야기로 넘어갔다.

"머리 장식 하나에 수수료와 재료비를 뺀 몫은 중동화 5닢이다. 새로운 수작업으로 달리 주문을 맡길 수 있는 상대가 없으니 조금 높게 설정했지."

"중동화 5닢이 높은 설정이라고요!? 역시 프리다의 머리 장식은 바가지가 지나쳐도 너무 지나쳤었네요!"

벤노가 정했던 가격으로는 두 개 치 가격에 우리 몫이 소은화 5닢이었다. 가격 차이가 100배나 되었다.

"그건 길드장 영감이 부른 값이니까 상관없다."

"그럼······ 보통 어느 정도로 값으로 정하나요?"

작년 겨울 수작업 때는 투리의 바구니 만들기를 도왔다. 하지만 우리에게 돌아오는 돈은 없어서 한 개당 요금을 따로 따져 본 적이 없었다.

"겨울 수작업은 우리 같은 상인이 수수료를 받고 재봉이나 세공 공방의 주인이 수수료를 챙기니까 하나당 중동화 1닢을 받아도 실제로 만든 사람한테는 만족스럽겠지? 너희는 공방의 주인을 통한 주문이 아닌 만큼 금액이 높은 거다."

"네!? 중동화 1닢도 못 받다니, 원래 그렇게 싸요!?"

놀란 뒤에서야 나는 일본에서도 부업 아르바이트가 매우 쌌다는 사실을 떠올렸다. 분명 구슬 팔찌 같은 물건 하나에 몇십 엔 정도였다. 그렇게 생각하면 하나당 중동화 1닢 정도가 터무니없지는 않았다. 우리가 받는 중동화 5닢이 파격적인 금액인 셈이니까.

"공방에서 물품 매매가 가능한 사람은 기본적으로 사장뿐이니 어쩔 수 없지. 사장이 얼마나 수수료를 챙기느냐에 따라 다소 차이는 있지. 마인은 경험이 있지 않나? 겨울 수작업으로 머리 장식을 만들겠다고 네 입으로 말했으니 경험은 있겠지?"

벤노의 질문에 나는 작년 수작업을 떠올렸다.

"작년은 투리 언니의 수작업을 도왔어요. 하지만 원가도 수수료도 작업 몫도 아무것도 모르고 만들었고 저한테 돈은 들어오지 않거든요. 어라? 그러고 보니 만든 물건을 팔려면 길드 등록이 필요하죠? 우리 엄마도 등록했을까?"

우리가 수작업으로 만든 바구니는 엄마가 가져갔지만, 엄마가 상업 길드에 발을 들였다는 이야기는 들은 적이 없었다. 내가 갔다는 이야기를 흥미 있게 듣기만 했었다.

"뭐야, 너희 어머니는 노점이라도 하시나?"

"아뇨. 평소엔 염색 공방에서 일하세요."

"그럼 직장에서 배당받은 일이겠지. 사장이 할당한 작업물을 회수할 뿐이라면 장인이 상업 길드에 등록할 필요는 없다. 대표로 매매하는 사장만 등록하면 돼."

장인의 직장에서는 사장이 작업물을 모아 매매하기 때문에 사원이 상인 등록을 할 필요는 없다고 했다. 대신 각각의 장인 협회에 장인으로서의 등록이 있다고 했다.

"즉, 작년에는 엄마가 직장에서 배당받은 수작업을 투리에게 맡겼고, 내가 그것을 도운 셈이군요."

"뭘 만들었지?"

"이걸 만들었어요. 이건 초기작이라 상당히 단순하지만 틈틈이 만든 다른 가방 중에는 상당히 공들인 물건도 있었거든요."

내가 토트백을 들어 보이자 어째선지 벤노가 얼굴을 찌푸리며 미간을 눌렀다.

"또…… 너냐."

"네?"

'또라니, 뭐가요? 그러고 보니 그 찌푸린 얼굴, 몇 번인가 본 적 있어. 혹시 나 또 이상한 짓이라도 했나?'

"분명 봄 끝자락 즈음에 장에 나온 바구니 중에 장식이 화려한 가방이 몇 점인가 있었다. 원래 수작업으로 수입을 늘리려면 물량을 빨리 채워야 해서 급하고 엉성하게 만들기 마련이지. 그런데 그중에 매우 공들인 가방이 눈에 띄더군."

"그럴 수가아아아아!"

한가해서 조금 공들여 장식을 넣어 보거나, 그 방법을 투리에게 가르쳐 주거나 했는데 설마 장에서 눈에 띌 거라고는 생각지 못했다.

"누가 만들었는지 알고 싶어서 특정 공방까지는 알아낸다 쳐도 한꺼번에 모이는 겨울 수작업을 만든 장본인까지는 찾아내기 힘들지."

"다행이다~. 못 찾아내서."

이래 봬도 스스로 이상하다는 점을 자각해서 되도록 띄지 않게 조용히 지낼 생각이었지만 아무래도 눈에 띄어 버리는 모양이다.

"자신이 쓸 물건이라면 되도록 튼튼하게 만드는 게 당연하니 마인이 그 가방을 들고 있어도 부자연스럽지 않았고, 그 가방엔 장식도 없어서 지금까지 몰랐군……. 반년 사이에 내가 만난 불가사의한 물건은 전부 너한테서 나왔단 말이잖아."

정교한 가방, 머리 장식, 간편 한린샴, 식물로 만든 종이라며 손꼽아 보는 벤노를 보며 나는 자신의 머리를 싸쥐고 싶어졌다. 벤노의 시점에서 본 이야기를 들어 보면 도저히 눈에 띄고 싶지 않은 사람의 소행이라고 보기 어려웠다. 어쩐지 몸 둘 바를 몰라 살짝 사과했다.

"어쩐지 죄송하네요……."

"뭐, 됐다. 그것보다 넌 시간이 나면 몰두해 버리는 경향이 있군. 머리 장식 디자인은 네가 처음 만든 디자인에서 멋대로 바꾸지 마. 이건 꼭이다. 알겠나?"

작년에 만든 바구니나 가방이 눈에 띌 거라고는 생각도 못 했고,

프리다 때처럼 의욕에 불타 만들어서 쓸데없이 눈에 띄고 싶지도 않았다. 디자인을 통일해 두면 문제를 회피할 수 있을 터였다.

"알겠어요. 색깔은 다르게 해도 디자인은 통일할게요."

"일단 이걸로 용건은 끝났다. 아, 그렇다. 분명 겨울 동안 공부하고 싶다고 말했지? 이걸 빌려줄 테니 돌아가면 훑어 봐."

"뭔가요……?"

벤노에게 건네받은 목패를 읽어 보려 했다가 볼을 꼬집혔다.

"돌아가면 보라고 했다! 알겠나?"

"네네!"

"못 말리겠군……. 그 목패는 열이 내린 후에 돌려줘도 돼. 빨리 돌아가서 자. 루츠, 이 바보한테서 눈을 떼지 마. 돌아가는 길에 목패를 읽다가 사고라도 나겠어."

우라노 시절에 학교에서 돌아가는 길에 책을 읽으면서 가다가 차에 치인 기억을 떠올린 나는 입을 꾹 다물고 시선을 피했다.

마르크가 주문해 두었던 실이 든 바구니를 준비해 주었다. 돌아가는 길에 루츠가 그것을 들고 걸었다. 마르크에게 상당히 걱정스러운 얼굴로 배웅받으며 귀로에 올랐다. 느릿느릿한 발걸음으로 돌아가면서 나는 앓아눕기 전에 정해 두고 싶은 사항을 루츠에게 상담했다.

"저기, 루츠. 머리 장식 할당 말인데……."

"응."

"비녀 부분보다 꽃이 훨씬 시간이 오래 걸리니까 중동화 2닢과 3닢으로 나눠도 될까?"

"좋아. 걸리는 시간을 생각하면 1닢과 4닢으로 나눠도 좋을 정도야."

일하는 데 드는 품을 고려하면 루츠의 말대로 하는 편이 좋았지만 내가 2닢과 3닢으로 나누고 싶은 데에는 다른 이유가 있었다.

"그럼 루츠가 계산하기 힘들어지니까 중동화 2닢과 3닢으로 나누자."

"계산?"

"그래. 이번엔 우리가 한 개당 수수료를 중동화 1닢으로 받고 꽃은 중동화 2닢, 비녀 부분은 중동화 1닢으로 가족에게 작업을 의뢰해 보지 않을래?"

"뭐? 가족들한테?"

의미를 모르겠다며 고개를 갸우뚱하는 루츠에게 말을 이었다.

"응. 내가 꽃을 만드는 속도로 치면 한 달에 30개 정도밖에 못 만들어. 비녀 부분만 남아도 곤란하니까 우선 한 달에 비녀 30개 만드는 작업을 가족들에게 부탁하고, 우리가 수수료를 받는 방법을 익혀 보자."

"그건 상인에게 필요하니까?"

전에 이야기한 상인과 장인의 차이점을 기억해낸 듯 루츠가 내 말을 이해한 모양이었다.

"그래, 벤노 씨 흉내부터 시작해 보는 거야. 상인 수습이 되려면 루츠는 열심히 공부해야 하잖아. 비녀 부분만 만들어선 안 돼. 스스로 만들어서 만든 몫을 자기가 챙겨도 좋겠지만."

가족에게 돈을 떼는 기분에 나도 썩 내키지 않지만, 상인이 되면 자신의 가족만 특별 취급을 했다가는 금방 상인으로서 생활할 수 없게 될 터였다. 그런 나의 설명에 루츠는 잠깐 땅을 노려보다가 홱 하고 얼굴을 들었다.

"해 볼게……."

실은 꽃 부분을 만드는 우리 집에 두는 편이 좋으니 루츠에게 실을 옮겨 주도록 부탁했다. 당연하지만 대량의 실을 본 가족들이 깜짝 놀라 겨울 준비하던 손을 멈추고 다가왔다.

"루츠, 이 실은 대체 뭐니?"

'아니, 그러니까 왜 딸인 내가 아니라 루츠에게 묻냐고요.'

나와 루츠의 신뢰도 차이에 발끈하면서 설명했다.

"머리 장식을 만들 때 쓸 실이야. 완성품을 벤노 씨에게 파는 대신 실을 사 줬어. 이건 내 수작업 재료니까 멋대로 쓰면 안 돼."

"알았어. 루츠. 고맙구나. 이거 괜찮다면 먹으렴."

엄마는 루츠에게 따끈따끈한 잼이 든 조그마한 병을 건넸다. 루츠는 밝은 표정을 지으며 병을 받고는 잰걸음으로 돌아갔다.

"이건 창고에 넣어 둘 테니 마인은 이제 자도록 해."

아빠가 실이 든 바구니를 들고 창고로 가고 나는 침대로 쫓겨났다.

"으으, 몸이라도 닦고 싶어. 어제도 못 했고 오늘도 외출했더니 지저분해."

"마침 물이 끓으니까 그렇게 해. 나도 씻고 싶으니까 같이 하자."

"고마워. 투리."

약 1년 동안 나와 투리는 서로의 몸을 닦아 주었다. 투리도 최근에는 나흘 정도 닦지 않으면 신경이 쓰이는 모양이었다. 침실 안에

서도 가마 뒤라 가장 따뜻한 자리에 목욕 준비를 하고 몸을 닦으면서 투리가 진지하게 말했다.

"작년엔 마인은 뭘 하는지 알 수도 없는 행동만 했었는데 올해는 스스로 일을 얻어 오다니. 어쩐지 너무 놀라워."

"투리는 올해도 바구니 만들 거야?"

통 속에서 씻은 수건을 짜면서 나는 투리에게 물어보았다. 투리는 땋은 머리를 걷어 목 주변을 닦으며 자신의 예정을 털어놔 주었다.

"우리 직장에서 받는 수작업보다 엄마네 일이 비싸게 주거든. 이제 바구니를 만들 나무를 잘라 와서 껍질을 벗겨야지."

"뭐? 직장에서 받은 수작업을 꼭 하지 않아도 돼?"

공방 사장에게 할당받는 게 아닌 걸까? 벤노에게 들은 이야기로 할당 기준이 있다고 생각했었는데. 내가 고개를 갸웃거리자 투리가 조그맣게 웃었다.

"용돈벌이랑 비슷해. 엄청 많이 만드는 사람도 있고. 가족들 옷 만들기가 바빠서 수작업까지 여유가 없는 사람도 있으니까 꼭 하지 않아도 돼."

"아, 각자 사정이 있는 거구나."

투리에게 할당된 작업이 끝나면 도움을 받으려고 했지만 특별히 기준이 정해진 게 아니라면 처음부터 도움을 받아도 문제가 없어 보였다.

나는 투리를 힐끗 쳐다보고 싱긋 웃었다.

"난 겨울 수작업으로 투리에게 만들어 준 머리 장식을 만들 거야. 그것과 똑같은 머리 장식을 하나 만들면 중동화 2닢을 받을 수 있어."

"뭐!? 정말이야!? 엄청 많이 받네. 나도 같이 해도 돼?"

"응. 같이 하자."

내가 그렇게 말하자 투리는 기쁜지 재잘거리기 시작했다. 많이 만들어서 용돈으로 쓰겠다며 파란 눈동자를 반짝거렸다.

"있잖아, 마인. 뭘 준비하면 좋을까?"

"벤노 씨가 실을 준비해 줬고, 비녀 부분은 루츠가 만드니까 딱히 준비는 필요 없어. 가느다란 코바늘만 있으면 돼."

"미리 준비할 필요도 없다니 정말 편하네."

우후후하고 웃던 투리가 갑자기 굳은 얼굴로 눈을 끔뻑거리며 내 뒤를 가리켰다. 내가 홱 하고 뒤를 돌아보자 엄마가 볼에 손을 얹고 상당히 진지한 눈빛으로 뭔가를 골똘히 생각하며 서 있었다.

"저어, 마인. 마인이 입을 예복을 다 만들면 엄마도 해도 되겠지?"

루츠······. 어떡하지? 엄마가 의욕에 불타올랐어. 비녀 부분을 추가해야겠어.

루츠의 교육 계획

침대 속에서 뒹굴뒹굴하는 동안 루츠의 예상대로 열이 올랐다. 다행히도 피로에서 온 미열 정도라 몸 전체가 나른하기만 했다. 먹혀 버릴 듯한 신식의 열과는 달리 얌전히 지내면 자연히 낫는 열이었다.

그렇게 생각한 지 사흘이 지났다. 생각보다 떨어지지 않는 열에 조바심이 났지만 멋대로 침대에서 나오면 혼이 나니 잠만 자서 지루하지만 침대 속에 있을 수밖에 없었다.

아아아아아아, 심심하다.

오늘은 돼지 해체 날이다. 작년과 다르게 오늘은 혼자서 집을 보게 될 정도의 신용을 얻었는지 가족들은 나를 두고 아침 일찍 집을 나갔다. 점심으로 먹을 샌드위치와 가족 전원이 마실 물을 컵에 따라 침실에 놓고 가 주어서 배가 고프거나 목이 마를 일은 없을 것 같았다.

정적이 흐르는 방안에서 마음만 먹으면 움직일 수 있었지만 열을 오래 끌뿐이니 침대에 얌전히 있어야 했다. 하지만 말할 상대도 없고 심심해서 미쳐 버리겠다.

아아, 책이 있으면 얼마나 좋을까…….

실패한 종이를 꽤 잔뜩 들고 왔지만, 아직 손도 대지 못한 채 내 옷이 든 나무 상자 밑에 차곡차곡 쌓아 두기만 했다. 시제품을 만든 뒤 바쁘기도 했고, 내 첫 작품이 될 책은 온 힘을 다해 만들고 싶었다.

　무엇보다 실패한 종이라서 품질은 제각각, 크기도 제멋대로였다. 거의 성공에 가까운 종이도 있고 완전히 실패해서 잘 찢어지고 너덜너덜한 쪼가리 같은 종이도 있었다. 종이 반대편이 보일 정도로 얇아서 만지기가 무서운 종이도 있고 힘을 주면 부러질 만큼 두꺼운 종이도 있었다.

　목판에 붙일 때 구겨진 종이는 거의 성공에 가까워서 쓰기 쉬웠지만, 건조한 후 벗겨낼 때 실패해서 커다란 구멍이 뚫린 종이는 내가 칼을 능숙히 사용할 수 없어 쓸모 있는 부분만 잘라내기가 여간 힘든 게 아니었다. 칼날이 얇고 조그마한 커터칼처럼 쓰기 쉽고 날카롭게 잘리는 칼이 필요했다.

　그런 종이로 책을 만들려면 차분하게 종이와 마주하는 시간이 있어야 했다. 왠지 올해 겨울은 충실하게 시간을 보낼 수 있지 않을까?

　아! 그러고 보니 책은 없지만 그 대신 벤노 씨에게 받은 목패가 있었지.

　열이 나기 전에 '돌아가면 훑어봐'라며 벤노 씨가 준 목패가 있었다는 사실을 기억해 냈다. 침대에 누운 채 읽는 정도야 괜찮겠지. 나는 느릿느릿 몸을 일으켜 옷이 든 나무 상자 뚜껑을 열고 A4 정도 되는 큰 판자를 토트백 안에서 꺼냈다. 그리고 벌러덩 침대에 누운 채 읽기 시작했다.

　"이거…… 신입 교육 과정표네."

　새로이 들어온 상인 수습생이 교육받아야 할 최소한의 내용이 그 목패에 쓰여 있었다. 목패에 적힌 내용을 크게 분류하면 대체로 이러했다.

　복장을 갖추고 인사를 할 수 있을 것. 기본 글자와 숫자를 전부 쓸 수 있을 것. 계산기를 쓸 수 있을 것. 돈 계산을 어느 정도 익힐 것. 취급 상품을 기억할 것. 단골 업자들의 이름을 기억할 것. 이상 6가지 항목이었다.

　"음, 겨울 동안 글자랑 계산이랑 돈 계산은 둘이서 할 수 있겠네. 아래 항목은 신입생 교육을 받는 동안에 다 같이 배울 테니까 나중에 해도 괜찮겠고……."

　혼잣말을 중얼거리며 루츠와 나의 겨울 공부 계획을 세우기 시작했다.

　먼저, 루츠는 기본 글자와 숫자를 어느 정도 기억하고 있을까? 배운다 해도 쓰지 않으면 잊어버리는 법이다. 얼마만큼 기억하는지 확인해서 까먹은 부분을 다시 한 번 가르치자. 예문 대신 주문서나 면담 예약표를 쓰는 방법을 가리켜 볼까? 수습을 시작하고 나서도 쓰게 될 단어들이니까 기억해 두어도 나쁘지 않겠지.

　솔직히 나도 일 관계 단어밖에 몰랐다. 이곳은 사전이 없고 예산 때문에 나를 단련시키고 싶었던 오토와 상인인 벤노와 마르크에게 글을 배웠으니 일에 관련된 단어는 상당히 익힐 수 있었다. 하지만 일반 명사나 동사는 전혀 몰랐다.

　"계산기 쓰는 방법은 더하기나 뺄셈이면 알겠는데, 곱하기나 나누기 방식은 마르크 씨에게 물어보지 않으면 모르겠네……."

　석판에다 필산 방식으로 계산이 가능하지만 수습생들 사이에서 쓸데없이 눈에 띄지 않으려면 다른 사람들처럼 비슷하게 하는 편이 좋았다.

"루츠는 초등학교 1~3학년 산수를 가르치고 싶은데, 교과서나 문제집도 없이 어떻게 가르치지? 우선순위로 보면 숫자 세기랑 커다란 수를 돈으로 환산하게 하는 공부가 첫째이고, 한 자릿수 덧셈과 뺄셈을 철저하게 익히고, 곱하기와 나누기는 개념만이라도…… 잠깐, 겨울 동안에 다 하기 힘들까?"

수학만 가르쳐도 3년 걸리는 과정을 겨울 동안 전부 익히기는 힘들었다. 하아 하고 한숨을 뱉자 몸 안에서 열이 꿈틀거리는 느낌이 들었다. 신식 열이 나오려고 압력을 가해 오는 감각에 관자놀이 주변에 힘을 주고 이빨을 꽉 깨물었다.

'나오지 마, 안 불렀어.'

뚜껑을 꽉 싸매는 느낌으로 열을 억지로 집어넣고 후우 하고 숨을 내쉬었다.

그렇게 긴 시간은 아니지만 신식 열과 엎치락뒤치락 한 탓에 배가 고파왔다. 가족들이 준비해둔 샌드위치를 집어 한입 크게 베어 물고 우물우물 씹으며 복장과 인사에 대해 생각했다.

"가장 문제는 이거야. 복장을 갖추고 인사를 할 수 있을 것. 복장을 어느 정도 갖추라는 말일까? 상인 특유의 인사나 표현이 있는지도 잘 모르는데."

벤노의 상점이나 상업 길드 3층에서 일하는 사람들을 보면 일에 쓸 옷이 필요하다는 사실을 알 수 있었다. 그 옷 가격이 어느 정도인지는 벤노에게 확인해 봐야 했다.

그리고 인사에 관해서라면 나도 배워 두고 싶은 항목이다. 이곳에 머리를 숙이는 인사법이 없다는 점은 알고 있지만 올바른 인사 방법이 어떤지를 몰랐다. 첫 대면 상대에게는 웃으면서 얼버무리기만 했다. 하지만 벤노나 길드장도 딱히 인사가 특별했다는 느낌은 없었다.

벤노에게 빌린 목패를 보며 고민하는 사이에 꾸벅꾸벅 졸았는지 다음에 눈을 떴을 땐 가족들이 돌아와 오늘 만든 돼지고기 가공품을 겨울 준비 창고에 옮기고 있었다.

"어서 와."

"다녀왔어. 일어났네? 열은 내렸어?"

"내려간 것 같아……."

일어났을 땐 상당히 개운한 상태라 열은 내렸을 터였다. 아마도 내일은 상태를 지켜보기 위해 온종일 집안에서 지내야겠지만 내일모레에는 움직일 수 있겠지.

다음 날 숲에 갈 예정이었던 루츠가 바구니를 멘 외출 차림으로 병문안을 와 주었다. 열이 내렸는데도 침대에만 있어야 했던 나는 아주 잠깐이라도 말할 상대가 생겨 굉장히 기뻤다.

"여어. 마인. 열 내렸다며? 밑에서 투리한테 들었어."

"응, 어젯밤에 내렸어. 오늘 하루 상태를 보고 내일은 움직일 수 있을 거야."

"그래? 오랜만에 열이 길어져서 걱정했어."

최근엔 며칠이나 이어지는 열이 난 적이 없어서 가족과 루츠가 상당히 걱정한 모양이었다.

"마인은 올해도 돼지고기 가공 작업에는 참석 못 했네."

"아~ 이 계절은 어쩔 수 없나 봐."

고기 해체에는 다소 익숙해졌지만, 아직 가족들처럼 '좋아, 힘내

자. 일 년에 한 번 있는 즐거운 날이다' 라고는 생각할 수 없었다. 열로 앓아누운 동안 끝나서 행운이라고 생각할 정도다.

"나 어제는 벤노 씨가 빌려준 목패를 보고 공부 계획을 세웠어. 내일은 벤노 씨에게 가서 이 목패를 돌려주고, 계산기를 살 수 없을지 상담하고 싶어."

"그러고 보니…… 무슨 목패였어?"

루츠는 벤노에게 빌린 목패의 존재를 떠올렸다는 듯이 손뼉을 치며 몸을 내밀었다. 완벽하게 이야기를 듣는 자세였다.

"수습 교육에 관한 내용이었어. 루츠는 글자랑 숫자를 어느 정도 기억하고 있어?"

"배운 건 전부 기억하고 있는데?"

당연하단 듯이 고개를 갸웃거리며 루츠가 대답했다. 설마 전부 기억하고 있으리라고 생각하지 않았던 나는 깜짝 놀랐다.

"뭐? 정말!? 평소에 쓰지도 않는데 어떻게 기억해!?"

"공부를 한 적이 거의 없으니까 모처럼 배운 내용을 잊어버리지 싶지 않았거든. 바닥이나 벽에 손가락으로 써 보고 석판을 산 뒤부터는 석판에 연습했어."

"루츠, 대단해! 훌륭해! 똘똘하네!"

루츠는 예상 이상으로 노력파였다. 아니, 교육을 받는 게 당연하고, 필요한 정보는 얼마든지 손에 넣을 수 있을 줄 알았던 내 생각이 단순했던 걸까?

나는 기억한 내용을 잊어버리기 싫다고 생각한 적이 단 한 번도 없었다. 잊어버리면 또 책을 읽으면 되니까. 어떤 책에 쓰여 있는지만 기억해 두면 언제든 필요한 정보가 손에 들어왔다. 모든 내용을 암기할 필요 따위 없었다.

"별로 대단하지 않아. 큰 숫자도 전부 읽을 수 있는 마인이 대단하지."

"그럼 큰 숫자를 읽는 방법을 가르쳐 줄게. 석판 가져와 봐."

일, 십, 백, 천, 만…… 하고 커지는 숫자 단위를 가르쳤다. 백 단위까지는 장에서도 쓰이니 간단하게 읽을 수 있었지만 그 뒤가 어려운 모양이었다. 내가 석판을 콕콕 찍으며 단위를 세면 루츠도 입을 맞춰 세기 시작했다.

여러 번 단위 세기를 연습한 후 석판에 적당한 숫자를 나열해 썼다.

"그럼 문제입니다. 78,946,215는 어떻게 읽죠?"

"음, 일, 십, 백, 천, 만, 십만이니까……."

꽤 진지한 얼굴로 몰두한 루츠는 순식간에 천 단위까지 읽을 수 있게 되었다. 집중력이 높은지, 기억력이 좋은지 루츠는 예상 이상으로 기본 능력이 뛰어났다. 겨울에 공부하면 상당한 실력을 쌓을 수 있지 않을까?

'여기에 머리까지 좋으면 루츠에게 이길 요소가 전혀 없어지는데.'

내심 우울해져 있자 물을 길어 온 투리가 루츠를 보고 큰 소리를 냈다.

"어라, 루츠!? 숲에 간다고 하지 않았어? 다들 벌써 출발했어!"

"으앗! 미안, 마인. 난 가 볼게. 가르쳐 줘서 고마워."

루츠가 허둥지둥 자리에서 일어서 뛰어나갔다. 루츠가 달리는 속도라면 문에 도착하기 전에 따라잡을 수 있겠지. 나는 손을 흔들며 배웅했다.

다음 날 가족들에게 외출 허가가 떨어졌다. 벤노에게 여유가 생기는 오후 시간에 루츠와 함께 상점으로 향했다. 그런데 출입문이 굳게 닫힌 상점 앞에는 경비원 한 사람만 서 있었다.

"어라? 아직 점심시간인가 봐."

"중앙 광장으로 돌아가서 앉아서 기다릴까? 계속 서 있기 힘들지?"

"그러게. 오늘은 앉을 곳이 있으면 좋겠어."

둘이서 어떻게 시간을 보낼지 상담하고 있는데 경비원이 우리 얼굴을 기억하는지 손짓했다.

"주인님께 안내해도 좋을지 물어보마. 여기서 조금 기다려 주겠니?"

"감사합니다."

경비원이 가게 안으로 들어가더니 금방 다시 나와 문을 활짝 열어 우리를 안으로 들어가게 해 주었다.

경비원은 창문이 굳게 닫혀 어둑어둑한 상점 안을 성큼성큼 걸어가 안쪽 방문을 열어 주었다. 안쪽 방에는 눈부신 햇살이 들어와 환했고, 가마에는 시뻘건 불이 활활 타고 있었다. 일하던 벤노가 펜을 놓고 일어섰다.

"마인, 열은 내렸나?"

"네. 이 목패를 돌려드리러 왔어요. 그리고 질문이 있는데 해도 될까요?"

"아, 그래. 나도 할 얘기가 있으니 먼저 너희 얘기를 듣도록 하지."

벤노가 평소에 쓰는 테이블 쪽에 앉도록 손으로 가리키며 질문을 재촉했다.

"이 목패 감사했습니다. 덕분에 겨울에 해야 할 공부 계획을 어느 정도 세웠어요."

"호오."

"음, 읽다 보니 질문이 생겼는데요. 복장을 갖추고 인사를 할 수 있어야 하는 건 알겠는데, 갖춘 복장이라는 건 어느 정도를 말하죠? 또 상인 특유의 인사법이나 말투를 잘 모르겠어요."

벤노가 나와 루츠를 가만히 쳐다보며 말했다.

"아아, 일단 너희는 남문에 가까이 사는 평민이지만 지저분한 인상은 전혀 없으니까 일할 때 입을 옷과 신발만 있으면 돼. 소은화 10 닢 정도면 최소한은 갖출 수 있으니까 지금부터 돈을 모으면 여름까지는 어떻게든 될 거다."

"소은화 10닢……. 마인 따라 모아 두길 잘했다."

루츠가 멍한 얼굴로 중얼거렸다. 루츠에게 옷이란 엄마가 실을 뽑아 만드는 물건인데, 상인 수습생이라면 소은화 10닢이나 되는 옷이나 신발이 최소한의 수준이라는 말은 충격적이었겠지. 사실 나도 충격이 컸지만, 여기에서는 기성복이 아니라 주문 제작이니 그 정도 값이겠거니 예상은 했었다. 비싸긴 하지만 열심히 종이를 만들면 모을 수 있는 가격이다.

"그리고 마인은 둘째치고 루츠는 우선 말투부터 고쳐야겠어. 정중한 말투를 공부하지 않고 지금 이 상태면 손님 앞에 내보낼 수 없다."

벤노의 지적에 루츠의 말문이 막혔다. 주변에 그런 말투를 쓰는 사람이 없다면 연습하기도 어려웠다. 나는 우리 주변에 있는 사람 중 가장 루츠에게 참고가 될 만한 사람을 생각해 보았다.

"정중한 말이면 마르크 씨의 말투를 참고하면 좋지 않을까?"

"으~ 뭔가 이상한데."

갑자기 말투를 바꾸면 마치 자신이 아닌 듯한 불편한 느낌이 드는 점은 공감했다. 하지만 노력하지 않으면 손님 앞에 설 수 없다. 특히 벤노의 상점은 이제부터 귀족을 상대로 장사를 더욱 확장하려고 한다. 높은 곳으로 올라가려면 몸가짐, 말투, 예절을 반드시 익혀야 했다.

"괜찮아. 해 보면 돼. 벤노 씨도 평소엔 이런 말투지만 손님 상대로는 정중한 말투를 쓸 테니까 루츠도 상대를 보고 바꿀 수 있도록 하면 돼."

벤노는 길드장을 상대로도 정중한 말투를 쓰는 모습을 본 적이 없지만, 하려고 마음먹으면 간단히 바꿀 수 있을 터였다. 그러지 않고서야 상인을 해내지 못하지.

"딱히 가족이나 나한테 정중한 말을 쓸 필요는 없잖아? 그리고 나도 루츠에게 하는 말이랑 벤노 씨나 길드장에게 쓰는 말이 다르지? 이상하게 들려?"

"그러고 보니 그러네……. 마인은 아무렇지도 않게 말하니까 그다지 신경 쓰이지 않았어."

슬쩍 바꾸어 말하면 크게 신경 쓰이지 않는 법이었다. 처음엔 위화감이 들어도 쓰다 보면 익숙해진다.

"그러니까 루츠도 일에만 쓰는 말투라고 생각하고 마르크 씨의

말투를 따라해 보면 어때? 우선은 '입니다'나 '습니다'부터 시작해
보자."

끝부분만 정중한 표현으로 고쳐 보이자 루츠도 이해한 듯 끄덕
였다.

"아아, 그렇게 할게입니다."

"아니야! '그렇게 하겠습니다'라고 해야지."

"푸핫! 하하하하하!"

나와 루츠의 대화를 눈앞에서 보던 벤노가 호탕한 웃음을 터트리
고 테이블을 두드리며 웃어댔다. 눈꼬리에 눈물을 머금고 배를 잡으
며 큰소리로 웃었다.

"푸풋, 겨울 동안 실력을 얼마나 끌어 올릴지 모르겠지만, 아무튼
열심히 해 봐."

웃음을 참으려고도 하지 않는 벤노를 가볍게 노려보아도 전혀 효
과가 없었다. 반드시 깜짝 놀랄 정도로 실력을 올려 보이겠다고 강
한 결의를 다지며 주먹을 쥐었다. 그와 동시에 부탁할 일이 떠올
랐다.

"아, 맞다. 벤노 씨."

"뭐지?"

"실력을 끌어올리기 위해 계산기가 필요해요. 이것만큼은 연습해
야 익힐 수 있으니까요."

마르크는 머리와 손가락이 동시에 움직이듯이 계산기를 쓸 수 있
었다. 그 수준까지는 도달하기 힘들겠지만, 마찬가지로 주판도 연습
이 중요하니까.

"계산기 말이군……. 가게에서 쓰던 중고라도 괜찮다면 대동화 6

닢에 팔아 주지. 둘이서 계산기 하나로 충분하나?"

"네. 부탁드릴게요."

벤노와 길드 카드를 맞추어 나와 루츠에게서 대동화 3닢씩 빼내고 계산기를 얻었다.

"이걸로 계산 공부를 하면 되겠다. 그치?"

"응."

"더는 할 말은 없나?"

벤노의 질문에 번뜩 정신이 들었다.

"아, 봄까지 계약서 크기 초지틀을 주문해야 해요."

"주문서만 써 둬. 마르크가 알고 있으니 마르크를 보내지."

"네? 하지만……."

주문은 자기가 책임지고 하지 않으면 어떤 트러블이 일어날지 모른다고 여기저기 돌아다닐 때 마르크가 알려주었다. 그러니 왠지 맡겨 버려서는 안 될 것 같은데.

"넌 다른 건으로 움직여야 할 일이 있어. 자. 주문서부터 먼저 써."

벤노의 재촉에 나는 토트백에서 주문서 세트를 꺼냈다가 주문서로 쓰는 목패가 이제 하나밖에 남지 않았다는 걸 알았다.

"벤노 씨, 이 주문용 목패도 거의 다 떨어졌어요……."

"아아, 주문량이 많았으니 어쩔 수 없지. 추가로 더 주마."

"와아! 그리고 잉크도 슬슬 바닥을 보이는데요."

대량으로 주문서를 써 냈고. 종이 시제품 만들 때 필수적으로 잉크 시필을 해 봐야 해서 상당한 양을 써 버렸다. 내 말에 벤노의 볼이 움찔거렸다.

"이건 돈을 받아야 하지만…… 일단은 초기 투자 쪽으로 해주지."

그 말에 문득 생각이 났다. 오토가 잉크는 비싸니까 어린애가 쓸 물건이 아니라고 했었다. 구체적인 가격은 듣지 못했기 때문에 나는 조심스럽게 벤노에게 질문했다.

"갑자기 이런 말을 해서 죄송하지만, 잉크가 대체로 얼마 정도인가요?"

"대체로 소은화 4닢이다."

"히익!?"

'지금 나와 루츠의 저금을 끌어모아도 못 살 금액이잖아!'

"아껴 써."

"네, 네. 물론이죠!"

나만의 책을 만들 때 쓸 잉크가 필요했는데, 개인용은 포기하자. 남은 검댕 연필을 쓰는 편이 낫겠다.

나는 익숙하게 주문서를 써 내려갔다. 금방 뭉그러지는 나무 펜 끝을 루츠에게 깎아 받고 벤노에게 평균적 크기인 계약서를 꺼내 받아 줄자로 치수를 재고 초지틀 주문서를 써 냈다.

벤노는 내가 쓴 주문서를 보고 눈을 동그랗게 떴다.

"부족한 부분도 오자, 탈자도 전혀 없군. 이건 마르크에게 맡기지. 마인……. 초지틀 주문이 제대로 안 되어서 종이를 못 만들면 나도 마찬가지로 곤란해. 책임지고 제대로 만들 테니 얼굴 펴."

벤노가 책임지겠다고 하니 안심하고 기다리기로 했다. 나는 천천히 숨을 내쉬고 주문서 세트를 정리했다.

"이걸로 너희들 이야기는 끝인가?"

"네."

내가 크게 끄덕이자 벤노가 허리를 곧바로 펴며 표정을 잡았다. 이제부터 나올 이야기가 장사에 관련된 내용이라는 걸 눈치채고 나와 루츠도 자세를 고쳤다.

"그럼, 내 쪽 얘기를 하지. 마인, 네가 가르쳐 준 머리 감는 액체 말이다."

간편 한린샴 제작법은 종이 시제품을 만들면서 창고 열쇠를 빌리던 즈음에 벤노에게 알려주었다. 나는 계약 마술로 완전히 권리를 포기했으니 이제 와서 무슨 더 할 이야기가 있는지 전혀 알 수가 없었다. 고개를 갸웃거리자 벤노가 곤란하다는 듯한 얼굴로 입을 열었다.

"네가 기름으로 메릴이 가장 좋다고 해서 이 계절까지 기다렸는데……."

"이제 슬슬 메릴 계절이 끝나 가네요. 아직 안 만들었어요?"

벤노의 말에 나와 루츠는 얼굴을 마주 보았다. 지금은 메릴 계절이 이제 곧 끝날 무렵이었다. 우리 집에서도 많은 메릴을 채집해서 이미 간편 한린샴으로 만들었다. 이익을 추구하는 벤노니까 벌써 예전에 제조해서 대량으로 팔고 있을 줄 알았다.

"아니, 수확한 물건을 모아 어느 공방에 맡겼는데 네가 말한 대로 제조해도 똑같은 물건이 되지 않는다는 이야기가 며칠 전부터 올라오고 있어서 말이다. 생각나는 원인이 있나?"

벤노의 말에 무심코 미간을 찌푸렸다. 기본적으로 으깨고 짜서 향기를 더하는 작업뿐이다. 실패할 만한 과정이 떠오르지 않았다. 몇 번이나 제조를 도와준 루츠도 잘 모르겠다는 얼굴로 고개를 갸웃거렸다.

"똑같이 만들어지지 않는다고 해도 그렇게 어려운 과정은 없었지?"

재료만 있다면 개선책이야 얼마든지 있겠지만 그렇게 간단한 방법에 실패하는 이유를 알 수가 없었다. 투리나 루츠나, 그 누가 만들어도 똑같은 물건을 만들었다.

"사실은 네 모습을 드러내게 하고 싶진 않았지만, 그 액체를 완성하지 못하면 계약 마술을 위반하는 꼴이 돼. 미안하지만 같이 공방까지 가 줄 수 있겠나?"

"네."

분명 계약 마술을 어기면 벌칙이 굉장히 엄격해서 최악에는 죽을 수도 있다고 들었다. 내 목숨이 아까워 즉각 대답하자 루츠가 내 팔을 잡았다.

"마인, 오늘은 안 가는 편이 좋아. 아직 네 몸 상태가 안 좋잖아."

루츠의 말대로였지만 이 계절은 본래 컨디션 호조인 날이 적었다. 언제 열이 나올지 모르는 계절이었다. 열이 없는 상태를 건강하다고 판단하지 않으면 언제까지고 움직이지 못할 터였다.

"하지만 내 몸 상태를 언제까지 기다려야 할지도 모르고, 멍하니 있다간 눈이 내려 버리니까 열이 없을 때 가야 해."

"그건 그렇지만, 그래도……."

걱정하는 루츠의 머리를 벤노가 안심시키듯이 가볍게 통통 두드렸다.

"루츠. 마인은 내가 안고 갈 테니 너무 걱정하지 마라. 내가 저 속도를 견딜 수가 없거든."

"그럼…… 괜찮겠지?"

루츠가 그렇게 말하자 나는 다시 벤노에게 안겨 이동하게 되었다.

실패 원인이라고 해도 지금까지 실패한 적도 없는데. 제대로 원인을 밝혀낼 수 있을까?

실패 원인과 개선책

벤노에게 안겨 간편 한린샴 공방으로 향하는 도중에 벤노가 조금 말하기 어려운 듯이 입을 열었다.

"마인. 그 머리 감는 액체 말이다……."

"네? '간편 한린샴'이 왜요?"

"이름이 길어서 발음하기 힘들군. 다른 이름은 없나?"

그러고 보니 벤노를 시작해 이 세계 사람들에게는 그 발음만으로는 의미가 전혀 통하지 않으니 길게 느껴질 법도 했다. 그건 즉 상품화가 되더라도 귀족들에게 좀체 받아들여지기 힘든 이름이라는 말이었다.

"아~ 투리에게 좀 장난친다고 지은 이름이 그대로 정해져 버린 거니까 바꿔도 상관없어요."

"그런가……?"

놀란 듯 눈을 반짝이는 벤노에게 나는 웃으면서 끄덕였다.

줄곧 간지러웠던 머리가 개운해진 데다 푸석푸석했던 머리가 찰랑찰랑해져서 신난 나머지 대충 지어낸 이름이라 딱히 깊은 뜻은 없었다.

"네. 벤노 씨가 좋아하는 이름으로 붙여 주세요."

"그렇게 말하니 좀 난처하군."

벤노가 미간에 주름을 새기며 고민에 빠졌다. 새로운 물건에 이름을 짓는 일에는 상당한 감각이 필요하다. 조금이라도 도움이 될까 싶어 나는 힌트를 줄 생각으로 이어 말했다.

"상품명이 될 거니까 말하기도 쉽고 알기 쉬운 이름으로 바꾸면 좋지 않을까요? 머리 감는 약이나 얼룩 제거보다는 윤기를 내 주고 아름다워진다든지 마음이 가라앉는다든지, 그런 의미가 담긴 말이 훨씬 반응이 좋겠죠?"

"음……. 흠……."

내가 말을 이을 때마다 벤노의 표정이 점점 험악해지며 심각해져 갔다. 도움을 주겠다고 꺼낸 이야기였지만 어쩌면 힌트라기보다 부담감만 늘린 결과가 되었을지도.

미간에 깊은 주름을 새기며 고민하는 벤노에게 루츠가 가볍게 으쓱거렸다.

"난 지금까지 계속 그 이름으로 불러서 그냥 간편 한린샴도 괜찮은데."

"마인, 그 이름을 다른 표현으로 뭐 없나?"

적당한 단어가 떠오르지 않는지 벤노가 도움을 요청하듯 이쪽을 쳐다보았다. 나는 '간편 한린샴'으로 정착해서 다른 표현이라고 해도 금방 떠오르지 않았다. 비슷한 단어라면 있지만 마찬가지로 이쪽 세계에서 의미가 통하지 않는 단어였다.

"음~? '린스 인 샴푸' 정도밖에 안 떠오르는 데요?"

"린과 샴이란 단어는 꼭 필요한가?"

"아뇨. 벤노 씨가 붙이기 싫으시다면 그다지……."

벤노는 잠깐 중얼거렸지만 팍 와 닿는 이름이 없었는지, 아니면 머릿속에 간편 한린샴이 고정되어 버렸는지 내가 낸 두 번째 후보의 음감이 좋았는지 '린샴'으로 정했다.

정말…… 그 이름으로 괜찮은가 모르겠네.

벤노는 중앙 광장에서 서쪽으로 돌아 걸어갔다. 기름을 짜는 공방이니 장인 거리에 있을 줄 알았던 나는 눈을 깜빡였다.

"공방이 서쪽에도 있어요? 공방은 다 장인 거리에 있는 줄 알았는데."

"원래는 식품 가공 공방인 곳이다. 물건의 왕래가 잦아서 장이 서는 서문에 가까운 편이 좋지."

"하긴 메릴 열매도 식용이긴 하죠. 최근엔 오로지 린샴에만 써서 잊고 있었네요."

머리가 심하게 가려워 씻고 싶은 다급한 마음에서 후닥닥 만들었던 간편 한린샴이 설마 상품화되리라고 그 당시엔 상상도 못 했던 일이었다.

처음엔 쌀뜨물도 없고 해초도 없어서 어떻게 해야 할지 막막했다. 생각나는 대로 세제에 관한 기억을 더듬었다. 우라노 때 천연 생활인지 자연파 생활인지 잡지에 실린 내용 중 식물성 기름에 소금 가루나 오렌지 껍질을 넣어 머리를 감는 방식이 있었다. 우라노 엄마도 천연 생활에 빠져 있던 시기에 썼던 방식이기도 했다.

덧붙여 말하면 참고했던 잡지에는 그 외에 달걀 흰자로 거품을 내어 팩으로 쓴다거나 매실 장아찌와 일본 술로 만든 수제 화장수 등 여러 가지가 있었지만, 지금의 탱글탱글한 내 피부에는 필요 없었다.

'기름을 뽑기까지 힘들긴 했지만.'

그 날은 머리가 간지러워 참을 수 없었고 숲에서 채집하는 일이 얼마나 힘든지 전혀 몰랐기 때문에 투리에게 억지를 부렸었다. 덕분에 가려움이 사라지고 찰랑찰랑 윤기 나는 머리카락을 손에 넣어 청결한 생활을 보낼 수 있게 되었다.

'투리, 고마워!'

벤노를 따라간 공방은 넓은 창고 같은 곳이었다. 식품 가공 공방이라는 말대로 잡다한 냄새가 섞여 있었다. 여러 작업대가 늘어서 있었고 각각의 작업이 다 달랐다. 벽면에는 도구를 두는 선반이 있어 진열된 도구들이 몇 가지 보였다.

"주인 있나? 벤노가 왔다고 전해 주게."

"넷!"

직원 한 사람을 잡아 벤노가 말하자 직원이 당황하며 달려갔다.

내가 벤노의 품에서 내려 주인의 도착을 기다리자 안 쪽에서 직원이 부르러 간 조금 뚱뚱한 아저씨가 배를 흔들며 나오는 모습이 보였다. 한눈에도 식품 관련 업자로 보이는 생김새였다. 음식을 아주 좋아할 것 같은 체형이다. 일본이라면 약간 통통한 정도겠지만 식량이 그다지 풍부하지 않은 이 마을에서 이 체형은 상당히 뚱뚱한 편에 속하리라.

"벤노 님, 몸소 이곳까지 와 주시다니 감사합니다. 그런데 이 아이들은……?"

"린샴을 처음 만든 아이다. 일절 누설하지 않길 바라네."

벤노가 눈에 힘주어 말하자 주인은 아무 말 없이 꾸벅꾸벅 몇 번이고 고개를 끄덕였다.

"그래서 개선은 했는가?"

"아뇨, 도구를 바꿔 보기도 하고 제조자를 바꿔 보기도 하면서 여러 가지로 방법을 취해 봤지만 완성에서 더 멀어지기만 합니다."

진전이 없다는 보고에 짜증을 숨기지 않는 벤노의 쏘아보는 눈초리에 난감해하는 주인을 보니 나도 같이 혼나는 듯한 기분이 들었다.

나는 주인의 소매를 살짝 끌어당겨 말을 걸었다.

"저기, 만드는 과정을 실제로 봐도 될까요?"

"아아. 뭔가 생각나는 게 있다면 알려주면 고맙겠어. 공방에서 만든 건 때가 그다지 빠지지 않는다고 하거든."

린샴을 만드는 구석으로 이동해서 주인이 제작 과정을 시연해 보였다.

실패하면 아까우니 메릴은 하나만 으깼다. 주인이 압축용 추를 써서 단번에 메릴 열매를 으깼다. 그대로 천에 싸맨 후 들어 올려 기름을 쭉 짜내자 용기 안에 기름이 뚝뚝 떨어졌다. 투리나 루츠가 망치를 썼던 방법보다 걸리는 시간이 훨씬 짧았다.

"이걸로 기름이 만들어졌어. 여기까지는 똑같지?"

기름을 짜내는 과정에는 아무런 문제도 없어 보였다. 루츠도 '틀린 부분은 없는데' 하고 중얼거렸으니 그냥 보기에는 문제가 없었다.

"저희는 압축기 추를 못 써서 망치로 으깼어요. 하지만 그 정도 차이가 실패로 이어지진 않겠는데요."

"그렇군. 아이들 힘으로는 망치가 아니고는 힘들겠어."

다음은 망치로 해 보자고 중얼거리는 주인에게 부탁했다.

"방금 짠 기름을 좀 보여주시겠어요?"

"그래."

주인이 건네준 용기 속에는 불순물이 전혀 떠 있지 않았다. 아주 맑은 예쁜 녹색 기름이 흔들거렸다. 우리가 썼던 탁한 흰색 기름과는 전혀 다른 기름이었다.

"아…… 알겠다."

기름을 본 순간 원인을 알아냈다. 솔직히 실패 원인을 알아내서 다행이었지만, 너무나도 슬픈 이유라 조금 울고 싶은 기분이었다.

"뭐야!? 뭐가 잘못됐어!"

달려들 듯 묻는 주인에게 나는 어깨를 축 늘어뜨리며 대답했다.

"짤 때 쓰는 천이에요……."

내 말에 벤노가 사장을 쏘아봤다. 주인이 깜짝 놀란 듯 눈을 크게 뜨고 양팔을 휘휘 저으며 필사적으로 말했다.

"천!? 새로운 사업이라 상당히 좋은 놈을 쓰고 있다고!"

"그래서…… 예요."

이번엔 주인뿐만 아니라 벤노도 눈을 부릅뜨고 나를 보았다. 나는 가볍게 어깨를 으쓱하며 기름이 든 용기를 받침대 위에 살짝 올렸다.

"우리 집에 있는 천은 눈이 조잡해요. 옷을 보면 알겠지만 돈이 없으니까요. 우리가 짜면 이런 촘촘한 천을 쓰지 않으니까 으깬 열매 섬유나 미세한 가루 같은 조각들이 기름 속에 꽤 많이 섞여요."

투리나 루츠가 짠 기름은 맑은 녹색이 아니라 탁한 흰색이었다. 이유는 간단했다. 이 공방에서 쓰는 천과는 비교도 안 될 정도로 성긴 천으로 한 방울이라도 남기면 아까워서 기름이 탁해질 때까지 끝까지 짰다.

"그 불순물이 '**스크럽**'. 아, 머리 때를 씻겨 주는 물질 역할을 했던 거예요."

원래라면 공방에서 짠 맑고 깨끗한 식물 기름에 분말 상태로 으깬 소금이나 견과류, 건조한 감귤류 껍질 등을 넣어서 스크럽을 만들었다. 하지만 우리는 기름을 짠 상태에서 이미 스크럽된 알맹이가 들어갔다고 할 수 있었다. 게다가 그 이상 뭔가를 첨가할 수 있을 만한 생활적 여유가 없었다. 향료로는 숲에서 대량으로 채집한 허브를 넣는 방법이 고작이었다.

내 설명에 주인은 입을 쩍 벌리고 어이없어 했다. 예상 밖의 실패 원인이었겠지. 나도 예상외였다. 양질의 기름을 뽑으려 할수록 샘플에서 완성도가 더 떨어지니 얼마나 고민했을까. 벤노도 원인을 알아내 안심했는지 표정이 상당히 누그러져 있었다. 손가락으로 천을 집고 어깨를 으쓱거렸다.

"설마 천이었다니. 좋은 물건을 사용한 게 실패 원인이었을 줄이야……. 난 약초 혼합 방식에 뭔가 비밀이 있나 했는데."

"약초는 기본적으로 향료로 써요."

주인이 하아 하고 큰 한숨을 내쉬었다. 안심한 듯, 곤란한 듯한 표정으로 나직이 투덜댔다.

"거친 천이 필요하다면 지금까지 뽑은 건 버려야겠군."

"네? 쓸 수 있어요! 버리는 건 너무 아깝잖아요."

가능하다면 불순물이 없는 질 좋은 기름은 내가 쓰고 싶었다. 스크럽만 넣는다면 내가 만든 린샴보다 훨씬 좋은 품질의 물건을 만들 수 있지 않을까?

"지금 뽑은 기름에 '**스크럽**'을 넣으면 돼요. 소재를 엄선해서 넣으면 제가 만든 린샴보다 훨씬 질 좋은 상품이 될 거에요."

"호오……. 아가씨, 상당히 박식하네?"

감탄했다는 듯 주인이 중얼거리자마자 벤노의 눈이 먹이를 찾은 하이에나처럼 번뜩거렸다.

"아…….."

큰일이다. 그만 신나게 떠들어 버렸어.

얼굴에 핏기가 싹 가신 채 무심코 벤노를 보았다. 벤노가 '이 바보'라고 말하는 듯 어이없는 얼굴을 하고 있었다. 이대로라면 루츠에게 들켰을 때와 똑같은 길을 걷게 될지도.

'아아아아아아! 이 바보바보! 학습 능력이 없어!'

움찔거리며 굳은 입가를 억지로 끌어올려 나는 어떻게든 웃음을 만들었다.

평상심, 평상심이야. 아직 들킨 건 하나도 없으니까 괜찮아.

"알맹이가 거칠면 감을 때 두피를 다칠 수 있으니까 조심해 주세요."

활짝 웃으며 그 자리를 살며시 빠져나가려고 한 나를 사나운 미소를 띤 벤노가 홱 잡아챘다.

"마인, 너 이것 말고도 더 알고 있지?"

알고는 있지만 이 이상 쓸데없는 말을 할 수는 없었다. 앞으로 내가 이곳에서 평화롭게 살기 위해서는 이상한 의혹을 가지게 하면 곤란하다. 어떻게든 벤노의 추궁을 벗어나야 한다. 이전의 마인을 모르는 벤노라면 이상하다는 의혹을 가지더라도 루츠와는 조건이 다르다. 잘하면 빠져나갈 수 있다. 어떻게든 해 보이겠어.

벤노의 눈빛에 지지 않으려고 나는 등 뒤로 식은땀을 줄줄 흘리면서 힘껏 허세를 부리며 웃었다.

"이제부터는 유료니까 정보 사용료를 내셔야 해요. 공짜로는 말 못하죠."

"얼마지?"

턱을 척 들어 올리며 벤노가 씩 웃은 채 가격을 제시하라고 재촉했다. 하지만 얼마를 낸다 해도 이 이상 정보를 발설할 생각은 없었다. 그러나 그렇게 말해 버리면 협상은 여기서 끝이다. 벤노가 여기서 손을 떼게 해야 했다.

나는 쿵덕쿵덕 뛰는 심장을 붙잡으며 필사적으로 머리를 회전시켰다.

"이대로도 충분히 팔 수 있는 물건인데 벤노 씨는 대체 이 이상 정보를 얼마에 사실 생각인데요?"

나는 싱긋 웃어 보였다. 벤노와 웃음 띤 채 한동안 서로를 노려보았다. 벤노의 적갈색 눈동자가 사납게 빛났다. 나는 당장에라도 꼬리를 내리고 싶었지만 지금은 절대 물러서서는 안 된다. 분명 무슨 말을 하더라도 이상하게 볼 텐데 어찌 이 이상 입을 놀릴 수 있을까.

"주인장, 협상용 방을 빌려도 될까?"

"아, 네네, 쓰십시오."

대답을 듣자마자 나는 벤노에게 잡혀 상담용 방으로 납치되었다.

"와와와왓!?"

"마인!?"

"이야기만 하는 거다! 아무도 들어오지 마!"

벤노의 일갈에 루츠가 깜짝 놀라 그 자리에 멈춰 섰다. 주인도 창백한 얼굴로 끄덕였다.

주인의 협상용 방을 점령한 벤노는 나를 의자에 앉히고 자신은 그 정면에 앉았다. 그리고 잠시 나를 노려본 뒤 입을 열었다.

"소금화 2닢이다."

"네?"

'아니지? 내가 잘못 들었지? 지금 엄청난 금액을 들은 것 같은데 분명 잘못 들었겠지.'

나도 모르게 멍해졌지만 잘못 들었다 치고 급히 표정을 고쳐 잡았다. 그러자마자 벤노가 다시 확실하게 말했다.

"소금화 2닢을 내지. 개량 방법, 그 외에 대용할 수 있는 식물, 생각나는 건 전부 뱉어."

개량에 소금화 2닢이나 내다니. 대체 린샴에 얼마만큼의 이익을 예상하는 걸까. 혹시 프리다의 머리 장식처럼 귀족을 상대로 바가지라도 씌울 생각인가.

"벤노 씨……. 린샴을 대체 얼마에 팔 생각이죠?"

내가 얌전히 쏘아보자 벤노는 눈을 살짝 가늘게 뜨고 흥 하고 코웃음을 쳤다.

"너하곤 관계없는 일이다."

"그럼 저도 제조에 관한 정보는 알려드렸으니 그 이상은 관계없겠네요."

이걸로 이야기는 끝났다며 마음속으로 안도의 숨을 내쉬면서 나는 테이블에 손을 짚고 자리에서 일어나려 했다.

"소금화 3닢. 이 이상은 못 내."

테이블에 짚은 내 손을 꽉 잡은 벤노가 분하다는 얼굴로 가격을 더 높이 불렀다. 눈알이 튀어나올 것 같은 금액에 순간 마음이 흔들렸지만 그 이상 돈을 낼 수 없다면 협상은 이걸로 끝이다. 평온한 생활을 위해서도 앞으로의 추궁은 피해 보이겠다.

"거절하……."

"받아. 받아서 모아 둬. 신식을 해결할 수 있는 방법은 돈뿐이다."

거절하겠습니다, 라고 말하려다가 벤노에게 날카로운 눈총을 받았다. 당장에라도 이를 갈아 버릴 듯한 얼굴로, 낮은 목소리로 조용히 속삭이는 말에 놀란 나는 눈을 크게 떴다.

"벤노 씨……. 신식을 알고 있었어요?"

"설마 했지만 얼마 전 망할 영감한테 정확히 들었지."

벤노가 말하는 망할 영감이라면 길드장이다. 길드장에게 무슨 말을 들었을까. 프리다의 머리 장식을 납품한 후 길드장을 대하는 벤노의 경계심이 옅어졌던 일과 관계가 있을까.

조금 전과는 다른 묘한 초조함이 마음속에서 소용돌이치자 일어서려던 어설픈 자세에서 힘이 빠져 털썩 하고 의자에 주저앉아 버렸다.

그 모습이 다시 앉는 자세로 보인 모양인지 벤노가 테이블 위에 엎드리듯 몸을 낮추어 나에게 얼굴을 가까이 가져왔다. 그리고 나만 들릴 법한 나지막한 목소리로 말하기 시작했다. 소곤소곤 속삭이는 목소리가 묘하게도 확실하게 귓가에 박혀 왔다.

"그 집 손녀는 너와 똑같은 신식을 앓았지만, 돈과 귀족의 연줄로 살아났다. 넌 가지고 있는 정보를 팔아서라도 돈을 모아서 다가올 날을 대비해."

"다가올 날이요……?"

"몸 안의 열을…… 억제할 수 없게 되는 날 말이다."

내 전신에서 납득이 퍼져 나갔다. 최근 조금씩 열이 활발해지는 느낌이 드는 건 내 착각도 몸 상태 때문도 아니었던 모양이다. 머지 않아 이 열이 거대해져서 나로서는 억제할 수 없는 날이 온다고 벤노와 길드장 사이에서 결론이 난 것이었다.

저울 위에 내 목숨과 의심받을 위험성을 올려보니 어이없을 정도로 간단하게 결론이 나왔다.

'아직 죽고 싶지 않아.'

겨우 종이를 만들 수 있게 되었다. 올해 겨울에는 실패작 종이를 묶을 뿐이긴 하지만 겨우 책을 만들 환경이 갖추어졌다. 게다가 사계절을 돌아 이곳 생활에 익숙해져 가족들과도 어울릴 수 있게 되었다. 방해만 되던 내가 조금이지만 도움이 될 만큼 환경도 발견했다. 겨우 이곳에서의 삶이 즐거워지기 시작했다.

아직 죽고 싶지 않다는 생각과 동시에 벤노에게 정보를 넘겨 나를 불쾌하게 보게 될 상황을 상상했다.

'벤노 씨가 나를 기분 나쁜 아이라고 보면 어떻게 되지?'

이전의 마인을 알고 있던 루츠와 달리, 벤노에게 난 지나치게 박식해서 이상하기만 한 아이다. 기분 나쁘다는 이유만으로 갑자기 죽이러 들진 않을 테고, 인연이 깊은 루츠와 달리 가족에게 '마인은 평범하지 않아. 이상한 아이다' 라고 주장한다 해도 그리 큰 손해를 입지 않을 것 같았다.

최악의 상황은 벤노가 나와 루츠를 멀리하여 벤노의 상점에서 상인 수습생으로 쓰지 않는 경우뿐이다. 하지만 그 경우도 길드장과 프리다에게 권유도 받았으니 벤노와 멀어진다 해도 앞으로 우릴 받아줄 곳이 아예 없진 않았다.

'돈으로 살 수 있다면 난 아직 살고 싶어.'

"알겠어요. 소금화 3닢에 팔게요."

내가 벤노를 바라보면서 그렇게 말하자 벤노는 조그맣게 끄덕이고 잡은 손을 뗐다. 그리고 길드 카드를 맞춘 뒤 내 토트백을 들어 멋대로 주문서 세트를 꺼냈다.

"잠깐, 내 짐!"

"이건 우리 비품이다."

"그건 그렇지만, 적어도 한 마디 정도는 해 주세요!"

"아, 미안하군."

전혀 미안하지 않은 어조로 벤노가 잉크와 펜을 들고 주문서용 판을 마치 메모장처럼 들었다.

"그럼, 들어 볼까. 우선 실패작으로 판단한 기름을 팔 방법이다."

"때를 씻어낼 수 있도록 하려면 '스크럽'을 넣으면 돼요. '스크럽'을 만드는 방법은 여러 가지가 있는데 아마 소금이 가장 간단해요. 소금을 가루가 될 정도로 갈아 넣으면 세정력도 좋고 악취 제거 효과도 있어요."

"소금이라고?"

내가 읽었던 기사 중에 식물성 기름과 분말 상태로 만든 소금을 섞는 방법이 가장 간단해 보였다. 너무나 가까이에 있는 물건이라 놀랐는지 벤노가 눈을 똥그랗게 떴다.

"그리고…… 건조한 '감귤', 이 아니라 음, 페리지네 껍질을 분말 상태로 갈아서 넣으면 아무것도 넣지 않는 것보다 향기도 좋고 잘 씻겨요."

"페리지네 껍질 말이군. 그 외에도 있나?"

벤노는 쓱쓱 소리 내어 쓰면서 내게 시선을 돌렸다.

"그 외요? '견과류'…… 아~, 누스트를 가루로 내서 섞어도 좋아요. 뭐, 우리 집에선 아까워서 못 넣었지만요."

벤노는 조금이라도 정보를 얻으려는 듯 적갈색 눈으로 나를 가만히 쳐다보았다.

"못 넣어 봤는데 효과를 어떻게 알지……? 마인. 너 정체가 뭐야?"

"비밀이에요. 이건 소금화로도 팔 수 없어요."

벤노가 오만상을 찌푸리며 입을 꾹 다물었다. 이해하기 힘든 자를 보는 벤노의 수상한 눈초리에 심장이 시끄럽게 쿵쿵거렸다. 계속 이런 눈초리를 받으면서도 태연할 만큼 나는 강하지 않았다.

나는 억지웃음을 지은 채 지금의 내 위치를 결정짓기 위한 도박을 걸었다.

"나 같은 어린애, 기분 나쁘다고 자르실 건가요? 일단 그 정도 각오는 하고 정보를 제공한 거예요."

깜짝 놀란 듯 가볍게 눈을 크게 뜬 벤노가 몸을 엎드려 자신의 머리를 벅벅 긁더니 하아 하고 커다란 숨을 내쉬었다. 그 뒤 몇 번인가 가볍게 머리를 흔든 뒤에야 고개를 들었다. 그때에는 평소처럼 당당한 미소가 얼굴에 퍼져 있었다.

"아니, 내게 이익이 되는 이상 다른 놈에게 빼앗기지 않게 지켜낼 방법을 고안해야겠지. 난 상인이니까."

그렇게 말하고 벌떡 일어난 벤노가 내 머리가 헝클어질 정도로 쓰다듬었다. 지금까지와 변함없는 행동으로 벤노가 현상 유지라는 결론을 냈다는 뜻을 내게 보였다.

나는 안도의 한숨을 내쉰 뒤 멈추지 않고 내 머리를 쓰다듬는 벤노의 손을 홱 피했다. 그리고 어린아이처럼 혓바닥을 쭉 내밀었다.

　"베에~."

토론베가 나왔다

아침에 일어나 이불 밖으로 나가기 힘든 계절이 왔다. 추위에 이불 속에서 꼬물꼬물 움직이는데 아침 근무인 아빠가 출근 준비를 거의 마치고 말을 걸어 왔다.

"마인, 오늘 몸은 어떠냐?"

"응~? 평소대로인데? 왜, 아빠?"

혹시나 내가 침대에서 굼실대는 모습을 보고 몸 상태가 안 좋다고 착각하신 건 아닐까? 내가 벌떡 일어나자 아빠가 걱정스러운 얼굴로 들여다보았다.

"오토가 겨울 작업 건으로 상담이 있다고 와 줄 수 없냐고 해서 말이다."

"알았어. 오늘은 열도 없고 벤노 씨도 부르지 않았으니까 문에 갈게."

문이 열리는 두 점 종에 맞추어 출근하는 아빠를 배웅하고 나는 침대 위에서 재빠르게 옷을 갈아입었다.

"엄마, 투리. 나 오늘은 문에 갈게."

"그래. 숲에서 채집물도 슬슬 줄어드는데 마인을 이제 숲에 못 가게 하는 편이 좋겠지?"

"투리 말마따나 네가 열로 쓰러지는 쪽이 더 큰일이니까 숲에는 가지 마라."

최근엔 날씨가 추워져 감기에 걸리기 쉬운 계절이라 자신도 몸 상태가 좋지 않다고 느끼는 날이 많아졌다. 내가 분발했다가는 주위에 폐를 끼치게 되니 숲은 자중하자.

"야아, 마인. 오늘은 문이야?"

토트백만 들고 있는 나에게 루츠가 말을 걸어왔다. 감기에 걸리지 않게 옷을 잔뜩 껴입은 나와 달리 다른 아이들은 비교적 가벼운 복장이었다. 지나치게 껴입으면 움직이기 힘들기 때문이다. 눈이 내리기 전까지 남은 짧은 기간이 장작을 주울 수 있는 마지막 시기였다.

숲으로 가는 아이들과 함께 문을 향해 걸었다. 최근엔 겨우 주위 아이들과 거리가 벌어지지 않는 속도로 걸을 수 있게 되었다. 조금만 더 속도를 내려 하면 루츠에게 저지당하곤 하지만.

"그러면 돌아갈 때 들를 테니까 기다리고 있어."

"응. 루츠는 채집 힘 내."

숲으로 가는 아이들과 문에서 헤어졌다. 아빠의 모습이 문에서 보이지 않았지만 이미 얼굴을 익힌 문지기 오빠에게 경례하고 숙직실로 안내받았다.

"오토 씨, 계세요? 마인이에요."

문을 열어 숙직실로 들어가자 벽면에 세워진 선반은 이미 예산 관련 목패로 가득 차 있었다. 그 앞에서 오토가 정리하는 모습이 보였다.

"여어, 마인. 잘 왔어."

"오토 씨. 오랜만이에요."

척 경례한 후 오토가 벽난로에서 가장 가까운 의자에 앉도록 권했다. 나는 조금 높은 의자에 영차 기어 올라가 앉은 후 가방 속에서 석판과 석필을 꺼냈다.

"겨울 예정 말인데, 마인 짱은 얼마나 올 수 있지?"

"음, 아빠와 상담했는데요. 몸 상태가 좋은 날과 적어도 눈보라가 치지 않는 날, 그리고 아빠가 아침조와 오후조일 때 올 수 있어요."

우선 겨울은 내 몸 상태가 좋은 날이 적었다. 작년보다 체력은 붙었으니 감기에 걸리는 횟수나 앓아눕는 날이 적길 빌고 있지만, 어떻게 될지 전혀 예측할 수 없었다.

다음은 날씨다. 눈보라가 치지 않는 날도 그리 많지 않았다. 아빠는 활짝 갠 날이 아니라도 좋고, 눈이 살짝 내리는 정도는 괜찮다고 했지만 실제로 눈이 내리면 분명 외출을 막을 터였다. 과보호하는 아빠니까.

그리고 아빠가 새벽조인 날이 겨울 기간 중 3분의 1이었다.

"아마 문에 올 수 있는 날은 봄이 오기 전까지 양손 열 손가락을 못 넘지 않을까요?"

"어차피 예상은 했어……. 그래도 작년 겨울에 단 하루만 도와줘도 상당히 편했으니까 나도 모르게 기대해 버렸네. 올 수 있을 때 와 줬으면 좋겠어."

"네."

계산만으로 석필을 벌 수 있으니 잘됐다고 치자. 올해는 루츠 공부로 작년보다 석필이 많이 필요해질 테니 열심히 벌 생각이었다.

"맞다. 예산 작업 때 쓰는 석필은 제 부담이 아니라 경비죠?"

"풋, 하하하하. 꽤 상인다운 생각을 하게 됐구나. 작업 중에 쓰는 석필은 경비 맞아. 안심하고 계산해 주렴."

문득 생각나 오토에게 확인하자 오토는 눈을 동그랗게 뜬 후 웃음을 터트렸다. 웃음거리가 되어 버렸지만 이걸로 안심하고 작업할 수 있었다. 나는 소매가 스쳐 글자가 지워지지 않게 살짝 소매를 걷고 석필을 쥐었다.

"오늘 작업은 이거야."

오토가 목패를 잔뜩 들고 왔다. 지위가 높으신 분들이 부서에서 쓴 비품을 집계할 목패였다. 이 부서의 회계는 전부 오토가 담당한다고 했다. 섣불리 도움을 받았다가는 오히려 틀린 계산을 지적하는 쪽이 귀찮다며 오토가 어깨를 으쓱하며 말했다. 나도 실수하지 않도록 검산을 해 가며 하나씩 합계를 내 갔다.

"오토, 있나!? 급히 문에 좀 서 주게!"

허둥대며 병사 한 사람이 뛰어 들어왔다. 어디까지 계산했는지 알 수 있도록 목패에 선을 짝 긋고, 계산기는 아무도 못 만지도록 하라는 말과 함께 오토가 뛰어나갔다.

어쩐지 문 전체가 시끄러웠다. 문 너머에서 복도를 오가는 수많은 발소리가 석조 바닥에 울려 유난히 크게 들려 왔다. 쿵쾅거리며 어수선한 분위기에 문을 열고 무슨 일이냐고 누군가에게 물어보기도 그랬다.

벌써 몇 번이나 문에 일을 도우러 왔지만 이런 식으로 술렁거리는 분위기는 처음이었다. 혼자 숙직실에 남은 나는 서서히 불안감이 마음속을 차지해 갔다.

여기에 있어도 괜찮겠지?

천천히 심호흡을 의식해서 숨을 들이쉬면서 아무도 없는 숙직실 안을 빙글 돌아보고 있는 도중에 갑자기 어질, 하며 현기증이 일었다. 아주 조금 내 마음이 약해진 순간을 놓치지 않겠다는 듯 몸속에 열이 날뛰기 시작하려 했다. 몸 깊숙이에서 나오려는 열이 마치 내

약한 마음을 지적하는 듯했다.

나는 치밀어 오르는 짜증을 느끼며 몸 중심부로 열을 모으려고 몸에 힘을 실었다. 빠져나오려는 열을 막기 위해 뚜껑을 덮는다는 이미지를 연상하며 억지로 밀어 넣었다.

"하아……. 힘들어."

신식과의 힘겨루기에 집중한 탓에 불안감은 상당히 옅어졌다.

내가 이어서 계산을 시작하려 하니 금방 오토가 돌아왔다. 오토는 마무리 짓기 좋은 부분까지 계산을 재빨리 끝내고 자기 몫의 서류를 치우기 시작했다.

"숲에서 토론베가 나왔나 봐. 아이들이 도움을 요청하러 와서 병사들이 절반 정도가 투입됐어. 난 문에 서 있어야 하니까 마인 짱은 여기에서 계산하고 있어 주겠니? 나중에 소개장이 오면 이쪽으로 보낼 테니까 처리 부탁해."

어수선한 이유도 알았으니 조금 안심하고 계산에 몰두할 수 있었다.

그리고 보니 전에 루츠가 가을이 되면 숲에서 토론베가 나온다고 했었지. 어쩌면 종이로 만들 토론베를 손에 넣었을지도 몰랐다.

'잠깐만? 하지만 병사가 투입됐을 정도니까 어마어마하게 커져서 종이로는 쓸 수 없으려나?'

저번엔 아이들끼리 토론베를 벤 적이 있다 보니 토론베가 나왔다고 해도 크게 걱정 없이 석판에 숫자를 나열해 가며 계산했다. 그러자 문짝 저편이 와자지껄 소란스러워지기 시작했다.

"마인 짱. 루츠가 돌아왔어. 상담할 게 있다는데 어떡할래?"

"토론베를 베었다면 아마 그 얘기일 테니까 이만 돌아갈게요. 여기에서 여기까지 계산 끝냈어요."

"도와줘서 고맙구나."

병사들과 함께 토론베를 벤 아이들도 돌아온 모양이었다. 토론베를 안은 병사와 아이들이 문 여기저기에 어슬렁거리는 모습이 눈에 들어왔다. 루츠의 모습을 찾고 있자 아빠가 나만한 통나무를 둘러업고 내게 다가왔다.

"마인! 이 봐라, 이렇게 큰 토론베를 이 아빠가 베었단다!"

"우왓, 엄청 크다. 이거 장작으로 쓸 거야?"

"아니, 토론베는 그리 간단히 타지 않으니까 장작으론 못 써. 가구로 만들어야지. 불이 나도 타지 않으니까 귀중품 보관함으로 사용해."

"그, 그렇구나. 대단하네."

'역시 이상한 식물이야. 불에도 타지 않으면 그거, 이미 나무가 아니잖아!'

너무 놀란 나머지 어처구니없는 감탄의 한숨을 내쉬자 루츠가 아빠 뒤에서 내게 손짓하는 모습이 보였다.

"무슨 일이야, 루츠?"

"뭐야, 루츠는 그런 가는 나무밖에 못 자른 거냐? 어때, 마인. 아빠가 더 대단하지 않니?"

아빠가 루츠의 바구니에 든 토론베를 보고 이겼다고 우쭐대듯 자신만만해 했다. 어린애를 상대로 경쟁은 그만해 줬으면 싶다. 게다가 안타깝게도 나는 어리고 가느다란 나무를 원했다.

나는 하아 하고 한숨을 내쉬었다. 하지만 실제로 토론베는 성장하면 할수록 베기 어려워서 주변 병사나 아이들 사이에서도 굵은 나무를 벤 사람은 영웅 대접을 받고 있었다. 주변 모두가 자신이 벤 나무 굵기나 줄기 크기를 비교하며 경쟁하는 모습이 눈에 들어왔다.

"이런 나무 필요 없어!"

비교당해 바보 취급당한 아이 하나가 짜증을 내며 토론베 가지를 바닥에 내동댕이치는 모습이 시야 끝에 들어왔다. 토론베는 불에 타지 않아 장작으로 쓸 수 없는데 어리고 부드러운 가느다란 가지로는 불을 이겨낼 만한 내화성도 없고 가구로 만들 만큼의 강도도 없었다. 모두에게는 쓸모없는 나무였다. 하지만 내게는 양질의 종이가 될 좋은 소재였다. 가늘고 부드러운 토론베를 버리다니, 터무니없었다.

"필요 없으면 나한테 줄래? 정말 필요 없어? 내가 가져가도 되지?"

"피…… 필요 없다고!"

주위의 시선이 집중되자 울컥한 남자아이가 그렇게 말을 내뱉고 뛰어갔다. 내가 버려진 토론베를 줍자 똑같이 바구니에서 토론베를 내던지는 아이들이 속출했다.

"내 것도 가져가. 이런 거 가져가도 곤란하기만 해,."

"나도 줄게. 필요 없거든,."

상당히 많은 수의 가지가 내 주위에 쌓여 갔다.

"루츠, 엄청 많이 얻어 버렸어."

"그러네……."

루츠와 함께 쌓인 토론베를 주워 모아 루츠 바구니에 꾹꾹 담았다. 멍하니 이 상황을 지켜보던 아빠가 곤란한 듯이 인상을 찌푸리며 토론베를 담은 바구니와 우리를 번갈아 쳐다보았다.

"어이……, 마인. 이런 걸 어쩌려고?"

"우리는 어리고 부드러운 나무를 쓰니까 이걸로 괜찮아. 루츠, 가자."

아빠에게 등을 돌려 걷기 시작하자 루츠가 곤란한 듯 머리를 긁적이며 입을 열었다.

"나도 재료라고 생각해서 그만 토론베를 베어 오긴 했는데. 종이 재료는 베고 나서 닷새에서 이레 사이에 처리하지 않으면 못 쓰게 되지? 어떻게 할래……? 나, 이 시기에 강에 들어가긴 싫어. 그리고 종 하나 동안 땔 만한 장작도 여분이 없는데 포기할까?"

지금 시기에 숲에 가도 장작을 구하기 힘든 건 알고 있었지만, 그런 이유로 토론베를 버리면 벤노가 환장하며 격분할 게 틀림없었다.

"무슨 말 들을지 뻔하지만, 일단 벤노 씨에게 상담해 볼까?"

"멋대로 버렸다간 혼나겠지? 하아……. 이렇게 추운 날 강에 어떻게 들어가라고."

터벅터벅 걸어 벤노의 상점으로 갔지만 숲에서 막 돌아온 행색으로는 상점 안에 들일 수 없다고 경비원에게 들은 루츠는 밖에서 대기하기로 했다.

경비원의 부름에 마중 나온 마르크를 따라 안으로 들어갔다.

내가 상점 안에 들어갔을 때 때마침 벤노의 방에서 손님이 나왔다. 가게와 어울리지 않는 옷차림을 한 나를 힐끗 노려보고 흥 하고 콧방귀를 뀌는 소리가 들렸다.

'역시 빨리 옷을 맞춰야 해.'

나 때문에 벤노네 상점의 품격을 떨어뜨리게 하고 싶지는 않았다. 그러려면 빨리 돈을 모아야 했다.

안쪽 방으로 안내를 받자 벤노가 가볍게 눈을 크게 떴다.

"무슨 일이지? 오늘은 만날 예정이 없었지 않나?"

"예정은 없었지만, 상담이 있어서……. 사실 오늘 숲에 토론베가 나왔어요."

내 말에 벤노가 자리에서 벌떡 일어나 몸을 쑥 내밀었다.

"토론베라고!? 그래서 베어 왔나?"

"네. 꽤 손에 넣었어요. 그런데 말이죠……. 종이로 만들기는 어려울 것 같아요."

"어째서냐?"

벤노가 이해할 수 없다고 말하듯이 눈을 가늘게 뜨고 험악한 표정을 지었다. 이제 분명 혼나겠다고 예측하면서 나는 입을 열었다.

"음, 사실 그, 종 하나 동안 땔 장작이 없어서 강에……."

"이 멍청아!"

강이 차가워서 들어갈 수 없다는 이유를 말하기도 전에 성미가 급한 벤노의 벼락이 떨어졌다.

"살 수 있는 장작과 희소성 높은 토론베를 비교하다니! 원가와 이익 계산도 못 한다는 말은 듣고 싶지 않아!"

"역시 그렇게 말할 줄 알았어요……. 장작을 사고 싶으니 마르크 씨랑 목재상에 갔다 와도 될까요?"

세례식이 끝난 아이로도 보이지 않는 내가 혼자 장작에 쓸 나무가 필요하다고 부탁하러 가면 분명 의심쩍다며 문전박대당하기 일쑤다.

"루츠는 어디 있지?"

"밖에 있어요. 막 숲에서 돌아왔기에 가게에 들어올 차림이 아니어서……."

내가 그렇게 말하자 벤노가 책상 위의 벨을 울려 마르크를 불렀다.

"마르크, 루츠에게 마인의 오늘 몸 상태와 목재상에 갈 수 있을지 없을지 물어봐. 마인, 넌 여기서 주문서를 써."

벤노가 목패와 잉크를 꺼내주었고 나는 그 자리에서 주문서를 쓰기 시작했다.

"벤노 씨. 종 하나 동안 태울 장작을 뭐라고 쓰면 될까요?"

"그 말 그대로 써. 조금 여유 있게 팔아 줄 거다."

"네."

내가 대답하고 쓰고 있자 루츠에게 이야기를 들은 마르크가 돌아왔다.

"마인은 이 이상 돌아다니지 않는 편이 좋다고 합니다. 주문서를 썼다면 제가 루츠와 목재상에 다녀오겠습니다."

"잘 부탁할게요. 마르크 씨."

마르크에게 다 쓴 주문서를 맡겨 보내자 벤노가 내게 목패 몇 장을 넘겨주었다.

"한가하면 읽어 둬."

"기꺼이!"

그것은 상인의 마음가짐과 계약에 관련된 여러 가지가 정리된 목패였다.

글을 읽는다는 사실이 기뻐서 흥흥흐흥 하며 콧노래를 부르며 읽었다. 그런데 읽는 동안 머릿속에 점점 의문이 떠올랐다.

"벤노 씨. 방금 장작 값이요. 그거 선행 투자에 들어가나요?"

벤노는 시선만 날 향할 뿐 아무런 대답을 하지 않았다.

"그리고 조금 이상한 점이 있어요. 요전번에 벤노 씨가 시제품이 완성되면 선행 투자는 끝이라고 했잖아요? 그런데 계약 마술에서는 세례식까지라고 하지 않았나요? 그럼 커다란 초지틀 비용도 선행 투자에 들어가지 않나요?"

벤노가 일부러 계약에 관한 목패를 읽게 하려는 의미를 생각하는 동안 계약 마술의 내용이 머릿속에 떠올랐다.

"눈치챘군……."

"왜 속였어요!"

벤노는 콧방귀를 끼며 손가락으로 책상 위를 톡톡 두드리면서 나를 힐끗 노려봤다.

"속인 게 아니라 시험했을 뿐이다. 너희가 계약 내용을 기억할지 어떨지. 상대가 계약을 위반했을 경우 어떻게 움직일지 흥미가 생겼지. 아무 말도 안 하니 잊어버렸나 했다만."

"웃."

순간 말문이 막혔지만 나도 벤노를 쏘아보았다.

"시제품을 만들어서 끝이라고 하니까 그 말을 믿은 거예요. 설마 벤노 씨가 속일 거라곤 생각도 못 했고, 계약 마술로 계약서가 타 버려서 없어졌으니 내용을 확인할 수도 없었다고요."

내 말에 벤노가 콧방귀를 끼고 조소 섞인 웃음을 띠면서 어깨를 으쓱거렸다.

"계약서가 타 버리면 다른 곳에 써 두던가, 완벽하게 기억해 두든가 했어야지. 네가 무른 거다."

"명심할게요……."

벤노의 주장은 틀리지 않았다. 계약서 사본이 없다면 스스로 메모를 남기든 기억하든 해야 했다. 사실 벌칙이 강한 계약이라는 말에 곧이곧대로 받아들이긴 했다.

"제대로 찾아냈으니 선행 투자는 내 주지."

"내 준다니, 원래 그런 계약이었잖아요. 이거 계약 위반 아니에요?"

욱한 내가 입을 삐죽이 내밀자 벤노가 승리의 미소를 띠며 통쾌한 표정으로 나를 바라보았다.

"내가 돈을 내지 않겠다고 말하면 계약 위반이지. 이번은 네가 추궁이 부족했다. 하지만 알아차렸으니 내 주마. 돈을 내면 계약 위반에 해당하지 않거든. 상인이 되려면 반드시 기억해 둬."

"으으……."

"계약에 관한 목패를 읽고서도 전혀 눈치채지 못했다면 사양 않고 뜯어낼 생각이었다만."

분해하는 나를 보며 벤노가 더더욱 입술 끝을 끌어 올리며 웃었다. 어쨌든 벤노는 내가 알아차리도록 힌트를 준 셈이니 나를 상인으로 키우기 위해 여러 가지로 생각해 준다고 긍정적으로 받아들이기로 했다. 하지만 짜증이 나는 건 마찬가지였다. 다음엔 속지 않도록 목패를 다시 한 번 찬찬히 훑어보는데 벤노가 갑자기 일하던 손을 멈추고 말을 걸었다.

"아아, 그렇지. 마인. 겨울 수작업을 조금 앞당길 수 있나?"

"우리 집은 벌써 겨울 준비가 끝났으니까 할 수는 있죠."

우리 집 겨울 준비 기간은 아빠의 직장 사정에 좌우된다. 문을 지키는 병사들 전원에게 겨울 준비가 필요한데, 한꺼번에 쉴 수는 없으니 교대로 휴가를 받게 되어 있었다.

작년에는 겨울 준비 휴가가 상당히 겨울 끝 무렵이어서 눈이 내리기 직전까지 준비 작업을 해야 했지만 올해는 비교적 빨리 끝나 다소 여유가 있었다.

"색깔별 머리 장식을 열 개에서 스무 개 정도 만들 수 있을까? 길드장이 손녀 머리 장식을 여기저기 자랑하고 다닌 덕분에 문의가 많이 들어왔어. 거절하기 힘든 곳도 여러 군데 있거든."

"그럼 겨울 세례식에서 프리다만 쓴다는 특별함이 사라지잖아요."

바가지를 씌운 이유가 사라져 버리는 짓을 해도 괜찮을지 몰라 고개를 갸웃거리자 벤노의 시선이 살짝 흔들렸다.

"맞춤형은 프리다 것만이다. 기존 상품과 전혀 다르니 문제없어."

"문제가 없다면 괜찮겠지만 서둘러 만드는 특급 요금을 받을 수 있을까요?"

내가 싱긋 웃으며 인상 요금을 요구하자 벤노가 눈을 부라리며 절규했다.

"돈은 받을 수 있을 때, 받을 수 있는 곳에서, 받을 수 있는 만큼 받아 둬야 하죠? 벤노 씨를 본받아 상인답게 해 보려고요."

우후훗 하고 웃자 벤노의 얼굴이 찡그러지며 굳어 갔다.

"머리 장식 한 개에 중동화 10닢이다. 배로 쳐 줬으니 불만은 없겠지?"

"그럼 안 돼요. 중동화 11닢, 아니면 13닢으로 해 주세요. 루츠와 정한 꽃장식과 비녀 부분 분배 비율을 고려했을 때 그렇게 받지 않으면 좀 불편해서요."

꽃장식은 중동화 2닢, 비녀 부분은 1닢이라고 루츠와 정한 가격을 가족들에게 말했다. 남은 몫을 루츠와 나눠야 하니까 벤노에게 받을 중동화가 짝수여서는 솔직히 곤란했다.

"어쩔 수 없군. 11닢으로 하지. 이 장사꾼 기질이 다분한 녀석 같으니라고."

"칭찬해 주시니 삼가 기쁘기 그지없사옵니다."

"정말이지……. 그런 말은 대체 어디에서 배운 건지."

기가 막힌 듯 혹은 재미있다는 듯한 표정으로 벤노가 말하며 어깨를 으쓱댔다.

"아, 그리고 머리 장식 한 개 치 중동화가 필요해요. 선급이든 아니면 제 저금에서 빼셔도 괜찮아요……."

"그건 선급이라도 상관없다만, 어쩔 셈이지?"

"후다닥 작업을 끝낼 마법에 필요해요."

눈이 내리기 전까지 열 개나 만들려면 엄마와 투리의 협력을 꼭 받아야 했고 그러려면 그들의 의욕을 불태울 계기가 필요했다.

특히 엄마는 몇 년이나 수작업을 해 왔기 때문에 머리 장식의 수작업 금액이 다른 일과 비교해서 터무니없이 비싸다는 점을 알고 있다. 그러니 사기를 치는 건 아닌지, 나중에 돈을 못 받는 건 아닌지 하고 의심을 하는 구석이 있었다. 하나 만들 때마다 돈이 규정대로 손에 들어오면 신뢰도 하고 의욕도 오를 터였다.

그때 노크 소리와 함께 마르크가 들어왔다.

"지금 돌아왔습니다, 주인님. 주문한 장작은 오늘 폐문 전에 가게에 도착할 예정입니다. 마인, 내일 아침에 직원을 써서 창고까지 옮기겠습니다."

"고마워요."

"그럼 추우니 몸조심하십시오."

마르크의 배웅을 받으며 밖으로 나오니 루츠가 거의 빈 바구니를 지고 서 있었다. 목재상에 가는 김에 창고에 토론베를 옮겨 두었다고 했다. 나를 데려가지 않으려고 한 이유를 알았다.

해가 빨리 저물게 된 거리를 둘이서 집을 향해 느긋하게 걸었다. 너무 추운 날씨에 재빨리 돌아가고 싶었지만 본능대로 움직였다간 분명 열이 나 쓰러질 터였다. 터벅터벅 돌아가며 나는 루츠에게 겨울 수작업이 앞당겨졌다는 이야기를 했다. 특급 요금도 약속받았고 가족의 협력을 구해서 만들자고 했더니 루츠가 한 번 끄덕인 후 불안한 듯이 눈썹을 치켜세웠다.

"가족들 협력 없이도 수작업은 혼자서 할 수 있으니까 상관없는데, 난 그것보다 토론베가 걱정이야."

"토론베?"

내가 고개를 갸웃거리자 루츠가 어깨를 축 늘어뜨리며 한숨을 크게 내쉬었다.

"저어, 마인…… 넌 가족들이 숲에 못 가게 하는데 토론베 작업이 가능해? 혹시 나 혼자 해야 돼?"

"이번엔 창고 앞에서 할 생각이니까 같이 할 수 있어. 종 하나 동안 밖에 있어야 하니 가족들이 뭐라 할지 모르겠지만."

문밖을 나가는 것도 아니고 벤노 가게에 간다고만 하면 외출에 크게 지장은 없을 것 같았다. 하지만 밖에 있는 시간이 긴 탓에 감기에 걸려 열을 낼 가능성이 현저히 높아질 걱정은 있지만.

"창고라니…… 꼭 강이 아니어도 돼?"

루츠가 깜짝 놀란 듯이 눈을 굴렸다. 하지만 깊이 생각할 것도 없었다. 루츠 혼자서 냄비와 찜통과 장작을 들고 숲에 갈 수가 없으니까.

"전에는 재료랑 장작이 필요했으니까 숲에서 작업하는 편이 효율적이었지만, 이번엔 토론베도 장작도 전부 창고에 있잖아? 일부러 숲에서 작업할 필요도 없고, 전부 숲까지 가져가서 작업하긴 어려워."

"아, 그러네. 내가 전부 옮겨야 하니까."

혼자서 작업을 해야 한다는 부담감이 컸던 걸까. 루츠는 자신이 옮겨야 하는 짐의 양까지는 파악하지 못했던 모양이다.

"찐 토론베를 씻는 작업을 꼭 강물에서 하지 않아도 돼. 껍질을 쉽게 벗기려고 찐 나무를 차가운 물에 헹구는 거니까 우물물이면 충분해. 미지근해지지 않게 물을 여러 번 길어야겠지만 숲에 가는 것보다 훨씬 편하겠지?"

하지만 루츠는 아직도 걱정이 남았는지 얼굴색이 어두웠다.

"그거야 편하겠지만. 그 뒤엔 어떻게 할 건데? 백피 상태로 보존해야 하는 거 아냐?"

"가능하면 백피 과정까지 가공해서 보존하는 편이 좋아도 흑피라도 보존이 가능하니까 괜찮아. 흑피를 벗기기 조금 귀찮아지겠지만 이 계절에 내가 숲에 갈 수도 없고, 루츠가 강에 들어가는 것도 자살 행위니까 포기하자."

불안 요소가 전부 없어지자 루츠의 표정이 밝아졌다.

"아, 다행이다. 안심했어."

루츠는 그 말을 몇 번이고 반복하면서 보폭을 점점 넓혔다.

돌아가면 엄마랑 투리에게 도와 달라고 하고 내일은 나무를 찌는 작업인가.

앞으로의 예정을 떠올리면서 걷는 사이 배가 고파졌는지 사고가 조금씩 원점에서 비껴나기 시작했다.

'찜통이 있으니 따끈따끈한 찐 감자나 버터 감자를 해 먹고 싶네. 고구마는 없어도 감자 비슷한 재료라면 여기에도 있었지? 감자는 집에서 가져오고 루츠한테는 버터를 가져오라고 하면 내일은 버터 감자를 먹을 수 있지 않을까? 아아, 좋아. 심신이 따뜻해지겠다. 응. 결정했어.'

행복한 상상에 넋을 잃는 동안 집 앞 우물 앞까지 걸어온 모양이 었다. 루츠가 발걸음을 멈추고 돌아보았다.

"마인, 내일은 내가 열쇠를 받으러 가서 장작을 옮긴 뒤에 부르러 갈 테니까 그때까지 집에서 기다려."

"알았어. 루츠는 버터 준비 잊지 마."

나는 크게 손을 흔들고 건물 안으로 뛰어들어갔다. 그리고 계단을 막 올라가려 할 때 채광창 너머로 루츠의 당황스러운 목소리가 울려 왔다.

"뭐? 응!? 버터!? 그건 왜!? 어디에 쓸 건데!?"

'어라? 내가 말 안 했나? 미안, 미안.'

당장 만들어 봤다

저녁 식사를 마치자마자 아침조인 아빠는 금방 잠자리에 들었다. 아빠의 잠을 방해하지 않게 부엌에서 조용히 작업할 수 있는 수작업은 자기 전까지 시간 때우기로는 제격이었다. 아빠가 침실로 가자 나는 투리와 엄마에게 겨울 수작업 이야기를 꺼냈다.

"프리다에게 만들어 준 머리 장식의 평판이 좋아서 원하는 사람들이 많은가 봐. 겨울 수작업을 앞당겨 줄 수 없겠느냐고 벤노 씨한테 상담이 들어왔어. 투리의 머리 장식과 똑같은 물건이 필요하대."

"가능하긴 한데⋯⋯."

엄마와 투리는 한 번 얼굴을 마주본 후 의심스러운 표정을 지었다. 가능하긴 해도 겨울 수작업을 앞당기기엔 품이 많이 든다는 게 얼굴에 쓰여 있었다.

예상대로의 반응에 나는 토트백에 손을 넣고 증거로 가져온 중동화 2닢을 짤랑짤랑 소리 내어 테이블 위에 올렸다.

"얼마 안 되지만 선금을 받아 왔으니까 하나 완성하면 제대로 돈을 줄게."

다음 순간 엄마와 투리가 벌떡 일어나더니 아무 말 없이 테이블을 조금이라도 더 밝은 가마 쪽으로 붙였다.

"응? 어라?"

나는 의자에 앉은 채 혼자 덜렁 멍하니 있을 수밖에 없었다. 그동안 투리는 바느질 상자에서 세 사람의 코바늘을 가져왔고 엄마는 창고에서 실이 담긴 바구니를 들고 왔다. 나는 호흡이 척척 맞는 움직임에 압도당하면서 의자에서 내려왔다. 의자를 테이블 쪽으로 덜컹거리며 끌고 가자 엄마의 목소리가 날아왔다.

"마인, 참고할 견본은 어디 있니?"

"응? 투리한테 돌려줬는데?"

내 말에 반응한 투리가 재빨리 움직여 자기 나무 상자에서 머리 장식을 꺼내 왔다. 투리가 머리 장식을 찾는 바스락거리는 소리에 "뭐야? 무슨 일이야?" 라는 아빠의 목소리가 들려왔는데 "아무것도 아니야. 어서 자, 귄터." 하고 부엌에서 엄마의 목소리가 날아왔다.

내가 테이블 쪽에 의자를 끌고 와 영차, 하고 자리를 잡고 앉았을 땐 수작업 준비가 완전히 갖추어졌다.

"마인, 무슨 색으로 만들면 되니?"

실 바구니 속을 헤집으면서 엄마가 물었다. 하지만 투리의 머리 장식과 디자인을 맞추라고만 들었지 딱히 지정된 색은 없었다.

"손님의 머리색이나 좋아하는 색을 모르니까 다른 색으로 많이 만들어 달라고 했어. 투리 머리 장식이랑 똑같이 세 가지 색을 골라서 꽃 숫자도 똑같이 만들어 줘."

"알았어. 흰색과 노랑, 빨강은 어떨까?"

"귀엽겠는데?"

내 대답을 듣자마자 엄마가 맹렬하게 뜨기 시작했다. 투리의 머리 장식도 떠 봤고, 만드는 방법도 알고 있어서인지 빠르네, 빨라. 내가 하나에 대강 15분 정도 걸려 만드는 작은 꽃을 5분만에 완성했다.

"여러 종류가 있으면 고를 수 있어서 좋겠지? 난 흰색이랑 노랑과 파랑으로 할까? 내 머리 장식이랑 똑같은 색으로. 마인은 무슨 색으로 할 거야?"

많은 색깔 중에서 자신이 좋아하는 색을 고르며 우훗 하고 투리가 웃었다. 내가 만들어 준 머리 장식을 정말 마음에 들어 하니 나도 기뻤다.

"난 분홍이랑 빨강이랑 초록으로 할까. 작은 꽃이 초록색이면 이파리처럼 보여서 귀엽겠지?"

"응. 귀여워. 저기저기, 마인. 어떻게 만들어?"

온통 꽃 뜨기에만 집중하는 엄마한테 묻기는 힘들었는지 투리가 내 옆으로 의자를 끌고 왔다. 그러고 보니 견본으로 쓴 머리 장식은 투리를 위해 만든 거라 투리는 만들지 않았었다.

"그렇게 어렵지 않아. 이렇게 해서, 이렇게……."

투리에게 뜨는 방법을 보여주면서 작은 꽃 만들기를 알려줬다. 프리다의 장미보다 간단하니 투리도 금방 따라 했다.

"알았어. 고마워."

다시 의자를 덜컹거리며 원위치로 돌아간 투리도 묵묵히 뜨기 시작했다.

한동안 레이스를 뜨다가 내가 작은 꽃을 3개째 완성하고 고개를 들자 완성된 작은 꽃 수가 압도적으로 차이가 났다. 엄마는 거의 머리 장식 하나가 완성될 만큼의 작은 꽃을 만들어 놓았고, 투리 앞에는 꽃 여섯 개가 뒹굴고 있었다.

'오오, 역시 바느질 미인들이야.'

엄마와 투리의 손 움직임은 나와는 비교도 안 될 정도로 빨랐다. 정말 순식간이었다. 우라노 때 엄마의 아트 취미만 도와주던 나로서는 속도도 작품의 아름다움도 이길 수가 없었다. 적어도 두 사람이 만든 머리 장식과 비교했을 때 한눈에 완성도가 떨어져 보이지 않게 만 만들자는 생각에 정성스레 코바늘을 움직였다.

보통 겨울 수작업이라면 눈 때문에 집안에 갇힌 무료함을 없애기 위해 오순도순 정답게 이야기를 나누며 하는 작업이었다. 하지만 오늘 밤은 테이블 위에 놓인 현금 때문에 두 사람 다 한마디도 없이 일사불란하게 손을 움직였다.

"완성! 이제 어떻게 해?"

희색에 반짝이는 투리의 목소리에 정신을 차리고 얼굴을 들었다. 투리 앞에는 세 가지 색으로 네 개씩, 총 열두 개의 작은 꽃이 올려져 있었다. 이젠 이걸로 부케를 만들면 된다.

"투리, 빠르네. 대단하다. 음, 이젠 자투리에다 꿰어서…… 잠깐, 아, 자투리! 원가 계산에 안 넣었다!"

"수작업 재료라면 대부분 스스로 준비하니까 우리 집에 있는 천을 써도 괜찮단다."

엄마는 곧바로 우리 집 자투리로 꽃을 꿰어 머리 장식 형태를 완성해 갔다.

"나중에 벤노 씨에게 요금을 청구하든지 천을 받든지 할게."

"이거 하나에 중동화 2닢이나 받는데 그러지 않아도 돼."

'잉……? 대체 평소 수작업 금액이 얼마나 적길래…….'

겨울부터 본격적으로 시작할 수작업에는 자투리 원가도 넣어 다시 계산하기로 마음먹고 나는 투리가 창고에서 가져온 자투리 하나를 손에 들었다.

"엄마가 만드는 방법을 참고로 해서 꽃 색깔이 겹치지 않도록 꿰면 돼. 자투리 천이 보이지 않게 꿰면 꽃들이 모여서 꽃다발처럼 보일 거야."

"응, 알았어."

투리가 만드는 머리 장식을 끝으로 오늘은 이만 마치고 자기로 했다.

결국 자기 전까지 내가 반밖에 못 만들 동안 투리는 하나, 엄마는 두 개째를 80퍼센트나 만들었다.

"그럼 오늘 치 돈을 드릴게요~."

"와아!"

나는 두 사람에게 중동화 2닢씩 지급하고 완성된 장식을 나무 상자에 정리했다.

"이제 둘 다 자렴. 엄마는 남은 장식을 마무리하고 잘게."

80퍼센트까지 끝낸 머리 장식을 가리키며 엄마가 곤란한 듯 웃었다. 엄마의 속도라면 금방 끝나겠지. 나는 투리와 둘이서 아빠가 깨지 않게 조용조용히 침실로 들어갔다.

'……그런데 아침에 일어났는데 왜 테이블 위에 완성된 머리 장식이 두 개나 있지? 엄마……. 철야했구나. 아쉬워하며 잤던 투리가 화내잖아.'

"엄마 혼자 밤사이에 몰래 하다니 치사해!"

"미안해, 투리. 다음엔 안 그럴게. 자, 일하러 가야지."

엄마는 뾰로통한 투리에게 사과하면서 일하러 나가도록 재촉했다.

"나도 돌아오면 엄청 만들어 버릴 테야."

납득하지 못한 표정으로 투리가 그렇게 말하고는 집을 나섰다. 나는 투리가 나간 문을 확인하고 엄마가 만든 장식 두 개를 넣는 대신 중동화 4닢을 꺼냈다.

"안 잊어버리게 엄마가 나가기 전에 돈 줄게. 그리고 오늘도 벤노 씨한테 갔다 올 거야. 루츠가 만든 비녀랑 맞춰서 머리 장식을 완성해서 돈을 받아 와야 두 사람한테 돈을 줄 수 있으니까."

"알았어. 조심해서 다녀와. 벤노 씨에게도 안부 전해 주렴."

중동화를 지갑에 넣고 엄마가 웃으며 "오늘 밤도 힘낼게" 하고 의욕을 보이며 집을 나섰다.

쾅하고 문을 닫고 열쇠를 잠그는 소리가 들렸다. 발소리가 작아질 때까지 웃으며 손을 흔들던 나는 하아 하고 한숨을 내쉬었다.

'큰일이야……. 현금의 위력이 너무 굉장해. 이 정도까지 속도를 낼 줄이야.'

엄마가 철야까지 할 줄은 예상하지 못했다. 머리 장식을 완벽하게 완성해서 팔고 현금 보충을 해 두지 않으면 오늘 밤이 곤란해질 터였다.

"뭐, 오늘은 우선 토론베 껍질 벗기기부터야."

루츠가 언제 데리러 올지 몰라 언제든 나갈 수 있게 준비해 두기로 했다.

우선 감자와 비슷한 카르페 두 개. 그리고 찔 동안 공부할 수 있게 석판이랑 석필이랑 계산기. 벤노에게 가야 하니까 주문서 세트도 잊지 않고 넣어 두었다. 게다가 내가 도중까지 만든 머리 장식을 완성할 코바늘과 실. 완성한 꽃 일곱 개와 자투리. 그리고 자투리와 비녀를 엮을 바늘과 실.

준비가 다 되어 루츠가 올 때까지 꽃을 만들며 기다리려고 코바늘로 깨작깨작 뜨기 시작했다. 꽃을 두 개 완성했을 때쯤 문을 노크하는 소리가 들리며 루츠의 목소리가 울려 왔다.

"마인, 있어?"

"안녕, 루츠. 완성한 비녀 있어?"

"일단 다섯 개는 만들었는데?"

"그거 전부 가져와. 나 바늘이랑 실 가져갈 테니까. 찔 동안에 완성해서 벤노 씨한테 팔러 가야 해."

어젯밤 사이에 네 개나 만들었다고 중얼거리자 루츠가 눈을 크게 떴다.

"잠깐만, 너무 빠르잖아!? 꽃은 만드는 데 엄청 시간 걸린다며……."

"응. 설마 이렇게까지 빠를 줄 생각도 못 했어. 사실 내가 더 당혹스러워."

"알았어……. 비녀만 가져오면 돼? 다른 거는 없어?"

오늘 루츠가 절대로 잊어서는 안 되는 물건은 단 하나다.

"버터는? 준비했어?"

"내가 잘못 들은 게 아니었구나……. 가져올게. 문단속하고 밑으로 내려오고 있어."

아무래도 버터는 준비하지 않은 모양이다. 하마터면 버터 감자를 못 먹을 뻔했다. 루츠가 몸을 날려 계단을 내려가는 모습을 보고 나는 준비해 둔 짐을 들고 밖으로 나왔다.

"추워."

인기척이 없는 창고 안은 꽁꽁 얼어 있어 오히려 햇볕이 드는 바깥이 따뜻하다고 느낄 정도로 추웠다. 창고 안은 불을 피울 수 있는 장소가 없는 탓에 우리는 창고 앞에서 종 하나 울릴 때까지 토론베를 찌고 흑피를 벗기는 작업을 하기로 했다.

짐을 창고에 두고 밖으로 나오니 루츠가 돌을 쌓아 냄비를 올릴 준비를 하고 있었다. 나는 찜통에 토론베를 정리해 넣었다. 그러자 금세 찜통이 가득 찼다.

"루츠. 찜통 한 단 더 필요해."

"가져올게."

요전에 만든 건 시제품이라 그렇게 많이 찔 필요가 없었지만, 이번에는 창고에 있는 재료를 전부 쪄야 했다. 찜통은 제작할 때부터 2단으로 찔 수 있는 형태로 만들어 두었다. 루츠가 창고에서 남은 한 단을 가져왔다.

"이제 냄비에 올려도 돼?"

"응. 나무만 넣으면 되니까 금방 끝나."

루츠가 냄비를 고정하는 동안 남은 토론베를 찜통에 넣었다. 그리고 가져온 감자도 잘 익도록 칼로 십자 모양으로 칼집을 내어 넣고 뚜껑을 닫았다. 이제 20분 정도 찌면 맛있는 버터 감자—정확히는 감자가 아니지만—를 먹을 수 있다.

나는 냄비 앞에서 불을 쬐며 꽃을 만들기 시작했다. 꽃을 만드는 데 대략 15분 정도가 걸리니까 정리하는 시간도 고려하면 버터 감자를 기다리는 데에는 충분한 시간이었다.

"루츠는 창고에 남은 대나무로 가는 꼬챙이를 만들어 줘. 끝이 뾰족하게."

"응? 왜?"

"왜냐니, '버터 감자'가 익었는지 확인할 때 써야 하니까."

"뭐? 너 뭘 할려고?"

"찜통에다 만들어 먹고 싶었거든……. 루츠는 필요 없어?"

"당연히 먹어야지! **버터 감자**가 먹는 거였어!?"

'아, 그렇지. 버터 감자가 통하지 않았구나. 감자 소테[9] 같은 요리는 있으니까 보통 먹을 수 있을 텐데.

찜통 안에 먹는 게 있다는 사실을 알자마자 루츠가 열심히 꼬챙이를 만들기 시작했다.

"저기, 마인. 그 버터 감자라는 거 맛있어?"

"나는 꽤 좋아해. 루츠도 아마 먹어 본 맛일 걸?"

냄비가 크다 보니 김이 나오기까지 예상보다 시간이 걸렸다. 나는 꽃 두 개를 만들면서 대충 시간을 쟀다. 슬슬 감자 상태를 봐 볼까.

"좋아, 루츠. 뚜껑 열어!"

나는 랄프가 만든 실패작을 딛고 올라가 막 완성된 꼬챙이를 오른손에 들고 왼손에는 긴 젓가락을 쥐고는 루츠가 뚜껑을 열기를 기다렸다.

"마인, 얼굴을 너무 가까이 가져가지 마."

루츠가 뚜껑을 열자마자 새하얀 김이 순식간에 확 퍼져 나왔다. 뜨겁고 하얀 김을 뚫고 눈을 뜨자 토론베들 속에서 살짝 노란 빛이 짙어져 김을 내는 카르페가 보였다.

나는 오른손에 든 꼬챙이를 살짝 카르페에 찔러 보았다. 부드럽게 들어가면서 형태도 부서지지 않았다. 딱 알맞게 익었다. 꼬챙이와 젓가락 위치를 바꾸어 이번엔 젓가락을 쓸 준비를 했다.

"루츠, 접시 줘!"

---

9   버터를 녹인 프라이팬이나 철판에 굽는 요리

"그런 게 여기 어딨어!"

"거기 평평한 판이라도 좋으니까 가져와. 그리고 버터도 준비해 줘."

"장식 만들지 말고 먼저 준비해 두라고! 순서가 바뀌었잖아!"

"우, 면목 없네."

나는 카르페를 젓가락으로 집어 판 위에 올린 후 바로 찜통 뚜껑을 닫았다.

받침대에서 뛰어내린 후 칼로 카르페의 십자 칼집 부분을 벌려 그 사이에 바로 버터를 끼워 넣었다. 열 때문에 사르르 녹아 가는 버터 향을 참기 힘들었다. 그런데 기분이 좋아지는 나와는 반대로 루츠의 기분은 찜통에서 나온 카르페를 본 순간부터 구겨져 갔다.

"뭐야……. 카르페잖아. 마인 요리라고 기대했는데."

익숙한 재료에 실망한 모양이다. 이 주변에서 쉽게 재배되는 카르페는 식탁에 자주 올라오는 탓에 루츠에게는 질린 재료였나 보다. 공들인 요리라면 몰라도 껍질까지 그대로인 버터 감자 맛을 기대하지 못하는 마음은 충분히 이해되었다.

"맞아. 확실히 카르페에 버터를 바른 요리는 흔하긴 하지. 그럼 루츠는 안 먹을 거지?"

"먹을래……."

뾰로통한 얼굴을 한 루츠는 내버려두고 나는 위쪽 껍질을 살짝 벗겨 손에 화상을 입지 않도록 카르페를 앞치마로 쌌다. 그리고 김이 모락모락 오르는 카르페를 한입 크게 벌려 물었다.

밖의 냉기로 적당히 식은 표면과 달리 속은 뜨거워 입안에서 사르르 녹았다. 토론베와 함께 찐 덕분에 마치 훈제 요리처럼 나무 향이 배었고, 버터의 풍미와 잘 어울렸다. 결코 집에서는 먹을 수 없는 맛이었다.

음~ 하고 볼을 누르며 달콤함에 몸부림치자 옆에서 루츠가 한숨 섞인 하얀 숨을 내쉬며 카르페를 덥석 물었다.

그러더니 갑자기 눈을 번쩍 뜨고 버터 감자를 가만히 쳐다보았다. 속았다는 기묘한 표정으로 나와 카르페를 번갈아 본 후, 고개를 갸웃거리며 다시 한 입 베어 먹었다.

"맛있어! 왜지!? 집에서 데친 카르페랑은 맛이 전혀 다르잖아!"

"쪄서 그래. 찌면 영양분과 맛이 응축되거든. 이번엔 토론베와 같이 쪘으니까 꼭 훈제 같은 향까지 배여서 엄청 사치스러운 음식을 먹는 기분이 들어."

나는 말랑말랑하고 맛있는 카르페를 먹으며 어젯밤 엄마와 투리가 머리 장식을 만들었던 일을 루츠에게 이야기했다.

"그래서 말이야, 어젯밤 엄마랑 투리도 굉장했어. 둘 다 오늘 밤도 엄청 만들 생각인가 봐. 하나도 완성 못 한 내가 얼마나 도움이 안 되는지 새삼 깨달았어."

"그런 일로 으스대지 마."

"루츠는? 어땠어?"

카르페를 전부 먹어치운 루츠는 아쉬운 듯 열 손가락을 핥은 후, 떨떠름한 얼굴로 머리를 저었다.

"다들 내가 하는 일에 전혀 흥미가 없어. 도와 달라고 해도 모르는 척해."

"그렇구나. 그럼, 오늘은 너희 집에 마법을 걸러 갈까?"

"마법?"

"그래. 벤노 씨한테 돈을 받으면 너희 집에 갈 테니까 기대해."

카르페를 다 먹은 후 루츠가 우물에서 길어 온 물에 손을 씻고 입을 헹궜다. 그리고 가져온 계산기를 안고 자리로 돌아와 루츠 앞에 내려놓았다.

"자, 보자. 오늘 완성한 머리 장식이 네 개. 어제 벤노 씨한테 한 개 치 선금을 받았으니까 오늘 받을 보수는 세 개 치고, 머리 장식 보수는 하나당 중동화 11닢입니다. 그럼 얼마를 받을 수 있을까요?"

계산기 앞에 두고 문제를 내자 루츠가 진지한 얼굴로 손가락을 움직이기 시작했다.

"33닢!"

"네, 정답. 잘했어! 그럼 루츠가 만들어야 하는 비녀는 총 스무 개입니다. 어제 다섯 개를 만들었습니다. 이제 몇 개를 더 만들어야 할까요?"

역시 받아 올림이나 받아 내림이 있는 계산은 계산기를 써도 금방 답을 내기 힘든지 루츠가 난감해했다. 한 자릿수 덧셈을 암산으로 할 수 있게 되지 않으면 계산기를 써도 시간이 걸렸다. 그래서 계산기는 일단 두고 석판에 숫자를 써서 덧셈 연습부터 하게 했다.

"이것만은 꼭 외워. 문제를 듣고 바로 대답을 할 수 있을 정도로 외우도록 해."

중얼중얼하면서 외우는 루츠 옆에서 나는 머리 장식을 완성해 갔다. 머리 장식을 완성했을 즈음엔 이미 점심이 지나 토론베도 알맞게 쪄 놓은 뒤였다.

"루츠, 물 받으면 한 번 저쪽으로 치워 줘."

대야에 받은 우물물에 젓가락으로 하나씩 집어 올린 토론베를 넣었다. 한 번 찬물로 식혀 내면 루츠가 다시 토론베를 옆에 놓인 판에 올려 뒀다. 강물이 아닌 대야 물은 금방 미지근해져 버렸다.

"물이 미지근해졌어. 잠깐만 기다려."

루츠가 우물물을 길어 대야를 다시 채워 넣는 동안 나는 주저앉아 흑피를 벗기면서 기다렸다. 우리는 물이 차면 다시 토론베를 꺼내어 식히는 작업을 반복했다. 찜통에서 토론베를 전부 꺼내면 나는 식기 전에 흑피를 벗겼고, 루츠는 그동안 냄비나 찜통을 정리했다. 창고 안에 박은 못에 흑피를 걸쳐 말려 두면 오늘 작업은 끝이었다.

"끝났다!"

"좋아, 정리도 마쳤어!"

뜨거운 흑피를 벗겨서인지 흑피를 말린 뒤에도 손가락 끝이 화끈거렸다. 손가락 끝에 닿는 차가운 공기가 기분이 좋을 정도였다. 나는 폐 가득 차가운 공기를 들이마셨다.

"아……?"

뭔가에 절망하지 않았다. 뭔가에 불안을 느끼지도 않았다. 일이 끝났다는 안도감과 해방감을 느꼈을 뿐이었다. 그런데 몸속에서 신식 열이 날뛰기 시작했다. 나는 신식 열을 억제하려고 반사적으로 몸에 힘을 주었다.

"어이, 마인!?"

눈앞에서 경직된 나를 보고 루츠가 당황하며 내 몸을 흔들었다.

'집중이 끊어지니까 흔들지 말아 줘'라고 말하고 싶었지만, 악문 이 밖으로 말이 나오지 않았다. 오른손을 앞으로 내밀어 루츠의 손을 잡자 루츠가 양손으로 내 오른손을 잡아 주었다.

"뭐야, 이거? 갑자기 열이 올라오잖아!? 마인, 괜찮아!? 내 말 들려!?"

꽉 쥔 손에 정신을 집중하여 지금까지 해 왔듯 어떻게든 열을 억제해 보려고 했다. 지금까지는 주위를 포위해서 열을 중심으로 몰아가는 느낌으로 어떻게든 해결되었지만, 이번엔 작은 열들이 포위망을 뚫고 나갔다.

'빨리 제자리로 들어가라고!'

줄줄 새어 나오려는 모든 열을 중심으로 밀고 들어가는 데에 지금까지 중 가장 시간이 오래 걸리는 느낌이다. 열이 내린 후에는 입도 열기 싫을 정도의 피로가 한꺼번에 밀려왔다.

서 있지 못할 정도로 힘이 빠져 자리에 주저앉자 내 손을 잡고 있던 루츠까지 딸려오듯 내 옆에 쭈그리고 앉았다.

"뭐야? 열 내렸어? 뭐냐고, 이거. 어이! 마인, 괜찮아!?"

"신식이야……. 프리다가 전에 말했잖아."

하아, 하고 커다란 숨을 내쉬면서 내가 대답하자 루츠가 곤란한 듯 나를 보았다.

"잠깐만. 그런데 몸 상태가 안 좋아질 전조가 전혀 없었는데?"

"갑자기 왔어. 지금까지는 꽤 격한 감정 상태에 좌우되었지만 최근엔 별거 아닌 감정 기복에도 반응하게 되어 버렸어……. 아, 깜짝 놀랐네."

사실은 놀랐다는 간단한 말로 표현할 수도 없을 만한 충격이었다. 하지만 당장에라도 울 것 같은 얼굴로 아직 내 손을 꼭 잡은 루츠를 조금이라도 안심시키려고 나는 눈웃음치며 미소를 지었다.

"무슨 방법 없어?"

"프리다가 말했잖아. 어마어마한 돈이 든다고. 벤노 씨도 같은 말을 했었어."

루츠의 얼굴에 핏기가 사라져 창백해졌다.

"그러려면 조금이라도 벌어야 하니까 벤노 씨 상점으로 갈까?"

이 이상 위력이 커지면 솔직히 가망이 없다는 본심은 가슴속에 묻어 두고 웃어 보였다. 루츠는 이를 악물고 내 손을 떼더니 등을 빙글 돌렸다.

"상점까지 업어 줄게. 내가 할 수 있는 일이 이것밖에 없어."

"이것뿐이라니. 루츠는 항상 내게 도움을 주고 있어."

"됐으니까 빨리 업혀!"

나를 재촉하는 루츠의 목소리가 떨렸다. 나는 모르는 척 루츠의 등에 몸을 기댔다. 루츠의 어깨를 감싼 내 팔에 물방울이 똑똑 떨어져 내렸다.

진심으로 난처했다. 책에만 시선을 두고 살아 온 우라노에게는 이런 식으로 울어 주는 친구가 없었다. 그렇게나 책을 읽었는데 루츠에게 무슨 말을 걸어야 정답인지 도저히 알 수가 없었다.

'넌 너무 상냥해, 루츠. 내가 아무리 도움도 안 되고 방해만 되는 아이라도 함께 있어 주고. 내가 진짜 마인이 아닌 걸 알아도 용서해 주고.'

"만약 내가 신식으로 쓰러져도 루츠가 책임감을 느낄 필요는 없어. 이건 정말 갑자기 찾아오거든. 그리고…… 아직 책을 만들지 못했으니까 여기서 질 수 없지."

콧물을 훌쩍이는 소리가 들렸지만 루츠는 대답하지 않았다.

상점 앞에 도착했을 때는 걱정하는 마르크와 찡그린 얼굴의 벤노가 상점 앞에 나와 있었다. 아무래도 나를 업고 오는 루츠를 발견한 경비원이 이 둘을 부른 모양이었다.

"하아……. 정말이지."

벤노가 한숨을 내쉬며 다가오더니 갑자기 나를 안아 올려 마르크를 향해 내던졌다.

"으하아악!?"

"어이쿠!?"

마르크가 나를 제대로 받아 주었으니 망정이지 날뛰는 신식 열 때문에 녹초가 된 환자한테 무슨 짓이냐고 내가 불만을 터트리기보다도 빨리 계속 고개를 푹 숙이던 루츠가 고개를 들었다.

"루츠만 안으로 들어와."

루츠가 입을 떼기도 전에 재빨리 심각한 얼굴로 벤노가 턱으로 상점을 가리켰다.

루츠는 기세가 눌린 듯 벤노를 따라 상점 안으로 들어갔다. 딱 한 번 걱정스러운 듯 나를 돌아본 그 얼굴은 눈물과 콧물로 엉망진창이었다.

"아, 루츠……."

"루츠는 걱정하지 마십시오. 그것보다 오늘 할 얘기가 있어서 온 거죠? 추우니 상점 안으로 안내하겠습니다."

마르크는 나를 안아 든 채 상점 안으로 들어가 따뜻한 차를 준비해 주었다. 나는 차로 손과 몸을 녹이면서 조금 전 완성한 머리 장식 정산을 마르크에게 부탁했다.

"아, 루츠. 이야기 끝났어? 이것 봐! 오늘 가져온 머리 장식 정산이 끝났어."

루츠가 나오길 걱정스럽게 기다렸지만, 안쪽 방에서 나온 루츠는 눈가가 붉은 반면 진정된 분위기였다. 내가 내미는 돈을 보고 살짝 웃는다.

"오, 큰 돈이네."

"이걸로 2, 3일은 괜찮을 거야."

"겨우 2, 3일이야?"

가벼운 대화가 가능할 만큼 루츠도 진정된 듯했다. 나는 안도의 숨을 내쉬었다.

'무슨 이야기를 했는지 모르겠지만, 역시 벤노 씨야.'

루츠의 뒤를 따라 나온 벤노는 아무 일도 없다는 듯이 어깨를 으쓱했다.

"상점 안에서 떠들지 말고 용무가 끝났으면 마인은 얼른 돌아가라. 상태가 안 좋다고 루츠가 그러더군."

우리를 쫓아내듯 손을 휘젓던 벤노가 문뜩 생각난 듯 말을 덧붙였다.

"마르크, 이 녀석들을 따라가. 이런 어린애들이 큰돈을 들고 다니면 위험하니까."

"알겠습니다."

가족들에게 지급하기 쉽게 오늘 금액은 전부 중동화로 받았다. 33닢을 들고 걸으면 짤랑짤랑 큰 소리가 날 것 같았다. 몇 닢을 손에 쥐는 정도면 몰라도 세례도 받지 않은 아이가 들고 다니기에는 너무 눈에 띄었다. 도둑맞거나 이상한 사람들에게 얽힐 위험성이 높아 마르크에게 순순히 돈 봉투를 내밀 수밖에 없었다.

벤노와 시선을 교환한 마르크가 돈 봉투와 함께 나를 안고 걷기 시작했다.

"내, 내 발로 걸을게요, 마르크 씨!"

"루츠에게 업혀 온 아이가 무슨 말입니까? 착한 아이이니 모두가 평온해질 수 있게 얌전히 있어 주십시오."

환자는 입 다물고 있으라는 말을 들으면 반론은 불가능했다. 어깨를 축 떨구고 버둥거리는 몸을 멈췄다.

그리고 돌아가는 길에는 마르크와 수작업 관리 방법에 대해 의논하고 루츠에게도 알기 쉽게 설명했다. 이건 상인이 되기 위한 연습인 셈이었다.

루츠가 가족들에게 겨울 수작업을 맡길 때 꼭 해야 할 일은 세 가지가 있다. 판자에 각자가 만든 비녀 수를 기록할 것. 그 판자를 가족들이 멋대로 만지지 않도록 보이지 않는 장소에 보관할 것. 루츠는 비녀 하나에 수수료로 중동화 4닢을 받아야 하므로 계산기에 수수료를 더해 넣을 것.

루츠는 가족을 상대로 하는 장사가 썩 마음이 내키지 않는다고 했지만 가족을 상대로 돈 관계를 확실히 하지 못하면 제대로 된 상인이 될 수 없다고 마르크가 타일렀다.

마인, 쓰러지다

똑똑!

"안녕하세요. 칼라 아줌마. 루츠 있어요?"

여전히 가족들이 도와주지 않는다는 루츠를 위해 나는 루츠의 집을 방문해서 아주 약간의 도움을 주기로 했다.

"아이고, 마인이구나. 루츠, 마인이 왔어!"

칼라의 목소리에 루츠보다 빠르게 형들이 기대감에 눈을 반짝이며 나타났다.

"무슨 일이야? 새로운 요리야?"

"도와줄게. 뭐부터 할까?"

새로운 조리법을 기대하는 형들에게는 미안하지만 오늘은 형들에게 루츠의 겨울 수작업을 본인들 스스로 맡게 하려고 찾아왔다.

"오늘은 요리가 아니야. 루츠에게 보수만 주고 갈 거야."

"보수?"

"응. 루츠가 내 수작업을 도와줬거든. 그 보수야."

우후훗 하고 웃으며 나는 형들 사이를 비집고 들어가 루츠 앞에 섰다. 그리고 형들에게 보이도록 루츠의 손바닥에 중동화 한 닢씩을 올려 갔다.

"비녀 다섯 개니까 중동화도 5닢이야. 하나, 둘, 셋, 넷, 다섯. 맞지?"

루츠의 손에 짤랑짤랑하는 소리를 내는 중동화로 형들의 시선이 집중되는 느낌이 들었다. 누군가가 꿀꺽하고 침을 삼키는 소리가 들렸다.

"마인. 수작업을 돕는 일, 혹시 저번에 루츠가 가져온 나무 막대기야?"

'걸렸다. 걸렸어.'

나는 그렇게 생각하며 랄프를 향해 방긋 웃어 보였다.

"맞아. 머리 장식을 만들고 있어서 그 비녀 부분을 부탁했어. 비녀 하나에 중동화 1닢이야."

"그게 중동화 1닢이라고!?"

자샤가 눈을 크게 뜨고 소리친 후 루츠의 손위를 응시했다. 지크는 가볍게 머리를 흔든 후 나를 빤히 쳐다보았다.

"마인, 그건 루츠가 아니어도 돼? 내가 해도 될까?"

지크의 질문은 아마도 다른 형들의 마음을 대변한 말이리라. 모두의 강렬한 시선이 나를 향해 있었다. 나는 그 시선을 받으며 미소로 끄덕였다.

"물론이지. 루츠가 아니어도 돼. 하지만 크기도 정해져 있고, 머리카락이 걸리지 않게 꼼꼼하게 손질해야 하니까 대충 해서는 안 되는 작업인데?"

그 말을 들은 형들은 앞다투어 자신의 실력을 주장하기 시작했다.

"마인, 목세공은 내가 직장에서 매일 하고 있으니까 루츠보다 훨씬 잘해."

"나야말로 루츠보다 낫지."

"경력으로 치면 나지!"

손바닥 뒤집듯 당당하게 실력 자랑을 시작한 세 명을 향해 루츠가 눈을 부라리며 쳐다보았다.

"다들 잠깐만. 그런 시시한 막대기 만들기 따위를 우리가 왜 도와야 하냐고 나 혼자 하라며. 세 명 다 바보 같은 짓…… 읍읍!"

자샤가 손으로 루츠의 입을 틀어막고 찌릿 노려보았다.

"넌 보수 이야기는 안 했잖아."

"어차피 혼자 차지할 생각이었지?"

내 생각에 루츠는 분명 보수 이야기를 꺼냈지만 지금 상황을 보면 형들이 흘려들었거나 루츠의 장난이라고 생각했음이 틀림없다.

형들에게 둘러싸인 루츠가 가여워진 나는 그 자리에서 도움의 손길을 내밀었다.

"그럼, 다음엔 오빠들이 만들어 줄래? 한 사람에 다섯 개씩. 그 이상 만들어도 내가 맞추기 힘들어. 사흘 뒤에 찾으러 올게. 다들 수습 중인데 할 수 있겠어?"

내 제안에 형들은 반짝거리는 미소를 보이며 루츠를 내동댕이쳤다. 그리곤 참으로 멋진 미소로 가슴을 통통 두드리며 작업을 맡겠다고 한다.

"당연하지. 맡겨 줘. 사흘도 필요 없어."

"금방 만들 수 있다고."

"속도보다 꼼꼼함이 중요해. 얼렁뚱땅 만들면 다시 만들게 할 거야. 아 맞다. 크기나 사용할 나무는 루츠에게 물어보면 돼. 그럼 사흘 뒤에 찾으러 올게."

나는 루츠에게 '힘내'하고 자그맣게 주먹을 쥐어 보이며 응원을 보냈다. 모든 준비는 끝났다. 이걸로 형들은 솔선해서 수작업을 해 주겠지. 이젠 루츠만 힘내면 되었다.

상인을 목표로 힘내, 루츠.

루츠의 형들에게 비녀 부분을 맡기기로 약속한 날로부터 사흘이 지났다. 요 사흘간, 나는 집안에 박혀 꽃을 깨작깨작 만들며 지냈다. 활발한 움직임으로 몸속을 빙글빙글 돌아다니는 신식 열 때문에 기분이 좋지 않아 밖으로 나가고 싶지 않았다. 밤중에 갑자기 덮쳐 온 열에 아침엔 녹초가 되는 날도 있어서 몸이 나른했다. 솔직히 언제 어디에서 신식 열로 쓰러질지 모르는 불안감이 엄습했다.

그렇게 집에 콕 박혀 있는 동안 내가 만든 장식은 두 개. 전에 만든 양을 합쳐도 스무 개 중에 내가 만든 건 세 개가 다였다. 나머지는 다 엄마와 투리가 만들었다. 속도 차이에 힘이 쭉 빠졌다. 엄마와 투리는 여전히 앞다투어 꽃을 만들었다. 투리의 작업 속도에도 물이 올라 사흘 동안 두 사람이 만든 장식은 열두 개나 되었다. 지금은 마지막 장식을 두 사람이 나누어 뜨고 있다.

"엄마, 투리. 나 루츠네 집에 갔다 올게. 비녀 부분을 받고 돈을 줘야 하거든."

"잘 갔다 와."

일사불란하게 꽃을 만드는 두 사람은 얼굴도 들 듯 말 듯 입을 모아 대답했다.

중동화 12닢을 돈 주머니에 넣고 나는 집을 나섰다. 계단을 내려가 건물을 나와서 우물이 있는 광장을 지나 거의 정면에 있는 건물 계단을 올라갔다.

루츠의 집은 6층이었는데 두 세대 방을 빌려 넓힌 곳이었다. 계단이 많아 오르내리기는 힘들었지만 방이 넓어 남자 아이가 넷이나 있어도 그렇게 좁다는 느낌이 없었다. 장인만 배출한 집안이라 작업 도구가 많고, 작업실로 쓰려고 방을 넓힌 탓에 실제 생활 공간은 그리 넓지 않다고 루츠가 말했지만.

똑똑 노크를 하고 이름을 대자 끼긱 하는 소리는 내며 문이 열리고 칼라 아줌마가 얼굴을 내밀었다.

"안녕하세요. 칼라 아줌마. 부탁한 작업물을 받으러 왔는데 오빠들 있어요?"

"아아, 아침부터 발만 동동 구르며 기다리고 있단다."

웃으며 그렇게 말한 칼라는 살짝 얼굴빛을 흐리며 주변 시선을 의식하듯 목소리를 낮추었다.

"있잖니…… 마인. 루츠는 진심으로 상인이 될 생각이니? 저렇게나 고집을 부리니 집안 분위기가 많이 안 좋구나. 그런데도 저 아인 굽힐 생각이 없으니. 이렇게 가족들과 사이가 나빠지면서까지 상인을 고집하지 않아도 되잖아. 그렇게 생각하지 않니?"

루츠에게 가족과 사이가 틀어졌다고 듣긴 했지만 예상 이상으로 심각한 상황인 모양이다. 나는 루츠가 걱정스러우면서도 루츠 스스로 더부살이를 해서라도 상인이 되겠다고 결심했으니 포기하진 않을 것이라 믿었다.

"저한테 물어도 곤란해요, 칼라 아줌마. 무엇이 되고 싶은지는 루츠가 정해야 하지 않을까요?"

부모와 자식 문제에 제삼자인 내가 말참견해 봤자 오히려 혼란의 불씨가 될 법하여 나는 고개를 갸웃거리면서 화제를 흘렸다. 하지만 칼라는 자신의 말에 찬성하지 않는 내 말이 불만인 듯 입을 삐죽였다.

"정말이지, 여자아이라면 부모 말대로 따를 텐데 사내자식들은 듣지도 않아. 지긋지긋해."

"남자아이가 넷이나 있으니 많이 힘드시죠?"

나도 부모 뜻대로 살아갈 생각 따윈 전혀 없다는 속마음은 고이 숨겨 두었다. 칼라의 푸념이 끝나지 않으면 항상 듣는 엄마의 불평불만에 휘말리고 싶지 않은 자식들은 밖으로 나와 주지도, 나를 안으로 들여보내 주지도 않을 텐데. 적당히 수긍하고 빨리 흘려보내야 했다. 눈 쌓인 우물가에서 긴 대화를 나눌 수 있는 엄마들과는 다르게 추운 현관 앞에 서서 이야기하는 취미는 내게는 없었다.

"내 고생을 자식들은 왜 조금도 알아주질 않는 걸까? 요전번에도……."

'아, 이런. 이야기가 엄청 길어질 예감이 든다.'

일단 돌아갔다가 다시 오는 편이 좋겠다고 생각했을 때 안쪽에서 루츠의 목소리가 울렸다.

"엄마, 마인은 작업물을 찾으러 온 거야. 눈 내리기 전에 끝내야 하니까 급하다고. 몸도 안 좋은 애니까 빨리 안으로 들여보내 줘."

"아아, 그랬지. 안으로 들어오렴."

"실례하겠습니다."

나와 루츠는 '루츠, 진짜 고마워. 덕분에 살았어' '우리 엄마 말이 길어서 미안' 하고 눈으로 대화를 나누며 어깨를 으쓱했다. 칼라라는 관문을 돌파하고 겨우 루츠의 집에 들어왔다. 역시 집안이 밖에 비해 따뜻하다.

"루츠. 형들은 일 다 끝났어? 계산 연습도 제대로 했고?"

"응."

"혹시…… 마인이 루츠한테 계산을 가르쳐주고 있니?"

우리 대화를 귀담아듣고 있었는지 칼라가 등 뒤에서 조금 날카로운 목소리로 물어 왔다. 왜 쓸데없는 짓을 하느냐는 말뜻을 그대로 무시하고 활짝 웃었다.

"네. 전 문에서 계산을 돕고 있거든요."

"아아. 마인은 아빠를 돕는구나. 루츠도 마인을 보고 아빠 일이나 도우면 될 텐데."

이곳 여자아이는 대부분이 아빠의 일을 도우면서 부모가 소개하는 남자와 결혼해 남자의 일을 돕게 된다. 시골 농촌이라면 농사를 도와 그대로 농민과 결혼해서 농민으로 남는다.

즉, 병사의 딸인 나는 적당히 일하면서 병사를 돕는 아내의 역할을 기대받고 있는 셈이다. 출근 시간이 불규칙한 병사의 아내는 상당히 힘든 역할이라 가족 중 병사가 있어서 일 내용을 어느 정도 이해해야 아내가 되어도 적응이 가능하단다.

칼라는 아빠가 내게 문에서 일을 돕게 하면서 장래를 향해 착착 준비한다는 말로 들은 모양이었다. 안타깝지만 상인 수습을 목표로 폭주 중인 나는 병사의 아내가 될 생각은 눈곱만큼도 없다.

안으로 들어가자 루츠의 형들이 각각의 손에 비녀 부분을 쥐며 기다리고 있었다. 내가 다가가자 세 사람이 일제히 비녀를 내밀었다.

"자, 마인. 봐봐."

"이 정도는 금방 끝나."

"완벽하지 않냐?"

"우왓! 줄 서서 말해! 나이순으로!"

눈앞에서 뾰족한 비녀를 내밀면 무섭잖아. 나는 내 눈앞에서 손을 휙휙 저으며 피했다. 형들은 내 말대로 샥 하는 소리가 들릴 정도로 재빠르게 나이순으로 줄을 섰다. 나는 그 세 사람의 비녀를 하나씩 검사하며 보수를 건네주었다. 대강 만든 건 하나도 없었다. 매끄럽고 완성도 높은 비녀를 보자 자연스럽게 웃음이 나왔다.

"다들 루츠보다 완성도가 높네. 역시 장인 수습생들이야. 우리 집도 나보다 투리와 엄마가 훨씬 잘 만들거든. 오빠들. 겨울 수작업으로 똑같은 일을 맡겨도 될까? 겨울 수작업은 봄에 지급할 수 있지만 가격은 똑같아."

"당연하지. 맡겨 줘."

형들은 미소를 지으며 의뢰를 받아 주었다. 이걸로 루츠는 공부에 전념할 수 있으리라.

"루츠는 계산 끝났어? 어떻게 됐어?"

"6천 리온이고, 대동화 6닢. 맞아?"

이번에 루츠의 형들이 만든 비녀 부분은 열다섯 개였다. 하나당 중동화 4닢의 수수료니까 대동화 6닢. 수수료만으로 큰 벌이를 한 셈이다.

"응, 정답이야! 이 상태로 계산 연습을 하자. 난 이걸 가져가서 오늘 중으로 완성할 테니까 내일 상점에 가도 되지?"

"알았어."

내가 비녀 부분을 들고 집에 돌아갔을 땐 마지막 장식이 완성되어 있었다. 엄마와 투리도 함께 비녀 부분에 장식을 엮으며 완성해 갔다.

"내일은 이걸 상점에 가져가서 남은 돈을 받아 올게. 두 사람 모두 너무 빨라서 받은 돈이 따라가질 못해."

초반에 벤노에게 의뢰가 들어왔을 땐 열 개 정도면 되겠지 싶었는데 설마 스무 개나 만들 줄이야. 정말 대단하다. 현금을 눈앞에 둔 엄마의 열의와 작업이 익숙해진 투리의 속도는 내 예상 이상이었다.

"우후훗~. 나도 빨라졌지?"

"투리 대단해. 겨울 수작업도 엄청 만들 수 있겠어."

"응, 열심히 많이 만들게."

착실하게 바느질 미인의 길을 걷는 투리에겐 항복이다. 나한테는 무리야, 무리.

다음 날 나는 루츠와 함께 완성한 머리 장식을 들고 벤노의 상점으로 향했다. 돌바닥을 걸으면서 루츠가 물어왔다.

"저기, 마인. 이제 팔 만한 물건이 또 없을까?"

"무슨 말이야?"

"신식을 해결하려면 돈이 필요하다고 벤노 나리한테 들었어. 봄이 되어 종이를 팔면 꽤 많이 벌겠지만, 또 다른 물건이 없을까 해서……. 마인이 생각해 내면 내가 꼭 만들어 줄게."

진지하게 걱정해 주는 루츠의 말에 나도 신식을 이기기 위한 신상품에 대해 생각해 보기로 했다.

"음, 지금까지 판 물건을 고려하면 부잣집 대상으로 한 상품이 이익도 크겠지."

일상 생활용품에 돈을 쓸 수 있는 고객층은 정해져 있었다. 머리 장식도 실 가격을 올려 디자인에 공들이면 전혀 다른 가격에 팔 수 있었고, 마찬가지로 종이도 희소성이 있는 토론베 쪽이 비쌌다. 그러니 돈을 많이 벌려면 부자들이 원하는 물건이 필요했다.

"하지만 이곳 부자들이 원하는 물건이 뭔지 모르겠어. 린샴이나 머리 장식이나 종이는 내 주위에서는 흔히 있는 물건이었거든."

"네가 있던 세계는 엄청 대단한 곳이었구나."

내가 마인과 다른 기억을 가진 존재라는 사실을 아는 루츠는 불쾌한 기색 없이 흥미를 가져 주었다. 그래서 둘이서만 이야기할 때에는 일본에 대한 기억을 일부러 숨길 필요가 없었다. 지금은 그리움이 더해져 굉장히 좋은 세계였다는 식으로밖에 표현할 수 없었다. 루츠 안에서는 일본이 완전히 이상적인 세계로 받아들여진 모양이었다.

서점과 도서관이 넘쳐난다는 사실만으로 그곳은 내게 이상적인 세계였다. 지금도 가능하면 돌아가고 싶었다.

"차라리 '1,000원 마트'나 '아이디어 상품'을 힌트로 생활필수품을 개량하는 방식으로 생각해 볼까? 비누를 개량한다든지, 초를 멋있게 만들어 본다든지? 작년에 만든 허브 초는 꽤 괜찮았는데."

"허브 초?"

루츠가 눈썹을 찌푸리며 고개를 갸웃거렸다.

"작년 겨울 준비 때 초에서 냄새가 엄청 심해서 악취 제거를 하려고 허브를 넣어 만들었었어. 꽤 괜찮은 허브도 있었는데 반대로 상승작용으로 냄새가 더 심해진 초도 있었어. 엄마가 쓸데없는 짓 하지 말라고 올해는 못 만들게 됐지만."

침대에서 초를 만들고 싶다고 했다가 그 자리에서 거절당했다. 침대에서 나오지 말라는 엄명이 떨어졌다. 엄마는 내 몸보다 초가 더 걱정되었음이 분명하다.

"너, 나도 모르게 이것저것 저지르고 있었구나."

"으……. 무슨 일이든 시행착오는 필요해. 아니면 바구니나 레이스 뜨기도 반응이 좋았으니까 '엄마 취미 아트'에서 뭔가 쓸 만한 것 없을까……? 음. '구슬 액세서리'도 '구슬'이 있어야 하고, 누름꽃으로 작품을 만든 적은 있지만 팔 만한 물건은 아니고, '포크 아트'도 그림 도구가 없으면 못 그리고, 어떻게 하지?"

"무슨 말인지 전혀 모르겠다고. 결국 뭘 만들 수 있어?"

뭘 만들든 종이 제작과 마찬가지로 도구 제작부터 시작해야 했다. 그렇게 생각한 순간 단번에 의욕이 사라졌다.

"있잖아, 루츠. 신상품을 생각하면서 내 생활에 필요 없는 물건을 위해 도구 제작부터 정열을 불태우고 싶은 의욕이 일절 없는 점이 나의 가장 큰 문제점인 듯해."

"불태워! 너 죽고 싶어!? 네 일이야!"

루츠가 고함쳤다.

"걱정하지 않아도 내게 필요한 필수품이면 의욕도 타오르니까 다음은 책이 어떨까?"

"잠깐만 있어 봐! 책은 너 외에 필요로 하는 사람이 없으니까 안 팔릴 거라고 말한 사람은 너야! 팔리는 물건을 생각해 내라고!"

흥분이 지나쳤는지 루츠가 눈물을 글썽였다. 나는 루츠의 어깨를 가볍게 다독였다.

"루츠, 너무 흥분하지 마. 좀 진정해."

"날 흥분시킨 사람이 바로 마인이야!"

"응, 그래. 미안, 미안."

루츠를 달래고 있자 뒤에서 갑자기 누군가가 내 어깨를 꽉 잡았다.

"으하악!?"

"너희들, 길거리에서 대체 무슨 이야기이신가? 웃음거리가 되고 싶어? 주변을 봐라."

익숙한 벤노의 목소리에 정신 차리고 주변을 돌아보자 확실히 키득거리는 작은 웃음소리가 들려왔다. 부끄러움에 얼굴이 빨개지면서 나는 화풀이하듯 벤노를 노려보았다.

"벤노 씨야말로 왜 여기에 있죠?"

"공방을 돌아보고 돌아가는 길이다. 너희는 무슨 일이지?"

"머리 장식이 완성되어서 상점으로 가져가는 길이에요."

"그래? 그럼 가자고."

나를 휙 하고 안아 든 벤노는 성질 급하게 성큼성큼 걸었다. 벤노의 어깨너머로 총총걸음으로 뒤따라오는 루츠가 보였다.

벤노는 상점에 들어가서도 그대로 나를 안은 채 안으로 데리고 들어가 평소의 테이블 근처에 내려 주었다. 나는 의자에 영차 하고 기어 올라앉은 후 토트백 안에서 머리 장식을 꺼내 테이블 위에 하나씩 올려놓았다.

"전에 납품한 물건까지 합쳐서 스무 개예요. 확인해 주세요."

"좋아……. 이걸로 머리 장식도 팔 수 있겠군. 다음 땅의 날이 세례식이니까 빨리 팔아야겠어."

가족 중에서 이번 세례식과 관계된 사람이 아무도 없는 탓에 큰 관심이 없어 흘러 듣던 나는 처음 듣는 말에 귀를 쫑긋거렸다.

"저기, 루츠. 땅의 날이 뭐야? 처음 들었어."

"엥!? 그렇게 물어도……. 땅의 날은 땅의 날이지. 그렇지?"

루츠도 설명이 어려운지 벤노에게 질문을 넘겼다. 벤노는 한숨을 내쉬고 가르쳐 주었다.

"물의 날, 싹의 날, 불의 날, 잎의 날, 바람의 날, 열매의 날, 흙의 날이 반복되는 건 알지?"

'뭐? 알지? 전혀 처음 듣는데. 요일 이름이라고 생각하면 되나?'

"봄은 눈이 녹는 물의 계절로 싹이 트지. 여름은 태양이 가장 가까운 불의 계절로 잎이 돋아나. 가을은 살랑하게 부는 바람의 계절로 열매가 나고 겨울은 생명이 잠드는 흙의 계절이다. 그러니 흙의 날은 안식일로 정해져서 장사도 쉬는 거지."

흙의 날이 일요일이란 점은 이해했다. 지금까지 엄마가 정기적으로 쉬는 날이 있어서 요일이 존재한다는 건 어렴풋이 알고 있었다. 다만 집 안에 달력도 없고, 아빠 일은 불규칙적이고 누구도 요일 이름을 입에 꺼낸 적이 없어서 몰랐을 뿐이다.

'요일에도 이름이 있긴 했구나. 왠지 속 시원하다.'

벤노의 말에 따르면 세례식은 계절의 처음인 '계절의 날'에 치른다고 했다. 봄이면 물의 계절이니까 물의 날, 여름은 불의 계절이니까 불의 날에 진행되고, 프리다가 참가하는 겨울 세례식은 다음 흙의 날에 행한다고 했다. 루츠도 감탄하듯 여러 번 고개를 끄덕였다.

"흐음, 그런 의미가 있었구나. 이름은 알지만 거기까진 몰랐네."

이곳에는 분리수거일도 달력도 없어 일하는 사람은 휴일만 알아도 문제는 없었다. 화젯거리도 아니니 몰라도 생활에 지장은 없었다. 약속도 며칠 뒤라는 표현으로 해결했고, 그 편이 서로 알기 쉬우니 요일은 평소 생활에는 쓰지 않는 모양이다. 벤노의 말투로 보아 종교와 관계있는 듯하니 어차피 세례식에서 배우게 되는 내용이라면 굳이 지금은 무시해도 상관없을 것 같았다.

"요일 이름은 이제 됐어요. 그것보다 정산을 끝내죠."

"뭐, 평소엔 그다지 쓰이지 않긴 하지."

머리 장식의 정산을 끝내고 투리와 엄마에게 지급할 중동화는 가져가도록 지갑에 넣어 토트백에 넣었다. 나머지 돈은 벤노와 길드 카드를 맞추어 저금해 두었다.

"오늘도 신세를 졌습니다."

용건이 끝났으니 벤노의 일에 방해되지 않도록 재빨리 돌아가려 했더니 벤노에게 어깨를 붙잡혔다.

"뭔가 새로운 상품이라도 생각난 게 있나? 길에서 그런 이야기를 했었지?"

어디서부터 우리 대화를 들었는지 몰라도 벤노가 기대에 가득 찬 눈과 말로 루츠를 꼬드겨 내게 신상품을 만들게 했다는 사실을 깨달았다.

'어차피 나도 돈이 필요하니까.'

최근 며칠 사이에 신식 열이 점점 활발해져 억제하는 데에 시간도 체력도 상당히 소모되었다. 돈이 모일 때까지 내 몸이 견디지 못하지 않을까.

그런 비관적인 일을 전부 솔직하게 털어놓을 필요는 없었기에 나는 가볍게 어깨를 으쓱하며 벤노의 이야기에 응하기로 했다.

"어떤 물건이 고가에 팔릴까요? 부자들을 상대로 신기한 물건이나 품질 좋은 소모품을 파는 편이 이익이 될까요?"

"음, 그렇겠지."

벤노는 가볍게 쓴웃음을 지으며 끄덕였다.

"신기한 물건은 모두가 갖게 되면 신기해지지 않으니 가치가 떨어지지만 소모품이라면 전부 사용하면 다시 사게 되니까 계속 벌 수 있잖아요. 그렇게 생각하면 린샴은 참 벌이가 좋은 상품 같죠?"

"그렇지."

린샴의 모든 권리를 가진 벤노는 여유 만만한 웃음을 보였다. 고품질 린샴도 완성되어 곧 판매 예정이라고 했다. 린샴 같은 상품이라면 오랫동안 벌 수 있지 않을까?

"제 감각엔 역시 미용 관계가 좋겠어요. 아름다움을 향한 여성의 정열은 엄청나거든요."

화장품은 비싸다. 그래도 자신에게 맞는 물건을 찾으며 조금이라도 아름다워지기 위해서라면 돈을 아끼지 않는 여성은 많았다. 특히 귀족이나 부잣집이라면 효과만 보장되면 기꺼이 돈을 꺼내겠지.

"어떤 게 있지?"

"음…… 개인적으로는 고품질에 향기가 좋은 비누요. 그리고 겨울 동안 계속 사용하는 초에 색소나 향을 첨부해서 멋있게 만들어 보는 방법도 좋겠어요. 작년에 허브 초는 꽤 괜찮았거든요."

생각나는 대로 손꼽아 보니 신상품이 될 만한 물건들 몇 가지가 나왔다. 루츠도 눈을 반짝이며 나를 바라보았다.

"마인, 만드는 방법은 전부 알아?"

"음, 대강 짐작은 하고 있어. 종이를 만들 때처럼 재료랑 도구를 갖추기 힘들고, 세세하게 비율을 조정하면서 시행착오를 거쳐야 하지만……."

"좋아, 만들어 봐."

집게손가락으로 척하고 나를 가리키며 벤노가 씨익 하고 웃었다. 머릿속으로 이익을 계산하는 상인의 얼굴이다. '김칫국부터 마시지 말라고요' 라고 마음속으로 중얼거리며 나는 관자놀이를 지그시 눌렀다.

"하아, 만들어 보라고 간단하게 말씀하시는데요. 봄이 아니면 전 밖에 나갈 수가…… 으웃!?"

솔직히 이 신식이 봄까지 기다려 줄까, 위험하진 않을까, 생각한 순간 봉쇄해 둔 뚜껑이 튀어 날아가듯 신식 열이 갑자기 터져 나왔다.

'뭐야, 이거!? 지금까지와 달라!'

마치 몸속에서 불기둥이 솟은 듯 신식의 기세가 너무나도 강렬해서 평소처럼 열을 몰아낼 수가 없었다. 내가 어쩔 줄 몰라 하는 사이 넘쳐흐른 열이 확 하고 퍼져 나갔다.

"어이, 마인!"

이변을 눈치챈 루츠가 안색을 바꾸며 벌떡 일어섰다.

나는 루츠를 향해 억지로 고개를 들었지만 힘을 가누지 못해 몸이 휘청거리며 흔들렸다. 의자에서 떨어질 걸 알면서도 막지 못한 열이 전신을 뜨겁게 해 흔들리는 몸을 막을 수가 없었다. 의자에서 내 몸이 떨어지는 느낌을 시야만으로 인식했다.

"마인, 위험해!"

털썩, 하고 몸이 바닥에 떨어져도 몸 안의 뜨거움 때문에 아픔이 전혀 느껴지지 않았다. 뜬 눈으로 두툼한 카펫과 달려오는 두 사람의 다리가 들어왔다.

"마인, 괜찮아!?"

루츠가 내 몸을 흔들려다 열에 깜짝 놀란 듯 순간적으로 내 몸에서 손을 뗐지만 다시 흔들기 시작했다.

벤노가 벨을 누를 시간도 아깝다는 듯 문 쪽을 바라보며 소리를 질렀다.

"큰일이군! 마르크! 당장 영감에게 사람을 보내!"

"어이! 책을 만들겠다고 했잖아! 여기서 지지 않을 거지? 마인! 정신……."

"마르크, ……마차……도, 어서……."

두 사람의 고함이 점점 멀어져갔다.

무슨 말을 하는지 알아들을 수 없게 되면서 내 의식이 뚝하고 끊겼다.

에필로그

"만약 내가 신식으로 쓰러져도 루츠가 책임감을 느낄 필요는 없어. 이건 정말 갑자기 찾아오거든. 그리고…… 아직 책을 만들지 못했으니까 여기서 질 수 없지."

예전에 마인이 신식 열을 냈던 때에 들었던 말이 루츠의 귓가에 맴돌았다. 그날과 마찬가지로 몸 상태를 알아차릴 전조도 없이 마인이 쓰러졌다. 루츠가 몇 번이나 흔들어도 마인은 눈을 뜨지 않았고 손으로 전해지는 체온이 이상하리만치 뜨거워져 갔다.

"마인! 일어나! 눈을 뜨라고!"

루츠가 아무리 불러도 마인은 의식을 완전히 잃어버린 채 묵묵무답이었다. 게다가 전에는 금방 떨어졌던 열도 이번엔 떨어질 기미조차 보이지 않았다.

"마인. 마인은 항상 네가 도움이 안 된다고 했지만 내게는 없어서는 안 되는 소중한 존재야. 마인이 없으면 아무것도 할 수 없는 사람은 나라고!"

루츠가 손을 쥐며 소리 지르는 동안에도 마인의 열은 몸이 녹아내릴 만큼 점점 올라만 갔다. 게다가 마치 몸 안에서 김이 피어오르듯 노란 증기 같은 무언가가 마인에게서 피어올랐다. 어딜 보아도 루츠가 감당할 수 있는 상황이 아니었다.

루츠는 주변을 돌아보고 자신보다 명백하게 강자인 벤노를 매달리듯 올려다보았다.

"행상인이 되고 싶다고 가족들조차 바보 취급당하고 무시당하는 내 꿈을 마인은 웃으며 받아들여 줬어. 나리를 소개받았을 때도 사실은 도망치고 싶을 만큼 무서웠는데 마인이 내 손을 잡고 힘이 되어 주었어. 지금도 상인이 되려면 어떻게 해야 할지 마인이 전부 가르쳐 줘. 그런데 난 신식으로 괴로워하는 마인을 도와줄 수가 없어. 부탁해. 벤노 나리. 마인을 도와줘. 난 안 돼. 이런 꼬맹이에다가 돈도 없고, 할 수 있는 일이 아무것도 없어……."

"무리야."

루츠의 필사적인 부탁은 벤노의 조용한 목소리에 쌀쌀맞게 거절당했다.

"어째서야!? 나리는 어른이고 돈도 있고 귀족을 상대로 장사도 하면서……."

루츠는 어떻게든 벤노가 마인을 도와주기를 바라는 마음에 목소리가 격양되어 갔다. 그런 루츠를 내려다보면서 벤노는 괴로운 듯 얼굴을 찡그렸다. 분한 듯이 이를 악물고 고개를 저었다.

"장사를 넓히고 있다곤 하지만, 귀족들 상대로는 최근에 시작했기 때문에 큰 연줄 같은 건 없어. 오히려 아직 상대에게 약점 잡혀 바가지를 쓰는 입장이다. 나도 너와 마찬가지로 힘이 부족해."

"나리도…… 안 된다고?"

루츠에게는 전혀 생각지도 못한 말이었다. 이렇게 커다란 상점을 가지고 귀족과도 거래를 하는 벤노마저도 마인을 구하기에 힘이 부족하다는 말을 금방 믿을 수 없었다.

그렇다면 신식 치료는 사실상 불가능하지 않은가. 눈앞이 컴컴해졌을 때 루츠는 신식을 고친 사람이 있었다는 사실을 기억해 냈다.

"하지만 프리다는 나았다고……. 길드장이라면!"

"이미 협상은 끝났어."

벤노가 가볍게 숨을 내쉬고 머리를 쓸어 올렸다. 비꼬는 듯한 미소를 띠며 어깨를 으쓱거렸다.

"돈이 있으면 일시적으로 목숨을 늘릴 수 있다고 들었다. 손녀를 살리기 위해 있는 돈을 들어부어 몰락 귀족한테서 받은 당장에라도 부서질 것 같은 마술 도구가 아직 남아있다더군. 딱 한 번만 더 쓰면 부서질 마술 도구가 소금화 2닢 정도 한단다."

"그, 금화!?"

루츠는 종이를 팔아 받을 수 있는 소은화 1닢이 큰돈이라며 신이 났었는데 마인을 구하기 위해서는 소금화가 필요하다고 벤노가 말했다. 손이 닿을 수 없는 금액에 눈앞이 어지러웠다.

"하지만 그걸로 연장할 수 있는 기간은 반년에서 일 년 정도. 한 번 돈을 써서 연명해도 금방 다음이 오지. 특히 마인은 몸이 작아. 성장할 때마다 신식 증상이 진행된다고 하니 그사이에 더더욱 자주 돈이 필요해지겠지. 수습 한 사람을 위해 그런 큰돈을 낼 수 있는가? 나는 무리다."

벤노의 말은 틀린 말이 아니었다. 그런 돈을 낼 수 있을 리가 없었다. 하지만 무리라고 포기한다면 마인의 목숨을 포기한다는 말과 마찬가지였다.

"내가 할 수 있는 일은 적어. 마인이 가진 이상한 지식을 사 주고, 조금이라도 돈을 모을 수 있게 해 주는 일뿐이지. 이번처럼 영감에게 다리를 놓아 주는 정도다. 그래서 말이다. 루츠. 넌 뭘 할 수 있지?"

벤노의 맹수와 같은 날카로운 눈빛에 루츠도 똑같이 쏘아보았다. 어른이고 힘도 머리도 돈도 전부 가진 벤노도 할 수 있는 일이 거의 없는데, 자신이 할 수 있는 일이 있을 리가 없었다.

"내가 할 수 있는 일은 없어. 이런 꼬맹이에 힘도 머리도 돈도 없고……. 내가 가능한 게 있다면 가르쳐 줘. 마인을 위해 할 테니까!"

"그럼 마인에게 걱정을 끼치지 마. 신경 쓰게 하지 마."

바로 되받아친 벤노의 말에 루츠는 꿀꺽하고 숨을 삼켰다. 정곡을 찔려 말대꾸도 할 수 없었다.

분한 마음에 눈자위가 뜨거워진 루츠를 내려다본 벤노는 아주 살짝 표정을 풀며, 하지만 눈만큼은 날카로움을 가진 채 입을 열었다.

"이봐, 루츠. 이 녀석은 겉모습처럼 어린애가 아니야. 적어도 자신이 괴로울 때 너를 걱정해서 웃어 보일 정도는 할 수 있는 녀석이다. 그 모습에 어리광부리거나 속아 넘어가지 않도록 조심해."

루츠의 뇌리로 신식 열이 내려간 후 거친 숨을 반복하면서 히죽 웃던 마인이 떠올랐다. 웃어 준 마인을 보고 안심했던 자신을 떠올렸다.

"남자라면 마인의 걱정거리를 이 이상 늘리지 마. 할 수 있는 일이 무엇인지 모른다면 마인이 조금이라도 자신의 목숨대로 살 수 있도록 협력해. 마인이 생각한 물건은 내가 만들겠다는 거창한 말을 할 거라면 계속해서 만들어서 팔아! 울고 있을 여유가 있다면 머리를 써. 몸을 움직여. 돈을 벌어!"

벤노의 강한 말투로 자신이 해야 할 일을 알게 된 루츠가 고개를 획 하고 들었다.

"흠, 그런 좋은 표정도 지을 줄 아는군."

벤노가 입술을 끌어올려 싱긋 웃으며 말했을 때 마르크가 방으로 뛰어 들어왔다.

"주인님, 길드장님과 연락이 되었습니다. 바로 데리고 오라는 전갈입니다. 마차도 준비됐습니다."

"가자, 루츠."

벤노는 고열을 내는 마인을 안아 올려 마르크가 준비한 마차로 뛰어 들어갔다. 루츠도 벤노에게 뒤처지지 않도록 뛰어서 마차에 올라탔다.

"최대한으로 서둘러 주게!"

자신이 무엇을 할 수 있을까. 마인을 구할 수 있을까. 그런 불안에 흔들리는 루츠의 마음을 대변하듯 마차도 덜컹거리며 길드장 저택을 향해 큰길을 따라 서둘러 북쪽으로 올라갔다.

코
린
나
의
결
혼
사
정

"어서 오십시오, 코린나 님."

부론 남작영애와 여름 성결식에 입을 새 의상에 대한 상담을 끝내고 내가 가게에 돌아오자 마르크가 맞이해 주었다.

"다녀왔어요, 마르크. 상점은 변함없죠?"

"마인과 루츠가 예의 머리 장식을 납품하러 가게에 왔습니다. 지금 보고를 올려도 괜찮으시겠습니까?"

길베르타 상회는 오빠인 벤노가 책임지고 관리하고 있지만, 장래의 후계자는 나였기에 정기적으로 상점에서 일어난 일들을 마르크가 보고하게 되어 있었다.

"보고할 때 머리 장식을 가져와 주겠어요?"

나는 마르크에게 부탁하고 3층 자택으로 돌아가 옷을 갈아입었다. 그리고 2층 오빠의 집에 그대로 남아 있는 자신의 방으로 향했다. 결혼 후 3층에서 오토와 함께 살게 된 지금은 이 방을 개인 집무실로 쓰고 있었다.

"실례하겠습니다, 코린나 님. 이것이 납품하기로 된 머리 장식입니다. 올해 겨울과 봄에 세례식을 맞는 분들로부터 주문이 들어온 물품입니다."

나는 바로 마르크가 가져와 준 머리 장식을 천천히 응시했다. 형형색색의 얇은 실을 정성스럽게 떠서 만든 조그마한 꽃들이 옹기종기 달린 머리 장식이었다. 작은 꽃다발로도 보이는 머리 장식은 머리에 꽃을 장식하고 싶어도 주위에 꽃이 피지 않는 가을 끝 무렵이나 초봄에 여는 세례식과 성인식 장식으로 쓰고 싶어 할 여자아이들이 많을 것 같았다.

"이 머리 장식은 머리색에 맞추어 취향대로 고를 수 있도록 다양

한 색상이 있습니다. 그리고 가능한 한 가격을 낮췄으면 한다는 마인의 요청으로 대동화 3닢으로 정했습니다."

마인은 가난한 집 아이이니 주위 사람들도 살 수 있도록 어떻게든 최대한 낮춘 가격으로 하고 싶었다고 했다. 대동화 3닢 정도로 싼 가격을 잘도 오빠가 허락했다 싶었다. 어린 마인의 발언력에 나는 조금 놀랐다.

"저기, 마르크. 얼마 전 길드장에게 납품한 머리 장식도 이런 느낌이었나요?"

"아뇨. 전혀 다른 물건이라고 해도 과언이 아닌 완성도였습니다. 실도 최고급이었고, 꽃 크기나 형태도 전혀 달라 정말 훌륭한 물건이었습니다."

이번 겨울 세례식에 출석하는 길드장의 손녀를 위해 만든 특별한 머리 장식은 마인이 오빠에게 보인 후 곧바로 길드장에게 납품하는 바람에 내가 볼 기회는 없었다. 그것이 안타까워 견딜 수가 없었다.

"그나저나…… 마인 짱은 대체 어디서 이런 물건을 고안했던 걸까요?"

귀족의 따님은 마술로 시간을 멈춘 생화를 장식으로 쓰는 경우는 있지만, 이런 머리 장식은 처음이었다. 마을 남쪽에는 가난한 사람들이 많아 장식품을 두를 일이 거의 없을 터였다. 그곳에 태어나고 자란 마인이 이런 장식을 만들어 냈다는 사실이 의아했다.

그런 나의 중얼거림에 마르크가 조그맣게 웃으며 어깨를 으쓱였다.

"그건 저도 주인님도 모릅니다. 다만 주인님은 더는 마인이 고안한 상품에 대해서 어디서 알았는지, 어떻게 만들었는지 생각하길 포기하시겠답니다. 출처보다 마인의 착상에서 이익을 얻는 쪽을 생각하는 데에 고민하고 싶으신 듯합니다."

이익이 되면 그걸로 좋다니. 나는 오빠의 대담한 취사선택에 살짝 웃은 뒤 한숨을 내쉬었다.

"저는 정말 오빠 같은 결단은 내릴 수 없어요."

길베르타 상회의 의류업과는 관계가 없는, 식물로 만든 종이를 위해 누더기를 걸친 가난한 아이의 말을 신용하여 원조까지 하고 물건을 제작해서 수습생으로 받아들이는 판단은 나로서는 불가능했다.

길베르타 상회는 의류 공방에서 여성이 옷을 만들고 남편이 판매하는 것에서부터 시작했다. 그리하여 후계자는 여자인 나로 결정되었지만, 공방은 둘째 치고 상점은 이대로 오빠가 잇는 편이 좋지 않겠냐는 나의 나약한 발언에 마르크가 눈을 가늘게 뜨며 고개를 저었다.

"주인님의 결단력이나 빠른 행동력에는 항상 깜짝깜짝 놀라긴 합니다만, 코린나 님의 결단력도 만만치 않습니다."

"그럴까요?"

"오토 님을 선택하신 건 좋은 판단이었다고 생각하지 않으십니까?"

마르크의 말에 나는 오토가 구혼해 왔을 때의 기억을 떠올리며 말로 형용할 수 없는 웃음이 복받쳤다.

"확실히 그건 대담한 선택이었다고 스스로도 그렇게 생각해요."

내가 처음으로 오토를 만났을 땐 성인식을 반년 후로 앞두고 굉장히 바쁜 시기였다.

각각의 장인 협회에 따라 내용은 다르나 공방장으로 인정받기 위한 서류나 과제를 내야 했다. 그것은 내가 속한 재봉 협회도 마찬가지였다. 재봉 협회는 1년에 다섯 벌 이상의 의상 주문을 받을 것. 그리고 귀족 고객을 가지라는 전례 과제가 있었다.

성인이 되지 않으면 이 과제에 도전할 수 없었다. 하지만 이 과제를 통과하면 지금은 돌아가신 어머님이 운영하신 공방을 내게 맡기겠다고 오빠가 약속해 주었다. 나는 되도록 빨리 어머니가 남기신 공방의 공방장이 되기 위해 필사적으로 작품 제작에 몰두했다.

"오늘은 세 점 종쯤에 오토 님이 인사차 방문하실 예정입니다."

아침 식사 중에 마르크가 오늘의 예정을 읊었다. 오빠는 그 말을 들으며 아침을 먹었다. 우리 집안의 익숙한 아침 풍경이었다.

"오토 씨는 어느 가게 분이셔? 별로 들어 본 적이 없는 이름인데……."

"오토는 이 마을 사람이 아니야. 행상인이다. 막 성인이 된 젊은이지만 상품을 보는 눈이 있지. 부모들처럼 일을 잘했는데 행상인을 그만둔다더군."

정착하기 위해 돈을 모은 오토의 부모가 프뢰벨타크에 가까운 마을의 시민권을 사 정착을 시작했다고 했다. 부모가 사는 곳에서는 시민권을 반액에 살 수 있었다. 오토는 개업 자금을 모아서 행상인을 그만두고 부모가 사는 마을에 상점을 차리려 한다고 했다.

앞으로 에렌페스트에 올 일이 없다고 하여 어제 마지막 장사와 인사를 하러 방문했지만 오빠가 부재중이었다. 그래서 제대로 인사하기 위해 오늘 다시 한 번 방문하기로 했단다.

"나도 행상인 씨에게 인사 하고 싶어. 여행 이야기를 들어보고 싶은걸."

"차를 가져와서 인사하는 정도라면 상관없지만 너무 붙들면 보기 좋지 않아."

이 마을을 나간 적이 없는 나는 여행하는 사람이 어떤 사람인지 조금 궁금했다. 그런 약간의 호기심에 나는 차를 내오면서 인사를 하기로 했다.

세 점 종이 울렸다. 그 후 곧바로 오토가 방문했다며 마르크가 알려주었다. 나는 차를 들고 1층 가게 안쪽에 있는 오빠의 집무실로 향했다.

"가능하면 에렌페스트에서 상점을 마련해 장사하고 싶지만, 내 돈으론 시민권을 얻는 게 고작이에요. 상점은 꿈도 못 꿉니다."

"영주님 슬하의 에렌페스트는 뭐든지 비싸긴 하지. 시민권, 상점의 개업 자금, 상업 길드 등록료……. 생각만으로도 어마무시한 돈이 들지. 우리로서는 좋은 실을 팔아 준 오토가 행상을 그만둬서 상당히 안타깝지만, 앞으로 개업할 상점이 번창하길 빌겠네."

문 저편에서 그러한 목소리가 들려와 나는 살짝 문을 열었다.

오빠와 마주 앉아 이야기하는 젊은 남성이 오토임에 틀림없었다. 짙은 갈색 머리에 갈색 눈동자인 그 남성은 행상인이라서인지 주위에서 보이는 사람들에 비해 근육질로 보였다. 그래도 문 병사들과 나란히 서면 말라 보이겠지만. 한눈에 성실해 보이지만, 오빠의 마음에 든 행상인이라면 분명 만만찮은 면을 가지고 있음이 분명하다.

"차를 가져왔습니다."

나는 최대한 사근사근한 미소를 띠며 차를 내려놓았다. 그런데 "감사합니다." 하고 얼굴을 든 오토가 나를 보더니 깜짝 놀란 듯 눈을 크게 뜬 채 얼어붙어 버렸다.

"오토, 여동생 코린나다. 여행 이야기를 듣고 싶다고 꼭 인사를 하고 싶다기에……. 오토, 왜 그런가?"

갑자기 움직임을 멈춘 오토의 눈앞에 오빠가 손을 뻗어 좌우로 가볍게 흔들었다.

정신을 차린 듯 몇 번인가 눈을 깜빡이던 오토가 머리를 휘휘 저었다. 그리고 갈색 눈동자를 빛내며 마치 눈부신 무언가를 보는 듯 눈을 가늘게 뜨고 묘하게 달콤한 미소를 띠었다.

"코린나? 울림이 아름답군요. 당신의 단아한 모습과 정말 잘 어울리는 이름이네요."

"고, 고맙습니다."

'이상한 사람이야…….'

첫 대면인 사람에게 칭찬받는 일은 자주 있는 일이지만 조금 전까지 오빠와 대화를 나누던 때의 차분한 분위기는 싹 사라지고 흥분한 듯한 모습이 조금 섬뜩했다.

"벤노 씨, 코린나 씨에게 한눈에 반했습니다. 여동생 분과의 결혼을 허락해 주십시오."

뜻밖의 구혼에 머리가 새하얘졌다. 눈앞의 남자가 대체 무슨 생각인지 전혀 알 수가 없었다.

상인이 결혼 허가를 얻으려면 우선 이익이나 결혼 후의 생활에 대해 여러 가지가 적합한 집안의 적령기 딸들에 대해 부모로부터 이야기가 나오고, 남성은 그중에서 상대를 고른다. 그리고 남성을 포함한 부모 간의 상담을 걸쳐 결혼에 관해 서로가 납득을 하면 구혼 사실을 여성에게 전달했다.

그 후 한 계절 정도 교제를 하면서 주위의 평판이 사실인지, 정말 계약을 지킬 수 있는 상대인지, 서로의 이야기에 거짓은 없었는지 당사자들끼리 서로를 떠본다. 그리고 문제가 없어 보이면 결혼 준비에 들어가게 된다. 이런 식으로 본인 앞에서 구혼하는 상황을 나는 들어본 적도 없었다.

"오토……. 코린나는 아직 미성년자다. 결혼할 수 있는 나이가 아니야. 장난치자는 건가?"

오빠가 적갈색 눈으로 오토를 지그시 노려보았다. 이 점도 중요한 부분인데 결혼은 성인이 된 사람만이 가능했다. 미성년자는 구혼할 수 있는 상대가 아니었다.

하지만 오토는 오빠의 눈빛에도 겁내지 않고 머리를 흔들었다.

"아뇨. 정말 진지합니다. 난 이제 이 마을을 떠나야 하니 구혼한다면 지금뿐입니다. 지금은 약혼만으로 좋습니다. 성인이 되면 당장에라도 데리러 오겠습니다!"

오토의 눈에서는 정말 그의 진심이 느껴졌다. 부모가 있는 마을로 돌아가 상점이나 새집을 갖춘 후 구혼자를 맞이하러 올 때면 이미 난 성인이 되어 다른 구혼자가 나타나겠지. 그것을 두려워한 구혼이었던 모양이다.

"안 돼. 코린나는 에렌페스트에서 못 나가."

"어째서입니까!?"

오빠가 짜증나는 듯 얼굴을 찡그렸다. 대외적으로 밝히진 않았지만 길베르타 상회는 여자가 잇는 상점이다. 내가 미성년자라 부모님이 돌아가신 후 오빠가 상점을 이었지만 본래 후계자는 나였다. 가뜩이나 이곳에서 공방장이 되기 위해 노력 중이라 상점을 떠나 다른 마을로 갈 생각이 없었다.

"저, 오토 씨. 대단히 죄송한 말씀이지만 전 에렌페스트에서 직업을 가지고 공방을 가질 예정입니다. 직업에 연이 있어 결혼 상대는 이 마을 분을 원해요."

"그럴 수가⋯⋯."

절망에 젖은 오토의 얼굴을 보고 그에게 심한 짓을 한 기분이 들었다. 오토의 낙담하는 모습을 보니 비록 처음 만난 사람이지만 가슴이 아팠다. 하지만 내 생각을 양보할 수는 없었다.

"잘 알아들었지? 안타깝지만 자네 부모가 계시는 마을에서도 마음에 드는 여성을 찾을 수 있을 거야."

"코린나 씨처럼 멋진 여성은 없을 겁니다! 행상인으로 각지를 돌았지만 이렇게 이상적인 여성은 처음이에요!"

처음으로 남성에게 첫눈에 반했다는 깜짝 놀랄 정도로 직설적인 구혼에 아주 조금 마음이 흔들렸지만, 나는 머리를 흔들며 오토를 멀리했다.

"말씀은 고맙지만 결혼은 할 수 없어요."

"그렇습니까⋯⋯."

고개를 푹 떨군 오토가 어깨를 축 늘어뜨리며 자리를 떴다.

달칵 소리 내며 닫힌 문을 잠깐 바라본 나와 오빠가 둘 다 할 것 없이 서로의 얼굴을 마주 보았다.

"저런 오토는 처음 봤어. 진심일지도 모르겠는데? 그렇게 깨끗이 거절해 버려도 괜찮냐?"

놀리듯이 힐쭉 웃던 오빠가 마지막에 나직이 덧붙였다.

"어차피 너를 다른 마을로 보낼 생각은 전혀 없지만."

"나도 이 마을을 떠날 생각은 전혀 없어."

그리고 다음 날 오토는 또다시 길베르타 상회에 모습을 드러냈다. 갈색 눈동자를 빛내며 어제의 쓸쓸한 모습은 전혀 느낄 수 없는 밝은 얼굴이었다.

"어제 시민권을 샀습니다. 이제 전 이 마을 주민입니다. 벤노 씨. 코린나 씨와의 결혼을 허락해 주십시오!"

"네⋯⋯?"

"뭐어⋯⋯?"

생각지도 못한 말에 나와 오빠가 굳어 버렸다. 에렌페스트의 시민권을 사려면 어마어마한 돈이 들었다. 가볍게 냉큼 살 수 있는 금액이 아니었다.

잠시 미간에 주름을 새기며 눈을 꼭 감고 있던 오빠가 눈을 번쩍 뜨면서 장사 상대에게 보내는 붙임성 있는 미소를 던져 버리고 고함쳤다.

"시민권을 샀다고? 그 돈은 네가 부모님 마을에서 시민권과 개업 자금에 쓸 돈이라고 어제 말하지 않았나!? 대체 무슨 생각인 거야, 이 멍청아!"

"멍청이라도 상관없습니다! 개업 자금이 있어도 시민권이 없다면 코린나 씨와 결혼할 수 없지 않습니까! 어느 쪽이 중요한지는 생각만 하면 금방 답이 나옵니다!"

'믿을 수가 없어.'

상업 길드장과의 관계나 친족과 상점에서 일하는 종업원의 반응을 살펴봐도 행상인을 내 결혼 상대로 가게에 들일 수는 없는 일이었다. 시민권만 있다고 결혼이 가능하지 않았다.

"너……. 우리 가게가 목적인가?"

"아뇨. 코린나 씨가 이 마을에서 나올 수 없다면 내가 이곳에서 살아야죠. 그뿐입니다."

"안됐지만 행상인을 우리 상점에 들일 순 없어. 시민권을 위해 지금까지 모은 돈을 다 써 버린 넌 대체 어떻게 먹고살 생각이지? 우리 상점에 들어올 수 있다고 생각해? 아니면 코린나의 돈이 목적이냐?"

시민권을 사는 데에 수중의 돈을 전부 써 버린 행상인 출신이 이 마을에서 대체 어느 직장에 취직할 수 있단 말인가? 지인의 소개도 없이 일할 수 있을 리가 없었다. 오토는 결혼은커녕 자신의 생활마저도 지탱하기 힘들어질 터였다.

"실례했습니다……."

오빠의 지적에 분한 듯 이를 꽉 깨물며 주먹을 쥔 오토가 등을 돌려 자리를 떴다.

한결같은 태도와 구혼을 향한 진지함만큼은 싫을 정도로 와 닿아서 어제보다도 한층 더 씁쓸한 기분이 들었다. 나와 오빠는 오토의 뒷모습을 바라보았다.

"코린나, 어떡할래? 이상한 녀석이 너한테 빠졌는데."

"난 이 상점을 이어받는 데 어울리는 사람과 결혼할래."

"그래."

오빠는 그렇게 말한 후 심각한 표정으로 바뀌어 턱으로 테이블을 가리켰다. 중요한 이야기가 있으니 앉으라는 의미를 알아차리고 나는 자리에 앉았다.

오빠가 불쾌함이 드러난 얼굴로 목패 한 장을 꺼내 내 앞으로 내밀었다.

길드장이 보낸 구혼을 전제로 대화의 장을 만들어 달라는 면담 의뢰가 쓰인 목패였다.

"이 소동이 길드장 귀에 들어간 모양이야. 오늘 아침에 그 집 막내아들한테서 구혼이 들어왔다."

오빠보다도 훨씬 나이가 많고 언니에게도 끈질기게 구혼해 왔던 막내아들의 얼굴이 떠올랐다.

'싫어.'

길드장은 아버지가 돌아가신 직후에 자신과 어머니의 재혼 얘기를 들고 와서 거절했더니 짓궂은 짓을 일삼는 사람이었다. 그리고 오빠가 애인을 잃은 직후에는 자기 딸과의 결혼 이야기를 들고 와 격노한 오빠에게 거절당하자 이번엔 언니에게 자기 아들과의 결혼 이야기를 들고 왔다. 언니는 지금까지의 행실로 보아 절대 길드장의 아들과 결혼하기 싫다고 했다.

"다른 남자와 결혼하면 길드장 아들과의 결혼은 피할 수 있지만 길드장에게 찍히고 싶지 않은 상인들 중에서 다른 결혼 상대를 찾기란 상당히 어려워. 그건 너도 잘 알고 있겠지?"

길드장 아들과의 결혼이 너무나도 싫었던 언니는 다른 마을로 시집을 갈 수밖에 없었다.

하지만 난 이 상점의 후계자였다. 이 마을에서 나갈 수 없었다. 이 마을에 길드장을 겁내지 않고 구혼해 줄 상대가 없다면 난 길드장

아들과 결혼하게 될 것이었다.

   길드장의 이야기로 우울해진 다음 날. 오토는 전혀 질리지도 않은 미소로 가볍게 손을 흔들며 나타났다. 그 모습은 어제까지의 행상인다운 차림이 아닌 이 마을 문을 지키는 병사 차림으로 바뀌어 있었다.

   "어제 지인의 소개로 문을 지키는 병사가 되었습니다. 이제 가게가 아니라 코린나 씨를 노리고 있다고 믿어 주실 수 있으시겠습니까? 코린나 씨와의 결혼을 허락해 주십시오."

   단 하루 만에 직장을 구해 오다니. 오빠 역시도 어이없다는 얼굴로 오토를 바라보았다.

   "오토, 결혼 자금은 어떻게 할 생각이지?"

   "코린나 씨는 아직 미성년자이니 성인이 되기 전까지 모아 보이겠습니다. 가망은 있죠."

   "오토 씨에게는 포기라는 선택지는 없으십니까?"

   "전혀 없습니다."

   똑바로 나를 쳐다보는 눈은 진심이었다. 나는 무심코 웃어 버렸다.

   "저와 결혼하면 오토 씨는 상인으로서 더 이상 살아갈 수 없게 됩니다. 길드장 아들에게서 온 구혼을 거절하는 셈이니 길드장에게 찍힐 겁니다. 아무리 원해도 길베르타 상회에서 일할 수도 없고, 새로운 장사도 불가능하겠죠."

   깜짝 놀란 듯 눈을 동그랗게 뜬 오토와 눈을 부릅뜨고 나를 말리려는 오빠가 내 시야에 들어왔다. 나는 가볍게 손을 들어 오빠를 막고 오토에게 물었다.

"지금까지 행상인으로서 살았던 모든 것들이 헛되이 됩니다. 그래도 괜찮으십니까?"

"헛되지는 않습니다. 내가 행상인으로서 살아왔기 때문에 코린나 씨를 만날 수 있었던 겁니다. 이 마을에서 상인으로 자랐다면 길드 장의 권력에 겁을 먹었을지도 모르지만, 타지에서 와 상인으로의 삶을 포기한 난 길드장이 무섭지 않습니다."

단지 이 상점이 찍히지 않길 바란다며 오토가 중얼거렸다.

하지만 이 상점 자체는 이미 몇 번이나 반항적인 태도를 보여 이미 찍힌 상태였으므로 크게 신경 쓰지는 않았다.

"어쩔 수 없는 분이네요……. 그럼 제가 성인이 되었을 때 결혼 자금을 모아 와 주세요. 그렇군요. 나와 길드장의 아드님과 결혼이 결정되기 전에 말이죠."

"네!? 그 말은……. 아, 알겠습니다. 꼭 벌어 보이겠습니다! 해 냈다!"

만면에 희색을 띠며 주먹을 쥔 오토는 가볍게 내 볼에 입을 맞추고 기세 좋게 방을 뛰어나갔다. 어제까지의 낙담한 뒷모습과는 전혀 달랐다.

오토의 예상외의 행동에 놀란 내가 자신의 볼을 어루만지며 그 뒷모습을 바라보고 있자, 오빠가 "코린나." 하고 낮은 목소리로 내 이름을 불렀다. 나는 고객과 거래할 때의 미소를 지으며 뒤돌아보았다. 그리고 험악한 표정의 오빠에게 웃어 보였다.

"오빠, 나 오토 씨가 정말 결혼 자금을 모아 오면 그와 결혼할게. 구혼이며 시민권 구입도 전혀 계획성이 없어 보여도 오토 씨는 행상인을 하면서 직장을 소개해 줄 연줄을 가질 만큼 능력이 있어. 목적을 위해 수단을 가리지 않는 탐욕과 자신에게 가장 중요한 것을 순간적으로 선택하는 결단력, 결혼 자금을 벌 목표를 세우겠다는 자신감도 오빠는 싫지 않잖아?"

내가 싱긋 웃자 오빠가 칫, 하고 혀를 찼다. 아무래도 정곡을 찌른 모양이다.

"그리고…… 나를 위해 길드장에게 찍히는 일에도 상관없이 구혼해 주는 사람은 분명 오토 씨 이외엔 없을 거야."

내가 가볍게 어깨를 으쓱하자 오빠는 험악한 표정을 풀고 체념한 듯, 어쩔 수 없다는 듯한 얼굴로 아무 말 없이 내 머리를 쓰다듬었다.

"그땐 길드장 아들보다는 오토가 나아서 선택했죠. 지금은 오토를 택하길 잘했다고 생각해요. 오토가 상인의 삶을 포기하게 한 일은 지금도 후회하지만."

"최근 바빠진 주인님께서는 오토 님을 가게에 들이는 방안을 시야에 넣고 계속해서 잔업을 맡기고 계십니다. 그러니 코린나 님의 근심이 풀리는 날도 곧 오겠죠."

마르크의 말에 나는 정말 눈앞이 환해지는 것을 느꼈다. 그 말이 사실이라면 얼마나 기쁠까.

"내가 결혼하면 생각해 본다고 했으니 오빠도 슬슬 결혼 상대를 찾았으면 좋겠는데."

"앞으로는 마인이 가져오는 물건으로 점점 바빠지실 듯하니 주인님의 결혼은 아직 먼 듯합니다만."

마르크가 그렇게 말하며 킥하고 웃었다.

"오빠가 결혼 못 하면 마인 짱에게 책임지게 할까요?"

키득키득 웃으며 제안하자 마르크는 갑자기 진지한 얼굴로 고민에 잠기며 "마인의 허약함으로 봤을 때 찬성하기 어렵군요"하고 말했다.

엄마들의 우물가 회담

"그럼, 엄마. 나 그릇 씻고 올게."

"부탁해, 투리."

투리가 아침 식사를 끝낸 접시를 안고 우물가로 향했다. 나는 현관문을 열어 투리를 배웅하고 한숨을 내쉬며 곧장 침실로 걸어갔다.

오늘은 흙의 날이라 나와 딸인 투리는 일을 쉬지만 병사인 남편 귄터는 아침 조였다. 두 점 종이 울리는 개문까지 인수인계를 받아야 한다며 벌써 예전에 집을 나섰다.

투리와 마인은 숲에 채집을 가고 나는 빨래를 하면 어제 사 놓은 식재료로 겨울 준비를 위한 보존식품을 만들 예정이었다. 그런데 모두가 각각의 예정에 맞추어 움직이는 데 반해 마인은 아직 침대 속에서 꾸물거리며 일어날 기미가 없다.

"마인, 인제 그만 일어나! 벌써 두 점 종이 울렸어. 오늘은 투리랑 루츠와 숲에 가기로 했잖니?"

"후아암, 갈게……."

아직 졸리는 얼굴로 느릿느릿하게 일어난 마인이 얼굴을 씻으러 움직이기 시작했다. 일일이 얼굴을 씻을 필요도 없을 정도로 매일같이 따뜻한 물로 몸도 얼굴도 닦고 있는데도 부족한 걸까. 이웃 엄마들이 우스갯소리를 할 만큼 극단적으로 더러움을 싫어하는 아이다.

"마인, 얼굴 씻는 건 나중에 하고 먼저 아침 식사를 끝내렴?"

"알았어……."

마인은 불만스럽게 볼을 부풀리며 비녀로 잽싸게 머리를 가다듬었다. 영차 하는 소리와 함께 가마에서 가장 가까운 의자에 기어 올라가 "잘 먹겠습니다." 하고 아침식사를 하기 시작했다.

마인은 기상도 늦고 식사도 늦었다. 마인이 아침밥을 끝내길 기다리다간 정리가 언제 끝날지 몰랐다.

"투리는 벌써 설거지 거리를 들고 우물가에 갔어. 엄마도 빨래하러 갈게. 물통에 든 물을 써도 되니까 다 먹은 그릇 정도는 스스로 씻으렴."

"네에에."

아직 졸린 듯 맥 빠진 마인의 답장을 등 뒤로 흘려듣고 빨랫감으로 찬 바구니와 비누가 든 대야를 안고 나는 집을 나왔다. 갑자기 차가운 바람이 불어 왔다.

"올해는 벌써 추워지네."

가을이 깊어지자 바람이 매우 차가워졌다. 계단을 뛰어 내려가면서 이제 곧 느끼게 될 차가운 우물물을 생각하니 등줄기가 떨렸다.

흙의 날은 귄터 같은 병사를 제외한 대부분의 사람들이 쉬는 날이었다. 우물 주위에는 많은 주부들이 모여 빨래를 하거나 설거지를 하고 있었다.

"아, 엄마."

설거지를 하던 투리가 내 모습을 발견하고 크게 손을 흔들었다.

"설거지 끝나서 난 숲에 갈 준비 할게. 마인은 일어났어?"

"지금 아침밥 먹고 있단다."

"여전히 느리네. 루츠가 마중 올 시간인데. 재촉해서 빨리 준비시켜야지. 정말 손이 많이 간다니깐."

볼을 부풀리며 그렇게 말한 투리는 설거지 거리를 안고 집으로 돌아갔다. 투리가 지나치게 보살피니까 마인이 어리광이나 피우고 뒹군다 생각될 정도로 최근의 투리는 마인을 잘 보살폈다.

몸 상태가 좋아진 덕분에 스스로 할 수 있는 범위를 깨우친 것이리라. "투리만 건강하고 치사해." 하며 울던 마인이 "투리는 못 하는 게 없어서 대단해." 하며 솔직히 칭찬하게 되었다.

투리는 그런 마인과 함께 숲에 갈 수 있게 되어 기뻐 어쩔 줄 모르는 거겠지. 화내거나 놀라는 말투로 불평을 늘어놓으면서도 얼굴은 웃고 발걸음은 가볍게 통통 튀었다. 둘의 사이가 좋아져서 다행이었다.

"바지런히 일도 잘하고, 병약한 여동생도 돌보다니 투리는 정말 착한 애네."

"그래, 투리는 너무 착하다고 생각할 정도로 좋은 아이야."

이웃들의 투리에 대한 칭찬에 나는 미소로 대답하고 엄마들 사이를 누볐다. 약간의 빈자리에 바구니를 턱하고 올리고 빨래 자리를 확보했다.

"안녕, 에파."

"좋은 아침이야, 칼라. 식구가 많으면 빨랫감도 어마어마하네."

내가 바구니를 놓은 옆자리에는 우리 집보다 배로 쌓인 빨랫감을 엄청난 기세로 빨고 있는 칼라가 있었다. 칼라는 한숨을 내쉬며 자신의 팔을 한 번 빙글 돌렸다.

"우리는 에파네랑 다르게 사내들만 득실거려서 도와줄 계집애도 없다고. 딸자식 하나 정도는 원했는데."

칼라는 루츠의 엄마다. 사내아이 넷을 키우고 있다. 아무래도 남자아이와 여자아이는 집안일을 도우는 범위가 다르다 보니 투리 같은 딸아이를 하나 정도는 갖고 싶었다며 항상 투덜댔다.

"그런데 투리는 잘 도와주는데 마인 같은 여자아이면 힘들겠어."

그렇게 말하는 칼라의 불만을 흘러 넘기며 나는 대야만 들고 우물로 향했다. 물을 길어 대야에 넣기 위해서다.

　팔에 힘을 주며 우물에서 물을 퍼 올렸다. 힘없는 마인에게는 아직 힘든 일이다. 작은 나무통에 든 물을 낑낑대며 옮기는 게 고작이었고 나중엔 움직이질 못하곤 했다.

　'조금은 건강해졌으니 이젠 슬슬 물도 길을 수 있으려나?'

　마인은 태어날 때부터 자주 열이 나는 병약한 아이였다. 건강한 투리를 부러워하며 "왜 나를 투리처럼 낳아 주지 않았어!"라며 울었다. 나는 미안하다는 말밖에 해 줄 수 없었다.

　마인은 열이 나 잠들면 정말 즐거운 꿈이라도 꾸는지 꿈나라 이야기를 할 때가 가장 즐거워 보였다. 꿈속에서는 아무리 뛰어 돌아다녀도 괴롭지 않고 좋아하는 일도 마음껏 즐기며 맛있는 밥도 배불리 먹을 수 있다고 했다. 항상 서툰 말로 의미를 알 수 없는 이야기들을 재잘거렸다. "꿈속이 더 즐거우니까 계속 잠들었으면 좋겠다."라고 말할 때는 마치 "죽고 싶다."는 말로 들려 나도 모르게 꾸짖게 되는 일마저 있을 정도였다.

　'그러고 보니 최근엔 꿈 이야기를 안 하네.'

　울기만 하던 마인은 어린아이 특유의 유아 반항기에 돌입하여 울보에서 떼쟁이가 된 무렵부터 꿈 이야기를 하지 않게 되었다. 그 대신 이해하기 힘든 이상한 행동만 하게 되었다. 그 이상한 행동도 루츠와 종이를 만들기 시작한 무렵부터 조금씩 줄어 갔다.

　'잘 성장하고 있다는 뜻이겠지.'

　대야에 물을 세 번 정도 길어 넣으면 빨래하기엔 충분한 양이었다. 차가운 물이 가득 든 대야를 들고 확보해 둔 장소로 돌아가 칼라

옆자리에 엉덩이를 붙였다.

비누를 손에 들고 빨래를 시작하면 우물가 회담도 시작되었다.

"오늘은 마인도 숲에 가지? 계속 열이 날 정도로 몸이 정말 약해서 언제 죽을까 계속 걱정했는데, 최근엔 상태가 좋은가 봐?"

"루츠가 항상 마인을 돌봐줘서 그래. 정말 고맙다니까."

모두에게 거치적거리는 존재였던 마인이 숲에 가서 조그마한 바구니에 채집해 오게 된 일도, 상인 수습을 목표로 종이 만들기나 머리 장식을 만들어 돈을 벌어 오게 된 점도 전부 루츠의 도움이 있어서였다. 마인 혼자서는 아무것도 할 수 없었겠지.

"어머, 루츠도 조금은 칭찬받는 일도 하는가 보네. 행상인이 되겠다는 바보 같은 말을 하질 않나, 멋대로 상인 수습 자리를 찾아서 오질 않나, 부모한테는 골치 아픈 일만 일으키는 아이가 그런 식으로 칭찬받다니 느낌이 이상하네."

칼라는 그렇게 말하며 어깨를 으쓱했다. 부모에게 골치 아픈 아이라도 나에게는 루츠 같은 아들을 갖고 싶다고 생각이 들 정도로 매우 착한 아이였다.

"루츠는 마인에게도 매우 상냥하고 잘 돌봐 주는 아이야."

"그건 마인이 상인 수습 자리를 소개해서가 아닐까? 잘 모르겠지만 종이를 판다며? 뭔가 묘하게 생긴 나무 막대기도 만들고. 약간의 목돈은 버는 모양인데 그러려면 종이를 만드는 장인이 되면 되지, 왜 그렇게 상인을 고집하는지 참. 역시 마인이 있으니까 그런 걸까?"

"글쎄? 어떨까? 나도 설마 마인이 스스로 상인 수습 자리를 찾아올 줄은 생각도 못 해서 얼마나 놀랐던지. 원래는 행상인이던 귄터의 부하한테 소개받은 모양인데 정말 채용될 줄은 상상도 못 했다니까."

마인은 서류 작업을 하기 위해 귄터와 함께 문에서 일하게 되리라 생각했는데 루츠와 함께 마을 거상의 수습생이 됐을 때에는 깜짝 놀랐다.

"남을 속이기나 하는 상인 같은 직업을 갖고 싶다니, 루츠는 대체 무슨 생각인지."

"머리 장식 일도 그렇고, 제대로 돈도 주고 재료도 준비해 주니까 걱정할 만큼 나쁜 상인은 아니지 않을까?"

화려한 머리 장식을 만들었을 땐 펄쩍 뛸 정도의 요금을 떡하니 내주었다. 마인도 루츠도 밝은 미소로 그 날의 일을 이야기해 주었고 마인이 쓰러졌을 땐 옷차림이 단정한 사람이 송구스러워하며 사과하러 와 주었다. 나는 길베르타 상회 주인이 그렇게 나쁜 상인이라고는 생각지 않았다.

"에파가 그렇게 말하니 상인으로서는 아직 괜찮을지 모르겠지만, 걱정은 매한가지야. 누가 그런 안정적이지 않은 직장에 제 발로 들어가겠냐고."

"남자아이잖아. 행상인이나 음유시인 이야기에 동경해서 뛰쳐나가고 싶기도 하겠지. 귄터도 비슷했어. 그래도 마을에 남기로 했으니 다행이잖아."

"뭐, 귄터가 병사가 된 건 그나마 나아. 행상인이나 상인에 비하면 말이지. 대체로 목수 아들이 상인이 되었다고 해서 글자도 계산도 모르는 애가 어떻게 일을 하겠느냐 말이야. 바로 해고되겠지. 그럼 루츠는 다른 아이보다도 한두 계절 늦게 일을 시작하게 되잖아."

엄마로서 칼라의 걱정은 이해가 되었다. 하지만 루츠가 필사적인 것도 알기에 나는 이 이상 말할 수 없었다. 그렇게 생각하고 있는데 루츠의 목소리가 들려왔다.

"안녕. 에파 아줌마. 마인은? 벌써 준비 끝났어?"

고개를 들자 숲에 나갈 채비를 끝낸 루츠가 이쪽을 향해 달려오는 모습이 보였다.

"어머, 루츠. 안녕. 조금 전에 투리가 마인 준비 시키겠다고 집에 돌아갔으니까 슬슬 끝났지 않을까?"

"그렇구나. 그럼 데리러 가야지."

"오늘도 잘 부탁해, 루츠."

루츠의 집과 우리 집은 우물을 끼고 마주 보는 건물이라 루츠가 마인을 데리러 가려면 이 엄마들 사이를 지나쳐가야 했다. 살짝 겁에 질린 얼굴로 사이를 뚫고 가는 루츠에게 주위의 엄마들이 한둘씩 말을 걸었다.

"어라, 루츠잖아. 너무 엄마를 곤란하게 하지 마라."

"놀지만 말고 집안일도 도와야지."

루츠의 엄마 칼라한테서 푸념을 들은 엄마들의 말에 루츠가 얼굴을 찌푸리며 "알았어, 알았다고. 듣고 있어." 하고 대강대강 대답했다. 조금이라도 빨리 이곳에서 벗어나고 싶은지 루츠가 후다닥 뛰어가 버렸다.

"돌봐 주는 형들이 많으니까 아무래도 막내는 어리광을 피우게 되거든."

"수습생으로 일하기 시작하면 루츠도 알겠지. 괜찮아, 칼라."

"정말 그럴까?"

"형들뿐만 아니라 루츠도 항상 마인을 돌봐 주잖아. 덕분에 큰 도움을 받고 있어."

내가 루츠를 칭찬하자 엄마들이 가볍게 어깨를 들썩였다. 루츠는 마인만 최우선으로 생각하지 그 외의 이웃 아이들을 보살피지는 않았다. 아이들에게 루츠 이야기를 들을 일이 적으니 아무래도 칼라의 말만 믿고 루츠에 대해서 엄격해지는 모양이었다.

"엄마, 이제 갈게."

"그래, 많이 주워 와."

이쪽저쪽 집에서 아이들이 나와 집합 장소를 향해 갔다. 슬슬 숲에 출발하는 시간인 모양이었다. 우리 집에서도 투리와 루츠, 마인이 나왔다.

"엄마, 다녀올게요."

"조심하렴!"

마인이 크게 손을 흔들어 루츠와 함께 선두에 서서 걷기 시작했다. 발걸음이 느린 마인은 먼저 출발하지 않으면 다른 아이들에게 뒤처지기 때문이었다.

아이들이 출발하자 주위의 엄마들도 어깨에 짐을 내려놓은 듯 편한 분위기로 바뀌었다.

건강한 마인의 모습에 깜짝 놀랐는지 내 주변으로 엄마들이 모이기 시작했다.

"좀처럼 보기 힘들었는데, 마인이 숲에도 갈 수 있게 되었네. 다행이구만."

"그러네. 조금씩 건강해지는 것 같아. 아직 열 때문에 자주 쓰러지지만 옛날에 비하면 앓아눕는 횟수도 확 줄었지."

한 달 동안 외출하는 날이 한손으로 셀 만큼밖에 없었던 마인이 최근에는 앓아눕는 날이 양손으로 셀 수 있을 정도로 바뀌었다. 숲에 가고 싶다고 칭얼거려도 문까지밖에 걸을 수 없었던 초봄에 비하면 훨씬 건강해졌다.

"그래도 건강해진 만큼 이상한 행동만 하니 부모는 힘들어."

나는 빨래를 하면서 엄마들에게 마인의 기행을 유쾌하게 들려주었다.

방 청소를 하겠다고 날뛰며 빗자루를 쥐더니 침실을 다 쓸기도 전에 쓰러진 이야기. 건강해지겠다며 이상한 춤을 추더니 열을 세기도 전에 지쳐 주저앉아 버린 이야기. 반죽한 흙을 몰래 가마에 넣었다가 폭발시킨 이야기. 재가 필요하다고 가마와 굴뚝 청소를 하다가 가마 안에서 의식을 잃어버린 이야기. 마인의 화젯거리는 끝이 없었다.

"작년 겨울 준비 때는 마인이 초에다 몰래 약초를 넣어서 정말 힘들었다고. 기어리와 살코레로를 넣은 초는 얼마나 냄새가 심했는지 눈보라가 치는 날씨에 문을 활짝 열어 환기시켜야 했다니까."

아하하 하고 주위에서 웃음이 일었다.

"그것 참 큰일이었네. 올해는 잘 감시해야겠어."

"그렇지. 하지만 루모자와 디엠부는 악취 제거로는 괜찮았어. 당신네도 넣을 거면 루모자와 디엠부로 하면 좋아."

"초에 약초를 왜 넣어? 이왕이면 다른 데 쓰지."

마인의 기행으로 우연히 성공한 예도 소개해 주었지만 아무래도 엄마들은 이 이상 초에 시간을 들이고 싶지 않은 모양이다.

"에파 집은 귄터도 그렇고 마인까지 손이 많이 가서 힘들겠어."

"이미 포기했어. 귄터의 애잖아. 마인이 조금 이상한 짓을 해도 어느 정도 이해되지 않아?"

내가 가볍게 어깨를 들썩이자 뭐라 형용할 수 없는 웃음이 주위에서 터졌다.

우리 집은 마인뿐만 아니라 귄터에 대한 화젯거리도 끝이 없었다. 이웃과 교제가 거의 없는 마인보다도 귄터 쪽이 사실 잘 알려져 있었다.

"귄터는 꿈과 현실도 구별 못 한 채 어른이 되어 버린 사람이니까."

목수의 아들이었던 귄터는 음유시인이 읊는 기사 이야기를 동경한 나머지 기사가 되고 싶어 했다. 이곳에서 기사는 많은 아이의 동경의 대상이었지만, 귀족들만이 될 수 있는 직업이었다. 현실을 깨우친 아이들은 낙담했다. 일반적인 아이들은 음유시인이 말하는 이야기와 현실의 차이를 깨우치고 꿈을 포기했다.

하지만 귄터는 포기하지 않았다. 부모가 소개한 직장을 걷어차고 독단으로 병사가 되기 위해 문으로 돌진해서는 "기사가 될 수 없으니 대신 마을을 지키는 병사가 되고 싶다." 며 대장에게 직접 담판을 건 것이다. 그리고 병사 수습생이 되었다. 참고로 그때의 대장이 내 아버지였다.

마을 주변의 마수 퇴치에 나가면 주위 병사보다 거대한 마수를 잡으려고 분투하거나 사냥감을 비교하며 진심으로 분해하는 귄터는 그 속이 옛날부터 하나도 변하지 않았다. 시민권을 막 얻은 행상인을 소개하며 챙겨 주는 행동은 평범한 병사라면 하지 않을 짓이었다.

'루츠의 부탁으로 행상인 출신을 소개하려고 한 마인도 평범하진 않지. 역시 부녀지간이야.'

부모에게 상담도 없이 귄터의 부하에게 루츠를 소개한 사실도 놀랍지만 루츠를 소개하겠다고 의욕에 넘쳐 집을 나선 마인이 상인 수습생이 되어 돌아오리라고는 생각지 못할 일이었다. 상인과 협상하여 부모가 모르는 곳에서 멋대로 상인 수습생이 된 마인은 아무리 생각해도 귄터와 판박이였다. 얼굴은 그렇다 치고, 그 속은 나와는 닮지 않았다.

어느 쪽도 목적을 향해 저돌적으로 달려든다고나 할까, 주위를 전혀 보지 않는다고나 할까. 두 사람 다 좀 진정하라고 다그치고 싶어지는 날은 평소에도 자주 있었다.

'마인이 이상한 건 전부 귄터 때문이야. 분명해.'

"그나저나 대체 에파는 왜 귄터랑 결혼한 거야? 네 바느질 솜씨라면 달려드는 사람도 꽤 있었을 텐데."

병사의 딸이었던 나는 어머니처럼 병사를 보필하는 병사의 아내로서의 역할이 요구되었다. 구혼자는 이웃 사람이나 아버지 직장의 병사들이었지만 말 그대로 여러 사람들에게 구혼을 받았었다.

"여러 사정이 있었어……."

내가 한숨을 내쉬고 머리를 흔들며 그 한마디로 화제를 흘러 넘기려 하자 칼라가 재미있다는 듯 입술 끝을 씨익 올렸다.

"난 알고 있지. 귄터가 에파한테 한눈에 반한 날부터 하루도 빠짐없이 구애하러 갔다는 사실을."

"우와, 눈에 선하네."

목표물을 정하면 저돌적으로 달려드는 귄터는 정말 매일같이 우리 집에 찾아와 아버지에게 결혼시켜 달라며 간청했다. 그 열의와 매일 찾아오는 귀찮음에 두 손 두 발 다 든 아버지가 허락을 하고 말았다. '에파가 너를 선택한다면 결혼을 허락하겠다.'고.

'그땐 귀찮다고 나한테 떠넘기지 말아 달라고 생각했었지. 정말로.'

"매일 매일 귄터에게 구애받고 에파가 꺾인 거지?"

"아하하하하, 귄터는 끝까지 포기하지 않을 기세였거든. 눈에 보이는 대로야."

큰소리로 웃는 엄마들이 귄터는 분명 이런 말을 했겠지 라고 예상하며 음유시인이 말할 법한 싸구려 구애 문구들을 나열해 갔다. 재미있어하는 엄마들이 말하는 구애 문구를 들으며 나는 가볍게 어깨를 들썩였다.

"에파, 뭐가 정답이야?"

킥킥하고 입가를 가리며 웃는 칼라가 나를 보았다.

'정말, 놀리기나 하고.'

모두가 나를 놀리려는 분위기에 나는 볼을 부풀리며 재빨리 빨랫감을 짜 바구니에 던져 넣었다.

"아, 도망칠 생각이야?"

"이렇게 재미있는 화제도 별로 없는데 그냥은 못 보내지."

엄마들이 좁혀 오는 포위망을 느끼며 나는 대야를 뒤집어 물을 쏟아 부었다.

"에파, 정답만이라도 말해 봐."

"하나 정도는 맞췄지?"

나는 바구니와 비누를 던져 넣은 대야를 안고 벌떡 자리에서 일어났다.

"전부 정답이야. 전부 들은 적 있어."

그것만 대답하고는 쏜살같이 우리 집 건물로 달려갔다. 계단을 뛰어 올라가는 도중 엄마들이 폭소하는 소리가 들렸다.

'아아, 부끄러워.'

결혼을 결정하게 된 프러포즈 대사는 나오지 않았으니 이젠 좋을 대로 떠들으라지.

집으로 돌아와 빨랫감을 널었다. 투리의 옷, 마인의 앞치마에 이어 귄터의 작업복이 나왔다. 그것을 펼쳐 너는 동안 그 날의 대사가 뇌리를 스쳤다.

음유시인의 기사 이야기를 동경하던 귄터는 구혼하던 날도 기사 흉내를 냈다. 내 앞에 무릎을 꿇고 마수를 쓰러트리고 손에 넣은 마석을 받쳐 올리며 말했다.

"이 마을의 모든 가족을 지키는 병사가 되고 싶은 건 진심이야. 그 꿈을 비웃지 않았던 에파가 내 옆에 있어 주었으면 좋겠어."

그 말에 반해 귄터에게 끌려 버린 나 역시 상당한 공상가였던 모양이다.

후기

2개월 연속 발행이라 한 달 만에 뵙네요. 카즈키 미야입니다.

이번 「책벌레의 하극상~사서가 되기 위해서라면 뭐든지 할 수 있어~제1부 병사의 딸Ⅱ」를 구매해주셔서 감사드립니다.

이 후기를 적는 시점에서는 아직 1권이 발매되지 않은 상태입니다. 이제 일주일 정도 남은 시기라 상당히 긴장하면서 매일 연재를 계속하고 있습니다.

1권에서 상인과의 연줄을 손에 넣은 마인이 드디어 2권에서 종이 제작에 착수하게 됐습니다. 어른 후원자가 생긴 덕분에 아무것도 할 수 없었던 환경이 완전히 바뀌어 버렸네요. 책 만들기를 향해 크게 한 걸음 나아간 셈이죠.

그리고 종이를 만드는 중에 루츠에게 '넌 마인이 아니다'라는 규탄을 받은 후 "나의 마인은 너면 돼." 하고 받아들여짐으로써 우라노는 마인으로서 살아갈 수 있게 됩니다. 스스로 몰랐던 점, 평범치 않은 부분을 루츠에게 묻거나 지적받으면서 상식에 맞추어 가게 된 거죠.

지적받지 않으면 모르잖아요. 자기의 이상한 점은. 특히 마인은 우라노 시절부터 조금, 아니 상당히 이상했으니 새삼스럽긴 합니다만.

이 2권에서는 1권에 이어 두 편의 단편을 썼습니다. 코린나 시점에서 본 오토와의 결혼 이야기와 마인의 엄마인 에파가 본 마인과 아이들, 그리고 귄터와 처음으로 이어지게 된 이야기입니다. 이 이야기는 '소설가가 되자'에서 독자분들의 신청을 모은 끝에 쓰기로 했는데, 재미있으셨나요?

특히 에파 시점의 단편은 '소설가가 되자'에서도 쓴 적이 없었습니다. 그래서 신청받은 많은 항목 중에서 되도록 많은 요청에 응할 수 있도록 미리 설정해 뒀던 여러 이야깃거리를 듬뿍 담았습니다.

2개월 연속 발행이라 저도 상당히 바빴지만, 각 관계자 여러분들이 더 힘드셨을 거라 생각합니다. TO 북스 여러분, 정말 감사합니다.

그리고 캐릭터 러프나 표지 일러스트에서 '이런 식으로 그려 줬으면' 하는 세세한 주문에 그 바쁜 일정 속에서 초특급으로 응해주신 시이나 유우 씨에게 대단히 감사하다는 말씀을 머리 숙여 전하고 싶습니다.

마지막으로 이 책을 구매해주신 여러분들에게 최상급의 감사를 바치겠습니다.

이어서 3권은 첫 여름이 배경이 될 예정입니다. 그곳에서 다시 뵙겠습니다.

역자 후기

안녕하세요. 역자 김 봄입니다.

푹푹 찌는 무더위가 이어지는 날씨입니다. 역자라는 직업을 가지고 처음 맞는 여름인데 정말 방콕 생활을 대단히 잘 즐기고 있습니다. 이 맛에 자택근무를 하는 것이군요. 한여름에도 정장 차림으로 돌아다녀야 했던 예전 생활을 돌이켜보며 역자로서 일 할 수 있게 번역을 맡겨 주신 편집장님께 다시 한 번 감사함을 느낍니다. 감사합니다.

이번 편은 사건 사고가 많았습니다. 그 첫째로 드디어 마인이 종이 제작에 착수해서 책 제작의 기반을 다지게 된 일입니다. 일석이조로 돈까지 벌게 되었고요. 종이를 만드는 세세한 과정까지 파악하다니 역시 기대를 저버리지 않는 우리의 마인입니다. 책의 마지막 장을 덮는 순간 기억에서 지워지는 저로서는 참 부러울 따름입니다. 아니, 아무리 책벌레라 하더라도 마인처럼 종이 제작(도구까지) 방법까지 알 정도면 책에 대한 열정이 광적이라 할 수 있겠군요. 역시 평범한 애서가는 아닌 모양입니다.

참고로 와시는 한국의 한지와 비슷한 일본 전통종이입니다. 굳이 와시라 번역한 것은 한지와 크게 다르지 않지만, 제작 과정이 미묘하게 다르기 때문입니다. 특히나 본문에 와시 제작법을 마인이 따라 하려고 하니 와시라 함이 적당하다고 판단했습니다.

종이를 만드는 과정에서 마인이 치명적인(?!) 실수를 저지르고 맙니다. 바로 루츠에게 '진짜 마인'이 아니라는 사실을 들켜 버린 것이죠. 하지만 이 실수로 인해 마인에게 진심으로 이해해 주는 파트너가 생긴 셈입니다. 이 세계 상식을 전혀 모르고 자신이 허약 체질임을 알면서도 거침없이 돌진해버리는 마인을 바로 잡아줄 몇 안 되는 사람 중 한 명이죠. 사실 개인적으로 마인과 루츠의 러브라인을 기대하고 싶지만, 이곳으로 따지면 초등학교도 안 들어간 아이들에게 너무 큰 걸 기대하는 걸까요?

또 새로운 캐릭터와 계약 마술이라는 것이 등장합니다. 드디어 판타지답게 내용이 흘러가고 있습니다. 길드장의 손녀인 프리다는 마인과 같은 신식으로, 재력을 이용해 조건이 좋은 귀족과 계약한 아이입니다. 귀여운 얼굴을 하고 돈 세는 일이 취미인 프리다의 등장으로 신식의 정체가 조금씩 드러나게 됩니다. 부자인 프리다와 정반대 처지인 마인이 이 세계에서 어떻게 하극상을 일으킬지 궁금해지는군요.

제가 가장 인상 깊었던 장면을 꼽자면 린샴으로 머리를 감고 나온 코린나를 보고 흥분한 오토의 모습입니다. 번외에서도 표현되듯 코린나를 향한 오토의 사랑은 책을 사랑하는 마인에게 지지 않을 듯합니다. 아, 그런 사람이 또 한 사람 있네요. 마인의 아빠인 귄터입니다. 한 남자에게 이토록 사랑받다니 코린나와 에파는 정말 복 받은 여자입니다.

마지막 장면에서 마인이 물밀 듯 터져 나온 신식로 인해 쓰러져버리는데 과연 이 상황을 어떻게 벗어나게 될까요? 1부 마지막편이 될 3권을 기대해 주시길 바랍니다.

역자 김 봄

길베르타 상회

벤노
세를 확장 중인 거상. 마인과 루츠를 견습으로 받아들인다. 장사에 있어서 보호자.

오토
코린나의 남편. 전 행상인으로 지금은 문의 서류처리담당. 마인의 글 선생님.

투리 / 7세
마인의 언니. 건강하고 활동적. 동생을 잘 돌봐준다.

루츠 / 6세
마인의 파트너로 보살핌 담당. 최대의 이해자이며 페이스 메이커.

모여라, 책벌레

납골당의 어린왕자 4
사람이 살기에 별 하나면 충분하지 않겠습니까?

 +037

글 : 퉁구스카 / 그림 : MARCH
가격 : 10,000원

글 : 카즈키 미야 / 그림 : 시이나 유우 / 번역 : 김봄
V+038
가격 : 10,000원

책벌레의 하극상 [1부] 병사의 딸 II

초판 1쇄 발행   2016년 12월 31일
초판 4쇄 발행   2020년 6월 30일

저자 카즈키 미야

발행인 원종우
발행처 (주)이미지프레임

주소 (13814) 경기도 과천시 뒷골1로 6, 3층
영업부 02-3667-2653   **편집부** 02-3667-2654   **팩스** 02-3667-2655
메일 edit01@imageframe.kr   **웹** vnovel.kr

ISBN 978-89-6052-012-7 02830